管喻 著

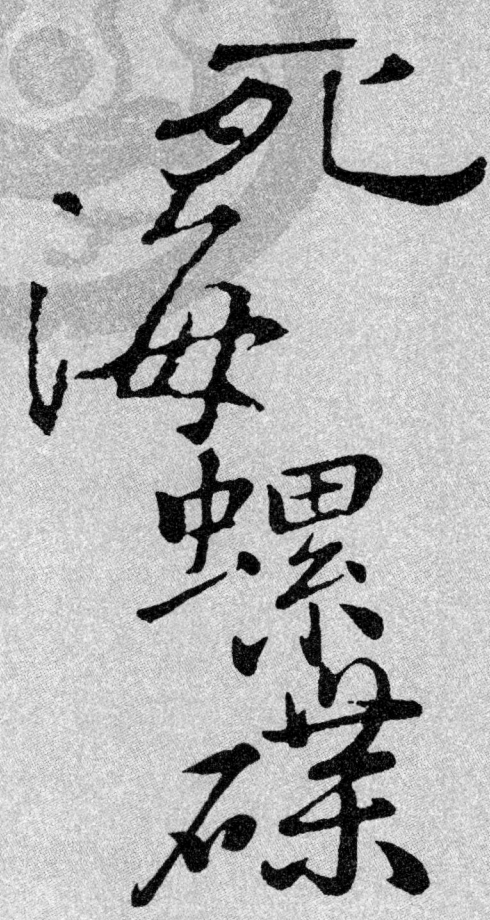

死海螺碟

山西出版传媒集团
山西人民出版社

图书在版编目（CIP）数据

死海螺碟／管喻著．—太原：山西人民出版社，2013.3
ISBN 978－7－203－08107－4

Ⅰ.①死… Ⅱ.①管… Ⅲ.①长篇小说－中国－当代 Ⅳ.①I247.5

中国版本图书馆 CIP 数据核字（2013）第 047167 号

死海螺碟

著　　者：管　喻
责任编辑：徐晓宇
装帧设计：王聚金

出 版 者：	山西出版传媒集团·山西人民出版社
地　　址：	太原市建设南路21号
邮　　编：	030012
发行营销：	0351－4922220　4955996　4956039
	0351－4922127（传真）　4956038（邮购）
E－mail：	sxskcb@163.com　发行部
	sxskcb@126.com　总编室
网　　址：	www.sxskcb.com
经 销 者：	山西出版传媒集团·山西人民出版社
承 印 者：	山西出版传媒集团·山西新华印业有限公司
开　　本：	720mm×1010mm　　1/16
印　　张：	19.5
字　　数：	270千字
印　　数：	1－3 000册
版　　次：	2013年3月第1版
印　　次：	2013年3月第1次印刷
书　　号：	ISBN 978－7－203－08107－4
定　　价：	35.00元

如有印装质量问题请与本社联系调换

引 言

从考古发掘出土的陶器、铜器、竹简和我们祖先的灵骨上，都能找到一种银色的小微粒——潞盐。潞盐是中华古代文明的重要佐料之一，它产自运城盐湖。运城盐湖地处晋秦豫黄河金三角。几千年来，她哺育出诸如关羽、柳宗元、司马光、关汉卿等无数文杰武雄，留下了深厚丰腴的文化积淀。2002年，科学家经过认真考研，发现运城盐湖是与以色列死海同类的中国死海，世界为之惊动。本书以博大精深的潞盐文化和风光旖旎的中国死海为背景，讲述了康华中学4位具有非凡智商的师生探查包拯遗留的北宋金元宝失窃案的惊险故事。死海螺碟的诡秘、牛家院的神奇、大天鹅的怪异、哑姑泉的深奥、摩崖石刻和乌藤掌书的咒文，以及万宝大峡谷的魅惑、鬼坐椅的惊骇等等，构成了一幅跨越时空、链接历史与现实的精彩画卷，令人过目不忘，且把不俗的感受永久留于心底。

目录 CONTENTS

第一章
  千古谜案沉死海　万宝之钥无影踪 …… 001

第二章
  体香神妙漆树毒　天鹅吐玉问哑姑 …… 052

第三章
  死海吹泡现魅影　青龙踏浪黑蟒河 …… 108

第四章
  蝉捕螳螂鲫吞鲤　旷世俊秀两海力 …… 156

第五章
  天涯乌藤辨掌书　大峡猴王斗蟊贼 …… 201

第六章
  鬼坐椅上月钩日　螺碟揭开千年谜 …… 251

第七章
  探宝英雄得勋章　螺碟终到出海时 …… 297

第一章
千古谜案沉死海　万宝之钥无影踪

中国死海的黄金宝典

中国有个死海，名字就叫中国死海。中国死海的历史与中华民族的历史一样悠久、一样神奇。如果把中国死海的故事都写成文字印制成书的话，就能装备一座藏书几十万册的"中国死海故事图书馆"。可惜当今时代的人们都很忙，都很累，他们没有时间没有精力去搜集那么多复杂曲折的故事，事实上也没有很大必要非要造一个"中国死海故事图书馆"不可。所以，这许多的故事还只能在人们的口头流传。而我下面要讲述给读者的，却是一个 2004 年春天才发生的新故事，它惊心动魄，令人难忘。如果有朝一日真的盖起了"中国死海故事图书馆"，我想，我这本故事书一定会作为第一批入馆的"黄金宝典"而备受青睐。

点评黄河金三角

山西省简称晋，陕西省简称秦，河南省简称豫。晋、秦、豫三省接壤处恰好是黄河的大拐弯处，它由南北流向一下来了个 90°的大转折，改成了东西流向，黄河水似一匹脱缰的野马冲出秦晋高原直奔大海而去。这在中国地图上也能看得十分清楚。而这 3 省交界之地，就称为黄河金三角。

如果说，黄河流域是中华民族的摇篮之一的话，那么黄河金三角就是摇篮中婴儿放枕头的地方。为什么这么说？因为历史和考古发掘都证明，无论在新旧石器时代还是在文明社会时代，这里都留下了中华民族祖先的活动足迹。地处黄河金三角的山西省运城市古称河东，汉代大史学家司马迁早在《史记》中就把河东圈定为中国文明社会的先行者尧、舜、禹的核心活动区域。史载尧都平阳，舜都蒲坂，禹都安邑，就是说这三代君王的首都都定在河东境内。与黄河金三角近在咫尺的西安、开封、洛阳，也是多代封建王朝的政治、经济、文化中心。可以说，黄河金三角自秦汉至隋唐宋，在长达一两千年的中国古代社会里，一直担当着"心脏部位"的重要角色。

而翻遍中国历史，没有一处地方可以与黄河金三角相比。其奥秘何在？关键的奥秘之一，就是河东有个"中国死海"，不，史书上叫做"运城盐池"。明确这一点非常重要，因为令我们心动的事情就发生在这里。

台湾忽然寄来包裹

2004年春天，又一个充满生机与活力的季节。我们刚刚一起经历过它，它留给我们的美好感觉，我们都还没来得及忘怀。

3月上旬的一天上午，蓝海市康华中学第288班的学生正在运动场上体育课。一头黑色秀发的女体育教师杨虹漂辅导学生练习单杠，她教的动作是"引体向上"和"趋身上杠"。后一个动作是男同学做的，可是全班的男同学几乎完不成这个动作，只有海力与众不同。

其实，不要说这小小的动作，就是玩"大车轮"，一连在杠上转20圈，海力也做得蛮漂亮呢。可是体育课堂不是表现自己的地方，同学们也不是自己最好的观众，所以，海力声色不露地练习着杨老师规定的动作。只见他跃身上杠，双腿并拢往天空一打，再往下一压，身体就翻上杠顶，十分潇洒轻盈。杨老师不由自主惊叹道："简直就是李宁！"

女同学周丽华听了说："比李宁还李宁呢！我见过他单臂大回环旋转十几圈呢！"

同学们一阵欢呼。欢呼声未落,大家都看见传达室的老赵领着一个身着绿色邮政服的小伙子来到杨虹漂老师跟前。

杨老师喊道:"海力,你过来!"同学忽然鸦雀无声了。邮递员拿出一个硬板夹子递给海力说:"你就是海力呀?请签个名儿,这是台北市给你寄来的大包裹。"同学们一伸舌头:"哇!台湾礼包!"

海力签完字,邮递员早把一个黄色箱子捧在胸前说:"特快专递,保价10万元人民币。真猜不透什么东西这么值钱。"

海力正伸手去接那箱子,调皮王子景阳刚却捷足先登,从海力胳膊下钻过去,又从海力胸前冒出来,唰地掠走了黄箱。杨老师和同学们抛开海力,哗一下把景阳刚围了个水泄不透,齐声唤:"调王,里面是啥?"

调皮王子虽然平时顽皮可气,但此时也不敢动那"台箱",只十二分小心谨慎地捧着,大气也不敢喘地说:"我也不知道耶!"

虹漂老师像个刚被父母从幼儿园里接出来的小姑娘一般高兴。她说:"10万元保价,一定十分贵重。"边说边轻轻触摸箱子上的一行行字,只见上面写着:"寄给我最信任的人:中国内地蓝海市康华中学少年美探神海力。"地址和署名是:"中国台湾岛台北市莲藕园敬盐皇。"

"海力,敬盐皇是你什么亲戚?他给你寄的是什么物品?"虹漂皓齿红唇,问话声声如莺鸣燕啼,可是没人回答。大家仔细搜寻,才发现海力仍站在刚才签名儿的地方一动没动,而传达室的老赵和邮递小伙已不见了踪影。

运动场上静静地度过了3分钟,3分钟时间落针可听。第4分钟第3秒的时候,海力才如梦初醒般转过身来说:"哦,我也不清楚!"杨虹漂老师和288班的48名同学不约而同地叫道:"嗨,这不可能!"

轻飘飘的谜箱

"杨老师,同学们,我真的不认识敬盐皇老先生,他寄我什么也一无所知!"海力走过来,扑闪着亮眼睛说:"刚才我签名时已细看了这只箱子，它轻飘飘的，最多超不过1公斤。除过箱子本身的重量，箱子里面的东西不过两三百克左右。"

刚说到这里，调皮王子就叫道："嘿，你真酷！海力，我算服你了！"他把黄箱子递给同学说："大家都掂一掂，真的不到1公斤耶！"

同学们轮番捧了捧那"不到1公斤"的物件，最后箱子交到杨虹漂老师手中。她让周丽华从自己的教练包里拿出弹簧秤来挂住箱角一称，总重735克。

调皮王子这会儿不调皮了，他十分认真地问道："海力，你根本没碰一下箱子，怎么就知道它有多重？"他的问题显然就是所有同学的问题。"而且，你怎么知道敬盐皇是老先生？"杨老师问道。她的问题也是所有同学的问题。

"我虽然没拿箱子，但是你和那位邮递员大哥都拿过了，而且就在距离我不到1米的地方。我从你们捧箱子的形态表现上早判定出了它的重量。而且，我也从箱子古拙的字体和'敬盐皇'这古老的姓名上，判断出敬盐皇是一位有才学、有身世的老学者，因此称他老先生。"

"可是，"周丽华用手遮住春天的灿烂阳光问："你怎么能肯定箱上的字是老先生亲笔书写的？"

"这再简单不过了：这只箱子保价10万元，既然邮寄人这么看重它，那么，他怎么会轻易让其他人代笔呢？"海力信心十足地推断。

"噢！"全体同学现在都明白了。他们一言不发地看着杨虹漂老师把那只台岛黄箱慢慢地交到海力手上。此刻他们明白：这箱子里肯定蕴藏着一个天大的秘密。而这个秘密，只有打开箱子才能知道。但是，康华学校运动场却不是打开箱子的合适场所，现在这个时候也并非打开箱子的最佳时机。

上学期间，海力每天都在学校的学生餐厅吃午饭，可是今天他破例回了家。他把那只神秘的黄箱子捧到他的"HLGZS"的物品观察台上，海力放大镜细细查验了箱子的外观，然后上下左右前后不同方向轻轻摇动了几下，用录音机录下箱子里的响声，通过电脑分析了几秒钟，断定箱里没有危险，甚至判断出箱子里是一块用软包装包裹的硬质片状物品，非金属，非陶瓷，非木质，非塑料，倒是很像一片骨头。

海力举起他的"海力万用刀"，从这只纸箱的右侧面顺边缘轻轻割开，以免损坏箱子上面书写的文字，然后，他伸出戴着胶膜手套的双手，揭开箱壁，慢慢取出箱内用白绵纸一层层包裹的一团东西，并一层层打开它。正在此时，他的牛头骨电话突然响了起来。

萨斯病毒？NO

海力看了一眼电话显示屏上的号码，自言自语道："只有爷爷、爸爸和乔伊辣知道我这部电话的号码呀。那么这个电话是谁打进来的呢？"正思考着，他装在墙壁里面的电话号码分析器就发出了声响："报告海力：电话来自海棠街025号一位家庭住户。"

海力扑哧一声笑了。他对自己说："原来是妈妈打的，我怎么半天想不起来呢？"原来，海力家的住址就是海棠街025号。他拿起听筒，听见妈妈说道："海力，你先上来吧，你的几位同学来找你，正好一起吃午饭吧。"

海力一边答应，一边放下电话，"嗒嗒嗒"顺台阶来到自己家的白色餐厅。他的海力工作室其实就在地下室，一扇门可以通到海力的卧室，另两个门一个通向餐厅，一个通到住宅楼后面的小花园里。海力平时不走这个花园门，因为它设计的很隐蔽，是一扇对付紧急情况的"逃逸门"，海力为它起了个好听的名字叫"挪亚之窗"。

出了餐厅便来到客厅。周丽华、景阳刚和马兰奇3位同学站在米黄色的沙发边上，满脸焦急的神色。海力还没有张口，他们就一起嚷道："你没有打开箱子吧？"

海力说："打开了。"他们3人又问："里面有没有萨斯病毒？"海力奇怪地问："台湾怎么会寄萨斯病毒给我呢？"

"因为你有名，因为你能干，所以他们想把你暗害掉！"马兰奇煞有介事地说。看得出来，他真的十分担心海力。

景阳刚和周丽华也说:"是呀,你要防备素不相识人的不良用心!你在大陆破获过许多案件,有的坏人至今仍逍遥海外。他们如果跑到台湾报复你,怕你不容易提防呢!"

海力哈哈大笑说:"箱子我已经打开了,没发现白色粉末,也没发现黑色粉末。谢谢3位对我的关照。现在听我说,按照妈妈的安排,咱们快来吃午饭,时间已经不多了!"

3人跟着海力来到餐厅,海力的母亲已经为他们4人各自备好了一份午饭。海力在自己的座位上坐下了,但是周丽华他们却站在各自的座位前面,眼睛齐刷刷看着海力。眼光里飞出的,是一个个大大的问号。

海力沉吟了两秒钟,站起来走到景阳刚跟前,轻拍他的肩头请他坐下后说:"丽华、兰奇,你俩也坐下吃饭吧。我现在就告诉你们:那台岛礼物,原来是一块象牙板——一块刻着包公像和许多文字的象牙板……"

古象牙板上的老包像

海力说出了黄箱子里的物品,周丽华他们大吃一惊。她和马兰奇本来是站在自己的座位前面,此时扑通一声坐到了椅子上。而屁股刚刚落在座位上的景阳刚,此时却嗖一声站了起来。

海力的母亲正为孩子们削水果,此时听了他们的谈话也双手一抖,水果刀把左手食指割破了。海力嘱咐同学坐下吃饭,急忙拿来创可贴为妈妈包扎。善解人意的周丽华说:"调王,咱们吃饭吧。"她意思是警告大伙儿不要再问下去了,因为已经给海力的母亲惹了麻烦了。

海力的妈妈不仅美丽动人,还非常和蔼可亲。她招呼4人吃好午饭,又把他们送到家门外的马路旁说:"有时间多来家里玩啊!"

下午的历史课正好讲宋代的吏治。老师把包拯大讲了一番,说他是封建社会官吏中的第一廉、第一能、第一公、第一聪。老师说:"包公的故事在中国和世界上都流传很广,有关包公的戏剧、电影、电视、小说、评书也林林总总。同学们都看过很多很多包公的文学和影视作品,关于包公，我在课堂上就不多讲了。"他虽然说自己不多讲了，但他整整讲了 50 分钟包公，还占用了同学们 5 分钟的课外时间。

"台湾寄包裹，课堂讲包公，世界上的事就是这样巧合！"海力自语着，很快消失在康华中学。他以最快的速度回到了 HLGZS。这里的象牙板在勾他的魂儿！

现在已是晚上 10 点钟了，康华中学的晚自习已经结束。海力没有去上晚自习，他在象牙板上已经花费了 5 个小时时间。经过反复研究，海力认定这块象牙板的加工刻制时间约在 1000 年前。

这是一块古象牙板。厚约 5mm，宽约 60mm，长约 120mm。板面磨得很光滑，由于久历人世，因此裂纹横生，颜色发黄发灰。板的正面刻着包公像，像下刻有"青天包拯"字样。板的另一面刻有 100 多个文字。除了歌颂包公铁面执法、护国护民以外，还记叙了一件包公遗案。

其文曰："包拯领陕西河东路六载春秋，严治河东盐池之政，究贪倡廉，盐业大兴，盐运亨通，朝野请其功，乃擢用枢密副使。汴梁之行途中，查缴贪官和明百万金锭及镇池之宝舜王万宝之钥失盗。包拯汴梁繁忙公务，遂念念不忘督办缉贼，终不得获。百年塬上屡声太息。是为憾事。"

象牙板的刻制者是"开封府包老爷旧差敬忠"。最下面两行小字由于板面破损已模糊难辨。海力用他特有的"汉字恢复扫描仪"处理之后，得到的一句话是："后代谨传此宝，有解获包公遗案者，尊为神，香泥塑身永享供拜。"

敬盐皇的血书

与这块古象牙板包裹在一起的，还有一个台北印制的白色硬纸信封。信封正面和背面都写着："读懂象牙板后方可开封。""读懂"和"开封" 4 字下面还画了小圆圈。海力笑了笑自语道："读不懂就不能开封了吗？读懂开封，读懂开封。开封就是包公当官的地方呀。我当然要开这信封,还要把这桩古代遗案弄清楚呢!"

为了确保安全,海力把信封放在"强光透视台"上观察了一遍,发现信封里除了几页纸外别无他物。他轻轻用"海力刀"顺着信封的右端边缘划开一条缝,然后戴上胶指套将信纸抽出来。

信纸一共3页,是敬盐皇用粗钢笔写的。其大概内容,一是说他从大陆的报纸和电视节目中了解了海力的事迹,十分佩服这位学生神探的才能。二是说他已经92岁高龄,祖上是宋代包公的衙役。他曾在国民党军队当兵,同日本鬼子打过仗,新中国成立前夕才随部队来到台湾。他的家乡在河南省洛阳市。三是说他近来身体多病,由于年岁已高,他担心不久就要告别人世。虽然客死他乡不能叶落归根,但事到如今也无可奈何。而让他死不能瞑目的一桩心事,即是祖先传下来的这块宋代象牙板。他希望海力能够读懂象牙板上的意思,施展聪明智慧,破解包公遗案,让那千年古案大白天下,告慰包公,告慰祖宗,同时为伟大祖国找回那笔无价之宝。

第三页信纸的最下端,这位92岁的老人咬破自己的指尖写下了5个血字:"谢谢你海力!"

海力的眼眶湿润了。一位即将辞世的老人的重托,如磐石般压在他心头。他决定不辜负敬盐皇老人的期望,迅速展开调查,力争让老人在有生之年得到满意的结果……

夜深人静,海力提笔回信,他写道:尊敬的台北敬盐皇老先生,请您等待着好消息吧。回信写好了,信封上也贴上了邮票,明天它将被邮局寄往台湾岛。而此时此刻,海力心中却一片迷茫——将近10个世纪了,宝哪里寻觅,谜如何解?

多梦之夜

绚丽的春天是多梦的季节,青春的海力正值多梦的年华,白天收到的台箱也让人梦绕魂牵,因此,这天晚上海力大梦连连。

他梦见了黑脸的包公站在水平如镜的死海边上,满脸惆怅地对海力说:"当年朝廷催促我到汴梁上任,一天三道金牌。因为朝廷里外事积如山,等我去处置。而运城盐湖这里又发生了惊世窃案。本来我应当破了此案再作汴梁之行,可是圣命难违,只好咬牙去了开封。一到开封府我就百事缠身,而且都是通天大事。原想理出头绪之后一定抽身回河东了却盐湖之案,可谁知日理万机也难得片刻闲暇。唉,人生如梦,转眼之间赴黄泉。我在黄泉之下仍牵挂此案。我于嘉祐七年(1062)离开人世,到如今已900多年了。千年之间,无数过客,我竟没有能够找到一名能破此大案的合适人选。盛世出英才,英才出少年。拜托你了,海力同学……"

梦过老包之后,他又梦见了一位神秘人。这人的脑袋是一块岩石,岩石的缝隙就是他的眼睛。他看上去没长嘴巴,但一开始说话,石头脑袋上就裂出一个洞穴,嗡嗡的话音自洞穴中发出,每说一句话都要掉出几粒碎石。石头上面长满了不知名的乱茅草,还有几枚有毒的黑蘑菇。神秘人说这茅草就是他的头发,黑蘑菇是他的青春痘。

海力问神秘人:"900年前的盐湖财宝和万宝之钥失窃案是不是你干的?"神秘人呵呵狂笑着说:"黑老包号称中国古代神探,他都无力找回万宝之钥,你不过是个学生娃娃,虽然伶俐过人,可那件古案犹如石子投入太平洋,犹如小舢板沉入阿利亚纳海沟,若想大海钩沉,谈何容易!"

海力被梦惊醒,一按床头的按钮,他的报时鸟立即用鸟声答道:"此刻是3点18分21秒,请你继续睡眠。"

然而海力却翻身下床,喝了一杯开水,便坐到海力工作台旁边,台上摆放着古象牙板和敬盐皇的信。镶嵌在天花板上的360度全息起居监督器此时发声说:"海力请听建议:现在仍是睡眠时间,请你上床睡觉。第一次警告。"

海力对此听而不闻,继续盯着台上这两件物品冥思苦想。全息起居监督器此时又说:"重复刚才的建议。第二次警告。"

海力想着刚才的梦,又陷入深远的沉思之中。忽然,HLGZS里所有的灯光都灭了。"怎么，停电了？不可能，因为我有延时供电设备呀。"海力自语着。此时，床头的小灯忽然亮了，起居监督器说："请到这里来，睡眠时间，如无特殊需要，不能恢复工作灯光。对不起！"

海力十分不悦地重新躺到床上，面对监督器镜头说："有时间我非把你的程序修改了不可！"他的话音刚落，监督器就说："这种心态不利于睡眠。请科学调整，心平气和。"

当春阳染红了天边的云彩时，海力也走出了自己的房间。他来到小花园中活动了一阵腰身，连着来了5次空翻，踢了几下旋风腿，又挥拳劈了几招"砍山震川"，直练得浑身发热，四肢血涌。

匆匆吃过早饭，海力便拔腿往学校跑去，街上行走的自行车都被他甩在身后。他每天都这样跑步上学。他轻松奔跑的姿态告诉人们：海力具有创造性的一天又开始了！

虹漂老师飘红的脸颊

康华中学7点30分上早课。宽敞的校门口，学生像流水似的涌进校园。海力刚走进校门，就被一声燕子呢喃般的呼唤叫住，原来是杨虹漂老师在喊他。

杨老师清澈如水的双眸盯住海力说："你来，我想问你：箱子里是不是有秘密案件？"海力点点头，又摇摇头说："是台湾一位老先生委托我调查一件包公遗案，可它不算秘密案件。"

虹漂老师轻声细语："你答应了？"海力点点头。

"那么，也胸有成竹了？"虹漂老师樱唇轻启，她丽色袭人，在两米之外，海力似乎也能感到她吐气若兰。

海力说："昨晚上我思考了半夜，可还没想出好办法呢。"虹漂老师凑近海力说："海力，我能不能给你提个请求？"

"给我提个请求？"海力的脸红了："您是老师，怎么对我这么客气？"虹漂老师的两颊也被两朵红晕罩住了。她说："课堂上，咱们是师生；下了课，咱俩是朋友。我读过有关你的书，我非常崇拜你。在许多方面，你都可以给我做老师。哦，海力，希望你能够答应我：这一次查案批准我和你一块去！"

海力分明看见杨虹漂老师脸颊上的红晕和她眼睛里闪射的期望之光。他刚说："这……"就听杨虹漂老师喊道："你答应了！我太高兴啦！哦，我要去运动场了！"

虹漂老师的倩影瞬间消逝在人群之中。海力怔了半晌，才猛然拔腿向教室跑去，因为上课的铃声已经响起。

今天是星期五，下午没安排主课，同学可以自由学习。康华学校早就对海力作出过决定：该生认知水平超人，因此不受任何课程安排限制。所有代课教师的所有课堂教学，都应当由该生决定是否应该听讲。学校的这个决定，给了海力最大的自主权。也就是说，如果海力不想上课，他随时可以离开或根本就不用到学校来。虽然享有这个天底下大部分学生都没有享受过的特权，但海力还是尽可能遵守学校纪律，尽可能每一堂课都去认真听讲，除非他要调查某件紧急的案子。

杨虹漂老师实际上是个"海力迷"。她原来是国家体操队的运动员，曾参加过一次亚运会。虽然没有拿过奖牌，但成绩也还排在中上等位置。后来在一次国内体操大赛中她摔伤了两根左肋，从此告别体操队到天津体院上学。去年毕业后来到康华中学体育教研部任教。

有关杨虹漂老师的基本档案，同学们自然知道。同学们知道，海力岂能不知道？而且，他还知道杨虹漂老师今年20岁，是全校教师中最年轻的。热情、大方、聪慧、直率，这就是杨虹漂留给海力的大概印象。

"可是，怎么能答应让她跟我一起去调查古案呢？"海力用谁也听不懂的密码语言嘟哝着。他显然为这事儿犯了愁。若是班里的周丽华提出这样的请求，他会痛快应允的。他总觉得老师与学生之间是有一道无形的鸿沟，总觉得跟老师在一起"玩案情"不是那么痛快淋漓，

吃完午饭，海力慢慢地踱出学生餐厅。这时餐厅里的人已寥寥无几。突然，一声莺咛在耳边响起："海力，下午我没有课。咱们一起聊

一聊古案的事儿行吗?"原来是杨虹漂老师找他来了。

"是的,咱们一起聊一聊古案的事儿当然能行!"调皮大王景阳刚和马兰奇不知道什么时候也突然冒了出来。他们做着鬼脸鹦鹉学舌,把海力和杨虹漂都惊了一跳。

海力说:"调王,萨蜡人儿,杨老师跟我谈正事儿呢。""难道,我们两个是来谈歪事儿的吗?"景阳刚和马兰奇一本正经地说。显然,他们也想跟海力一起破案。

马兰奇的父母都是乡村的农民,他们祖上三代都没有任何外国血统,可他却生得高鼻梁,深眼窝,酷似著名的老奥委会主席萨马兰奇,加上父母为他取了这个比老萨只少一个字的名字,因此被同学称为"萨蜡人儿",意思是他就像萨马兰奇的蜡人似的。萨蜡人儿对这个外号毫不介意,因为他对着镜子端详过多次,发现自己除了语言和动作与萨马兰奇先生相差稍大之外,其他外观十分相像。他曾经骄傲地对同学说:"哪天中国大导演拍摄萨马兰奇的电影,准会出100万片酬聘我当特型演员呢!"

海力知道调皮大王和萨蜡人儿此刻来找他是十分认真的,可是杨虹漂老师却不这样认为。她放大嗓门冲两位同学说:"海力很着急,我想跟他当个助手一块研究案情。你们静心好好学习,这事儿就不需要你们掺和了吧!"

"是参与,不是掺和。杨老师,海力是破案专家,这事儿他说了算。他如果不想让我们参加,我们也就罢了。"调王扭过身用背对着杨老师,而满脸堆笑地讨好着海力。

杨虹漂有点不高兴地说:"景阳刚,你真不愧是调皮大王。你俩想参加破案,那我问你们:你们具备什么条件?不要只有一腔热情哟!"

丽华的眼泪

听了杨虹漂老师这句不太友好的挑战性话语,站在海力身边的萨蜡人儿立刻回答说:"我读过福尔摩斯,看过神探亨特,《尼罗河上的惨案》的所有人物对话我都能模仿出来。我会游泳、爬树、翻墙，我参加过全省青少年攀岩比赛，我还了解现代世界各国特工用的手枪和匕首。"

"我能嗅出100种花草的气味，我能根据气味辨别常见的动物的类型，我还能嗅出抽烟的人、喝酒的人、吃饭的人、洗澡的人，甚至能根据他身上散发的体味嗅出他是男人或是女人，是老人还是小孩。我能闻出一瓶墨水是什么牌子的，是哪儿生产的、什么时候生产的，我还能闻出所有油漆的品牌和所有木制家具的木料和制作年代……"

"哦呵呵呵呵呵呵，笑死我了！调皮大王，你难道是一只警犬吗？怎么鼻子那么尖！"杨虹漂老师不自然地笑着，海力看见她脸上的红晕慢慢消失，而她那双眼睛却仍然说着话，她对海力说："我不同意让他们参加！"

"真是人在山中不见山啊。调王，萨蜡人儿，你们都别说了。千古遗案，时过境迁，也许它本身就是一件永不可破解的死案。可是既然我已经答应了敬盐皇老人，你们的热情也这么高涨，那么，咱们就不妨一块儿试一试吧！"海力避开杨虹漂的目光作出了决定。他明知杨老师对这个决定不会高兴。

谁知杨老师却非常高兴。她欢喜地说："没想到两位都有两把刷子，看来只有我水平差啦。我也亮亮我的特长吧：我学过野外生存，单枪匹马、赤手空拳能在大山里面生活半个月。我想，调查案件也需要这样的技巧吧？"

"那就这样定了——四人小组，三男一女，海力当头头，师生齐努力！"景阳刚话音一落，四人大声笑了，八只手互相拉在了一起。

这时，海力忽然听到有人抽泣。回身一看，原来是周丽华。她不知什么时候也来到了海力的身后，听他们一个个汇报自己的本事儿，她急得插不上嘴。刚想张口对海力说她也想参加破案，可是海力已经作出了决定。去年暑假她和乔伊纳、海力一块儿查清了王种柏村的土井丢钱疑案，从此以后，她对侦破工作着了迷。可是从那时到现在，她也再没有机会参与海力破案了。本来这次是个好机会，但是现在看来也希望不大了。一急一气，她竟掉下泪来。

海力见丽华玉面珠滚，正想开口问她，没想到调皮大王先说了话。他说："丽华，你是不是也想像我们一样身怀绝技去破案呢？"丽华一听，哇得嚎出声来，扭头便跑了。

海力责怪景阳刚说："你怎么能这样说话呢？快去给她道个歉吧。"调王说："虽然我是跟她开玩笑，可说的也是实话：她手无缚鸡之力，胆子像松鼠一样小。如果团结上她，不拖累我们才怪呢！"

杨老师也说："丽华体能太差了，确实不太适合。"海力一想，他们说得也对，于是就嘱咐萨蜡人儿抽空儿去安慰一下丽华。他们四人则走出餐厅，到学校图书馆找到了一个僻静地方，细细商谈调查行动之事。

星期五行动

当夕阳的余晖从学校图书馆的西面墙壁上消失的时候，海力、杨虹漂等四人终于走出了那间小阅读室。

每个人脸上都红扑扑的，像喝了一大杯干红葡萄酒。他们激烈地思考了一个下午，讨论了一下午，甚至是争论了一下午。现在总算有了结果。从走出图书馆的时候起，事实上他们已经开始了他们代号为"星期五行动"的调查行动。此时市邮政大楼顶端的钟声响了，正是3月5日下午6时整。以后日子发生的事情证明：这是一个应当铭记在心的时刻。

春日的天，晚上7时就完全入夜了。夜风悄悄吹来。海力从自己的工作室里拎出一只红色提包，寻找好需用的物件，晚8时整，他从那扇"挪亚之窗"中走出来，尔后幽灵般地不知去向。

火车站灯光通明。杨虹漂、马兰奇、景阳刚3人不约而同来到站台上。站台灯光偏暗的那根柱子后面，伫立着一个英姿飒爽的年轻人，他就是海力。

4人见面齐声说："随风潜入夜！"这5个字是他们今晚的行动口

令。这句口令取自唐代大诗人杜甫的一首五言绝句。那首古诗是歌颂春雨的。诗曰:"好雨知时节,当春乃发生。随风潜入夜,润物细无声。"这是杨虹漂老师的提议。

"鸣!"火车长鸣一声进站了。马兰奇不等列车停稳就冲向车门。海力一把揪住他说:"淡定!"杨虹漂则瞪了马兰奇一眼说:"怕它飞走了是吗?"

三分钟后列车又启动了。车厢里很安静。海力拿出一本《以色列特工——摩萨德手记》翻阅着,杨虹漂则闭住眼睛养精蓄锐。景阳刚和马兰奇从没经历过这种激荡人心的事儿,所以他们坐在座位上如同猴儿屁股坐针毡。

马兰奇小心对景阳刚说:"我对我妈说,今晚和明晚我都在学校住宿。我妈信了,还嘱咐我睡觉别说梦话,尤其是不要说别人的坏话。好像说不说梦话由我自己控制似的!"

调皮大王被这话逗笑了。他也小声说:"我说我要在学校过夜,你猜我奶奶说啥?她说:'那你睡在什么地方啊?'我说睡在学生宿舍。她又说:'那明儿早上谁叫你起床呢?'我说同学们会叫醒我的。她担心地说:'如果同学们也睡着了怎么办?'"

"哈哈哈哈!"杨虹漂老师睁开美丽的眼睛大笑起来。海力也觉得很可笑,但他只是微微乐了一下。虹漂清脆的笑声像铃儿似的引起了一位中年男子的注意。他本来坐在车厢头上,此时却站起身朝海力他们落座的车厢中部走来。他彬彬有礼地坐到杨虹漂旁边的空位上问道:"请问你们是大学生吧?是不是要到云城市去?"

马兰奇盯着陌生男人说:"是到云城去。可我们不是大学生。"杨老师抿着红唇谨慎问道:"先生贵姓?也去云城吗?"

那男人回答:"我姓蒲,草字头下三点水一个甫志高的甫,也是到云城下车。"杨虹漂高兴地说:"我姓杨,很高兴认识你。哦,这位同学叫海力,我们4个是一起的。"

"啊,海力啊,久仰久仰!"草字头下三点水一个甫志高的甫激动地站了起来，他的个头足有1.85米，蒲扇般的大手伸向海力。海力出于礼貌只好与他握了握手，那人的手背长满了黄毛。

谁知道握过手的蒲大个并没有离开他们的意思。他询问杨虹漂的年龄和工作，并不住地夸奖杨虹漂漂亮动人。海力瞟了一眼蒲大个，发现这位言语热情、身材魁梧的男人却有一双紧张不安的眼睛。而此时此刻，他也发现杨老师双颊又飘上两朵红晕。

"事先约好要'随风潜入夜'，行动要保密嘛，为啥她一见生人就把我们的个人信息全晒给人家了？"海力对杨虹漂轻率的举动有点不满。而调皮大王景阳刚此时早已是忍无可忍了。他拿出了平时搞恶作剧的伎俩，对准蒲大个接连打了4个喷嚏，弄得老蒲先生十分不自在。

海力暗暗高兴。马兰奇也学着景阳刚的招儿驱逐蒲大个。谁知他技艺不精，竟把一团浓鼻涕喷在蒲大个的膝盖上。草字头下三点水一个甫志高的甫想发火但又发不出来，只是霍然变色地站起身来说："杨老师，我过去坐了！"说完动腿就走。杨虹漂急忙从小包里掏出一团白色的纸巾追了过去。海力他们十分开心地大笑起来。

当杨虹漂从蒲大个那里回到海力旁边时，她脸上的两朵红晕却不见了。也正在此时，列车上的广播告诉旅客：云城火车站到了。马兰奇伸了一下舌头说："200公里云和月，这么快就结束了？"

夜观死海

出了云城火车站，海力他们迅速钻进一辆出租车。景阳刚告诉开车师傅说："请把我们送到瑞莱斯漂浮浴场。"师傅说了一声"能成，"车便疾驶而去。

不到10分钟，他们就来到了中国死海健身娱乐城内的瑞莱斯漂浮浴场。浴场内灯火辉煌。海力他们先到瑞莱斯大酒店登记了住房，放下行囊之后一起走了出来。

今天是农历二月十五，又大又圆的满月挂在天空。他们先到死海漂浮大厦里参观了一下室内漂浮的海池。盐水中漂浮着一个个男女，他们自由自在地躺在水中，比重很大的死海咸水托起了他们的肢体。有人躺在水面看报看书，有人在水面漂浮的餐盘上放了水果和红酒，想饮酒的时候伸手端起酒杯，喝上两口又把杯子放回餐盘。

海力端起相机拍下了一组老人躺在水面上看画报的镜头。杨虹漂惊诧地说："死海的水真能把人漂起来呀！"景阳刚看得心里痒痒，他说："明天我非下去漂一漂不可！"

马兰奇则说："好英明的决断。我明天陪你漂！"刚说完这句话，马兰奇却惊恐地尖叫了一声。海力扭头一看，忍不住笑了。原来马兰奇是被三个浑身涂满黑泥的姑娘吓了一跳。

杨虹漂看见这三个泥人也十分吃惊。她问道："你们这是干嘛呀？"姑娘们答道："这就是死海黑泥浴呀！美眉，你那么漂亮，涂几回黑泥会更动人的！"

海力见杨虹漂盯着那几个姑娘不住地看，于是上前对她说："请跟我来，去看一看黑泥浴场。"几人来到黑泥池边站定，只见池里池外的木榻上有很多正往皮肤上涂黑泥的人。有人把头发和脸面也全抹黑了。只留两只眼睛和一副嘴唇。满身的黑泥在灯光下亮闪闪的，没有见过这个场面的人还以为是遇上了精神病人。

杨虹漂老师觉得十分有趣。她小声对海力说："我觉得姑娘们穿着泳衣涂抹黑泥有点儿隔靴搔痒的味道。要我说，既然黑泥含有强身健体的多种稀有元素，那么让身体的每一部分都涂上它多好！嗨，为什么不敢搞个死海全裸漂和全裸黑泥浴呢？"

调皮大王耳朵本来就尖，他一字不落地听见了杨虹漂的话。他说："我赞成杨老师的意见。如果全裸抹黑泥，我希望咱们一起干！"他的话未完，杨虹漂脸颊又飞起了红霞。

海力说："咱们是来研究半裸还是全裸的吗？现在我们去月下观海吧！"

四人快步走了半小时，终于走出瑞莱斯漂浮浴场，来到浩渺无际的死海边上。

"哇，死海原来这么大呀。我以为就是浴场里那一池水呢！"马兰奇惊叹道。

海力说："中国死海是2000年才叫起的。当时国内、国际28位专家给它定的这个名称。而在此之前它叫云城盐湖，历史上还叫过解州盐池、苦池等等。老百姓则叫它银湖、天鹅湖。"

"死海里有天鹅？白色大天鹅？"调王景阳刚兴趣盎然地问。

"是的。世界上称得上死海的只有两个，一个是以色列死海，一个就是中国死海。而以色列死海近年来因水分蒸发过多，已经快要干涸，变成真正的死海了。我们这个死海有130平方公里之大。由于死海的水不结冰，所以每年冬春都有千只以上的大天鹅飞到这里来越冬。你们看，那水面上是不是大天鹅？"海力兴奋地说。

顺着海力指的方向望去，杨虹漂3人都齐声喊道："是大天鹅！"几只白天鹅在死海上悠闲地游动，离海力他们越来越近。其中一只天鹅竟游到了距他们两米远的岸边，并伸出鹅嘴向他们问好呢！

狂野星期六

中国死海本是一个闭流性内陆湖泊。据地质学家和水文学家考证，中国死海诞生于喜马拉雅造山时期。当时黄河金三角地区还是一片茫茫大海，后来青藏高原抬升，这里的地壳也随之抬升，海水四流而去，只有这一汪古海水被隆起的中条山圈在内陆。

昨夜月下观死海，使杨虹漂他们激动不已。造物主的无限的创造力令人震撼。海力虽然读过许多有关云城盐湖——中国死海的资料，但他也是第一次零距离与它接触。昨夜，他们四人都失眠了。杨虹漂独自住一间房子，海力他们三人住一间。三人聊着死海，聊着古象牙板，不知不觉已到黎明时分。

海力跳下床说："玉兔西沉，金乌东升。咱们快到外面去看死海日出吧！"马兰奇奔出屋门就去喊杨老师。四人飞身下楼就朝那中条山下奔去。

其实，死海的南岸就是中条山。中条山的那边是赤浪滚滚的黄河。若不是山堵石挡，黄河早就把死海一口吞掉了。

当他们气喘吁吁地跑到死海的南岸边时，一轮红日自东方山尖早冒出来了。死海顿时变成了胭脂海，鲜红的朝霞似乎欲把这海水点燃。

"啊，太美了，太壮丽了！我要作诗，我要朗诵！"杨虹漂老师把自己的红色绒巾解下来挥舞着。可是她始终没有作出诗来，倒是那条红绒巾被她抛进了死海。

马兰奇飞身跑到中条山脚下的一座悬崖下面，起身一纵，像壁虎似的向犬牙交错的崖面攀去。

景阳刚抽动着鼻翼连连喊叫："海的咸味，太阳的热味，山的清味。噢，大自然的风味！"

海力看着他们的忘情表现，也禁不住心潮澎湃。他不顾早春水凉，穿着长裤和T恤衫扑通一声跳进死海，一串水花向海中央游去，转眼功夫又游回了岸边。杨虹漂看到了海力游泳，再也按捺不住心里的激动。她跑到离海力较远的岸边，借着灌木掩护脱鞋去衣，不顾一切地跳进死海，从齐腰深的盐水里捞出两把乌黑的万年盐泥，学着昨夜那三个姑娘，把自己白里透红的肌肤从上到下涂了个遍！

且不说杨虹漂把美丽的裸体涂成了一个泥猴，海力在死海中奋臂击水，马兰奇在山崖上越攀越高，单说那景阳刚施展超群的嗅觉功能，嗅完了太阳、死海、山川和大地，他觉得这样用鼻子嗅来嗅去根本发泄不出胸中似火山岩浆般翻搅的冲动。他想穿着安踏牌登山鞋跳进死海游泳，却感到这样不够独特，因为海力已经开展了这个项目。于是他抱住岸边一棵高大的老杨树呼哧呼哧往上就爬。爬到了第一层树杈上他往下一瞅，瞅见了杨老师那大胆潇洒的举动。

景阳刚不再往树梢爬了。借着杨树叶的遮挡，他贪婪地欣赏杨虹漂的魅惑的胴体。尽管黑泥已覆盖她全身的皮肤，却盖不住那丰满的前胸和大腿……

正看之间，忽然杨虹漂从那边往树下奔来。边跑边喊："海力！阳

死海螺碟

刚！马兰奇摔下去了！"

调皮大王正沉浸在美妙的享受之中，突然被杨虹漂一跑一喊，他吃了一惊。他扳住树枝扭头往山崖一看，果然那崖壁上不见了马兰奇！

海力听见喊叫急忙拨水上岸。睁开他那5.3特殊眼往马兰奇攀岩的地方一望，他舒了一口气，用手指梳理着盐水浸湿的头发说："没事儿。我看见他在山崖下面站着呢！"

他这句话还没说完，就听大杨树上啊呀一声大叫，景阳刚手扳着的细树枝断了，他从五六米高的树上坠落到地面。杨虹漂本来是一个抹了黑泥的裸体，所以她刚才没敢靠近海力他们，只是在离他们30多米远的一簇茂草后面向山崖方向观望。此时调王一头栽下树来，她早忘记了这一点儿，顾不得地上的石子和杂草扎她的嫩脚板，一蹦一跳往杨树下跑过去。

海力抢先几步跑到杨树下，却见调王龇牙咧嘴躺在一堆厚厚的烂草团上。那是山洪冲积起来的救命之草！杨虹漂跑来一把扶住调王坐起来问："没摔坏吧？"

景阳刚的右脸颊此时紧挨着杨老师的左乳，那黑色的湿泥已印到了他的脸上。他忙说："没摔坏，倒是把草底下几只蛐蛐压扁了！"说完，急忙爬起来离开杨虹漂。

杨虹漂这才急忙朝放衣服的地方跑去。如果她脸上没有黑泥，海力准会看见她又是两颊绯红了。

"听说杨老师在体院上学时经常到画院和影棚当人体模特。我还在一家人体摄影集上见过她的裸照呢，真性感！"调王早忘了惊吓和疼痛，他的眼珠像粘在了杨老师背影上似的。

"我相信她当过模特。不然的话，一个20岁的女孩子哪能这么无拘无束呢？"海力看着杨老师的身影说。

"我喜欢她这样，因为她把咱们当成了无拘无束的朋友。对最好的朋友女孩才会这样！"调王依然向杨老师方向张望。海力拍了他一下说："赶快去看蜡人儿摔得怎么样！"

俩人朝杨老师那儿大喊："我们先到山崖下去了！"杨老师正在死海中漂洗。她说："我穿上衣服就来！"

海力拎上自己的背篼刷刷刷一阵奔腾，比调王提前200米到达山崖下。马兰奇正站在一块大石头上朝他们招手呢。

精猴儿似的马兰奇虽然是从崖壁上掉下来了，但他随身携带的保险绳早被他系牢在半崖上的一棵酸枣树上，所以他从60米高处滑下来仍安然无恙，只是手掌被绳子磨得火烧一般发烫。

调王这时也气喘吁吁跑到跟前。他问："蜘蛛侠，这悬崖长满了小灌木，也不是难攀的悬崖，你是怎么搞的？"萨蜡人儿脸红了一下反问："那杨树长满了树枝，也不是难爬的杨树，我看见你也从树上栽下来了，你是怎么搞的？"

说完，俩人一齐朝杨虹漂老师所在的方向望去。她已穿上衣服飞过来了。

发现天肠洞

海力悄声对俩人说："再偷看女人，小心摔坏生理机器！"刚说完，杨老师已跑到身边。她看见马兰奇没有大事儿，高兴地说："一个从山上掉下来，一个从树上掉下来。你们的绝技都哪儿去啦？"

萨蜡人儿此时忽然睁大眼睛说："我在悬崖上发现一个洞，洞口被一堆乱石堵着。我刨掉几块小石头，现在人都能钻进去啦！"

"啊，洞口是不是人工开凿的？"海力用手扳住他的肩膀问道。显然他很激动，因此无意中稍稍使了些力气，直捏得瘦小的马兰奇大声喊疼。

海力这才放开手说："杨老师，这下我们该结束狂野进入冷静了——那半崖上的洞准是个大发现呢！"说着，他从背篼里取出专供攀崖用的"山神腰带"，又在"山神腰带"一端的接口装上了一只"海力智能抓钩"，这是一位工程学院的院士爷爷专门为海力设计的。

海力说："我先上去探一探，然后你们再上来。"说完，站在崖边

死海螺碟

一块大石上，左胳膊抡起智能抓钩，只听嗖嗖的风声，等抓钩的转速超过每秒18米时，他轻轻一松手，抓钩带着"山神腰带"飞向石崖的30米高处。靠着"山神腰带"，海力交替双臂，像只山猿似的轻松自如地朝崖上攀去，简直就是一场最美的"花样攀岩"表演，把自称身怀攀岩绝技"赛壁虎"的萨蜡人儿也惊呆了——此时他张大嘴巴看着海力，其模样酷似一个蜡像。

调王这时对杨虹漂说："杨老师，我能攀到岩上去吗？"杨虹漂说："你没看有山神腰带帮忙吗？我看你的臂力很大，上这山崖应该没有问题。"

说话之间，海力已攀到智能抓钩落钩的30米高处。他抓紧灌木探出身体，把抓钩又往崖上抛上去。就这样，他很快就来到了马兰奇发现的石洞跟前。

石洞被一簇簇长满山崖的那种灌木遮盖着。洞前明显有人工斧凿的台阶，洞口被乱石堵着。马兰奇刚才刨掉了几块小一点的石块，人可以轻松钻进去了。海力把山神腰带抓牢在一棵非常结实的灌木根上，把马兰奇刚才绑在另一棵灌木上的攀岩绳也检查了一下，然后对崖下大喊道："你们上来吧！把我的手提探照灯拿上来！"

就在杨虹漂他们抓住山神腰带和马兰奇的安全绳奋力攀崖之际，海力早钻进了离地面约60米高的石洞。他用自己特有的夜视能力小心地扫描着洞里的乱石块和刻有大字的洞壁，越看心里越是高兴。调王第一个从崖下攀上来，兴奋无比。他对海力说："我也终于爬上来了！你发现了什么吗？"

海力要他慢慢钻进洞来，因为他站在洞口那只有30厘米宽的残缺石阶上十分危险。杨虹漂老师是体操运动员出身，体能过人，因此她不太吃力就攀上来了。最后上来的是发现山洞的先行者马兰奇，他把海力的背篓也背上来了。

大家一个个都进到洞里。海力从背篓里取出手提探照灯，它是个十分轻巧但光度强大的耐水、耐火、耐摔打特种照明设备，能聚光远照，也能调光后当一盏电灯使用。海力把它调成日光灯的光亮，洞里立刻亮若洞外。

"啊！天肠洞，这洞有名儿！"杨虹漂惊奇地喊道。是的，在石洞洞口往里四米远的石壁上，刻着古拙的三个大字，每个字都有一张报纸那么大。

"啊，这里还刻有小字，可惜风化看不清了！"调王此时也有所发现。马兰奇摸着这一片文字说："有个别字还能认出来。"他念道："此天肠洞可通什么什么台，唉，看不清了。"

"此天肠洞可通歌熏台。舜帝曾抚琴歌曰：'南风之熏兮，可以解吾民之愠兮；南风之时兮，可以阜吾民之财兮'。"海力一字一字念道。

"是这内容，是这内容，"调王迷惑地问："海力，你怎么知道这古洞里的文字？"杨虹漂老师也说："是呀，是不是你瞎猜出来的？因为你的古汉语和历史知识都学得很好。"

马兰奇一听就反驳他们说："这洞里至少几百年没有人进来了，海力即使瞎猜，也不一定能猜得出来呀。我说，你们都忘了那句话：海力是无所不能的，海力是无所不知的。"

"不管怪案难案，他总是能找出答案！"调王和杨老师一齐喊道。他们的声音震得洞里的石块哗啦滚落，几只蝙蝠也惊得在洞里乱飞。

海力的 MP3

面对他们 3 人的奉承海力笑而不答。他从小口袋里取出一只 MP3 递给杨虹漂老师说："请你听听这个。"杨老师不会摆弄 MP3，马兰奇替她弄好耳机并打开按钮。

杨虹漂老师清晰地听到一个浑厚的男子声音："在中国死海南岸中部山上，有唐朝贞观年间开凿的天梯崖。登石阶可入天肠洞。天肠洞是一个天然石道，弯绕盘旋形如柔肠。出天肠可达帝舜琴台。数千年前，舜帝巡视盐业生产时曾临海操琴，歌颂盐湖里终年不息的南风。他唱道：南风啊温暖亲切的南风，你给我的国民解除了多少贫困忧虑；南风

死海螺碟

啊祥瑞及时的南风，你给我的国民创造了多少可用的财富！此遗迹堪称中华民族神物。可惜在宋朝末年一次地震中，天梯崖整体震裂塌下，摔为碎石。帝舜琴台也于明朝初年两遭雷击，台损石烂。当时人们传说是舜帝派遣天神故意毁坏遗迹，他不想留下任何真迹在人间。明朝至今五六百年来，当年天梯崖及舜帝琴台旧址也湮灭于人世。新中国建立之后，考古工作者曾几番探查，但却因种种原因未能查明真迹。"

杨虹漂老师摘下耳机说："好个海力，原来你早知道这些呀。这录音什么时候搞的？海力轻轻一笑说："这是我从海力专用电脑资料库里下载的声音资料。考古工作者都找不到的东西，我怎么会知道呢？"

马兰奇在他们说话的时候已独自往洞里摸去了。他喊道："真有趣。洞里弯弯太多，我看不到亮光，不敢往前走啦，你们快把灯提过来嘛！"

这个天然"石肠"确实有趣。它不仅是又圆又弯的一个洞道，而且洞壁也有酷似肠子的褶皱。杨虹漂边行走边用手抚摸着滑溜溜的洞壁，她看看石洞，又看看自己的腹部，不知联想起了什么，突然两颊上飘起了红晕。好在海力他们在认真地爬洞，谁也没有发现。

说他们此时是在"爬洞"是比较贴切的，因为天肠洞虽然弯曲，但更难走的是它坡度很陡。这座山崖好比是一个站立着的人，它就像人的肠子那样直立着。好在"肠道"越走越窄，人可以扶住肠壁、踩着肠壁行走，因此也不十分费劲儿。

海力把探照灯挂在胸前走在最前面。走了约摸 20 分钟左右，洞道突然变宽，通到一处足有两间房子那么大的椭圆形地方，好像是肠子连结的一个"胃"。马兰奇说："咱们叫它天肠洞兰奇胃堂吧，反正它没有名儿嘛。"

调王表示不同意，他说："胃堂就胃堂，可是，怎么能用你的名字命名呢？"杨虹漂老师也反对这样叫。

海力说："是马兰奇发现的天肠洞，咱们就这样奖励他一下吧！"调王不高兴地说："那我也要找个地方用我的名字命个名，否则就太亏了!"杨虹漂也赞同他的意见。

兰奇胃堂的石壁上也刻着字。好像还有用赭石粉写的诗文,但都因年代过久而无法辨认了。杨虹漂说:"海力,你的MP3里面有这儿的资料吗?"

海力说:"没有了。不过我想,这里应该还能找到点什么。"说着,他把携带着巨大能量的探照灯调亮,在兰奇胃堂里细细搜索。搜索了一番,也没发现太重要的东西。

而调王这时却在胃堂通往山崖顶部的肠道口大叫道:"书,一本书!"海力提灯过来,只见石壁下面的几块石头下,压着一本"石书"。马兰奇轻轻搬掉石块,一块长方形石板完整地展现在他们面前。其实,这本石书只有这么一页,它是一通书形石碑。

调王正想动手把"石书"搬起来,即被海力阻止了。海力用自己胸前那枚"留住你的音容笑貌"纽扣照相机拍下了上面的刻字,然后说"请把它搬起来吧。"

杨虹漂也上手去抬石书,没想到石书哗啦一下破碎成了一堆石片。几人都惊呆了,"多亏海力拍下了它。"调王伸了一下舌尖说:"我现在相信海枯石烂这句话了。"

杨老师说:"为什么?"调王得意洋洋地说:"这不明摆着嘛,中国死海其实是干枯的海洋,这石书不是也成了粉末了吗?时光,是一支杀人不见血的激光枪呢!"

石书说话

海力此时并不说话。他用手刨开石书的碎片仔细观察了一番后说:"海枯石烂,这石板的石质是紫砂岩,一种很容易风化的石头。能经历这么长岁月已经很不容易了。"

马兰奇说:"海力,你拍下的石书上都写着什么内容呀?"海力解开衣襟,端起扣子鼓捣了几下,小屏幕上显现出石书的图形。海力把字逐一放大辨认后回答:"奇怪!想不到这石板上会刻着千年前的'包公遗案'!"

杨虹漂几人一听，呼啦一声围上来说："它是怎么说的？"

海力放下扣子说："有些字也看不清了，但它的大概意思还能弄清楚。这石书上说：皇祐三年，包公奉宋仁宗之命前去开封赴任。就在临行前一天夜里，被他查处封存的10万两金元宝在凤凰城巡盐府失窃。与时同时，供奉在这个水晶洞中的'万宝之钥'也失踪了。"

"这么说，那台湾象牙板说的事情是确有其事了！"杨虹漂特别激动，她问："石书上还说什么了？"

海力张开嘴巴又合住，合住又张开了说："还提到几个人名或是地名。有蚩尤村、黄帝、牛家院、关羽等，但他们之间的连贯词都辨认不出来了。"

调王和马兰奇听了之后有些失望。他们说："没什么有用的线索，咱们休息一下往上爬吧，说不定能捡到舜王弹过的古琴哩。"

杨虹漂说："还休息什么？现在就往上爬吧。谁走在前头，也许还能见到舜帝本人呢！"

海力让她挂着灯走在前面，自己在最后面保驾护航，万一有人失脚往下滑的话，海力就能堵住他们。

上面的肠道越来越细了，最细的地方只能让人从圆圆的肠道里硬挤过去。四人中只有杨虹漂稍微胖些，她只要能钻过去，大家都没有问题，忽然，石洞变宽了。杨虹漂叫道："哎呀，上面有石台阶了！"海力也听到了山鸟的鸣叫声，他断定快要出天肠洞了。

果然，洞里有了光线。他们沿着人工凿成但又遍布大小石块的石阶往上爬了一阵，就从两块大石头的缝隙中钻到了一片只有一张双人床大小的崖面上。四人紧抓着石头不敢松手。而他们脚下一块坠下来的石块上，隐约可见有"帝舜琴"的字样，"琴"后面的"台"字可能早随石块掉到崖下化为沙土了。

海力放眼向死海望去。碧波千顷，银光闪闪。那一畦畦千年人工围堰上堆放的芒硝如雪似玉，大天鹅在空中翱翔。死海彼岸的云城市云笼烟罩。

山风呼呼。人在高处,上有悬崖,下有陡壁,感觉轻飘飘的。海力让杨老师他们回到洞里去,因为站在这块巴掌大的琴台上太危险了。调王和马兰奇这回十分听话,因为他们早就坚持不住了。

"舜帝能坐在这么危险的峭壁上弹琴高歌,不愧为千古圣贤。天下没有一个琴手有这么大的胆魄和水平!"海力在琴台上站稳,上下左右望了望,他发现悬崖上较大的灌木都被火烧得只留一截老根,头顶的石块上还有比较新鲜的断面。

"这里经常被雷电击打,舜帝琴台就是这样被摧毁的,幸好人们找不到它了,不然的话,这几百年来,不知有多少朝圣者要遭雷神的毒手。"海力边说边返回了石头缝里,他认为这里出了危险,已没有什么破案线索可寻。

羊肉泡馍里的手机

海力与杨老师他们商议了一下,四人决定开始下山。海力提醒大家格外小心,因为下这样的山洞并不比上它容易,自己则处处留心石壁上的石刻和文字。他们重新经过兰奇胃堂时,海力又仔细将石壁和地下搜索了一遍,可是没有新的发现。

海力一路走一路不时拍照,因为他预感到天肠洞里已经保持了几百年的容貌怕要很快改变了。果然,当他们钻出天肠洞口时,就看到山崖下聚集了一群人,有游客,也有不远处村子里的农民。至于他们指指划划地说些什么,海力根本不想知道。他只是嘱咐杨老师他们不要把天肠洞的发现告诉这些人,避免其中好事者破坏了这件已被大自然破坏过的幸存古迹。

海力目送他们三人一个个下到了地面,这才解下马兰奇的绳子,揪住山神腰带嗖嗖嗖溜下了山崖。不等人群围拢,海力早发指令解下了智能抓钩走了。

"中午吃什么?我的肚子都饿扁了!"调王喊叫着。大家这才感到了饥饿，一时食欲涌动。

"就吃当地的风味饭菜，你们说怎么样？"海力似乎早想好了。杨老师说："听说云城的羊肉泡馍十分好吃，咱们就尝一尝这个地方名吃吧！"没有人不热烈赞成。

于是他们打的直奔市区。因为他们相信老街小巷的小饭店比瑞莱斯漂浮浴场内的五星级酒店更容易找到特色。

云城是黄河金三角的一颗明珠。这里的语言、饮食等文化习惯与西安一脉相承。羊肉泡馍店在大街小巷比比皆是。很多店主都把那又大又深的铁锅支在店门口，沸腾的羊肉汤里煮着羊头和羊骨架。打火烧的旋风炉就支在大铁锅边上，一个个金黄色的烧饼谁见了都垂涎三尺。

司机师傅为他们推荐了一家他认为比较好的小泡馍店。四人刚入店落座，店老板就亲自走上前问道："几位都要泡馍？"马兰奇嘴快，他抢先答道："要大碗的，热烧饼也要，还要多放点羊油红辣子！"

老板一边答应，一边安排服务员切肉，舀汤，端饼子。只见胖厨师左手擎起硕大的海碗，右手中铁勺飞舞。兑汤，加盐，放调和，搁鲜葱、芫荽、熟羊肉片，勺碗叮当，令人眼花缭乱。顷刻之间一碗羊汤就腾着香气端到了桌上。那黄亮亮的热饼子、白生生的大葱段和金色的糖蒜、绿色的韭花也一并端来。哈，未吃人先喜。此刻，4人谁也顾不上谁了，各自低头抡筷大吃大嚼。店老板咧着嘴站在一旁笑。看他们吃得香甜，便吆喝厨师给每人再加一勺羊汤，并声明这勺羊汤是小店赠品。

杨虹漂的耳朵根和脖颈上还有没洗掉的死海黑泥，但她哪里顾得了这些。她最先把羊汤喝完，没想到大碗又被厨师添满了，喜得她连连道谢。正在这时，她袋里的手机响了，有人给她发来了短信。

杨虹漂说了一声"讨厌"，仍呼噜噜喝她那羊汤，可是铃声又响了，她才不耐烦地说："响响响，不看人家在喝羊汤！"边说边拿出小巧玲珑的银白色手机来，双手按键查阅。刚看了一眼，手机却不知怎么从手指间滑落，沉入盛满羊肉汤的大海碗之中。

羊汤溅得杨老师衣服上斑斑点点。店老板急忙抓了一沓子餐巾纸递过来。海力早伸出竹筷子,把她的手机打捞出来并拿去用温水冲洗。冲洗完毕,急忙卸下电池,向店老板讨了酒精、棉花细细擦拭。擦拭完毕后开机一试,嘿,一切正常,与掉进羊汤前没有什么区别。

经过昨天晚上和今天上午的相处与磨合,调王早打破了他和杨老师之间的师生界限。加上他此时已喝足了羊汤,于是问道:"杨老师,哪位情人给你传信?"

杨虹漂的脸颊刚才已被羊肉泡馍吃出了两朵红晕,此时满脸绯红地说:"小朋友懂得啥?不是情人发信,而是记者传书。"

萨蜡人儿其实也是个很幽默的人。他问:"你的手机也想喝羊汤了?要不然就是想洗羊汤浴了,或者想搞个羊汤漂浮!"杨老师正小心翼翼地双手接过厨师重新舀好的一碗羊汤,所以没有言语。

海力问:"记者传书?请问是哪儿的记者?"杨虹漂答:"《伴君走天下》杂志的记者。他姓……嗨,你们这是怎么了,三堂会审啊?"

显然,杨老师不想说出这人的姓名。

盐池之神和死海博物馆

上午的天肠洞探险对海力他们来说非常有意义,因为进一步证实了包公遗案的案发时间和失盗的物品。回到瑞莱斯浴场的酒店之后,海力用手表电脑检索了一下,查出宋仁宗皇祐三年即公元1051年。据天肠洞石书记载,包公就是这一年被提拔调走的,盐池大窃案也是这一年发生的。

955年过去了。要弄清案件真相,现在该从哪儿下手呢?调王和马兰奇都躺到床上睡着了。海力从来不午睡,因此他独自坐在写字台前思考。说实话,和杨虹漂他们一块坐火车来的时候,海力脑子里还没有形成任何破案的方案,直到现在,海力仍觉得脑袋里空荡荡的。这种感觉海力还是第一次经历,因为他从来也没有遇到过像包公遗案这样丝毫没有破案线索的无头案。

"不管是怪案难案,我总是能找到答案!"海力这样鼓励自己。正在床上呼呼酣睡的马兰奇突然说开了梦话。他嘴里反反复复念叨着："蚩尤"、"黄帝"、"牛家院"、"万宝之钥"等名词，这些名词都是天肠洞兰奇胃堂石书上写的。

"这些名词表达什么意思？"海力不得而知，但是他能够肯定古人刻在石书上的这些词，都有十分重要用意。他们试图用这些词记下包公遗案的有关线索。令人扼腕痛惜的是，这部分文字已成为永远的秘密。

下午2时整，海力叫醒了调王和马兰奇，又让调王把杨虹漂叫起来，他让每个人都带上一个小本子立刻跟他走。

"去哪儿？"马兰奇边走边问。

海力说："我听说死海北岸有座池神庙和死海博物馆，咱们到那里去找找线索。"海力还向他们三人交代了一定要弄清楚的四个关键词，这就是：蚩尤、黄帝、牛家院和万宝之钥。

池神庙就坐落在死海边上的卧云岗上。三座气宇轩昂的神殿里，分别供奉着日神、水神、风神。因为盐业生产离不开这三个最基本的条件。据庙史记载，自汉唐以来，共有39位皇帝前来巡幸盐池。唐代宗敕封盐池为灵庆公，宋朝、元朝也对盐池封公封王。

"想不到死海竟有这么牛气的历史！"杨虹漂说。她第一次听说一片湖水也能封官。

"唐朝时期，这里生产的潞盐供应十几个省区，盐池的税收占到整个王朝财政收入的三分之一左右呢。"调王把有关盐池的情况记录在小本上，不一会儿就记了好几页。

死海博物馆就设在池神庙的大院内。朱林馆长是全国著名的盐文化研究专家。他热情接待了海力一行，亲自带领他们参观有关死海的实物和图片，并耐心回答海力他们提出的各种问题。

马兰奇的问题是："蚩尤村在哪里？"朱博士说"蚩尤村就在死海的东南角上，那里有一条隋朝的运盐古道。五千年前盐池曾发生过一场战争，战争的名称叫黄帝战蚩尤。他们为争夺盐池的开采权殊死战斗，蚩尤战败被杀。后人为纪念这场战争，就将蚩尤被杀的那个村叫蚩尤村。这是一个历史非常悠久的村庄,也是一个故事博物馆,许多有关死海的传说都保存在那里。"

杨虹漂问道:"朱馆长,牛家院是什么意思?"博士笑了笑回答:"这是在死海周围村落里流传了千百年的一个神话。神话里说,就在死海南岸的中条山里,有一条山谷叫万宝谷。万宝谷里有一个万宝之洞,名叫牛家院。牛家院是舜帝的财宝库,天下的金银财宝都储藏在内,所以那里面的财富不计其数。"

"那么博士,您知道牛家院的确切位置吗?"马兰奇忍不住发问。

"刚才我说了,这只是一个神话传说啊。这里的儿童都会念:'打开牛家院,能富九州十八县。'据说有两头牛守护着牛家院的石门,只有拿着舜帝留下的'万宝之钥'的人,才能够找见牛家院并打开石门。我还听说中条山上的确曾供奉着一把万宝之钥,可是不幸于北宋末年丢失了,所以至今无人能找见牛家院,也无人能打开这座宝库的大门。"说到这里,朱博士一声长叹。

谁也弄不明白朱馆长是在感叹世事沧桑呢,还是在慨叹他虽知山中有宝,却苦于寻宝无门?不过,他已经把海力他们今天下午想要弄清的事情说明白了。海力十分崇敬地握住老人的手向他辞别。死海上吹来的南风撩动着朱博士稀疏的银发。

奇怪的脚步声

走出死海博物馆的大门,就是一条大街。沿着大街行走了 200 多米,就看见一家"黄河金三角馍花馆"。午饭时,杨虹漂的手机掉进了羊汤,因此影响她没能吃好饭。现在不到下午 6 点,她已感到肚子饿了。见到这家馍花馆她就说:"炒馍花也是云城的名吃,咱们今晚就在这儿吃饭吧。瞧,大碗馍花才两块钱一碗!"

尽管马兰奇他们还不觉得肚饥,但经她这一说,人人嘴里口水涟涟。于是他们异口同声说:"行喽!"

馍花实际就是把馒头切碎用葱和鸡蛋放在油锅里炒制的家常食品。

黄河金三角地区很流行炒馍花，馍花炒热炒黄之后香脆柔软，一顿饭能吃一个大蒸馍的人，吃馍花能吃两个大蒸馍。

　　四个人嚼着香喷喷的炒馍花尽情享受。突然，杨虹漂袋里的手机又发出了收到短信的铃音，没想到她的手机喝了羊汤仍完好无损。这件事儿后来被传到社会上，手机商于是借此大做文章，到处刊登广告说杨虹漂使用的玫瑰牌手机是不怕羊汤手机。他们还别出心裁地与羊肉泡馍店联合，谁买玫瑰手机送你三大碗羊肉泡馍券。有人拿了券之后故意将新买的手机掉进碗里，虽然他们也立刻捞起并用酒精棉花擦拭，但再拨打时根本不管用了。因此他们都骂杨虹漂是与手机商串通了作秀。当然这都是后来发生的事情了。而现在边吃馍花边掏手机的杨老师根本料想不到将来还会发生那样讨人心烦的事情。

　　马兰奇看见杨虹漂又在按键读信息，便眨了眨眼睛说："杨老师，你不喂它吃点馍花？它中午只喝了一点儿羊汤啊！"

　　话音未落，杨老师的手机就从左手上掉进馍花碗里去了，调王一看，把嘴里正嚼着的馍花全喷到了地上，笑得呛了气管，吭吭不住咳嗽。

　　海力一怔，随即也大笑起来。杨虹漂从碗里捡起手机说："萨蜡人儿，不知道你还是一张乌鸦嘴呢！你这儿一叫，我这儿就乱套。"

　　马兰奇嘻嘻笑着说："这能怨学生吗？谁叫老师看到信息就冲动呢！"听了这话，杨虹漂脸上掠过一丝焦急的神色，但只是一掠而过，调王和马兰奇甚至根本没有发现。一直到了晚上睡觉时，他俩还为今天的"手机吃饭"故事津津乐道呢。

　　灯熄了。月光通过窗帘把房间映得清亮亮的。忙碌了一天，大家都疲惫了。海力一上床就进入了梦乡，但睡梦中他却隐约听见了隔壁房间杨虹漂老师的开门声。海力的大脑一下被唤醒了。

　　他自言自语道"已经快零点了，杨老师开门干什么？哦，是有人约好了要见她，一定是，因为门一响马上又被关上了。从这两声门响之后楼道里并没有脚步声来判断，是有人进房了。"

"是什么人来找她？情人？朋友？"海力用谁也听不懂的评议小声嘀咕着。这是没人在场时他思考研究问题的一种习惯，他总是喜欢自言自语。虽然调王和马兰奇睡在身边，但此时的房间就跟只有他一个人一样。

经过一番推断，海力肯定来找杨虹漂的人是一个男人，但并非她的情人，因为杨虹漂的情人不需要这么神秘兮兮地来，既然他已经神秘兮兮地来了，肯定也会神秘兮兮地离开。海力相信自己的推断。他还进一步断定：如果来人是杨虹漂的朋友，那也是一个不敢见人或有不敢见人的神秘事情的朋友。

想到这儿，海力侧身从床头柜上的提包里摸出一个被他命名为"谛听"的大地听诊器。他把耳塞塞进右耳，把另一头的橡皮吸盘吸在墙壁上，同时把左耳朵对准房门，聆听空气中的声音。

不出海力所料，刚过了10分钟，杨虹漂的房间门再次轻轻开启，两秒钟之后又轻轻关上，海力特有的听力还听见杨老师挂防盗链的响声。

左耳朵搜集到这些信息之后，右耳朵凭借"谛听"也听到了一种很缓慢的脚步声。如果不用"谛听"，即使是海力，也不可能听到这种轻落轻起鬼一般的足音。

R18

尽管楼道里的走路人蹑手蹑脚，像幽灵一样尽量不发出足音，但他身体的重量对楼道以及铺在楼道上的地毯的作用力却逃不脱"谛听"的监听。其实，"谛听"只是由一个耳塞、一根橡皮软管和一个橡皮吸盘构成的"大地听诊器"。它是海力模仿医生脖子上常挂的听诊器而发明的一种土监听设备。使用时可将它的吸盘吸在树上、墙上和汽车上，但最好是吸在地板上，大地振动的声音可通过橡皮管传送到人的耳朵里。海力曾用它听到过200米外一个人跑动的声音，也听到过100米以外一户人家在厨房的案板上剁饺子馅的声音。但这些声音不借助"谛听"

是根本听不见的。

　　说到"谛听"这个名字，这里还得多说两句。"谛听"是《西游记》里阎罗王的一只善于用声音辨别人物的怪兽。六耳猕猴修炼成精后变成孙悟空的模样，就连玉皇大帝和凌霄殿的天神也无一能辨出真假，于是真假两个猴王来到阎罗殿。阎罗王请出"谛听"来断案，结果也令人失望。海力发明大地听诊器后没法给它起名，有一天他翻看《西游记》，就给听诊器起了这个名字。

　　却说海力借助"谛听"，清晰地听见楼道里那男人朝西边方向走了18步，接着有电梯轻微的响声，那人乘着电梯下楼了。

　　从杨虹漂的房门口到电梯口约有23米距离，那人用18步就走完了，可见此人个大腿长，海力估计他的个头至少在180厘米以上。为什么海力一开始就断定他是个男人呢？他是这样想的：第一，假设来人是女的，那么杨虹漂在给她开门时两人就会说话，不可能悄然无语地迅速闪身入门。因为这从开门、关门的声响间隔的时间上可以判定出来。第二，假设杨虹漂在零点时刻会见的是一个女人，那么，这个女人就不会那么迅速地离开她的房间，甚至还有可能在她的房间留宿，因为瑞莱斯漂浮浴场虽然是不夜城，但实际上一到这个时间酒店里的旅客大部分都上床休息了，加上死海所处的特殊地理位置，一般人在半夜时分是不会从市区方向来这儿的，更何况是一个单个女人。

　　鬼一般的18下脚步声响过之后，海力验证了自己的判断。他自语道："一个身材高大的男人找她说什么呢，而且他只在房间停了十几分钟时间？"

　　海力又思考了一会儿，想不出自己所要的答案，于是，他马上换了一种思维，海力又自语道："这件事与我们有关吗？那神秘男人对我们调查包公遗案有什么影响吗？如果没有，我们为什么要花费这么大精力去关注他呢？也许，这纯粹是杨老师和那神秘男人之间不可告人的隐私吧。"

　　"可是，"海力继续自言自语地说："他们之间的最大的隐私无非情爱关系吧。像杨虹漂这么开放、大胆的女孩，在学生面前都敢撕掉任何包装洗黑泥浴，那还有什么让她羞羞答答、不敢让我们——实际上是我一个人知道的事呢？从神秘男人偷偷来偷偷去的行为上看，他就是害怕被我知道，怕被我知道就肯定有鬼！"

刚说到这儿，就听调王迷迷糊糊地问："海力，你是不是在背希伯来语单词啊。为啥一句也听不懂？"原来，他刚刚做了一个梦，被梦里的情景搞醒了。

海力说："我没有背希伯来语单词，倒是背了一个汉语拼音和阿拉伯数字的复合词。"

马兰奇也被尿憋醒了。他问："什么复合词？都快凌晨两点了你还背它干什么？"

海力嘻嘻笑着说："这个复合词是'R18'，R是瑞莱斯浴场酒店几个字汉语拼音的打头字母，18是有人在某个地方走了18步。"

"这个单词好奇怪。海力，这对我们的调查有什么关系吗？"马兰奇边往卫生间走边问道。调王也从床上坐起来问："是呀。R18很具有神秘感呢！"

海力说："我用R18指代一个男人。实不相瞒，我真的不知道R18与本案有什么关系。"

蚩尤村探秘

太阳出来了。今天是星期日，又一个春风送暖的日子。海力他们早上6点钟就起床洗漱用餐，7点钟便整装出发。他们今天的目的地是蚩尤村。因为这个古老村子里保存着许多有关盐湖的传说——这是昨天下午朱博士的提示。

蚩尤村距死海岸只有半公里。北濒死海，南邻中条山。村址曾几次搬迁，但村名始终不换。据村里107岁的老寿星范长山说，这村子已有5000多年历史了。

据村里人讲，蚩尤原是这盐湖边上一个最大部落的首领，他勇敢剽悍。跟黄帝作战失利后蚩尤被俘，黄帝让人把他肢解为7块分别埋在不同的地方，否则他立刻又会重生。他的鲜血流到湖里化作产盐的卤水。村民还指着死海硝池里那一池池暗红色的盐水说："你们看，这盐水都带着血的颜色。"

死海岸边有一片片小麦和油菜。阳春三月正是"麦苗儿青，菜花儿黄"的时节。杨虹漂贪婪那碧绿的麦田和金黄的油菜。她说："海力，咱们不要到村民家里去了，我看那小麦和油菜地里也有不少人在干农活呢。咱们到那里找人聊天，既能欣赏田野风光又不误调查，岂不两全其美？"

于是四人兴致勃勃向村外走去。马兰奇用手指着一片麦田说："那儿有两个青年人，他们身后有那么黄一片油菜花，咱们去那里吧！"大伙儿没有异议。

正在麦田里锄草的两个青年是蚩尤村的唯一一对双胞胎，老大叫盐哥儿，老二叫山哥儿。俩人一样的眼睛一样的嘴，穿着一样样的衣服，初次见面，谁也分不清老大老二。

海力他们走到田埂上先作了自我介绍。杨虹漂老师还和他俩一一握了握手。她用动听悦耳的嗓音说："你们哥俩儿看上去都不到20岁，为什么不去上大学呢？"

盐哥儿回答："高中毕业后我们没有考大学，因为我们认为这中条山、这死海也需要有人来开发和建设，如果我们上了大学的话，就怕一辈子也回不到这小村庄里来了。"

马兰奇好奇地问山哥儿说："你们长得真像，就跟我和萨马兰奇似的，萨马兰奇知道吗？那个老奥委主席"。

山哥儿一看马兰奇就笑了。他说："你如果不说话，我还以为你是照他的样儿定做的蜡像呢！"

他的这句话让海力、调王和杨虹漂笑得气也喘不上来。调王说："马兰奇先生，我们给你的大号没有起错吧？"他又扭过头对双胞胎说："你们真是慧眼识珠——他的绰号就叫萨马兰奇蜡人儿，简称萨蜡人儿。"

兄弟俩这回也笑得扔掉了手里的锄头。杨虹漂笑了一会儿突然问:"你们谁是山哥儿?"

山哥儿拍拍胸脯说:"我是呀。"盐哥儿也拍了一下山哥儿的肩膀说:"他是弟弟嘛。"

谁知山哥儿不高兴地说:"其实他也不算什么哥哥。因为只不过比我大几秒钟而已。"

"即使大1秒钟我也比你大,社会法则就这么定的!"盐哥儿得意洋洋地说。刚说完,他的头上脸上就被山哥儿抛上一把金黄的油菜花瓣。盐哥儿拔腿要追山哥儿,却被海力轻声唤住了。

海力说:"盐哥儿,咱们都是好朋友了,我们是蓝海市康华中学288班的学生,来访蚩尤村是想听听这里传说的死海故事,你们能讲一些给我们听吗?"

盐哥儿满口答应道:"故事多着呢,一千零一夜也讲不完,山哥儿也讲得蛮好呢,可是不知道你们想听哪些方面的故事?"

"听听牛家院的故事,还有万宝之钥的故事。"马兰奇道。

"还有宋朝末年金元宝失窃的故事。"海力补充说。

山哥儿此时凑上来说:"啊,都是非常动听的故事,可是都与财富有关,你们是不是想探宝呀?我跟你们说,这中条山是聚宝山,这死海是聚宝盆,金银财宝多着呢。只是我爷爷说啦,'遍地有黄金,缺少探宝人',你们如果真和财宝有缘,咱们就合伙儿干!盐哥儿也有探宝的想法呢。"

盐哥儿不好意思地说:"那宝是好探的吗?光咱们弟兄俩都见过多少探宝者了!山哥儿你少给我信口开河。"山哥儿向他做了个鬼怪脸说:"那我就闭嘴啦。请你给他们讲讲牛家院的故事吧,这个故事你讲得更动人。"

牛家院的传说

　　杨虹漂让调王和马兰奇从随身携带的背篼里拿出健力宝、火腿肠、面包和矿泉水分给大家。他们六人席地而坐,东面是金色的油菜花,西面是绿茵茵的麦苗儿,太阳当头倾泻着温暖,微风轻拂每个人的脸庞。

　　盐哥儿的故事开始了——

　　食盐是人类生命的必需品,食盐是人类社会进步的发动机。我们的祖先早在5000年前就开始了运城盐湖的开采工作,这里生产的食盐化学名称叫氯化钠,我们的祖先叫它池盐、湖盐、潞盐等等。舜帝曾经到盐湖来视察生产,这在史书上都有记载。据说舜帝在盐湖住了整整100天。就在这百日之内,四面八方的部落首领都到这里来拜访他,献给他数不清的奇珍异宝。

　　舜帝命令手下人把这些无价之宝都存放在中条山一条山谷里,并吩咐要使用这批财宝好好开发盐池,然后就到南方巡视去了。可是没有想到他在南方身染重病,不久就病故了。

　　舜帝临死前没有交代清楚那批财宝藏在什么地方,也没有留下只有他一人知道的寻宝秘语。

　　几千年就这样一晃而去了。在这漫漫历史长河中,有不计其数的人想找到舜帝当年的藏宝之洞,但是都失败了。到了明朝朱元璋时期,我们村有一位盐工却意外找到了这个宝洞,并从洞中取出了许多金银财宝。

　　那是一个有明亮月亮的夜晚。这位名叫张世银的穷苦盐工干完活后拖着疲惫不堪的身体回家。当走到一条山谷口的时候,他听见山谷中有人叫他的名字。他仔细看看没发现人影。于是继续走路。此时喊声又响起,他站住看看还是没有人。张世银害怕了,他以为遇到了山鬼或者是湖怪,急忙撒腿就跑。没跑几步就被石头绊倒了。他跪在地上对石头说:"山鬼湖怪饶了我吧。我还有80多岁的老母亲需要我做工养活哩!"

念叨了一顿也没人理他。他爬起来正要走的时候，还是那个声音对他说："我不是山鬼湖怪，你跟我来吧。"接着，他像被什么东西拉着一样，不由自主地向山谷深处走去。走啊走啊，也不知走了多远，忽然，他听见了牛叫声，定睛一看，啊呀，就在一个很高的悬崖下面，卧着两头石牛。一个声音说："请你摸一摸两只牛的耳朵。"

张世银战战兢兢照着做了。那两只牛于是抖抖身子，哗啦啦把身上覆盖的一层石皮全抖落在地上。啊，它们一头是金牛，一头是银牛。金牛银牛回首望山崖一叫，一阵飞沙走石过后，山崖上出现一个石门。石门旁边刻着"牛家院舜帝藏宝洞"几个字。

那金牛银牛突然开口说："请你叩门环进洞。"张世银惊奇无比，但他还是壮着胆叩了叩石门环，石门隆隆开启。啊，洞中立刻喷射出珠光宝气。张世银急忙跑进洞里，洞中堆满了金银器物和珊瑚宝石，还有龙珠、凤羽、麟角等稀世珍品。

张世银在洞里转了一圈，看得眼花缭乱。一个声音又说："你想要什么就拿什么，想要多少就拿多少。"张世银拿起一只龙珠揣在怀里，可是马上又掏出来放在原处。他自言自语说："我不能拿这么贵重的东西，我只要一些银子给老妈买些吃穿就行了。"于是他抓了几锭银子就走出了洞口，刚出了洞洞门就咣当一声关上了。张世银回头再看时，哪里还有什么金牛宝洞？眼前是长满野草的悬崖石壁！

万宝之钥的去踪

"后来呢？后来张世银怎么样了？"杨虹漂像个孩子似的问道。

"后来，张世银用他从宝洞里取出的银子盖了两间房子，又买了许多粮食和衣服，让他的母亲过上了温饱生活，一直把她老人家养老送终。而就在安葬完他老母的那天夜里，村里人听见有人呼唤张世银的名字，从此以后，张世银就不知去向了。"盐哥儿说到这里不吭声了。

山哥儿补充说："他的故事基本上讲完了，我想告诉各位的是，从那时候到现在，再没有人找到过牛家院。传说我们村有个财主听说了张世银的事情之后,就常常在有月亮的夜里跑到山边去转悠。有一回也听人叫他的名字,也让他往山里走,他也进到了宝洞里。但他太贪财了,他拿了龙珠又想拿珊瑚,拿了宝石还想要金银,结果还没等他走出洞洞门就关上了。他在洞里化成了一副骷髅。"

"听说有了万宝之钥就可以找到并打开牛家院,那是不是真的?"杨虹漂问道。

山哥儿扑哧一声笑了,他说:"那只是神话传说,比如说,我手里的这把钥匙就是万宝之钥,难道拿上它走进山里就会山崩石裂出现一座牛家院吗?即使出现这么一座牛家院,洞门口真会有金牛银牛说话吗?"

杨虹漂听他这么一说自己也笑了,她说:"太投入了,太投入了。故事真能把人的精神给颠乱了。"

海力趁机一语双关地问:"杨老师,我看你今天确实有点恍恍惚惚的,是不是昨夜没有睡好?"

杨虹漂脸颊又飞起红晕说:"我昨晚睡得很好嘛,很早我就睡了,而且一直睡到调王叫我的时候。我是被盐哥儿的故事弄晕啦。"

盐哥儿对山哥儿说:"你再给他们讲讲万宝之钥的故事吧,这个故事比较简单。"

于是,大伙儿又默不作声地坐好了聆听山哥儿的叙述——

世人都传说当年舜帝临死前也没把牛家院的事情交代清楚,其实,这是一个误会。因为舜在中条山中藏好财富之后,就让人支炉生火,亲自打制了一把开启牛家院石门的钥匙。这钥匙的材料,用的是他亲自从盐湖中捞取的一块盐晶。盐晶是盐湖的精髓,是天精地血在盐湖中经过千万年媾和而生的神灵之物。据说,舜帝打造这把钥匙那晚上,地也动,山也摇,本来波澜不惊的盐湖死海也腾起三尺大浪。那把钥匙因为聚合了日月大地之精华,因此熠熠生辉,把黑夜耀得如同白昼。舜帝怕它太惹世人注目,因此在它表面涂了一层湖底的黑色盐泥,顿时它收敛了宝光,变成像岩石一样的颜色。

但任何人都不知道舜帝制造的这件东西就是牛家院的钥匙,因为远古时候的钥匙根本不是像今天的钥匙一样能看出来是钥匙。舜帝的钥匙是由一个弯月亮、一个太阳两个图形构成。他们只知这是舜帝留下的圣物，根本不知它就是万宝之钥。

这把钥匙一直被供奉在中条山上一个名叫水晶洞的石洞里。宋末明初时被人盗走，从此下落不明。钥匙失踪之后，人们才知道它就是人们找了几千年的神钥。从那时起，它才有了"万宝之钥"的名称。真是"供在山中不知君，仙踪去后方识物"。

关公与青龙潭

"那偷走万宝之钥的人打开了牛家院没有？"山哥儿刚讲到这里，调王和马兰奇就迫不及待地问道。

"没有听说。"双胞胎哥俩说："没听说有人打开了牛家院，至少我们蚩尤村的故事里没有。"

油菜地里蜂飞蝶舞，春风送来一阵阵菜花香，充满香气的阳光晒得人昏昏欲睡。海力站起身说："太感谢两位了，现在快12点了，你们是不是该回家了？"

盐哥儿说："春光这么美，回家是浪费。你们带来的食物我俩都享用过了，午饭也不用吃了。这样吧，请把你们的姓名和联系方式留给我们，我很喜欢和你们做朋友。"

马兰奇拿出四张玫瑰色的空白名片，把自己和海力他们的通讯地址一一写在上面。他的字写得非常漂亮，但就是太秀气了，不知道的人准以为是女孩子的笔迹。

双胞胎也把自己的姓名和电话写给了他们四人，盐哥儿的大名叫金盐，山哥儿的大名叫金山。

金盐和金山看到海力的名片后一下子蹦起来说："一见你就感到非常眼熟，原来是我在《人神侦探》杂志的封面上见过你的照片！鼎鼎有名的重量级人物啊，为什么不早早告诉我们呢？"

听了这话，杨虹漂急忙说道："6年前《中国体育报》也登过我体操比赛的照片呢!"但她的话金氏双胞胎似乎没有听见。

海力最害怕别人夸奖自己,金氏双胞胎的几句话就窘得他脸红胸热。精明过人的萨蜡人儿立刻为海力解围说:"金盐、金山,真好听的名字!谁给你们起的名儿啊?"

金山说:"他的名字是我爸起的,我的名字是我妈起的。我爸我妈都曾是具有大学水平的小学教师。"

金山的话把大家逗乐了。笑声中海力问:"听说你们村对面的山上有一条古盐道,山里还有一个金元宝青龙潭,这是真的吗?"

"当然是真的,"金盐骄傲地说,"我和山哥还顺着古盐道翻山越岭看过黄河呢。"

"那金元宝青龙潭也一点不假,我和盐哥儿在潭里游过泳呢。村里的寿星爷说潭底有金元宝,还说古时候山里一伙强盗偷走了盐政衙门里的10万两金锭,当他们把金锭藏在运盐的骡马车上经过无底潭时,突然半空中出现了关公的红脸长髯。他把手中的青龙偃月刀一抛,那刀立刻变成了一条张牙舞爪的青龙。青龙把强盗和骡马车一口吞下,然后又吐到了这深不见底的无底潭里,因此这潭改名叫青龙潭。后来听说有人从潭里捞出过金元宝,所以青龙潭又改名叫金元宝青龙潭。"金山一席话把大家说得心驰神往。

杨虹漂激动得两颊飞红说:"这个传说说的就是那件金元宝失窃案呀。海力,咱们去看一看那青龙潭吧!"

马兰奇和调王也说:"一定很震撼很过瘾!"

海力提起自己的背筅说:"那还得劳驾金盐、金山给咱们当向导呢!"

金氏双胞胎早把锄头藏在麦地里说:"非常乐意效劳!"

三颗金元宝

说走就走。金氏双胞胎在前领路,海力四人紧随其后,他们穿过麦田,绕过蚩尤村,在乱石滩上走了不到一公里,就来到了一条山谷口。

顺山谷往里走了半公里，又爬上了一条山坡，脚板就踏上了古盐之道。

这条盐道是汉朝向河南、安徽等地运输食盐的皇家专用道。由于当时的劳动生产工具和技术能力有限，这条修在中条山中的古盐道曲曲弯弯、上上下下，基本是贴着山崖、顺着山势开辟的。直到20世纪30年代，新的运输工具和新的盐道产生，这条崎岖难走的运盐之路才结束了它的历史使命。经过无数次的风摧雨蚀，如果不是金氏双胞胎指点，海力他们根本看不出这石块裸露、布满杂草荆棘的山地，原本就是车水马龙的食盐大动脉。

走了一个多小时，马兰奇已是汗如雨下。调王的脚板上可能磨出了水泡，他不住喊叫自己脚掌痛。杨虹漂体力和耐力很好，因此她替调王背了背篓，有时还搀扶他一把。

金盐说："没办法，要去青龙潭，只能走这样的路。"

金山也说："再走几公里就到了，不过还得翻过一座山梁。"

马兰奇擦着汗说："鬼天气太热了，唉，想不到走山路比攀山崖还费劲儿哩！"

只有海力不吭气。他一边走路一边仔细观察沿途的古盐道和山崖的石刻。这些石刻都是当年运盐人和修路人刻上去的，根本不知道是什么意思。

转过一座山崖，他们看到对面山坡上开满了黄色的野花。金盐高兴地说："马上就到青龙潭了。那面开满黄花的山坡叫金花山，除了冬季，一年三季都满坡黄花。据说花有毒性，羊都不敢吃。所以人畜都不伤害它，任它自由生长。"

"真可惜呀，那么好看的花却不能采，这可能也是这种花的自我保护措施吧，不然，它早被人采得断子绝孙了。"调王侃侃评论着，他显然忘记了脚板的疼痛。

"看，青龙潭！"金山在他们前面50米的山头上喊道。大伙儿飞奔上去。果然看见山涧里有一池深蓝色的水。对面的高崖上还有一股白色的泉水在向青龙潭跌落。

"那伙强盗和金元宝是在什么地方被青龙吞掉的？"马兰奇站在山头上问金盐。

金盐指了指他们刚才走过的地方说："就在那个石头那儿吧！"

海力哈哈大笑起来。调王和杨虹漂也咯咯咯笑个不停。金盐和马兰奇问道："你们笑什么呀？"

金山道："笑你们俩呗。神话传说里的事儿，怎么就当作历史来考古了？"

海力也说："古代的事情，只能求大概轮廓，哪能找具体位置？我是笑这儿呢！"

谈笑之间，他们就来到了青龙潭西边的石壁上。海力用心一看，果然是个气势不凡的水潭！为什么？因为它四面石壁直立，清一色的花岗岩石。水色蓝蓝，海力投了几块石子，都没能测出青龙潭的水深。"投石测水"是海力的拿手绝活，他抛进水中几颗石子，听水声、看涟漪就能估算出水的深度，可是这次他却觉得无法把握。

"无底潭，无底潭，真是名不虚传！"海力惊叹道。他告诉杨虹漂老师他要潜到潭里看一看。

金盐一听急忙阻止他说："这可不行，青龙潭藏龙潜蛟，谁第一眼看它都要倒吸一口凉气呢！"

金山也劝海力说："青龙潭水有多深？潭水里有没有伤人的动物和暗流？这些我们都不清楚，我看还是不要下水吧。"

而马兰奇却坐在石头上说："不管多么危险，他决定了就要去干，你们二位别浪费语言了。"他稍停了一下又说："我也要下潭！"

海力同意他的意见，但只允许他在水面上游一游，不准他往潭水里下潜。说着，海力早穿好了游泳裤，他取出昨天上午在天肠洞用过的手提探照灯，这种灯也非常适合在水下使用，然后在腰上系了一根信号绳，并对调王叮嘱了几句，然后选了个位置一跃而下，潭水溅起一朵小小浪花之后很快恢复了平静。

2分钟过去了，正在大伙焦急之际，潭水中突然飞上来一块沉甸甸的东西，接着，又飞上来两块同样的东西。这三个东西落在杨虹漂脚下，骨碌碌又朝潭里滚去，却被她迅速用手按住。金盐和金山他们跑过去一看，齐声喊道："啊，三颗金元宝！"

阳刚水怪

杨虹漂他们在那里欢喜雀跃，而马兰奇此时已下到了潭水之中。他只在水面上轻轻游动，却不敢往深潭里下潜。潭水很凉，寒彻全身。因为阳历三月本来就不是游泳的季节，加上这高山石潭，水温比死海要低十几摄氏度呢。刚才还是一身汗水的他，骤然入水立刻感到浑身发抖，简直有掉进冰窟的感觉。

马兰奇正想游到石壁跟前上岸，却看见海力从他面前的潭水里冒出来。海力一边喘气一边对马兰奇说："你的嘴唇都冻得发青了，赶快上去吧！"他大声呼叫杨老师他们帮马兰奇上岸。自己也迅速游到了一个大石缝跟前，攀着石缝爬上了石壁。

马兰奇被金盐、金山扶到山坡背风向阳处去晒太阳。海力休息了片刻说："奇怪奇怪真奇怪，这青龙潭里怎么会有金元宝呢？"

"这不是金元宝，是黄色大理石磨成的石元宝。"调王景阳刚说。他刚才已经把海力抛上来的东西仔细研究了一番，他对岩石方面的知识非常热爱，应该说他的结论具有很高的专业水准。

"是啊，那是3块石头元宝。"大伙异口同声地说。

海力笑了笑说："我知道它们是石头元宝，可是当年大青龙吐到这潭里的，是包公老爷亲自查封的十万两金元宝呀！难道这金元宝会变化，一千年之后，它们都变成了石头元宝？"

"金属是不能变石头的，应该说，这石头元宝投进青龙潭的时候，它就是石头元宝。"调王认真地说。

海力非常高兴。他穿好了衣服说："既然如此，那么问题就来了：是谁往青龙潭里投石元宝呢？从做工上看，它们都很精细，是经过精雕细琢、精研细磨制造出来的。一般的石匠和一般的工艺是造不出这些精品的。"

海力让金盐把3颗石元宝拿过来，分别在元宝底部标上了A、B、C字样，然后倒换了它们的位置后说："大伙儿看看，这3颗石元宝形状、大小和花纹都一模一样，很难分出A还是B。因此我认为，这些东西决不是山里的普通老百姓投进去的，也不可能是官府投进去的。"

"那就是古代的运盐人投进去的。因为他们怕青龙吞吃他们的食盐和车马。"杨虹漂老师说。

金氏双胞胎不赞同杨老师的说法，他们说："青龙潭对强盗来说是个危险之潭，但对运盐车马来说却是吉祥之潭。村里流传的故事里有很多运盐人到青龙潭饮水遇龙女的故事。即使当年他们提水饮骡马时并没有遇到过龙女，但也没有必要做了这些石头元宝往深潭里投呀。"

海力一边听着他们的话，一边轻轻地点头。这时忽然听见马兰奇喊道："调皮大王跳进潭里面去了！"

大家跑到石壁沿上一看，果然潭水上有一圈圈涟漪。海力急忙脱掉上衣准备下潭，又听马兰奇喊道："海力你不要下去了！水那么凉，再下去你会受不了的！调王的水性比我好得多呢，他不会有事儿的！"

于是大伙儿一排溜趴在石岸上面盯着。1分半钟过去了，海力十分焦急，因为他清楚在这又冷又恐怖的水里，调王绝对停不了两分钟。如果两分钟他还冒不出水面，那他就是出事儿了！

正想到这儿，调皮大王景阳刚呼地冒出水面，又喷水又吸气地大喊："我捉住一条水怪！"

大伙儿一瞧，不错，调王的左手确实掐着一条火红色的怪物的鳃，那怪物也不奋力反抗，好像有气无力的样子。

金盐、金山急忙攀着石缝去接应他。海力掏出一个小丝网让他们把怪物装进去。那水怪和调王都上来了，杨虹漂批评他说："你应当言语一声再下水嘛！看把大家急的！"

调王哆嗦着身子说："对不起各位，嗨，这潭水太深，我根本潜不到潭底。我本来想再摸两块石元宝上来，谁料到却发现了这家伙。我以为这下碰上吃人的怪物了，没想到它看见我立即就跑，一下子撞到了石壁上撞得不动了，于是我把它弄上来了。看来，它没有在水里见过人，非常害怕人。"

金氏双胞胎尽管多次来过青龙潭，可他们也没有见过这条火红色的水怪。它既像鲶鱼又像大泥鳅，头部上面长着一只玻璃球似的眼睛，它只有这一只眼。

海力看了半天也不知道水怪是什么东西。"可能是青龙潭里独有的鱼类，也可能是一种鱼类或水中动物的变种，反正它已经自己撞死了，咱们为什么不把它带回学校送给生物老师呢！"

马兰奇这时突然喊道："哎呀！学校，学校，我们该回学校了！"

他这一喊杨虹漂他们才觉察到时间的紧迫，晚上 9 点有一列云城到蓝海的列车，误了它就麻烦了！

大伙儿一齐动手把石元宝和水怪包装起来。金氏双胞胎负责搬运水怪，其余的人各背各的背篓，大伙儿急匆匆朝山下奔去。

路上调王也不再喊脚板疼了，他一个劲儿地问海力："这水怪是我发现的，能不能以我的名字给它命个名，叫个什么阳刚水怪？"

铁道线上的问号

海力四人在金盐、金山的帮助下，乘坐一辆蚩尤村村民大部分家户都有的卓里牌农用三轮车赶到了云城火车站。

杨虹漂老师看了看售票厅墙上的石英钟说："有惊无险，还有 15 分钟才到开车时间呢！"

海力临上车时，掏出笔在一张小纸片上写了两个 M 递给了金盐，并对双胞胎耳语："这两个字母是'秘密'的拼音字头，咱们的事情希望暂'不与外人道也'，回校后我跟你们联络。下个星期天我们还要再见面的！"

火车有节奏的行进声令人昏昏欲睡。几个人奔波了一天，饭没吃好，更没有时间休息，因此十分困乏。海力与杨虹漂老师并排坐在一起，而马兰奇和景阳刚坐在与他们隔两排的座位上。

　　海力闭住眼睛休息了 20 分钟，就解除了一天的疲倦。杨虹漂倚在窗口的小桌上睡着了，她的喉咙发出了轻微的鼾音。海力稍稍侧过脸去，长时间注视着这个美丽的大女孩。昨天午饭和晚饭时，她的手机两次坠入饭碗，这在调王和马兰奇看来，无非是个令他们开怀大笑的滑稽事儿，可海力却不这么认为，因为手机掉进羊汤里的时候，杨虹漂就是在阅读一个短信。而它再次掉入炒馍花碗的时候，同样是在阅读一个短信。这难道是偶然巧合吗？

　　火车在一个小车站停下了，它吞吐了一批乘客之后又飞速前进了。海力的思绪又继续伸展延长——

　　人常说眼睛是心灵的窗户，从一个人的眼神里可以看出他的内心活动，对这一点海力深信不疑。可他还认为脸色也是感情的晴雨表，是大脑活动的"显示屏"，人的大脑的一切活动都会在人的面部表现出来，尽管有些训练有素的人表现得不是那么明显。杨虹漂脸颊上的红晕最能反映她的心理活动。海力昨天已注意到：当杨老师拿出手机按下短信阅读键后，她的脸颊就飘红了，在此之后，手机才失手坠落。这个次序是"先红后落"，这一点十分重要。

　　如果说，杨虹漂的脸红机落只是与她个人的隐私有关的话，那么，昨天的"R18"又如何解释呢？杨虹漂根本不是那种对自己的感情特别是爱情羞羞答答的人。她的体操生涯和人体模特经历，使她在谈论"爱情"甚至"性"的时候大方而率真，死海边上出人意料的狂野举动已证实了这一点。

　　海力觉得在这个大女孩身上存在着一个明显的矛盾，那就是：她这个本来是十分真诚痛快的人，却在从事着某些与她性格不相符的事情。

　　一直平稳行进的列车突然猛烈震动了一下，但是杨虹漂睡得很投入，她的梦并没有被打断，因为她香鼾依旧。正在此时，她衣袋里的手机响了起来，其铃音是广东音乐《花好月圆》。这个铃声与昨天在饭桌上的铃声不同，显然是杨虹漂此后才调换的。

睡梦中的杨虹漂听到了悦耳的铃音，就急忙睁开眼睛去摸她的手机。海力对她说："杨老师，你睡得好甜啊！"

杨虹漂不好意思地笑了笑，此时她那灵巧的手已把那白色而灵巧的手机握在其中。《花好月圆》继续响着，杨虹漂仔细看了一眼来电显示，脸颊微微一红，迟迟没有按下"接听键"。

"谁的电话呀杨老师？"海力问道："你不想接这个电话吗？"

杨虹漂说："还是那个人，真讨厌！"说着站起来对海力笑了笑说："我到车头上接他的电话去，免得影响大家。"

星期三盘点

除了杨虹漂之外，海力、马兰奇和景阳刚半夜回到各自的家里以后，都面对家人的询问而说了一大套他们事先编好的理由，这些理由无懈可击，都完全能够站得住脚。

家长们见孩子们还是那么生龙活虎的样子，甚至精神状态比以前还要出色，自然就不再去深究他们为什么两天没有音讯的原因了。

海力在大伙儿走出蓝海市火车站准备分手回家的时候，曾经认真地叮嘱包括杨虹漂老师在内的每一个人。他说："咱们两天的调查活动对任何人都不要说出去，因为这有利于我们今后的调查工作。"

马兰奇说："双M。我们必须保守秘密，谁如果不遵守双M，咱们就惩罚他！"

第二天一大早儿，海力他们就照常来到康华中学，参加每周一次的升国旗仪式。星期一和星期二的课程安排得很满，因此他们虽然时时心有所动，但还是老老实实地在教室里呆了两天。

第三天也就是星期三下午，288班有两节体育课。这是海力、杨虹漂他们四人盼望了已久的事情。杨虹漂老师把全班分成几个小组去练习上周教过的单杠动作，然后给海力他们分别传递了眼色。五分钟后，几乎全班没有人发现杨虹漂等四人在运动场上蒸发了。

蒸发掉的他们已经陆续来到了学校图书馆里最小的北斗星阅览室

里。他们四人往里面一坐，随手拿了几本杂志翻看着。别的学生一看有教师在其中，于是纷纷到其他阅览室去了。这个阅览室于是成了海力他们的专用小会议室。

海力说："上周五开始的'随风潜入夜'行动我们进行了两天，时间虽短，可我们还是取得了不少收获。几天过去了，我提议咱们把上周的调查作个简单总结盘点，同时商定一下本周五的调查活动还搞不搞、怎么搞。"

"当然还要进行下去呀，"调皮大王站起身说："开枪哪有回头弹？这几天把我急死了，我甚至连课都不想上了。如果星期五再不去，那我准会去精神病院的！"

杨虹漂忽闪着明亮的眼睛说："还像上次一样，咱们星期五晚上出发，星期日晚上回来。这两天睡梦里我都去过好几次死海啦！"

马兰奇也说："嗨，我还梦见我从青龙潭里抱出一大堆真正的金元宝哩，当时我高兴地在山坡上打滚儿，可没想到从床上滚下来了。瞧，我的膝盖都摔紫了！"说着，还扯起裤腿让大家看他的伤。

杨虹漂白了他一眼说："瘦骨嶙峋的细腿还让人瞧呢！现在听海力说一说吧，他是咱们的头儿！"

海力也按捺不住内心的冲动。他说："第二个星期五行动就这样确定了，还要不要行动代号？"

"为什么不要？人家国外每进行一个秘密行动就制定一个行动代号，神美洲虎呀、野天鹅呀，我看今后咱们每次行动都应该有个代号，这应当成为一种制度。如果我们真能调查清楚老包公留下的千年古案，那么以后作家给我们写书的时候也比较容易操作，他只需按照我们每次行动的代号往下叙述就行了！"调皮大王模仿校长语音的话再次引爆了大家的笑声。

海力说："看来你早就想好了本周的行动代号了？"

调王说："如果大家还没有想好的话，我倒是可以提供一个参考，它叫'在那天鹅徜徉的地方'，诸位有没有意见？"

"好啊！就这么定了。"大家异口同声。

接着，他们四人又很快商量了一下第二次行动的调查重点，决定围绕青龙潭石元宝对中国死海进行更加广泛全面的了解和认识，在这个了解和认识过程中筛取有用的线索。

海力说："上周的'随风潜入夜'行动我们发现了天肠洞，并从这个已经湮灭人世多年的古洞中发现了石书，获得了一些重要的信息资料。第二个成果就是认识了金盐、金山兄弟并探查了青龙潭，还从潭中获取了神秘的石元宝。我想，咱们的调查只能像剥葱一样一层一层进行，如果能把青龙潭石元宝的谜底揭穿，下一步的调查就比较容易进行了。"

第一章 千古谜案沉死海 万宝之钥无影踪

第二章

体香神妙漆树毒　天鹅吐玉问哑姑

金盐的电话报告

星期四下午5点半，海力的手表电脑发出轻微震颤。海力开启它的显示屏，电脑告诉海力，HLGZS收到一个重要的电话录音。

海力撒腿向家里跑去。他飞奔的双腿是比自行车、甚至摩托车还快的城市交通工具。十几分钟后他便进入他的HLGZS，牛头骨电话机上的绿色显示屏上亮着7个字："有重要电话录音。"

海力打开电脑，把电话录音转换成为荧屏文字，原来，这是金盐打来的电话。金盐在电话里说，他向海力报告一个重要情况，这个情况与青龙潭石元宝有关。他今天上午去找村里的107岁老寿星攀谈时，听老寿星说在他年轻时候，曾经和几个好事儿的年轻人从青龙潭里捞出过1块黄石头元宝。老寿星听当时蚩尤村的老人们说，那石元宝就是当年青龙吐在潭里的金元宝。这些元宝一到了潭里就变成了石头，因为这元宝本来就是不义之财，关公老爷为了不让世上的人再为它而争抢拼夺，于是施了个"点金成石"的神术……

海力高兴地从海力工作椅上一蹦而起，他的脑壳差点儿碰在天花板上。他的起居监督器此时嚷嚷道："提醒海力：跳高是在运动场上开展的一项体育运动，它不适宜在HLGZS内进行。"

海力说："知道，知道！这都是我设置的程序，想不到现在用来束缚我的手脚！"

起居监督器回答说："你的声音超过了正常人说话的分贝，请适当调整。"

海力说："适当调整，好吧好吧。嗨，伙计，你知道我为什么高兴吗？因为我的线索接上头了！"但是起居监督器没有与主人聊天的功能和义务，它只对主人的不科学的起居行为进行限制和警示。

海力不管它回答不回答，依然看着起居监督器的镜头说："'点金成石'，这四个字太棒啦！黄灿灿光彩夺目的十万两金元宝变成了石头疙瘩，多么美好而大胆的传说！调王说了，金属是不可能在平常条件下变成石头蛋的，那么，只有关公老爷能够完成这项任务。"

海力现在是在自己的工作室里与起居监督器对话，而且他今天太高兴了，所以他没有使自己的保密语言。他说："老寿星真是活历史课本啊！这课本里没有记载石头元宝与人们的祭祀青龙活动有关，而是直接与失窃的金元宝挂钩，这说明石头元宝的来历确实令人深思呢！"

"如果青龙潭里的石头元宝是人们投到潭水里的祭品，那么蚩尤村的老百姓就会把这事儿流传至今。据我掌握的现有资料，中国近两千多年来的史、书、志中，只有祭祀盐池池神和舜帝的记载，青龙潭只是中条山中一个小小水潭，与盐业生产没有什么直接关系，人们应当不会把它作为一个重要的神物来顶礼膜拜，更不会耗费巨大的钱财去敬拜它。"海力刚说到这里，就接到妈妈从上面餐厅打来的电话，她催促海力上去吃晚饭。

芦苇滩地天鹅岛

执行代号为"在那天鹅徜徉的地方"调查行动的杨虹漂4人，按事先商定好的计划再次来到了云城市火车站。他们出了站照例搭了一辆出租车前往中国死海，但一驶出市区海力就叫师傅把车停在路边，金盐、金山兄弟俩正在路边等候他们。

于是他们4人分别坐上了金盐、金山的野马牌摩托车朝死海飞去。

死海螺碟

由南向北横穿死海之后，沿着中条山下的死海南岸一直向东走。马兰奇身体比较瘦小，他和杨虹漂老师坐在金山驾驶的摩托车后座上，而杨老师坐在他的身后面。车速快时，杨老师就得紧紧抱住他的腰，他也紧紧抱住金山的腰。布满夜色的旅游专用公路上车辆很少，如果在繁闹的市区，他们这样"一车三人"是立刻会被街头的电子眼看见并被交通警察拦阻的。

听着耳边呼呼的空气流动声，海力说："时速120公里了。盐哥儿，再慢点儿行不行？"

金盐是这一带村庄都知道的骑摩托高手。去年他参加"中国死海十村百户农民摩托车大赛"力夺第一名，奖品就是金山现在骑的那辆野马车。

两辆野马车绕过蚩尤村开进了一片芦苇滩地。芦苇滩地是中国死海的一个标志性景色。那长约35公里、宽约4公里，总面积有130多平方公里的中国死海，本来是水中无鱼、堤坝无草的"无生命之海"，可是造物主却偏偏让死海周围长出一个"生命绿带"。死海的岸有多长，那芦苇带就有多长。郁郁葱葱的芦苇带宽处上百米，窄处几十米，就像大自然戴在死海脖子上的一串绿玉项链。

金盐、金山兄弟沿着只有自己才知道的芦苇小道，把海力他们带到一个十分隐蔽的木棚跟前。这个木棚是兄弟俩一年前秘密搭建的，平时他们用芦苇野草伪装起来。芦苇滩地人迹稀少，就连他们自己也很少光顾，因此没有人知道这个木棚。

星期四接到海力的电话后，金氏双胞胎不仅下工夫把木棚维修、伪装了一遍，还悄悄买了一箱康师傅牌方便面和农夫山泉矿泉水运进棚内。他们还想弄一罐液化气和煤气灶具供煮方便面时使用，但海力在电话里说没有必要。

杨虹漂看到这个木棚非常高兴，她带头掀开芦苇门帘钻了进去。棚柱上挂着一盏小煤油灯，棚子的地板是横担在木桩上的树枝铺上厚厚的芦苇构成的，这也是他们的床。棚内不大，但是睡五六个人还绰绰有余。

调王躺在芦苇床上闭着眼睛喊："太美了！比我妈给我铺的高级席梦思还舒服呢！"

金盐、金山问杨老师他们饿不饿，因为他们的摩托车上还有刚才在市区购买的水果和饼子。

杨虹漂说："在这小棚里住，我3天不吃饭也不会饿的！"

海力说："我们都吃了晚饭才坐火车来的，现在不过三四个小时，怎么会饥饿呢？金盐、金山，今晚的节目你们是怎么安排的？"

金山抢着说："这儿离大天鹅栖息的地方最近。我们今晚去看天鹅，不然的话，再过几天它们又要飞走了。今年气候比较冷，天鹅也动身迟了。往年这时候已经返回北方去了。"

调王大声叫道："还是我英明吧？我拟定的行动代号就是'在那天鹅徜徉的地方'，没想到还是一句具有前瞻性的金口玉言呢！"

"还金口玉言呢，要我说应该叫'野天鹅行动'才富有味道呢！"马兰奇讥笑他说。

海力掀帘出了木棚说："咱们行动吧。"

他们在金盐、金山带领下，在芦苇丛中七转八拐地走了约40分钟时间，便来到一处芦苇滩中的高地。金盐叫它"天鹅岛"，因为这块凸出地面的小土包三面被长满芦苇的滩水包围着。显然，天鹅岛是观察死海天鹅的最理想的位置，因为只有在这个长满小树的土包上，才可能将前面死海老滩里的白天鹅一览无余。

大天鹅的恐怖

月亮还没有出来，夜色很浓，满天星光闪烁。海力拿出一架被他叫做"猫头鹰之睛"的夜间望远镜，把镜头调了调递给杨虹漂说："杨老师，你先观察吧。咱们一个接一个来。"

杨虹漂也不客气，她接过望远镜边看边说："啊！一群大天鹅！1只，5只，10只，啊，20多只呢！哎呀，这儿的更多，有四五十只呢！

还有一只小天鹅，可爱极了！"

调王急得抓住杨虹漂的手腕说："赶快让我看看怎么样？"而杨虹漂却说："你再等一分钟行不行？"

而一分钟的时间还没有到，调王就使劲儿夺过望远镜说："大家先轮着看一遍行不行？"他倚在一棵小榆树上搜寻着老滩水面上的天鹅。他喊道："那边的硝池堤上有一大堆天鹅在休息呢！啊，金盐，那天鹅下不下蛋？你捡过天鹅蛋没有？"

这时，马兰奇上去硬夺过他的望远镜说："什么天鹅蛋不天鹅蛋的，天鹅是保护动物，谁捡它的蛋谁就是坏蛋！赶快让我看吧！"

说着，他双手端起望远镜举到自己的鼻梁前面，眼珠还没有对住镜片，他的嘴已笑了起来。就在这时，死海老滩忽然爆起一阵巨大的闷响。这响声呼呼噜噜，呼呼噜噜，很沉重，很有力。像从地层深处发出来，又像从空中某处发出来。海力他们脚下的"天鹅岛"似乎也被声响震得摇摇晃晃，四周围的芦苇被声浪冲得东倒西歪。

马兰奇大吃一惊，脚下一滑跌到了天鹅岛下面的芦苇丛中，好在密密层层的芦苇托住了他，他才没有沉到水滩里去。

海力急忙摘下腿袋上挂着的"救命稻草"抛向马兰奇。"救命稻草"实际上是一根救生用的带状物。平时它盘在一起像一个香袋，被海力挂在自己右裤腿的小环上。使用的时候，只要用劲一拉，它就脱离了小环，而且在两秒钟内会变成一条又宽又结实的带子。带子两头都涂有强力智能胶，谁使用它谁的手就会被智能胶粘在带子的这一头上，而带子的那一头准会粘住那需要搭救的对象。

马兰奇坐在芦苇上看见海力抛下一根带子，就伸出手一抓，带子末端的智能胶把他的手掌牢牢粘住了。海力喊一声"抓好带子"，双膀使劲，把马兰奇拉到了天鹅岛上。

从马兰奇往芦苇中跌落到他被"救命稻草"吊上来，前后一共过了11秒钟。这11秒钟过后，老滩里的闷响声也停止了。但另一种可怕的声音却响了起来——那是成百上千只大天鹅惊恐的惨叫声：啊咿！啊咿！啊咿！

海力急忙要过马兰奇死死攥在手中的"猫头鹰之睛"夜视望远镜。透过这淡绿色的夜视镜片，他看见距天鹅岛约700米的死海老滩里海水在咕嘟翻滚，就像开水在锅里翻滚似的。刚才的响声应当是从这海水翻滚的中心爆发出来的。

"猫头鹰之睛"无法看清这翻搅的死海咸水的颜色，但海力断定：那一定是黑泥浆一样的颜色。海力急忙观察飞在夜空中那些大天鹅。天鹅极度惊慌地上下翻飞，完全失去平日悠闲而华贵的风度。它们在天空飞舞了一会儿，就往死海的中部飞去了。大天鹅是上天的使者，十分灵性，它们不敢再在这里栖息了！

海力再移目看那死海，此刻已停止了翻滚，只留下一圈圈尚未平息的水波。

金盐和金山也惊得半天不说话。海力把望远镜递给他们，他们轮番望了一会儿。金盐说："我小时候就听范老寿星说过死海吹泡泡的故事，他说他就在这一带见过死海中突然冒出一个大水泡，这个水泡有半个村子那么大，而且越来越大，还呼噜呼噜有响声。半袋烟时间，那水泡就破了。一会儿，从原处又冒出一个大水泡来。老寿星还说这是盐池的池神爷在水晶宫吹泡泡玩呢。可实际情况肯定不是池神吹泡泡。"

白衣天使的礼物

按照海力他们星期三在图书馆小阅览室商定的计划，他们今晚上在死海里观察观察大天鹅，明天就要二去青龙潭探水，要查明那青龙潭里到底有多少石元宝。海力认为这一点十分重要，它可以解开许多关键的未知数。杨虹漂他们也同意海力的看法，于是那天就把青龙潭石元宝作为了"在那天鹅徜徉的地方"行动的主攻目标。可是谁知道波涛不惊的死海老滩竟突然冒出一个"水滚天鹅惊事件"！

夜风越来越大了，杨虹漂他们感到身上发冷。死海老滩恢复了平静，有一些天鹅又飞回到刚才的堤坝上。时间已经是星期六凌晨1点多

死海螺碟

了。

调王说:"哎呀妈呀,太刺激了!尽管夜里看不清楚,但是我敢肯定咱们经历了一个中国死海10年不遇,不,也许是百年不遇的奇事呢!大家都应该高兴嘛!"

调王的话没错儿。可大伙儿此时的心情并没有像死海水一样恢复到原来状况。他们余惊未消,而且一头雾水。死海水怎么会突然翻滚?而且是那么惊天动地!这是人人都在沉默思考的问题。

海力看了看黑暗中的芦苇滩说:"天不早了,我们先回木棚休息,明天起来再说吧。"

马兰奇说自己饿了,所以他第一个迈步朝木棚方向走去,大家紧跟他的脚步。可是走着走着他不走了,因为他用手电照见前面的芦苇里尽是清亮亮的水。

金盐和金山说:"你走错路了。没关系,大家跟我们来吧!"

他们在芦苇丛中走,他们头顶有一只天鹅也朝他们走的方向飞。杨虹漂视力很好,她高兴地说:"海力,天鹅跟着我们来了!"

果然,当他们正一个个掀开苇帘进棚时,空中那只盘旋飞翔的白天鹅飘然降落在他们的跟前。

杨虹漂声音震颤地说:"白衣天使!它真的跟着我们来了!"她慢慢蹲下来,那只天鹅不但不害怕,还摇着身子走过来,伸开翅膀伸长脖项嘹亮地叫了一声:"啊!"随着一声高歌,它把嘴里衔着的一块东西吐到了杨虹漂脚下。

杨虹漂拾起这块沾着黑泥的东西说:"这是什么?一块小石头?"

"石头?天鹅嘴里还会吐石头?我看应该是一块小骨头,很可能是一块老鳖的骨头呢,因为这芦苇滩里有许多种鱼呢。"金山满有把握地说。

海力从杨虹漂手里拿过那泥东西,又到有水的地方把它清洗干净后说:"奇怪的事儿都让咱们碰上了。你们看,这可能是一个玉制品!"

大家围在一起照着手电看了一会儿,调王还放在鼻孔前闻了又闻。

马兰奇说:"到底是什么呀调王?平时老是吹嘘你的鼻子多神多神,现在要用它了,它倒像两个蚂蚁洞似的!"

调王又把那块长约20毫米、宽约10毫米、厚约4毫米的硬片对住鼻孔闻了一下说:"就是一块玉片。哎,这上面有个小眼眼儿,还刻着字呢!"他说的一点儿不错,这是古代的一枚玉坠儿。

"可是,"金盐盘腿坐在天鹅旁边的芦苇上说:"天鹅怎么知道这是玉坠儿,并且坚持要把它送给我们呢?因为它跟着我们飞了一公里还多呢!"

海力说:"这个问题很简单。"说完就蹲下身子仔细审视那只白天鹅。

杨虹漂急着听他下面的话,于是催促说:"海力,你知道是怎么回事了?"

"嗨,海力无所不知,海力无所不能。不管问题多怪多难,海力总能找到答案!"调王和马兰奇齐声说道。

玉坠儿说话

是的,不管问题多怪多难,海力总能找到答案。其实海力在洗掉玉坠儿上的黑色盐泥的时候,心里已经得到了这个问题的答案。但出于谨慎,他还要仔细验证一下。

杨虹漂见海力没完没了地看那只天鹅,她说:"你研究它干吗呀?难道它会告诉你答案吗?"

海力从木棚的背篼里取出海力放大镜说:"你真的说对了。它马上就会告诉咱们答案!"

金盐迷惑不解地问:"天鹅会说话?"

金山也说:"你能听懂鸟语?"

海力把放大镜递给杨虹漂说:"你现在看看这只天鹅的左腿,看看它告诉我们什么。"

杨虹漂借着海力放大镜看了一眼天鹅腿,立刻俯下身子仔细观察起来。马兰奇也想凑到跟前去看，被海力一把拉住了。海力示意他不要惊动了天鹅。

此时只听杨虹漂念道："天鹅名：白无瑕。收养原因：受伤。养伤时间：321天。放归日期：2004年2月9日。中华大天鹅保护研究所制。"原来，天鹅的左腿上打着一块只有小米粒那么大的纳米塑料牌，牌上有只有用高倍放大镜才能看清楚的微型电雕文字。

"我明白了！"调王高兴地说："这只天鹅受伤后被人收养，放归时主人给它脖子上戴了这块玉坠儿。后来，这块玉坠儿上的绳子磨断了，玉坠儿掉了下来，天鹅用嘴把玉坠儿捡起来，想让我们找根绳子再给它戴到脖子上！"

"哈哈哈哈！"大家一听全笑了，天鹅也吓得扇了一下翅膀，杨虹漂笑得躺在了芦苇上。

海力也笑得非常开心。但是他说："这只大天鹅与人相处了将近一年时间，不仅养好了伤，也同人类建立了深厚的友情，这就是为什么它追逐我们并且落在我们跟前不惊不怕的原因。至于它衔来一块玉坠儿给我们，这决不是调王说的要我们帮它戴玉坠儿，而是这只聪明的天鹅在与人相处的时候，常常见到饲养它的人有类似玉坠儿的东西，它知道这是人，也就是它的好朋友所具备的一种东西。因此，当它不知在什么地方发现了这块玉坠儿时，就想设法送给人类。"

大家恍然大悟。

海力又用放大镜观察了下玉坠儿说："这块玉坠儿也会说话。"

马兰奇抢过海力放大镜说："让我看看它说了些什么！"他把玉坠儿颠来颠倒去翻看了一会儿说："它说了一副对联，上联是：哑姑泉银鲫吞鲤对海听歌七十寻；下联是：万宝谷金月钩日迎风望春三百步。金月钩日，银鲫吞鲤，这是什么意思啊？"

金盐像有了什么重大发现似的说："海力，我想起来了：哑姑泉那儿的泉亭上就有这样一副对联。我不敢肯定每个字都一模一样，但可以保证两副对联相差不多！"

金山也说："是的。我上小学时老师还领着我们到哑姑泉去参观，回来让我们写作文，我当时还抄写过那副对联呢。"

金盐见海力不说话，就指着死海北岸一处隐隐约约的灯光说："那就是哑姑泉村。哑姑泉村正南方向对着的山谷就是万宝谷。虽然隔着几公里宽的死海，但站在哑姑泉的亭台上，能清楚地看见山谷里的路呢。"

金月钩日

海力六人在中国死海的芦苇滩地里笑嘻嘻地睡着了。当一轮红日在东山峰上露出半个脸的时候，海力早站在芦苇滩地的小木棚前，聚精会神地看着冉冉上升的旭日。

今天是农历二月二十三日，天气晴朗，万里无云。站在小木棚前，还能看见西边天上的一钩金月。东方日已出，西方月未落。这是每个农历月份最后几天的特有现象。

海力对月相知识了解得很多。今天凌晨白天鹅衔来玉坠儿之后，由马兰奇读出了刻在上面的一副对联。对联中的"银鲫吞鲤"颇为费解，海力直到现在也没弄明白它的意思，可他猜出这是对一种自然现象的描述。为什么？因为与这四个字相对仗的下联里有个"金月钩日"。"金月钩日"说的就是他目前正在观察的自然景象：天空中一个弯弯似钩的残月，将东山峰上一轮红日"钩"了出来。

"金月钩日"的谜底并不难猜，但是，它到底要说明什么呢？是说时间，还是说现象？海力得不出结论。他决定今天先到哑姑泉那儿去看看那副对联，并针对那枚玉坠儿作一番调查和推断。

杨虹漂他们也从木棚里出来了，跟在他们身后边的是那只飞来的大天鹅白无瑕。白无瑕在大伙儿进棚休息时也钻进棚内，它就卧在杨虹漂身边，天鹅伴美女，杨虹漂的粉红脸蛋紧挨着白无瑕的翅膀入眠，她梦见自己变成了一只白天鹅。但是她不知道是不是白无瑕也梦见自己变成了一位漂亮的大姑娘。

野马车从芦苇丛中窜出来，沿着环海公路直奔哑姑泉而去。不到半个小时，他们六人就站在哑姑泉边了。

哑姑泉是中国死海的一大奇迹。据说它已流淌了两千多年。哑姑泉泉亭中间竖着一个大石碑，碑上就铭刻着哑姑泉的故事。这是一个催人泪下的故事。

很久很久以前，盐湖周围的老百姓没有淡水吃，因为盐湖里只能挖出咸水井，于是他们就靠吃老天降下的雨水活命。

有一年山鬼作祟，百里盐湖大旱300天不降滴雨。很多老百姓不是被饿死而是被渴死了。眼看着日复一日赤日炎炎似火烧，村里有个美丽而聪慧的姑娘心急如焚。她发誓要为村民找到甘美的泉水，可是盐湖周围哪里能挖到甜水呢？

姑娘并不灰心丧气，她每天不分昼夜地寻找泉水，村子附近的每一寸土地都被她用锄头挖过了，但仍然一无所获。有天晚上，姑娘趁着月光来到芦苇滩边上，突然见一只野狐狸用爪子在盐湖的湖堤旁边扒土，扒了一会儿，地里就冒出一股清凉的泉水。野狐狸急忙高声呼叫，芦苇丛中跑出几十只狐狸来。它们一个个喝足了泉水，跑进芦苇滩不见了。

野狐狸走后，姑娘兴奋地跑到那泉水边，可是泉水突然不见了，呈现在她面前的，仍是一片干涸得几乎冒烟的咸土。姑娘不相信这是真的。她趴到地上用自己的双手刨那坚硬如铁的土壤，十个指头的指甲都抠掉了，鲜血浸湿了硬土，硬土变软了。刨呀刨呀，她手指上的皮肉都被磨掉了，露出白花花的骨头，但她仍不罢休。

这时候，有个白胡子老头出现在他面前。那老头说："我就是你刚才看到那只老狐狸，我已在这盐湖里修炼了800多年，已修成一位狐仙。刚才的泉水是死海中唯一的泉眼，除了我之外，任何人找不到它。本来这泉水也可以供村里人用，可是山鬼早就发话不让给老百姓一滴泉水。可怜的孩子啊，你不要再挖下去啦……"

姑娘不听老狐仙的话，继续用露着骨头的十指挖土找泉。那白胡老头又来到她面前说："山鬼知道你在这儿挖水呢，他们说啦，如果你硬要挖下去，就会受到严厉的惩罚！"

姑娘依然不听。她用自己的鲜血润湿土地后将硬土刨出来，土坑越刨越深。白胡老头被她的精神感动了。他告诉姑娘说，如果你把泉水挖出来，那你就会终生变成哑巴，再也不能说话，再也不能唱歌了。

姑娘说："即使我变成哑巴，也要为村民找到泉水！"白胡老头流着眼泪走了。他刚刚离开那姑娘，姑娘面前的土坑里就哗啦啦喷出来清醇的泉水。四面八方的老百姓都提着瓦罐舀回了清泉，就连盐湖边的庄稼、草木也得到了泉水滋润，鸟儿又飞来唱歌了，花草又绽开了笑脸，可是，这位姑娘从此不会说话了。人们再也听不到她动人的歌喉……

银鲫吞鲤哑姑泉

看完石碑上叙述的故事，杨虹漂的大眼睛涌出了亮晶晶的泪水。哑姑泉今天游人不多。泉水清亮的流淌声似一支美丽的歌，它在歌唱那故事所说的美丽的哑姑。海力走到哑姑泉边，伸手捧起碧玉似的泉水喝了个够。这眼泉水离死海的海水只有一堤之隔，遍地生盐的死海里也能生出清冽甘甜的美泉，大自然的造化真是神奇无比！

喝完了泉水大伙儿就开始研究泉亭上那副对联。刻在木板上的对联与玉坠儿上的对联一字不差。海力看到一位老汉背靠大桐树坐着晒太阳，就走到他跟前问道："老爷爷，您是住在这哑姑泉村吗？"

老汉睁开眼看了看海力他们说："是啊，我就生在这哑姑泉村里，祖宗们说，我们还是哑姑的后代哩。"

杨虹漂蹲到老爷爷跟前抓住他的手说："哑姑真伟大，她的精神好感人哪！"

调王认真地说："爷爷，您是哑姑的第几十代子孙呢？"

老爷爷被逗乐了。他说："我们家祖祖辈辈都是穷人。穷人大部分都没有文化，不能像孔夫子那样既有家谱，又有祠堂。所以谁也记不住是她的多少代子孙了，只知道我们身上有哑姑的血脉。"

"老爷爷，泉亭上那副对联是谁编的呀？编得真有学问。"马兰奇问道。

"听说是宋朝一个秀才编的,我也忘了他叫什么名儿。老辈人常讲他的故事,说他不是个好秀才,却是一个好人。因为他拒绝到衙门里去做官,整天带领一伙人在中条山里杀富济贫,哑姑泉村的老百姓都受过他的恩惠哩。"老爷爷眉飞色舞地说。

"爷爷,再请教您一个问题好吗?"海力说:"那对联中的'银鲫吞鲤'是什么意思?"

老爷爷一听哈哈大笑说:"你们都是中学生吧?莫说你们不明白这四个字的意思,就是大学教授到哑姑泉来也得请教我哩!"

说完,他在调王和马兰奇的搀扶下站起来,用手指着哑姑泉流出的一大池绿水说:"哑姑泉的水是神水呀,它流了两千年啦,它的水流到哪儿,哪儿就铁树开花,枯木发芽哩。你们瞧,那一片片荷花塘里,流的全是哑姑泉的水。水里长着一种名叫白鲫的鱼,天下无二。这盐湖四周围的芦苇滩里都长着鲫鱼,但都是黑鳞黑鳍、浑身乌黑的黑鲫。唯独哑姑泉水生这鲫鱼白亮如雪,无一片杂鳞。银鲫不仅肉味鲜美,而且很有趣。一年四季,它只吃水草和虫子,但每年到了农历二月初四这一天,它就不一样了。它满池水里追鲤鱼,逮着鲤鱼之后就一口把它吞下肚去。嘿嘿,这就是'银鲫吞鲤'。前几年有个大学教授专门到这儿考察,还说这是一个天下奇观哩!"

海力突然想起了什么,他对马兰奇悄悄说了一句话,马兰奇急忙从包里找出一个小纸袋,又从小纸袋里掏出一个小塑料袋,袋里的东西就是"天鹅玉坠儿"。

马兰奇问道:"爷爷,这种玉坠儿您见过吗?"

老爷爷认真看了看玉坠儿说:"像是个玉石玩意儿,我没见过,不知道这是做什么用的。"

杨虹漂甜甜地说:"它是妇女们戴在脖子上的装饰品。"

老爷爷困惑地摇了摇头。

神姑胸前的磨痕

看来老爷爷看不懂这块玉坠儿，马兰奇心里一凉，就想把玉坠儿收起来。可是没想到老爷爷一把把玉坠儿攥在手里说："娃娃们，我看你们跟别的游玩的人不一样，你们喜欢学习、提问。这样吧，你们现在跟我到村子里去，我让我妈看看这个玉坠儿，她老人家对玉呀银呀的玩意儿很在行哩。"

海力他们听了此话之后大吃一惊，杨虹漂忙问道："爷爷，你今年多少高寿了？"

老爷爷笑哈哈地说："既然你们叫我爷爷，没有八九十岁我敢当爷爷吗？"原来，他已经85岁高龄了。

老爷爷在前面走，海力他们在后面跟着。村子就在哑姑泉旁边，因此几分钟就来到老爷爷的家门口。老爷爷未进大门就大声喊叫："妈，妈，有客人来啦！"

"来就来吧，你那么大声喊叫啥呀？都快90岁人了，还像个小孩一样没城府！"瓦房里传出一句责怪声。接着，屋上的竹帘揭开，走出一位白发苍苍的老奶奶。

老奶奶虽然行动有些迟缓，但眼珠黑亮，牙齿很坚固。她边往院中央走边看着海力他们说："我今年108岁了，什么客人没有见过？来呀，请坐到这北墙根底下吧。今儿太阳多亮，北墙根又避风又向阳。"

墙根下有一堆儿小板凳，都被太阳晒得热乎乎的。海力他们每人搬了一个小板凳坐下来，太阳暖暖的，坐在这儿真惬意！

老奶奶对着那位爷爷说："勺儿，你也搬个凳儿坐下吧。哦，你带他们来想让我讲哪个故事？"

"妈，该讲的故事我都讲了。他们是想请您看看这个。"勺儿爷爷说着，就把手里的玉坠儿递了过去。

老奶奶伸手接住玉坠儿对着太阳一瞅说："娃娃，你们从哪儿弄到的这个玉坠儿？"

杨虹漂急忙把白无瑕吐玉的事儿说了一遍。老奶奶说："奇怪，天鹅我也见多了，我这院子里都落过几十只天鹅哩，可从来没有听说过天鹅有这么大灵性！"

她仔细看了看玉坠儿，又挨个看了看杨虹漂他们说："都是一群有福气的孩子，难怪会遇上这么好的事儿！"

勺儿爷爷高兴地问："妈，这么说你知道这个玉坠儿？"

老奶奶说："咱村那神姑脖子上，原先就用丝绳挂着这么一个坠儿，我小时候和你爸他们经常上到神台上看这个坠儿，一晃那都是百十年前的事情啦。现在我年纪大了，脑子也记不太清楚了，是不是神姑的坠儿也不敢肯定。"

海力把放大镜递给老奶奶说："时光磨不掉最清晰的记忆，老祖宗，您拿着放大镜仔细看看，看它到底是不是神姑的圣物。"

老奶奶眯眯着眼看了一会儿说："是，是的。我记得那个玉坠上有个小黑点儿，跟这个玉坠儿上的黑点儿一模一样。哦，我想起来了，那个玉坠的绳眼儿口上有个疤痕，就在有字的那一面。咱们瞧瞧对不对？啊，就是它，神姑的玉坠儿！"

杨虹漂他们高兴地从小板凳上蹦了起来。调王问道："老祖宗，您说的那神姑在哪儿？"

勺儿爷爷抢先回答说："哪有什么神姑，我妈说的是一尊泥像。它就在村东头的哑姑庙里哩！"

老奶奶说："勺儿，你带他们去吧！替我给神姑行个礼，我有半年没去庙里了。"

海力说："老祖宗，既然你认出这玉坠儿就是神姑的东西，那我们把它还给神姑好了！"

老奶奶流下了激动的泪水。她双手合在一起说："神姑，娃娃们把你的玉坠儿找回来了，请保佑他们吧！"

杨虹漂向老奶奶的家人要了一根红色的毛线，然后大伙一齐来到哑姑庙。

哑姑庙是一个很古老的小庙，其实它是哑姑的后代为纪念这位祖先而建的一个小祠堂。哑姑的泥像就塑在一个粗糙的石头台上。庙里光线很暗，海力不让马兰奇他们打手电，因为强光会损害古雕塑表面的色彩。

海力轻轻一跃，身子就落在石头台上。他借着从庙门上透进的亮光看了看这尊哑姑像，然后接过杨虹漂递上来的红毛线，把"天鹅玉坠儿"系在哑姑的脖颈上。

杨虹漂拍着手说："终于物归原主了！"

海力跳下石台说："是的，物归原主了。老奶奶说的一点不错，那哑姑胸前有一块地方的彩绘没有了，那是挂在她脖子上的玉坠儿磨掉的，庙里的风和顽皮的村童经常摇晃这个玉坠儿。"

白无瑕的厄运

海力他们给神姑找回玉坠儿的事情很快传遍了这个只有30多户居民的小村庄，村里一些德高望重的老人们都到哑姑庙前来见海力，并对他们一再表示感谢。

村委主任李主泉说："据我们村的村史记载，哑姑像上的玉坠儿是明朝末年一位强盗秀才捐献的。他同时还捐钱给哑姑泉修建了泉池、泉亭和泉碑。后来，强盗秀才被官府捉住杀了。但人们至今还念记他哩。"

海力他们与村民们说了一会儿话，就一起告辞走出哑姑泉村。泉水在阳光下汩汩流淌，浩瀚的死海闪射着耀眼的波光。他们驾着摩托车回到了芦苇木棚，调王大叫道："饿死我了！咱们怎么吃饭呀？"

他这一喊，大家才想起今天都没有吃早饭。海力说："杨老师，咱俩给他们煮方便面怎么样？"

杨虹漂说："行呀。可是，没有火和锅呀。"

海力叫调王把他的提包拎过来，伸手从包里摸出一个塑料袋，从袋里倒出一件东西，像一个纸折的盒子。海力按顺序把盒子打开了，原来是一个又圆又深的盆子。海力叫它"阳光锅"，说它只能在晴天里使用。

死海螺碟

阳光锅里被倒上了足够六个人煮面的矿泉水。杨虹漂上下左右看了看阳光锅说："就这么添上水放在太阳下面，不烧火也不用电，也不用念咒语，这一锅凉水一会儿就开了。海力，你是在搞神话吧？"

海力此时已取出一个扁圆的盒子，他刷刷刷将盒子弄成了一个带支架的太阳能聚光器，把聚光器放在阳光锅的斜上方。

10分钟还没过，阳光锅的水就沸腾起来。金盐、金山把方便面袋子撕开口递给杨虹漂，一股扑鼻的香味弥漫在芦苇木棚周围。

海力给每人发了一只折叠纸碗。看上去它比五分硬币大不了多少，但一打开就像普通瓷碗那么大。大伙儿用硬苇秆当筷子，吸溜吸溜地吃起来。昨天折腾一个晚上，今天又奔波了半天，他们真的饿极了。

吃饱饭，海力让大伙儿都把手里的纸碗放进塑料袋里。他把塑料袋放在木棚里对金盐说："我们走后你一定把它提到村里处理掉，不能给芦苇滩地造成污染。"

马兰奇建议大家休息一个小时，没有人不同意，因为所有的人昨夜都没有睡好，海力只睡了两个小时。

就在大家迷迷糊糊正要入睡时，芦苇帘被掀开一条缝。杨虹漂一看，哈，是白无瑕。早上他们去哑姑泉的时候，白无瑕就在天空猛追了他们一阵子。后来野马车开上了车来车往的公路，白无瑕才飞到死海里面去了。这会儿它大概看见了芦苇丛里的摩托车，所以又飞到木棚来与他们相会。

他们在芦苇木棚里足足睡了一半个小时。海力醒来了，正准备起身出棚，就听见棚外面传来"啊咿，啊咿"的天鹅惊叫声，但只叫了两声就没有声音了。

海力喊了一声"不好"，嗖一声冲出木棚来到芦苇滩地。两辆野马牌摩托车静静立在芦苇丛中，春阳高照，微风轻拂，芦苇沙沙细语，死海水平如镜，一切都没有什么异样。

马兰奇和金盐也掀帘出棚了。他们问："海力，有什么情况？"

海力不说话，侧耳倾听了一下说："白无瑕的叫声，在芦苇丛里呢!"

他们三人撒腿钻进芦苇丛向偏东方向搜索。走了不到100米,就看见芦苇丛中扔着一个塑料编织袋。海力示意马兰奇和金盐不要动,他向四周扫视一圈儿说:"快把那个袋子打开!"

袋子里装的果然就是白无瑕!它的嘴被人用胶带紧紧缚住了,两只腿也被胶带绑住,怪不得它叫了两声就不吭气了。

海里分别向芦苇的东、南、北三个方向各搜索了几十米,但没有发现人的踪影。"多狡猾的偷猎者!"海力气愤地骂道。

白无瑕吃了一惊,但它毕竟与人相处惯了,所以不一会儿又与闻声而来的杨虹漂他们亲热起来。

杨虹漂轻轻抚摸着白无瑕,并且还为它梳理着羽毛。海力见这样就说:"杨老师,你应该用针狠狠扎它几下才对呢!"

杨虹漂瞪大眼睛问:"干吗对它这么狠呀?"

海力说:"不是对它狠,而是对它爱。你想想,白无瑕为什么能让偷猎者轻而易举地装到编织袋里去?还不是因为它相信人,它认为所有的人都是朋友,都会关照它、爱护它,可是它错了。要不是刚才我们救了它,说不定它现在已被偷猎者运走了!"

大家默不作声,但都认为海力说得对。"照这么说,我应当对它狠一点儿,让它远离人类,看见人就骂他?"杨虹漂说着,眼睛里溅出一朵泪花。

而白无瑕仍然亲热地依偎着她,并不时用长长的脖项蹭一下杨虹漂的粉红脸蛋儿。

投石万宝谷

已经下午两点整了,金盐提醒海力时间不早了,海力说:"大家收拾一下立刻出发。所有的东西都要带上。"

马兰奇问:"晚上还回芦苇木棚来吗?"

海力说:"这与回不回木棚没有关系。"

金盐说:"因为芦苇滩地来了坏人,说不定偷猎白无瑕的人还没有走远呢。"

金山说:"不然这样吧:我在木棚里留守,你们5人去万宝谷怎么样?"

海力认为这样比较好,他嘱咐金山多加小心,而且给了金山一个护身法宝——蜘蛛网。他让金山等会儿把它安装在木棚外面的苇帘上面,不管谁接触了它,它都会喷他一身水,而水丝马上会凝固成丝绳,把他牢牢缚住。

野马车又轰鸣着驶向远方,不过,这一次是海力驾驶着盐山那辆摩托车,坐在他车上的是杨虹漂和马兰奇。上午他们造访的哑姑泉在死海的北岸,而下午将要去的万宝谷在死海的南岸。哑姑泉与万宝谷隔海相对,它们都被刻在天鹅玉坠儿和哑姑泉亭上,是同样一副对联里的两个关键词。

风声在耳边呼呼地扑动。金盐的野马在前,海力的野马在后,两匹野马和五个少年很快来到了中条山万宝大峡谷谷口。只见陡峭的石壁上刻着四个大字:"万宝之谷"。

金盐在谷口停下车问海力:"咱们一直往峡谷里开吗?"

海力反问道:"里面的路好走吗?"

金盐说:"前几年我跟我爸爸进过一次谷,可是走了不到一公里我们就返回来了,因为我们遇上了暴雨,谷里起了山洪,非常怕人。从那儿以后我再没有来过,对谷里的情况也不熟悉。"

海力让金盐把摩托车熄了火,然后把大家叫到一块儿说:"看来这万宝谷山高谷深,气势不凡呢,大伙说说,现在我们如何行动?"

调王发表意见说:"咱们开着摩托车往山谷里走,走到哪儿算哪儿,如果时间允许,再步行往谷里走一走,走多远算多远。大家看吧!"

马兰奇说:"现在快三点钟了。七点钟天黑,我们的可用时间还有四个小时,我同意调王的意见。"

杨虹漂和金盐也表示同意。海力说:"我们为什么要到万宝谷来?

因为在我们所了解到的情况中,许多线头都牵在万宝谷这三个字上面。哑姑泉我们去过了,天鹅玉坠儿也物归原主了,可是这能说明什么?什么也还不能够说明,所以,我们需要探一探这神秘莫测的大峡谷。听说它是一条死峡谷,进去一条路,出来还是这条路。我们今天没有什么太大的目的,抛一块石子儿问问路而已!"

大伙儿的情绪高涨起来,野马车一阵轰鸣冲进了山谷。

谷里其实真没有路,因为从来就没有人在这里修过路,摩托车实际是沿着洪水冲刷的水道向前走。山谷两边怪石悬壁,马兰奇生怕它们受到摩托车震动后坠落下来,而且最怕那大石头不偏不倚地砸在自己的头上。

由于谷深崖陡,山谷又是呈南北走向,所以偏西的太阳照不到谷底来。山谷里显得幽暗而冷峻,令人不寒而栗。

摩托车在石块之间艰难地走了一阵,海力突然停下来说:"金盐,就此打住吧,前面没法开车了。"

金盐看见杨虹漂、调王和马兰奇的神情都很紧张,于是就对海力说:"让他们三个在这儿休息一下吧,咱们俩再往谷里走一走。"海力点头同意。

但是杨虹漂不同意。她说:"咱们干什么来了?探险、查案来了。说实话,我一看见这幽谷就有点发毛,但是我必须跟你们俩走,让调王和马兰奇在这儿看着摩托车。"

调王和马兰奇也不同意金盐的意见。海力对他们说:"别争啦,杨老师、金盐和我进去,你们两个留下,就这么定啦。"说完,他捡起一块鹅卵石嗖一声向山谷里面扔去,山谷里立刻响起一阵杂乱的回音。

漆树,漆树

石块敲击悬崖而激起的一阵回声还在山谷里荡漾的时候,海力、杨虹漂和金盐三人已迈步向谷中走去。此刻的北京时间是 2004 年 3 月 13 日 15 时 35 分 27 秒,这是值得读者记住的又一个重要时刻,因为对包公遗案的调查从此刻开始就进入了第二阶段。

马兰奇望着海力他们渐行渐远的身影喊道："你们5点半以前必须回到这里来！"

10分钟之后，山谷突然窄了起来，金盐说这是万宝谷的葫芦嘴。穿过葫芦嘴，山谷又慢慢宽阔起来，山坡和悬崖上的草木也多了起来。不知什么动物在石缝中号叫，还有不知名儿的山鸟扑愣愣地从他们头上飞过。

杨虹漂边走边观察着山崖，她说："万宝之谷，万宝之谷，谁给它叫的这么个好名儿啊？这么荒乱恐怖的峡谷，我连'一宝'的迹象也看不出来！"

海力笑了笑说："不管谁给它叫的名儿，总有它的理由吧，或者这山谷里果然有数不清的财宝，或者纯属一个贫山穷谷，我希望它能够名副其实。"

"假如它是一个一宝都没有的贫山穷谷的话，那么为啥还要叫它万宝谷呢？"杨虹漂一脸疑惑。

"山里的地名儿都是这么叫的。有些是实话实说的，有些是正话反说的，有的表达一种美好的希望，有的源自于一个动人的传说。比如我们蚩尤村东南面的百泉村，村名百泉，可是连一眼水井都打不出来。村里人总是到我们村里拉水呢。"金盐说着，忽然指着石头缝里喊："一只穿山甲！"

海力和杨虹漂急忙跑过来看，两块大石缝里的穿山甲摇动着身躯不慌不忙地钻到一边去了。

海力高兴地说："进山碰见穿山甲，大开眼界不说，还预兆好运气呢！杨老师，这一下你该知道这万宝谷不是瞎叫的吧？"

杨虹漂说："为什么？"

海力说："你刚才不是看到了那位先生嘛！它难道不算这山中之宝？"

"算倒可以算一宝，可是其余的九千九百九十九宝呢？"杨虹漂调皮地反问道。

金盐边走边听他们说话，一不小心，右膝盖碰在一块石头棱上，痛得他哎哟了一声。

杨虹漂急忙跑过去扶他。金盐说："不要紧，山里娃还怕石头碰？只是裤子被划了个口子。"

海力叮嘱他多加小心，刚说完，就听一阵山风吹起，山崖还未发芽的树枝被吹得呜呜嘶鸣，一些细沙碎石也从崖上吹下来落在他们身上。一颗玉米粒大的小石子敲在杨虹漂脑袋上，她也哎哟了一声，不过她马上就说："很痛，但是没事儿。"

峡谷又窄了起来。杨虹漂问："金盐，刚才那叫葫芦嘴，这叫什么？"

金盐看了看被两边悬崖夹在半空中的几块大石头说："咱们必须从这悬空的石头下钻过去，我看，这儿应该叫葫芦腰吧，葫芦腰就是很细的一个通道的意思。"

杨虹漂抿着富有性感的嘴唇说："你怎么总是离不开葫芦呢？叫个能与国际接轨的名字好不好？比如，叫个阿尔卑斯悬石走廊啦，维多利亚石洞啦，阿拉斯加溪流啦。总之，我喜欢具有时代气息的叫法。"

"啊，那是什么树？满山坡长得都是！"海力指着前面峡谷说。

金盐看了看说："可能是漆树吧，中条山里野生漆树很多，青龙潭一带的山坡上原来也有，可是后来就不见了。万宝谷崎岖难行，整个大峡谷中没有一个村庄一家住户，因此这儿的漆树还保存得这么完好！"

海力和杨虹漂从来没有见过漆树，他俩兴奋地朝漆树林跑去。

经过金盐确认，这些水桶般粗细的大树就是漆树。

在峡谷里跋涉了这么长时间，他们浑身是汗水，杨虹漂建议休息一下看看风景再走，于是他们各自背靠一棵漆树坐下来小憩。

清凉的峡谷风吹得每个人都十分舒坦。杨虹漂问道："海力，我们一直要走到峡谷底吗？你说峡谷底会是什么样子？它是方的还是圆的？或者像刀切一样齐刷刷的？"

第二章 体香神妙漆树毒 天鹅吐玉问哑姑

但是她没听到海力的回答。杨虹漂扭过脸问道:"海力你听见了没有?"话刚出口她就大声叫道:"海力你怎么了?金盐快看,海力他晕过去了!"

其实海力不是晕过去了,杨虹漂的问话他听得真真切切,但是此刻他呼吸急促,浑身发冷,手和腿都在痉挛!

杨虹漂和金盐急忙扶住海力的脑袋和后背,但是他们感到海力的身上软绵绵的,似乎他使不上一点儿力气。

"海力你怎么了?哪儿不舒服?你身上有没有专用药?"杨虹漂从事过体操运动,她曾是一个老练的运动员,因此非常熟悉救护伤病员的必要程序。

海力吃力地摇了摇头,嘴巴张了张但说不出话来。杨虹漂急忙翻找他的衣袋,她还以为海力有癫痫症,如果有,他身上就可能带着救急药品。

可是海力没有癫痫症,因此她也没能找到药物。金盐慌乱中想起父亲教给他的小招数,于是急忙用拇指掐住海力的人中穴。

其实这不起多大作用,两分钟后,海力吃力地用手指在地上写下四个字。这四个字是:"漆树,漆树!"

撤出大峡谷

就在海力写字的时候,杨虹漂眼角已涌下了亮晶晶的泪花,一个钢打铁铸般的小伙子转瞬之间瘫成了一堆软泥,而且自己不知道该怎么办,所以她几乎要放声大哭了。

看到海力这几个字,聪明的杨虹漂和金盐一下子全明白过来了:"海力这是漆树过敏症!"

杨虹漂说:"我曾听人说漆树能让一些人过敏,可没想到能让海力过敏!金盐,咱们赶快带他出山,越快越好,离开漆树远点他就不要紧了!"

金盐让杨老师把海力扶到自己背上,背着他急忙顺原路返回。峡谷里的石头其实就是路，路就是石头，刚才上来的时候不觉得路难走，现在背个人下去的时候可就不是那么回事了。

刚走了100多米，金盐就汗如雨下。杨虹漂让他把海力放在一个大石头上说："我来背一会儿！"

到了刚才穿过的葫芦腰，俩人干脆一前一后把海力抬起来走，因为这段路实在太难走了。

过了葫芦腰，金盐又把海力背到自己身上。同样的体重，如果是一个好好的人，那么背他也不会太费劲，因为他会紧紧趴在你肩上，和你结为一个整体，但是海力此时已经失去知觉，根本不知道他是被别人背在身上，他的两只胳膊不听使唤地吊在金盐的身后，这样背他就吃力多了。

走啊走啊，金盐和杨虹漂又轮换背了一次海力，他俩现在都累得走不动了，只好把海力靠在石崖上，自个儿躺在石头上喘气。

杨虹漂突然叫道："金盐，咱们打电话让马兰奇他们来接应一下嘛！"

金盐也如梦初醒，说："对呀对呀，让他们赶快往这儿走！"

可是杨虹漂拿出手机却打不出去，因为这段大峡谷里没有一丁点儿信号。她看了看海力说："他非常难受，咱们不能耽搁时间，来，让我背他走！"

杨虹漂又背着海力走了几十米，她实在走不动了，腿一软就坐在了石头上，差点儿把海力摔倒在地。

金盐急忙扶住海力，使劲把他弄到自己背上说："杨老师，你稍微歇一歇，我把海力送到前面再来背你。"

杨虹漂说："我没有过敏你背我干嘛？走吧！"她爬起来扶住海力的胳膊，俩人跌跌撞撞地来到了发现穿山甲的地方。

金盐的脚绊在一棵荆棘棵上，他啪地摔在地上。好在全是均匀的鹅卵石，他才没有被摔伤。可是这一下摔得他再也没有力气来背海力走路了。

杨虹漂坐在鹅卵石上,把海力抱在自己的怀里。她的衣衫和裤子全被汗水浸透了,看看金盐,看看海力,她像小女孩似的哭了。汗水顺着她的长发流到了海力脸上,泪水也顺着长发流到了海力脸上,因为她那一头乌云般的长发已散乱地盖住了海力的脸庞。

金盐安慰她说:"杨老师,你别急。我休息一下再背他走,一定要把他背出峡谷!"

杨虹漂一边抽泣一边点了点头。

奇妙的体香

杨虹漂两腿伸直坐在鹅卵石铺成的沙石地上,她把神志不清的海力轻轻揽在自己胸前。她低头望着海力英俊的脸庞,湿漉漉的长发像一道幕布直垂下来,她的面容和海力的脸都遮在幕布后面,她能看清海力,海力却无法看清楚她,因为海力的双眼闭得紧紧的。

在杨虹漂心中,海力是最优秀的人。他似乎没有什么缺点,似乎优点就是他的全部,海力的一举一动、一言一语,都是那么完美无瑕,都是那么令人陶醉,但杨虹漂知道这种感觉还不是她的爱情,而是对这位各方面都出类拔萃的年轻人的仰慕。

海力突然出现这么严重的漆树过敏症,这对杨虹漂来说简直不能忍受。当年她在国家体操队时,也经常看到自己的队友从体操器械上摔落下来,有的队友只是受点皮肉之伤,而有的骨折筋断,成了终生残疾,她就是在跳马时摔折了肋骨而退役的。

她和金盐把海力从漆树林那里背到这儿,虽然很难很累,但她心里没有一句怨言。而让她着急掉泪的是:现在金盐累垮了,自己也没力气背海力了,天知道海力会不会发生危险?

想到这儿,杨虹漂的两串热泪又叭叭滴在海力脸上,她的胸脯随着她的抽泣大幅度地起伏着。已被汗水湿润的红色运动体恤紧贴在她富有弹性的丰乳上,一缕缕奇妙的香味就从那里散发出来。

人体散发的气味称为体味,前些年在体操队受训的时候,每当杨虹漂大汗淋漓时，一起受训的队友就问她："虹漂，你身上搽了什么香水啦，这么好闻的香味？"她的教练也好奇地问过她。可是她从来就没有往自己身体和衣服上用过任何香水香料。

杨虹漂的身体上带着一种天然奇香，这种味道平时淡淡的，但是在她出汗、出气或流眼泪的时候，浓烈的香气就散发出来，而她那丰满的少女之乳，更是散发香气的主要区域。杨虹漂的母亲第一个发现女儿的这个特点，她给杨虹漂起了个小名叫"香包儿"，虹漂是父亲给她起的大名。

情不自禁的抽泣使杨虹漂无意中把海力越抱越紧了。海力的右脸就贴着杨虹漂的左乳上并随之摇动。

金盐见杨老师哭泣急得直搓手，他走到杨虹漂身边说："杨老师，你不要哭嘛，那现在咱们走吧！"说完，跪下一条腿就去背海力。

杨虹漂抱住海力不放。她说："金盐，你已经背不动他了！"金盐也觉得自己筋疲力尽了，于是坐在地上不吭气了。

正在此刻，海力突然哼了一声喊道："漆树！漆树！"声音里充满了惊恐。

杨虹漂急忙撩开自己的长发把海力的身子扶起来，金盐高兴地摇晃着海力的肩膀喊道："海力，你苏醒啦？"

海力的确苏醒过来，他睁开双眼看看天，看看峡谷，又看了看杨虹漂和金盐，杨虹漂知道他正在恢复记忆。几秒钟之后，海力伸手撑住地面坐起来说："这不是刚才咱们走过的地方吗？我们怎么又转回来啦？"

杨虹漂没有回答，只是一边笑着一边用手背擦着滚滚而下的泪水。

海力静静坐了两分钟后说道："我在漆树林里失去了知觉，你们俩把我背到这儿来了，真要谢谢你们！"说完，他慢慢站起来，又慢慢地蹲下去，掏出口袋里的纸巾为杨虹漂和金盐擦干泪水和汗水。

杨虹漂拢了拢自己的头发不好意思地说："海力，你真把我们吓坏了。哦，现在怎么样？能不能走路？"不等海力回答，她又深情地望着金盐问道："你怎么样？"

金盐从地上一跃而起说："没问题了！"他忽然问杨虹漂说："杨老师，你衣服上，不，也许是头发上的香味真特别。我一闻到这味儿马上觉得全身来了劲儿！"

海力也说："真是这样，漆树林昏倒后，迷迷茫茫之中我感觉自己被扔到了一片荒凉的沙漠里，冰冷的黄沙一层一层覆盖在我身上，而我的灵魂脱离了身体飘悠在荒漠的上空。刚才醒过来的时候，我先是觉得一股生命的动力注入了我的胸腔，我的大脑和心脏被这生命引擎重新启动。杨老师，好像那生命的动力就是你散发出来的香气！"

奇妙的死海之床

杨虹漂没有回答金盐和海力的问题。她双颊一红说："咱们快点儿走吧，调王那儿肯定等得着急了。"

刚说完，就听景阳刚自峡谷那边喊道："海力！盐哥儿！杨老师！你们在哪儿？"峡谷里响起一连串"在哪儿，在哪儿"的回音。海力他们正要回应，调王早看见了他们，他像只小鹿一样从石头中间跳跃奔腾过来了。

"天都快黑了，你们还在这儿休息聊天呀？我和萨蜡人儿都急死了！打电话又没有信号，萨蜡人儿差点儿就要发 SOS 求救啦！"调王放鞭炮似的说了一大串话。

杨老师轻声说道："对不起，我们在漆树林遇到了麻烦，这不，刚刚才时来运转，我们就说要立刻同你们会师呢！"

调王此时也知道自己说了冒失话，因为他被他们 3 人的情形吓了一跳：一脸疲惫，浑身汗水、衣服零乱……调王结结巴巴地问道："什么麻烦？有毒蛇猛兽还是强盗歹人？"

杨虹漂说："都不是，它是一种无影杀手，海力刚才被它暗算了一下，不过现在好多啦。"

海力对调王说："情况咱们待回去后细说，你现在扶着杨老师走吧！"

萨蜡人儿在摩托车那里急得抓耳挠腮,他找了一处可以看见大峡谷深处的悬崖攀了上去,抱紧崖上一株酸枣树朝谷里张望。看到海力他们的身影,他就兴奋地挥手召唤,哪知左臂刚刚松开,他就从崖上滑落下来。多亏他眼疾手快,使劲儿抠住了一条岩石缝,才没有跌到悬崖下的尖石块上。

调王急忙跑过来责怪说:"你是岩猴儿?为啥专门玩这攀崖的把戏?天肠洞那次摔你你还不记,这回要来个'精彩回放'呢!"

马兰奇说:"我这不是太激动了吗?什么精彩回放?我这叫惊有险无!"

"萨蜡人儿,你无惊有险多好,因为惊是惊大伙儿呢,险才是险你自己呢,你有能耐就自己扛那危险,却不叫大家看了受惊!"调王的嘴十分厉害,因为爱调皮的人全凭嘴上调皮。

这时候,海力他们已经来到了悬崖跟前,听了他俩的对话大伙儿都哈哈大笑。笑完之后他们简短地商议了一下,决定今晚不回芦苇木棚去住了,他们要下榻上星期住过的瑞莱斯酒店。

野马车轻声哼着把海力他们送到了瑞莱斯漂浮浴场内的瑞莱斯酒店。金盐说:"我去芦苇木棚取咱们的提包,你们先到房间洗一洗休息休息,我40分钟内赶来。"

杨虹漂他们刚洗过脸喝了一杯水,金盐和金山就拎着他们的包来了。金山一见面就对海力说:"一下午都没有发现偷天鹅的贼,我照你说的用指甲狠狠掐了白无瑕几下,它被我赶走了,可是傍晚时分它又飞来了,我没等它降落就用泥块打它,它无可奈何地飞走了!"

"这样做是不是太狠心了?"马兰奇说。

"不这样就不能让它对人保持警惕,世界上的事情都很公平:救了你的是人,将来害了你的恐怕也是人!"调王满腹感慨地说。

"请大家吃饭吧!"海力说:"吃过饭咱们到漂浮浴场认真玩一次死海漂浮和黑泥浴。"

偌大的漂浮室内气温适宜。按照导漂小姐的指点,海力他们一个个轻松自如地仰面躺在漂浮池中，不，是躺在水面上。浮力强大的死海盐水像一只无形的手轻轻托举着他们的身体。

"啊，世界真奇妙，人生多自豪。以后有时间我一定让我妈我爸也来这儿漂一漂，不然的话，他们死活不肯相信这水能浮人。"马兰奇说。

"人的观念非常重要，观念可以决定一个人，观念可以开辟一个新境界。"金盐说："我从小就生长在这死海边上，可是从来没见过有人在死海里漂浮。我们村祖祖辈辈都有人在盐湖里当盐工，他们只知道盐水浮力很大，但谁也不敢躺在水里漂一漂。因为他们没有死海漂浮的观念和知识。直到前几年，我国的科学家才宣布云城盐湖就是中国的死海，南风集团投资上亿元在死海中开发了漂浮和黑泥浴项目，这不，才有了今天的新境界。"

"啊，我不喜欢那么沉重的话题。我喜欢享受死海的漂浮之美，啊，真是像躺在水床上一样，又像躺在云彩上，我简直要进入童话之乡了。不，我快要睡着了，真的快睡着了……"马兰奇喃喃地说着，真的躺在水上呼呼地睡着了。

杨虹漂躺在水上也昏昏欲睡，可她怕马兰奇睡着翻个身，唉，那就坏了，他准要喝几口咸水哩。她于是拨着水浮到马兰奇旁边，防备万一可能发生的事情。

然而马兰奇只睡着几分钟就醒了，潜意识告诉他死海盐水并非熟睡之塌，他心里不踏实，所以瞬间即醒。

当他们走出漂浮池时，导浴小姐早迎上来说："欢迎进行中国死海万年黑泥浴！死海黑泥是一种非常奇妙的矿盐泥……"

手机里的男中音

导浴小姐穿着比基尼泳装把海力他们领到了黑泥浴场。她自己先从浴场的海水中抓一把黑色的盐泥涂在皮肤上，然后告诉大伙儿说："全身除了眼睛之外，所有的部位都可以涂泥。"

说完，她在自己的头发和脸蛋上都涂满了黑泥。她的示范表演和解说并不稀奇，因为上周五来这儿的时候海力他们早耳闻目睹过了。

杨虹漂那天就无师自通地进行了一次黑泥浴，她那大胆而狂野的举动至今仍叫调王他们心动不已。而今天她却比较拘谨，一是因为浴场上有很多陌生浴客，她担心过于大方的举动会招致他们的非议；二是因为她今天确实想做一次正正规规的黑泥浴以解除全身疲劳，而不是像上次那样纯属为了宣泄火山般的激情。

当海力他们把一把把柔软光滑细腻的黑泥抹遍全身时，杨虹漂几乎认不出他们谁是谁了。她挖出一块黏黏的黑泥堆在木凳上，然后从脚板、脚趾开始，顺着白亮的小腿往上涂，不一会儿就把自己抹成了泥人。

导浴小姐帮她把脊背的空白处也涂上泥，她小声问道："你刚才说全身除了眼睛都可以涂泥，那么，像我们穿着这样的泳衣怎么涂呢？"

导浴小姐明白她的意思。她说："我们可以把手伸到泳衣里去呀，没关系的，你瞧，我的三点式里全是泥，要挑盐池黑泥中稍硬一点的粘泥块，那样抹上去更舒服……"

杨虹漂一边照她说的做着，一边问小姐说："搞个男女分池多好，那样我们就可以痛痛快快地抹了。这样羞羞答答的似乎不符合黑泥浴精神。"

导浴小姐根本不知道什么是她说的"黑泥浴精神"。但这位非常称职的导浴说："我们很快就要搞成一个'天体浴场'了，到那时，您的愿望就可以实现了。"

科学的黑泥浴方法是身体涂了黑泥之后还要让它晾干，然后才能洗掉。据说皮肤在黑泥逐渐干燥的过程中可以得到很好的"按摩"和"紧缩"，浴场上吹动着温热的人工暖风，因此身上的泥巴不一会儿全晾干了。

浴场里的大钟已告诉他们时间不早了。海力招呼杨老师他们到温泉浴场去做最后的全身清洗。

温泉水就是从脚板下面的死海底里冒出来的。温泉是去年科学家在死海中钻探地下盐矿时偶然发现的。科学家说死海底下100米的深处储存着一个大温泉，其面积占到死海面积的三分之二。

温泉浴罢更衣回酒店。金盐、金山跟大伙儿告别说："住酒店要花钱呢。我们回村去住，明早只用20分钟就跑来了。"

杨虹漂叫他们路上小心，并且目送野马车消失在夜幕中才走回自己的房间，她哼着歌儿换上干净衣服，又把下午汗浸土染的脏衣洗了，正想躺到床上看一会儿电视，就听见手机的铃声响了。

杨虹漂按下接听键听到一个浑厚的男中音说道："你好，杨老师，我是套堂。现在说话方便吗？"

杨虹漂的脸颊上不禁出现了一层红晕。她回答："没有其他人在场，你说吧！"

那自称是套堂的人问道："整整一个下午您的手机都打不进去。你们事情一定有重大进展了吧？"

"有了些进展，但我不知道它是不是重大。昨天晚上特别刺激，我们不仅看了百年不遇的死海海啸，还得到一块刻字的小玉坠儿。那是一只鸟类救护所救养过的大天鹅叼来的，你说稀奇不稀奇！哦，就因为海力看到玉坠儿上的刻字，才决定暂时不去青龙潭而去哑姑泉。"

"哑姑泉我知道。我几天前刚到过那里，手头还有它许多资料呢，可是，去哑姑泉有什么用啊？金元宝不会藏在泉水中吧。"那男中音充满磁性，十分委婉动听。

杨虹漂说："这里面深层次的用意只有海力知道，可是我觉得现在还是寻找线索的时候，不一定我们去哪儿哪儿就有意义。我倒是觉得海力安排挺科学的，我们参观哑姑泉，还访问了村民。最让人高兴的是我们把白天鹅叼来的玉坠儿还给了村里的哑姑庙，因为这玉坠儿原来就挂在哑姑像的脖子上是后来被人偷走了。"

男中音说："真有这么巧合的事儿啊！那只大天鹅是从哪儿找到玉坠儿的？"

杨虹漂说："这只有白天鹅知道，我怎么能知道鸟儿的事情呢？

哎，告诉你吧，那只白天鹅有个很好听的名字：白无瑕。它伴我睡了一晚上呢，可是有人想把它抓走卖钱！"

"这样的人太不道德了，法律应当惩罚他们！哦，下午你们有什么发现吗？"男中音简直摄人心魂。

"下午我们去了万宝谷，就是哑姑泉村对面山上的大峡谷。海力说应当认识认识这个万宝谷，我也觉得去这样的地方很刺激。可是峡谷里根本没有道路，我们好不容易走到一片长满漆树的地方，海力却见到漆树过敏了，嗨，差点儿把我和另一个小伙子吓死！我们急忙背着海力撤了出来，腿都软得走不动了……"

男中音说："啊，现在怎么样？腿一定又酸又痛吧？您赶快找点药治一治嘛。"

杨虹漂突然放大嗓门说："当时我的腿确实疼得难受，可晚上漂了漂死海，特别是抹了抹黑泥，哈哈，疼痛困乏全都解除了，真是神泥！"

感谢黑泥

"叮咚！叮咚！"杨虹漂刚说到这里，就听房间的门铃响了，男中音也听到了门铃声，于是他变成男低音说："是不是海力他们找您？那就抽时间再……"

不等这句男低音说完，杨虹漂啪一声就把手机关了。她一边往门跟前走一边问："谁呀？"

马兰奇说："我们！"果然是海力他们。海力瞟了一眼杨虹漂两颊的红颜色说："杨老师，你身上真的不困不乏了吗？"

杨虹漂说："门外有耳，我说的话你们听见了？你们偷听别人谈话！"

调王这下可派上用场上。他摇起三寸不烂之舌说："我们决不是偷听别人谈话，而是你故意往别人耳朵里送话。如果一个人的说话声让整个楼层的人都听见了，那么这些人都算偷听了他说话吗？不，如果这样，那么这些人可以状告说话人一个噪声扰乱罪，罚他给每个人买一张死海漂浮黑泥洗浴的门票！"

"还要外加一个鸡腿汉堡包！"马兰奇也趁火打劫。

杨虹漂咯咯咯笑了。她问海力："你呢，感觉怎么样？"

"好极了，简直像上午一样好。感谢死海，感谢黑泥，想不到黑泥真有这么棒的强身健体功能。"海力精神抖擞地说。

看着海力现在的样子，杨虹漂无论如何也无法在他和大峡谷的海力之间画上等号，二者简直判若两人！

海力似乎知道杨虹漂在想什么，他用热烈的目光看着杨虹漂说："让你受苦了，真正应该感谢的是你和金盐。"说完，他的目光还深情地掠过了她那鼓鼓的胸脯。

马兰奇似乎想起了什么，他急忙问："海力，你有过敏病史吗？"

海力摇摇头说："没有呀。"

调王说："那你怎么对漆树过敏呢？"

"也许我只对漆树过敏吧，我也说不清楚，因为我以前从来没有见过漆树。我刚靠住那棵漆树的树干就感觉天旋地转，脑袋感到发麻、发木，胸口发闷，眼睛看不清东西，真有点儿山崩地陷、世界末日的感觉呢。"海力认真回忆着当时的可怕感受。

马兰奇是个精明鬼，他问的话总是刁钻古怪的。他说："听说对漆树过敏的人只在皮肤下起疙瘩，最严重的是把浑身挠破，因为它让皮肤奇痒无比，可是你一过敏好像就有了生命危险，皮肤却不红不痒，这不是典型的过敏症状。说不定是'非典型过敏'呢！"

杨虹漂和调王笑了。海力没有笑，他若有所思地说："它对我有百分之百的征服力，我是应该好好研究研究它，而且，还有一个奇怪的问题要研究：为什么它来得十分凶猛，走得十分轻松？难道，确实有一种香味能化解它？"

"什么香味能化解它？"调王和马兰奇一齐问道。

"哦，花的香味，一种非常具体的花的香味。"海力回答。

听了这话，杨虹漂低头看了一眼自己别在左胸襟上的一枚胸针，两颊刷一下红了。

春风春雨闹死海

马兰奇坐在靠窗的沙发上,他听到了死海里骤然响起的风雨声。他说:"外面下雨了。"

其实,海力早从瑞莱斯漂浮浴场自办的电视节目里知道了今晚要下雨,刚才他一到杨虹漂的房间,就嗅到了一股山雨欲来时的冷风特有的湿味,因为杨虹漂的玻璃窗开着,中条山上吹来的南风灌窗而入,它把雨的信号带给了海力的鼻子。而在进入杨虹漂房间之前,海力闻不到南风的味道,因为他们3人住的房间的窗子朝北面开着。

调王此时抽了半天鼻翼说:"死海的咸味,春雨的腥味,云的烟味,风的草味!"他的话像一首诗。

马兰奇嘻嘻笑着问:"调王,老师总夸你的作文用词用得好,那么请问:这云的烟味、风的草味是什么意思?"

调王笑道:"云烟云烟,云是烟,烟亦是云,烟味即云雾之味;风自中条山里吹来,山间黄草腐烂,绿草萌生,黄草绿草,都是草味。"

杨虹漂拍手说:"答得不错,答得不错,可就是这雨一下,天冷路滑,我们明天怎么行动呢?"

"我们到你房间来正是要跟你商量这件事呢。"海力说:"万宝谷暂不能去了,青龙潭那儿也不必着急,目前咱们的未知数越来越多,我想,明天咱们还是去读书吧。"

"读书?到哪儿去读书?你是说咱们明天就回蓝海市?"马兰奇迷惑不解。

海力说:"明天晚上咱们肯定要回蓝海市,不然的话,后天全市的报纸和电视上都会出现寻找马兰奇的启事,但我说的与这无关,我建议咱们去一趟位于云城市区的黄河金三角两千年史志图书珍藏馆。我想,它对我们一定很有帮助。"

计划就这样确定了,因为大家都同意。

第二章 体香神妙漆树毒 天鹅吐玉问哑姑

调王伸了个懒腰说:"上下眼皮接吻,大脑皮层发麻,该背床了,咱们走吧。"

海力对他说:"你和马兰奇先去休息,我跟杨老师再说个事儿。"

二人走了,海力却半天不语。杨虹漂问:"你说话嘛,不是有事儿吗?"

海力不好意思地说:"杨老师,下午在大峡谷里,是你身上奇异的体香把我唤醒的,我一直在琢磨,为什么你的体香会彻底解除我的症状呢?它威力好大啊。"

杨虹漂的脸颊上的红晕本来就没有散去,此刻又开始向耳根和额头地区扩展。她喃喃地说:"我怎么能知道呢?难道我是漆树的克星?"

"杨老师,"海力又问道:"你的体香从小就这样吗?"

"是的,从小就这样,可是近几年它没有那么强烈了,尤其是这一年来几乎连我也闻不见了。可是自从上个星期六我全身涂了死海黑泥以后,香味突然又出现了,而且,而且,而且乳房上的香味特别浓烈。"杨虹漂说那3个字的时候显得非常吃力。

海力站起身说:"雨凉夜冷,杨老师睡觉前一定关好窗子,希望你做个好梦,我过去休息了。"快要走出房门的时候,海力又突然转回身说:"我借你的手机在这儿给妈妈打个电话,我的手机在那边的房间里,我怕打电话影响马兰奇他们睡觉呢。"

杨虹漂伸手把手机递给海力说:"赶快打吧,你母亲也许都已经休息了。"

海力拨了个电话号码听了几秒钟说:"电话占线。算啦,我明天再给妈妈通话吧。"他向杨虹漂做了个鬼脸问:"如果下回我漆树过敏了,你还用体香救我吗?"

杨虹漂显然在努力克制自己。她用很小的颤音说:"你说呢?"

缺页的史书

春雨淅淅沥沥下了一夜,第二天仍下个不停。蛛丝一般的细雨滤掉了天空中的流烟浮尘，死海的空气新鲜极了。

海力一大早儿起了床，就给金盐家里打了个电话，告他下雨天不要过来了，因为今天不安排重要活动，然后就唤醒马、景、杨3人到外面看雨景。灰蒙蒙的云团把2公里外的中条山完全遮没了。死海里云也是水，水也是云，云水一色。走到岸边听雨声，犹如碎珠儿撒到玉盘里，哗哗沙沙像一首歌。雪白的大天鹅不怕雨，它们在水中畅快地游。

看了一会儿雨景，活动了一下肢体，他们就乘车到市区去喝豆浆。酒店的女服务员不仅告诉了他们喝豆浆的最近地点，还为他们问清了黄河金三角两千年史志图书珍藏馆的确切位置，使他们喝饱豆浆之后很快找到了这座藏书馆的借阅室。

借阅室的老管理员感到很奇怪，他甚至怀疑这几个中学生是不是真的要借书看。他推了推滑在鼻尖上的老式眼镜问："我这里的书都是古旧书，线装的，木版刻的，文字是从右到左竖着看的，你们就借这种书？"

海力他们点点头。

老式眼镜又问："我这里的书写的都是地方史，山川地理，风土人情，物产特产，应有尽有。可是上面没有《射雕英雄传》一类的小说故事，也没有《福尔摩斯探案集》那样的外国传奇，你们就看这种书？"

海力他们又点点头。

老式眼镜继续问道："我的书只能在这儿看，不能带出去，它们年久失修，残缺不全，灰迷尘封，查阅困难，你们真的看这种书？"

"我们就看这种书！"海力他们异口同声地说："我们想查阅一些有关中国死海、哑姑泉和中条山万宝谷的历史记载，请您一定帮帮忙！"

"有，有，有。你们要的书我专门保管在一间房子里，因为要查这部分资料的人很多，但是需要说明一点，我这里的书都是历史文献，上面只有'云城盐湖'，没有'中国死海'。"老式眼镜说完，让他们把随身携带的背篓挂在管理员室内，然后领他们来到一间书室。

书室里充满呛人的古书气息。老式眼镜帮他们一本一本地翻阅，不到一个小时，他们已把有关的历史记载全部看完了。

老式眼镜问："目的达到了吗？"

海力说："大伯，为什么我们要看的哪几页文字都被撕掉了？你知道这是谁干的？"

老式眼镜说："这书页已经被撕掉 100 多年啦，那时候我还没出生哩，我怎么知道是谁干的呢？也许是八国联军干的，也许是比八国联军早几十年来到中国的英国盐商干的。他们当时在盐池投资盐业生产，掠了咱们不少白银哩，你们看，咱们所在的这座藏书楼，就是当年的英国盐商盖的盐务交易所。"

杨虹漂十分失望。她说："就没有人能够根据其他历史资料把这缺页补齐吗？大伯，您学识渊博，难道您不打算试一试吗？"

老式眼镜说："嗨，补天那是女娲的事哟，我无能为力，再说，人们现在早不要这些旧破烂了，这几年如果不是打造中国死海品牌，还没有人来翻这些故纸哩。"

海力默默无语。令他感到意外的是：早在很久很久以前，就有人盯上了万宝谷，否则，史书上的有关记载就不会被撕掉。撕掉它的用意，一是自己需要，二是不让需要它的人看到。

看着娃娃们一个个沮丧的样子，老式眼镜说："你们要研究中国死海、万宝谷和哑姑泉？你们想找到传说中丢失的宋代金元宝？"

"那不是传说，是确有其事！"马兰奇的嘴快得像关公手里的青龙刀，杨虹漂急得拽了他一把。

"雄心齐天　壮志比地！"老式眼镜激动地说："我老眼昏花，是退休之后又聘回来的无用之人，这里的藏书也是缺胳膊少腿的无用之书。唉，帮不上忙，帮不上忙。不过，我给你们推荐一个人，这个人是朝鲜人，他曾是日本侵略军的探矿技术员，在中条山和盐湖里钻了很多年哩。万宝谷他没少去，哑姑泉他去得更多。他算个活地图、活史册哩。你们如果能打动他，他兴许会提供一些有用资料给你们哩。"

一访李喜华

真是山重水复疑无路,柳暗花明又一村。按照老管理员的指点,海力他们租了一辆夏利车向死海西南方向的五龙关乡奔去。

五龙关乡是个地处中条山腹地的山乡。全乡有 50 多个自然村,零零散散地分布在绵延 20 多公里的山岭之中。最大的村就是五龙关村,全村也不过 1000 多口人。最小的村只有两户居民。而老管理员所说的中国籍朝鲜老头,就住在这 50 多个村庄中的一个村庄里。

雨已经不下了,夏利车载着海力 4 人绕过了中国死海,从死海西岸的一条新修公路钻进了中条山。司机师傅告诉海力,以前小轿车根本开不到五龙关,因为道路太差。去年这条路刚修通,但是车也只能开到五龙关村,其他的山村车照样不好开进去。

中午 12 时整,海力他们到了五龙关村。看看已是吃午饭的时候了,于是大家下了车就走进村街上仅有的一家小饭店,饭店的牌匾上写着"万食全大酒店"几个字。店老板见来了几个很洋气的青年学生,便拿出山里人的十二分热情精心招待。

老板仔细地洗干净抹布,又仔细地把饭桌擦了一遍,还在桌面上铺了一层塑料薄膜。他笑呵呵问道:"你们想吃啥就说吧,咱山村店小人可好,尽量满足你们的需要!"

杨虹漂端起杯子喝了口用大铁锅烧下的开水说:"给我来一碗大米饭吧。"

老板一听忙说:"啊呀,对不起姑娘。面条、饼子、蒸馍都有,就是没有大米饭。我们这山里人不爱吃大米,蒸一锅大米十天半月也卖不了,没办法把它喂了猪,猪都不好好吃哩!"

"那给我做一碗刀削面吧,削得宽一点儿,面要硬一点儿。"杨虹漂决不强人所难。

谁知老板一听又急忙说:"啊呀对不起姑娘,咱这饭店就是以面食为主。手工面、机压面、柳叶面、龙须面、扯面、拉面,啥样面条都会做，可就是不卖刀削面，因为去年咱店里的大师傅削面削掉半个手指头，气得我把削面刀也撂到山沟里去了，从此不卖这伤心面了。哦，你再点个别的吧！"

马兰奇和调王捂住嘴吃吃地发笑。看着店老板那真诚厚道的面容，杨虹漂只好耐住性子说："那就给我来一份葱花烙饼吧。在蓝海市很难吃上这样的烙饼呢。"

老板听了依旧咧着嘴不紧不慢地说："吃石子饼吧，石子饼是咱山里的特产，就是把面团搁在炒热的小石头上烙熟的饼子。"

杨虹漂说："我就想吃葱花饼。"

老板给她的杯子里加满茶水说："实话说吧，咱这店里啥饼子都做，可就是不做葱花饼。"

"为啥？"马兰奇和调王问。

"因为我妻子小名儿叫葱花。我妻子不让卖这种饼子，说不能把她的小名儿当做食品的名字。"老板摊开双手无可奈何地说。

"既然事已至此，那只好入乡随俗了。"海力看着墙上贴的饭菜目录对老板说："请你用最快的速度给我们每人做一碗酸汤面，再端一大盘石子饼，哦，炒一盘绿豆芽、一盘虎皮豆腐。"

司机师傅和马兰奇他们齐声叫好，只有杨虹漂没吭声。她不是不想吃海力点的几样饭菜，而是她想吃的东西都没有落实。

店老板非常高兴，要亲自下厨去炒豆芽。他说："豆芽是我妻子用山泉水生的，一点儿污染都没有。城市里的豆芽缸里放化肥，人吃了容易得癌症。"

可是海力却请他坐到饭桌边来。他一听忙说："你们给我开玩笑哩，卖饭的怎么能跟客人坐一块呀？"

海力说有事儿要请教他，他才扭扭捏捏半侧身子坐到了海力旁边说："有啥问题尽管问吧，只要我知道的，我都无偿告诉你们。"

海力说向他打听一个人，一个名叫李喜华的老人。店老板一听马上站起来说："你问我就问对了！今儿上午他还来我店里吃了一碗臊子面哩。可不巧的是，他现在已经走了两个多小时了。"

杨虹漂早忘记了刚才的不愉快，她急忙问："他住在哪个村子？"

"村子？他哪有村子！五龙关乡的50多个村子他都住过，谁知道他现在住在哪里？"老板摇着头说："那个朝鲜老汉儿出奇古怪。听人说，他去没目的，住没定居。像个大游侠一样说来就来了，可说走就走了。上午他在这儿吃饭的时候，我还问他从哪个村来，他说他从红岩沟来。走的时候我还亲自把他送到店门外，可就是少问了他一句话，少问了一句他老人家要往哪里去！"

说到这里，大伙儿已吃饱了。海力准备付饭钱，杨虹漂却抢先付了，老板收了他们17元钱。而就在大伙儿起身往饭店外面走的时候，海力把店老板拽到一边说："这50元钱给您，是预付给您的信息提供费，拜托您注意和打听李喜华老人的行踪。"

海力还递给店老板一张写着他的电话号码的纸片，说有了线索就打这个电话。

店老板十分激动。他握住海力的手小声说："我姓贾，西贝贾。你记住我叫贾文革。山里人老实，问啥说啥，从来不收咨询费呀信息费的，既然你这么看重我，咱不说啦，我这万食全大酒店就是你们的专用情报站了，我要是弄不清李喜华的来龙去脉，除非他不在这五龙关了！"

隐 形 村

红岩沟村在五龙关乡的正南方向八公里的地方。站在饭店门口的空地上，就能望见它所在的那一片群山。清冷的山风已经扫除了山峦上的迷雾，海力决定先到红岩沟去找李喜华。即使找不到他，也可以获得一些找他的线索。

汽车无法上红岩沟，司机师傅就留在五龙关村等候，海力4人抖擞精神开始了急行军。

一场春雨已催开了满山野花，黄的是迎春，白的是山桃，红的是山杏，还有紫的、蓝的、粉的，真是山花烂漫，春色满坡！

死海螺碟

顺着村人指点的山路，海力他们绕过了4道山梁，越过了4道深沟，又沿着山峰上的石板路走了40多分钟。途中杨虹漂顺手从石头边揪了几朵鲜花，调王和马兰奇也从山坡上摘了些路边没有的野花递给她，杨虹漂的脸高兴得像一朵盛开的红牡丹。

海力半开玩笑半认真地说："少男少女们走路快，有句话儿要交代，如今山里是百花开，可路边的野花不要采，采了花朵草木哭，蝶儿不见呀蜂儿不来，珍惜地球的好环境，谁采野花罚十块！"

杨虹漂的两颊红得发紫。她把一把野花藏在石头后边说："调王和马兰奇采的花都给了我了，那就罚我吧。一会儿下了山我请大家吃晚饭！"

"这太好了！那一会儿我们还要采花给你！"调王和马兰奇兴奋得连蹦带跳。

海力也兴奋地喊道："前面的山崖像火烧过似的发红，哈，红岩沟就要到了！"

山道上恰巧走过来一个人，马兰奇向他问路。那人告他转过这座火烧崖就是红岩沟村。马兰奇谢了他刚往前走了几步，就听那人在身后嘀咕说："什么红岩沟村不红岩沟村的，这儿哪有什么村？"他这话4个人都听到了，但谁也不明白他这话的意思，马兰奇正想追过去问他，却见那人迈动双腿低着头走了。

前面的山坡上有两间小屋。屋墙是用石块和沙泥砌的，石块与石块之间的缝隙很宽，几乎可以看到屋里的一切。房顶上的烟筒冒着淡淡的蓝烟，是草木烧出的烟气，调王用灵敏的嗅觉辨别出了这一点。

调王捷足先登，他手指屋门上模模糊糊的字迹说："红岩沟，门上写着呢！"

屋里坐着两位老汉。调王大声问："大爷，红岩沟村离这儿还有多远？"

两位老人互相看了看说："孩子，你们已经到了红岩沟村了。"

海力他们走出屋子往周围张望，山上山下根本看不见村庄的影子！

马兰奇又跑进屋里说:"大爷,看不见村庄在哪里呀!"

一个高个老汉用手中的山核桃木拐杖捅着地面说:"都在地底下,都在地底下!"

海力终于明白了他的意思。他说:"到小屋后面的土沟里找一找。看来这是个隐形村庄呢!"

杨虹漂一边跟着大伙儿走一边问:"村庄还能隐形?那要耗费多少钱财呀?"

马兰奇也不解其意,他说:"又不是打核大战,有这个必要吗?"

海力听了哈哈大笑。他说:"看来这次来红岩沟十分有必要了,因为我们都能见识一下隐形村庄!"

红岩沟的土窑洞

沟边上有土路。土路上不仅有人的脚印,还有山地机动车的轮胎印。顺着路走下土沟,又顺土沟走了50多米,他们看见了一户人家的窑洞。窑洞的门是圆拱形的,门上装有玻璃,玻璃上贴着纸剪的猴王,两旁贴着红纸春联。猴年春节已经过去一个多月了,但山沟里的年味还没散去。

土窑洞的女主人早透过玻璃发现了不速之客。她推开窑洞门说:"你们找谁家啊?"

杨虹漂问:"请问大妈,这里就是红岩沟村?"

大妈说:"是红岩沟村。不过,往前走还有5户人家哩,我们6户人加到一块才是红岩沟村。"她看到杨虹漂吃惊的样子就说:"大城市来的吧?看看闺女长得多好看,就跟电视里的明星似的。来来来,都进窑洞里坐吧!"

大妈先把杨虹漂拽进了窑洞,海力他们不用拽都进来了。窑洞门不大,洞里的空间可不小。虽然是在土崖上掏的洞,但洞壁洞顶都用石灰泥抹得很光,靠土炕的地方还用五色的油漆涂了漆面,绘了漆画。墙上还分开贴着2003年用过的美女挂历,12张挂历上12个身着比基尼泳装的绝色美女向每个看她的人挤眉弄眼。

大妈忙着为他们倒水，杨虹漂走进窑洞深处不见了，马兰奇喊她半天，她才从里面钻出来喊道："像房子一样，像防空洞一样，嗨，像地道一样，几个窑洞都通着呢！"

马兰奇和调王听她这么一说，也跑到里面参观去了。海力抓紧时间对大妈说："大妈，看您身体多好，满面红光的，真是住在深山人不老呀，您今年有没有70岁高龄？"

大妈高兴地说："城市来的孩子就是会说话，我今年已经75虚岁啦！"

海力问道："大妈，我们来这儿是想找一个人，就是住在你们沟里的李喜华老人。"

"哦，找他呀，今儿早上天刚亮，我就看见他背个包包出山了，可不知道现在回来没有。你们喝口水，我领你们去，他住的窑洞就在老东头。"

参观了土窑洞，每人喝了一碗开水，他们就跟着大妈往沟东头走。这红岩沟是个蛇形沟，曲曲弯弯伸展在山峦中。路上，杨虹漂问大妈："您刚才说还有五户人家呢，他们的窑洞在哪儿呢？"

大妈指着沟沿上的小路说："这一条小路就通向一家窑洞。不走到窑洞跟前，你们怎么能看见它呀？"

"哇！老天，果然隐形村！在此之前，我还以为所有的村庄都是把房屋盖在一起，又有大街、又有小巷的那种模样呢！"调王惊骇不已，马兰奇也唏嘘慨叹，杨虹漂则啧啧称奇。

大妈听了笑着说："大城市多好啊，住楼房，坐汽车，用自来水，哪儿像山里人这么难啊。"

马兰奇说："大妈，依我看你们应该搬到城市去住，城市的整体条件要好得多呢！"

大妈笑了笑说："我的儿子就在北京打工，去年把媳妇也叫到北京去了。他们叫我也去，可是我不去。这辈子我就老在土窑洞里了！"

此刻已到了土沟的尽头,大妈指着柴草垛后面的窑洞门说:"你们去看看他在不在?"

海力过去敲门,敲了一阵也无人应答,于是他轻轻推门而入,因为门上根本没有锁。长期被烟熏火燎的窑洞四壁漆黑,洞壁上挖了一个土窝儿放着煤油灯,灯里已没有煤油了。窑洞最里面是用几根山木支的一张床,床上铺着30多厘米厚的软草,软草上面是一片用树皮编织的褥子。用石块堆成的烧柴灶上架着一口铁锅,锅盖放着一双筷子一个大碗。这就是土窑洞里的全部设施。

李喜华老人的土窑洞简直就是一个空窑洞。

为李喜华画像

天晴了,太阳出来了。虽然已经是下午三四点的样子了,但春天的太阳仍很温暖,李喜华的窑洞前面一片阳光。

海力请大妈坐到柴草堆上说:"还得麻烦您一会儿呢大妈。您跟我们描述一下李喜华老人的长相,我来给他画一张像。"

大妈说:"我不会描树,我只会描花,描草,也是最简单的那几样花草。"她不懂什么叫"描述",还以为让她在绣花用的草纸上描图呢。

调王说:"大妈,他的意思是让您把李喜华老人的模样形容一下,并不是让您描花绣草。"

"形容?啥叫形容呀?"大妈显然不明白这个词。

海力笑了笑说:"这样说吧大妈,那个李喜华老人长得什么样儿?"

大妈一听自己也乐了,她说:"你这样说我就明白啦。哦,他长着长方脸,下巴宽宽的,齐齐的,有一把黑胡子。嘴里总是咬个烟斗,见人不说话。眼睛不大不小,眼皮松松垮垮的。鼻梁高高的,好像上面有个疤。头发乱七八糟的,有时候戴个毛线帽。喜欢吭吭咳嗽,听村里人说,这人吸烟不吸烟叶,吸的是山上的一种草药,怪得不他总是呛得咳嗽哩!"

大妈说得快,海力画得更快,他在自己的画像本上用铅笔嚓嚓嚓嚓画出来一张人像。画成后又用像皮稍微擦了擦，然后用铅笔重重描了描，这才把本子拿到大妈眼前说："您老人家看一看：李喜华老人是不是这个样儿？"

大妈一看拍着大腿说："是啊，是啊，就是这个样儿！城里的人就是能，不见人也能画出照片来，啥时候你给大妈也画个照片，画得大一些，等我死的时候用。"

海力说："下次我来的时候给您画，这次我没有带大纸，再说，您老人家要活一百岁呢，咱们有的是时间！"

海力的话说得大妈心花怒放，她老人家一定要他们再到她的窑洞里坐一坐，说她藏着好吃的让他们吃哩。

马兰奇生性精灵。他扶住大妈边走边问："大妈呀，您爱见我们吗？"

大妈说："那还用问吗？我不知道你们叫啥名儿，可是心里十分喜欢你们哩。"

马兰奇说："那漂亮闺女是我们的杨老师，画照片的叫海力，我叫小马，那个瘦子叫阳刚，您能记住吗？"

大妈说："能记住。女的是老师，高的是海力，瘦的是阳刚，你是小马。可我刚才听阳刚叫你什么面人儿还是糖人儿的，你名儿叫啥人儿？"

"他叫蜡人儿，大妈，"调王一本正经地说："这名儿好听吗？"

大妈说："好听不好听它是个名儿呗，城市人起名字就起得怪，要叫我说吧，叫个什么铜人儿、铁人儿、金人儿多好，又结实又值钱，就是糖人都比这蜡人儿强哩。"

大妈的话把他们四人笑得前仰后合。

马兰奇突然想起正经事儿。他问："大妈，您说这李喜华今天会不会回来？"

"十有八九不会回来，他就是这么一个怪人，一走就是十天半月不见面，有时候几个月也不回来哩，谁也说不准。"大妈说："村里人都说他有18个家哩，可我不知道那17个家都安在哪个村。"

"村里谁和他来往最密切？也就是说，谁和他最好或者他和谁最好？"海力问。

"谁和他也不好他和谁也不好。要说最了解他的人，我看全村还数我哩。为啥？因为他每次进沟出沟必须经过我的窑洞。其他人一年四季也别想见他一面！"大妈说着，伸手推开了自家窑洞的门，炕沿上坐着一个人，就是海力他们在沟上面的小房里见过那个高个子老汉，他是大妈的老伴。

大妈喊叫老伴给他们拿酸枣儿，老汉飞快地从里面窑洞端出一盆香喷喷的酒酸枣儿和酒山海棠果，这些野果已经在酒坛子里封存了好几个月了。

杨虹漂长这么大也没见过这种奇特的山寨食品，她咯吱咯吱吃了几颗枣儿几颗海棠果，脸颊上又是红晕遮面。

"哎呀，真比王母娘娘瑶池蟠桃会上的水果还好吃呢，拿到世界博览会上也能评个金奖银奖的！"调王把肚子里最好的词语都搜索出来赞美野果。

"你好像刚从瑶池回来又当选了世博会的评委！"马兰奇撇着嘴说。

"这就叫形象思维你懂吗，"调王摇头晃脑地说："可你错认为是逻辑推理！"

"娃娃，"大妈的老伴急忙纠正调王说："这是山上的野海棠，不是你说的落在草窝里的山梨。"

海力他们轰然大笑。笑声中听见大妈喊道："听不清你不要胡乱打岔！"

夏利车旁的脚印

海力他们虽然没有能在红岩沟村的土窑洞里见到李喜华老人，但却调查到一些有关他的情况。海力还根据大妈的描述，惟妙惟肖地绘出了李喜华老人的肖像，这幅画像，对寻找李喜华是很有用的。海力还盯着画像，对这位神秘老人进行了一番认真研究，他是在研究他的性格特点，以便依据这个特点对他的行踪作出科学的推断。

在笑声中告别了土窑洞和大妈，海力他们飞步踏上山路往回返。杨虹漂问道："海力，是不是今天的调查就此结束？"

没等海力张口，调王早抢先回答说："日已西斜，家还遥远。我们当然只能就此结束了。哎，我抢答了，扣我10分，现在重新开始，刚才问的问题不作废，请头儿回答吧！"

谁是头儿？海力是头儿。这是一周以前由四人"海选"的。海力笑嘻嘻地说："调王的答案即我的答案，咱们的'在那天鹅徜徉的地方'行动宣告胜利结束！"

"可是，"马兰奇眨巴着小眼睛说："咱们还没有回到蓝海市呢，目前咱们仍在调查现场，也许返回途中我们还能调查到些什么呢。"

调王说："萨蜡人儿真是精灵鬼，名不虚传，他钻了咱们的语言空子！"

几个人说说笑笑、争争吵吵，不觉得已经来到了五龙关村口。

夏利车的司机师傅仰靠在司机座上看书，他手里捧着一本凡尔纳写的《海底两万里》。杨虹漂已经拉开车门坐进了车里，他似乎还没有觉察到。

海力走到车前面说："师傅，什么好书啊，看得这么投入？"

那师傅说："我不是告您我这车是别人包的吗，您怎么又缠我来啦？"

杨虹漂在后排座位上轻轻拍了拍他的背说："是我们！就是包您车的'别人'！"

司机师傅急忙下车说："唉，弄岔了，弄岔了！我拿一本我儿子看过的书，嘿，没想到还挺好看！"

调王拿过他的书看了一眼问："车老板，您是不是想当船老板呀，哦，是潜水艇的老板？"

司机师傅说："瞎看着玩呗。凡是好看的书都是瞎吹的，谁能照那上面去做呀？嘿，一样也落实不了！"

就在他们说得热闹的时候，海力却在仔细观察车左边地上的一枚脚印。那枚脚印清晰地压在沙土地上，足足有44码长。

海力问道："师傅，刚才有人租您的车？"

"是的。他说让我把他送到云城市。我说这车是别人租来的，我在等他们。他说他可以多出钱。我说多出钱也不成，那人就走了。"司机师傅回答。

"那租车人长什么样啊？"海力又问。

"嗨，我妻子老骂我粗心，实际上我就是粗心，我真不知道他长什么样！"粗心师傅说。

"您跟他谈了一回生意呢，虽然没有谈成，可也不至于不知道他的长相吧，你们俩是在电话里谈的？"调王说。

"就在这儿谈的呀。我开着车门在座上看书，他从车后边走过来问我，问完之后又从车后面走了。我的眼睛在书上，真的没看见他长什么样，再说，一个大男人有什么好看的？"粗心师傅认为这非常正常。

调王没有什么说的了。海力正要往车里钻，忽然看见饭店老板站在店门口向他招手，他站在自己的饭店里就能看见这辆夏利车。

海力要杨虹漂他们稍等一下，便三步并做两步跑到店老板跟前。店老板说："有情况，咱们店里谈。"

海力跟他走进饭店里的一个小包厢里，老板神秘兮兮地对他说："就在一个多小时以前，我这饭店来了一个人，他吃了一大碗面条，却给了我50块钱。我问他为啥给我这么多钱，是不是想预付饭钱？他说多余的钱是给我的信息费。嘿，跟你说得差不多。我问什么信息费，他说要让我帮他打听李喜华老汉的去向，打听清楚了就向他报告。我问他是不是公安局的，他说你不用管这个。我让他把他的电话号码写给我，他却让我把我的电话号码写给了他，他说以后他打电话跟我联系，不让我浪费电话费。"

"那人还问了些什么？"海力问。

死海螺碟

"他好像认识你们，问我你们去红岩沟村能不能找见李喜华，我说不清楚能不能找见。他又向我打听一些李喜华老汉的情况，就是我跟你们说的那些，然后就走了。"贾老板回答。海力问那人的长相，老板只说他是个高个子，长得很有劲儿，其他就什么也说不清楚了。海力谢过了他，叮咛他不要向那高个子提供关于他们4个人的情况，贾老板满口答应。

R18 的影子

夏利车绕山转峰地走出了中条山，沿着死海北岸的公路向东疾驶。从山口到云城市，还有整整20公里。路上，杨虹漂问海力饭店老板叫他有什么事儿，海力只说他想知道去红岩沟的情况，就闭住嘴什么也不说了。

华灯初上的云城市十分迷人。因为回蓝海市的火车晚9时才开，所以时间还很宽裕。海力他们到市内最大的广场南风广场的地下餐厅用了点晚餐，就信马由缰地转悠着欣赏广场夜景。

"车上听粗心师傅说，那只铁凤凰十分神奇呢。他说每天早晨日出的时候，铁凤凰的头部就出现一只闪光发亮的凤眼，像嵌上的明珠，又像镶上的金块，全国各地来云城的人都跑来观看呢。下回我们再来的时候，一定起个早儿到这里参观参观，据说看了这'天点凤睛'的人都有好运气呢。"杨虹漂指着广场中央的一尊主题雕塑说道。

于是他们转到广场中央去看铁凤凰。铁凤凰的正北面200米处有一个高15米、宽20米的电子屏幕，据说是中西部地区目前最大的电子屏幕。此时屏幕上正播映着中国死海的精彩画面，于是他们又把目光投向那里。

大屏幕前面的水池边、花池边坐着许多人。有的在看屏幕，有的在聊天，有的在谈情说爱。走着走着，马兰奇突然说："杨老师不见了！"

调王说："不见了不值得这么大惊小怪呀，她是人，是个成年女人，你还能让人家步步跟着咱们，连上厕所也不能离开？"

"你说她去上厕所了？那我问你，你为啥没去上厕所？"马兰奇反问道。

"因为我没那种需求。"调王说。

萨蜡人儿到底精明过人。他说："你没需求她就有需求吗？如果你不是感冒发烧烧晕了脑袋的话，你总该记得咱们4个人吃饭前才上的厕所吧？那个日子距离现在还不到40分钟。"

"谁规定不到40分钟就不能再去厕所呢？我还创造过25分钟上两次厕所的记录呢！"调王不服气地说。

萨蜡人儿十分内行地说："如果你那个也算记录的话，我不知道破过它多少回了，我曾经15分钟上过两次厕所，不是拉肚子，而是正常小便！"

"既然如此，那你怎么说杨老师不可能去厕所呢？难道只许你去撒尿，不许她去小便吗？"调王吐着舌头扮着鬼脸。

"你曲解了蜡人儿的本意。"马兰奇说："如果在某些情况下，杨老师即使20分钟上一次厕所也符合逻辑的，但是今天她就不可能。为什么？因为今天下午咱们几乎马不停蹄虽然在大妈的土窑洞喝了几口水，可走山路消耗的水分远远超过了它，刚才吃饭时我们也喝了些汤水，但是我们的身体还舍不得马上把它变成尿液排掉呢！"

海力听了两人一番话夸奖马兰奇说："萨蜡人儿，你不是蜡人儿了，你简直变成神人儿啦。"他又转过脸对调王说："蜡人儿的分析有科学道理，如果没有别的情况，杨老师她不应当是去厕所了，可咱们也不能四处乱找，就坐在这池边耐心等待吧。"

而他们3人的"耐心等待"刚开始两分钟，杨老师已出现在他们面前。调王问她是不是上厕所去了，杨虹漂说没事儿老往那个地方跑干嘛，说得马兰奇吃吃地笑了，调王一脸羞涩。好在杨虹漂没有看清调王的表情，因为她根本不知道他们刚才关于她应不应该上厕所的研讨会。

马兰奇问："杨老师，咱们走着走着你就不见了，我们正急着找你呢。你到底干什么去了？连招呼也不打。"

杨虹漂脸颊一红说："我刚才在凤凰雕塑那儿看见了一个人，不，是一个熟人的背影，我就朝那人走过去，没想到他在人群里走得很快，我使劲儿追也没追上，他转到大屏幕后边不见了。"

"嗨，就这么个事儿啊，你应当喊一声儿嘛，他回头就是熟人，不回头就是生人，还用这么苦苦相追？"马兰奇说。

"广场上那么多人我好意思喊吗？即使喊了，那万一喊错怎么办？"杨虹漂说。

"他在人群里你能看见他？"海力问。

"是呀，能看见就是追不上，追不上还是一直追，这叫月亮追彩云，我表述清楚了吗？"调王真是调皮。

杨虹漂红红的脸颊又染上一层红色说："调皮大王！"

此时海力却在叽里咕嘟地说话，他用的是除过他自己谁也听不懂的语言。杨虹漂三个人一齐问："海力，你在说话呀？"

原来，海力是用他的保密语言说了这样一句话："R18，是 R18 的影子！"

三维图像

从南风广场到云城火车站只有不到两公里的路途，海力他们各自拎着自己的包，溜溜达达就来到了火车站。当列车又一次高声叫着离开云城市驶向蓝海市的时候，海力他们心里都有一股不可言传的感受。

在上个星期日晚上的火车上，杨虹漂睡意很浓，而今天她毫无倦态。他们四人对面坐着，偶尔说说话，但大部分时间里他们是各想各的心事儿。

海力掏出他的画像本，这其实是他的笔记本。笔记本上没有任何中文记录，只有一些英文字母和数字符号，还有一些奇里古怪的图形。无论谁看了这些东西，都不会弄明白海力记录的内容，因为他是用多种不同的手法混合起来作记录，而且给所有英文字母、数字符号重新规定了意义，这其实是一种海力密码。

海力在空白的一页上用笔写下了"R18",然后又在"R18"的下面写了一个横躺着的大大的"8"。之后又在横"8"的下方写下了一个更大的大写英文字母"K"。最后在这页纸的右上角画了一个等边三角形的图形。

杨虹漂跟海力并排坐着。她看到海力的奇怪记录就问:"你这记的是什么内容啊?"

海力笑而不答,杨虹漂伸出食指指着纸右上角的三角形问:"这代表什么意思?你只告诉我这个就行了,别的我不问了。"

马兰奇也说:"海力,你那么博大精深的,稍微露给我们一点儿也不碍事儿嘛,即使我们知道了冰山一角,那大冰山是什么样我们也不知道哇!"

海力笑着说:"好吧,我告诉你们,这个等边三角形就是三维图像的意思。"

"哦,你下面的R呀、8呀、K呀,原来画的是一幅三维图,可是三维图不好在纸上画出来呀,何况你只用这么几个原始的符号!"马兰奇和调王都半信半疑。

"我刚才说了,除了三角形,我不问别的了,所以我奉劝二位也不要问了。"杨虹漂说:"海力说的肯定是真的。"

海力说的的确是真的。他纸上面的R18,指的是上周六夜晚在瑞莱斯酒店"听到"的那个走路人;横躺着的8指的是今天下午在夏历车旁边的泥地上看到的脚印;K呢,指的是晚上杨虹漂在南风广场追逐的那个背景,K字很像一个迈步向前走的人,海力经常用这个英文大写字母代表走动的人。把英文字母和阿拉伯数字作为象形字来使用,这是海力的发明。

海力把这三件东西在脑海里拼凑到一起,竟拼凑出一幅"三维图像"来,这幅图像是一个长着长腿和大脚的高大个男人!

海力不知道这个高大个男人的脸是什么模样,因为杨虹漂没有告诉他,那位粗心师傅也没有看见他,可是海力总认为他长着一个大脑袋,

第二章 ——体香神妙漆树毒 天鹅吐玉问哑姑

说话瓮声瓮气的，出气很重，嘴很大，牙齿很长很坚固，眼睛像铜铃一样，而且，他身体十分灵活，脚步声不大，非常警觉谨慎。

当海力把脑海里的这些特点组构成一幅"三维图像"时，他自己也忍不住笑了——这幅图像简直是一幅狼的图像，或者说是一幅大猩猩的图像。

杨虹漂从海力的眼神和凝固不动的姿态上，猜出海力在思考着什么，于是她轻声问："海力，你说我们要调查的事情现在进行到什么程度了？一半？三分之一？还是四分之一或五分之一？"

"杨老师外行了，"马兰奇说："查案破案这事情，最难表达的就是它进行到几分之几了，因为事情搞不清楚之前谁也不知道后面还有多少工作要做，如果知道后面还有多少线索要挖出来，那么这案子早就水落石出了。海力，我说得对吗？唉，我怎么老是替大侦探在这儿回答问题呢！以后改正，以后改正。"

海力他们全都笑了。海力说："蜡人儿，你越来越像个侦探了，对问题的精辟论述让我自叹弗如。所以，你千万不能改正，一改正就把你智慧的光芒全给抹掉了！"

飘香的车厢

火车沿着铁道线风驰电掣般疾驶。车上的广播此时正在播放一首老电影歌曲，歌名就叫《弹起我心爱的土琵琶》，优美流畅的旋律伴着火车铿锵的轮音，给所有乘客带来无限美妙的享受。

杨虹漂生性天真烂漫。她情不自禁地随着广播里的歌声放开了自己优美的歌喉，她的嗓音比许多职业歌手的嗓音还要好，歌曲从她的嘴里出来更加动听而迷人。她一曲唱完，周围的乘客都啪啪拍起了巴掌，海力他们也拍起了巴掌。

调王压低声音说："杨老师，你不得了，看把车上人晕的简直要喷血！若有人脑溢血或心肌梗塞，非找你这歌声的麻烦不可！"

马兰奇也火上添柴说："杨老师你别怕！要找麻烦让他们尽管来，

你不过赔他所有的医疗费用得了——20万都用不了呢！"

杨虹漂看着这两个淘气鬼也不知如何回答他们是好，所以干脆抿着嘴儿不说话，可她心里十分甜美酣畅。她的双颊就像最红最红的红苹果的颜色，激荡而跳跃的心脏把兴奋的血液泵运到全身每一根毛细血管。海力突然感到一阵神清气爽，因为他闻到了杨虹漂从胸前飘出的阵阵体香。

调王的嗅觉本来就比一般人的要灵，此时他抽着鼻翼说："好香啊，哪儿来的香气？"

海力明知故问："什么香气？"

调王说："我也说不准，反正这香气挺熟悉的，对啦，这两天我常常闻到它，可能是杨老师衣服上的香水味吧。"

海力呵呵地笑了。他把自己的手掌伸到调五鼻子前面说："还警犬鼻呢！连我手上的味道都弄不清楚！"

调王抽了两下鼻翼说："啊，真是，真是手上的香味，海力，你往手上抹香水干啥呀？"

"香化自己呀。"海力笑着说。

其实，海力的手掌上并没有任何香味，他只是在伸手的时候从杨虹漂面前的空气中闪电般地抓了一把，然后把手掌在调王鼻子前展开，调王不知此招，还以为海力的手掌真那么香呢。而这"顺手抓气"的功夫，只有海力才有，海力从小跟他的太极拳师傅学会了招"闪电神手"，他食指和中指一伸，无论苍蝇、蚊子，都能一下夹住。

暂不说海力他们几人在车上玩笑逗乐，却说杨虹漂一激动，让那沁人心脾的体香滚滚而出，不一会儿就弥漫了整个车厢。

消息很快传遍了整列火车，其他车厢的乘客纷纷挤到海力他们坐的这节车厢来亲自体验。他们惊讶地说："小伙子手掌的紫砂痣能喷出奇香，真是世上少见！"

列车乘务人员怕这节车厢人太拥挤会出事儿，急忙过来疏散人群，要乘客们回到自己乘坐的车厢座位上去，可是乘客们却越来越多，女列

第二章 —— 体香神妙漆树毒　天鹅吐玉问哑姑

死海螺碟

车长急得满头大汗。海力招手让女列长过来后悄声问:"车上有空气清新剂吗?"

女车长说:"有哇,多的是。"

海力说:"你让乘务员每人拿一筒往每节车厢里喷几下,这儿的人就都走了。"

女车长立刻照着做了。挤在这节车厢里的乘客纷纷说:"一股空气清新剂的味道,哪有什么奇香呀?"他们自动散去了。

杨虹漂用美丽的大眼睛看着海力。她的眼睛里有三个字:"你真行!"这三个字只有海力能看见。

杨虹漂突然站起身往车厢口上走去,边走边向前边张望,并且一直朝前面的车厢走去。这时,火车慢慢地刹闸停在一个小车站上,下车的旅客一个接一个走出车箱。杨虹漂急忙趴到车窗上透过玻璃往外看,她看见灯光下一个身影夹杂在人群中间朝出站口走去,于是,她轻轻舒了一口气,满脸的紧张神色顿时烟消云散。

列车又开始行进了。马兰奇捂着鼻子说:"这空气清新剂味道太强烈了,它对人是一种摧残。一开始那味儿有多好,简直就是天堂上的香味,此味只应天上有,不知何故飘人间?"

他正在感慨着,一抬头发现杨虹漂已来到了座位跟前,忙说:"请坐,请坐。"

调王问:"杨老师,这次你可是去上厕所了吧?"

杨虹漂说:"你怎么老是厕所厕所的,火车停站了,有点儿乘车常识的人也不会这会儿上厕所呀!"

"那么对不起了,我瞧你步履匆匆的,还以为你跟火车抢时间呢。"调王忽然话锋一转问:"那你跑那么快找谁去了?又是一个背影吗?"

"这下你可说对了,"杨虹漂说:"我就是看见车厢口上有个背影才走过去的,我还以为是我在南风广场上看到了那个背影,可是我错了,不,我对了,我在南风广场看到的就是他——一个不认识的人,他从这个站下车了。如果是我认识的那个人,他也应该到蓝海才下车,他不会在半路下车的。他不会在半路下车！"杨虹漂说完，轻松地笑了。

"但是你认识的那个人是谁还没说呢。"马兰奇很善于抓核心问题。

"这个人现在不能告诉你，但是不远的将来我会告诉你的，还会让你大吃一惊，惊得眼睛像鸭蛋那么大！"杨虹漂十分得意。

"只要像鸡蛋就行，因为我不喜欢鸭蛋！"马兰奇不高兴地说。

第二章——体香神妙漆树毒 天鹅吐玉问哑姑

第三章

死海吹泡现魅影　青龙踏浪黑蟒河

"相见在大山深处"

新星期又来临了。从星期一到星期三，海力他们学习非常紧张。星期三下午本来能找时间聚一聚，商议第三次行动的目标和方案，但是下午学校召开了学生大会，因此他们的计划告吹了。

星期四下午，海力对马兰奇说："你挤时间拟个行动方案，然后再分别征求我们三个人的意见。咱们很难有时间往一块凑了，只能这样不得已而为之。"

当天下晚自习的时候，马兰奇果然把一份不到100字的方案塞给了海力。海力一看，上面写着："第三次调查行动代号：相见在大山深处。其寓意是：我们要在中条山的崇山峻岭中找到李喜华老人。行动目的：了解清楚万宝谷、哑姑泉的有关情况。出发时间：2004年3月19日晚上。"

海力认为这个方案简明扼要，于是就在上面签上了自己的名字，签名之后，他又把"19日"改成了"20日"。

马兰奇问："星期六晚上才出发？那什么时候回来？"

海力说："我们连着两个双休日无影无踪，这已经引起了家长、同学和老师的怀疑，星期五下午他们准用眼珠盯着我们呢。这次我们变一下时间，改一下节奏，就把他们的疑虑全部打消了。"

马兰奇说："太好了，可不知道杨老师和调王同意不同意。"

海力道："调王他妈已审问他好几次了，可能发现了一些蛛丝马迹，可是调王一个字也没暴露，数他形势最严峻呢。再说，我们把每周两天的调查行动减少为一天，不光为了抓抓学习，迷惑迷惑家长，而且还能节省许多调查经费呢。我算了算，两次调查我们已经花销1000多元了，这些钱大部分是杨老师出的，虽然她自己主动要求承担所有调查费用，但是我们也应当尽量节约开支。"

马兰奇把海力的意图和方案给调王一说，调王立即表示赞成。杨虹漂看了他们三个人都已经签上姓名的方案后说："少数服从多数，我也签个名儿吧！"

21日是3月里的第三个星期日。这天天气晴好，万里无云。早上8点整的时候，海力他们4个已经来到了五龙关村的万食全大酒店门前。海力让其他人在外面等着，独自一人走进店来。

贾老板刚起了床，睡眼惺忪的样子，右边的脸上还有几道枕巾压出的印痕。见海力进来，他急忙跑过来说："来啦！哎呀，你要的情况我还没有弄到呢。这样吧，我马上叫人给你们做饭！"

原来这山村饭店从来不卖早饭。贾老板每天都是上午9点以后才吃第一顿饭。海力问他那大高个子打过电话了没有，贾老板说打过三回了，可是他没有新情况给他提供。

老板问："你们今天还要去找李喜华？"

海力说："是啊，不找见他怎么能行呢？"

老板说："这几天我问了很多人，可谁也不知道这老汉究竟跑到哪个村去了。哦，我到乡政府给你找来一张五龙关乡的地图，全乡50多个大大小小的村子全在上面标着哩，你们要去哪个村？"

海力说不知道该去哪个村。

老板取出三粒酒桌上猜拳用的色子说："我倒有个主意，你看行不行，咱用这色子往地图上一扔，色子压在哪个村名儿上，你们就去那个村！"

这时，杨虹漂他们也进店来了，听到贾老板这么说，都觉得十分可笑，海力也觉得可笑，但是他还是强咬住上嘴唇说："诸位，贾老板这个主意怎么样……"

"这个主意不怎么样。"马兰奇说："可是我们也拿不出比这更怎么样的主意，海力，你是头儿，你定吧。"

海力摊好地图对老板说："三粒色子不够，你再拿两粒来！这样投中率会高些。"

海力双手把三粒色子包在一起摇了摇，然后哗一声抛到地图上。大家围到桌边来看，只见一粒色子压在"羊角峁"上面；一粒色子落在"老鹰嘴"上边；还有两粒色子分别落在"西下沟"和"黑风坡"旁边；第五粒色子则"跑"出了五龙关乡的乡界。

贾老板亮开嗓大喊了一声"好"说："掷得好！好在哪儿？好在这几个村都是那李喜华常去的地方！可就是山路稍远一些。不过你们趁早走，天不黑准能赶回来。你们不是今晚还要回云城吗？"

趟兔子策略

兵贵神速，说走就走。海力让马兰奇揣起贾老板给的五龙关乡地图，又询问了去羊角峁的大致路线和沿途特征，然后就带着杨虹漂他们开始了急行军。

杨虹漂问海力说："你是全国有名的少年科探，是个依靠科学分析破案的高手，可我不明白你今天怎么能搞这一套把戏呢？"

调王景阳刚也说："就那几颗塑料块，就那么往地图上一扔，然后就撒开两腿往麻将块压住的地方跑，海力，你弄这也太玄了吧？简直跟玩魔法似的！"

海力一边听一边催大伙儿快走。他说："时间很紧，咱们尽量往前赶。"

调王一屁股坐到路边的石头上说："赶得早不如赶得巧，与其这样瞎跑，还不如坐在路边等哩，守株待兔也比满山找兔子强！"

杨虹漂也说："海力，咱们是不是再研究一下该去哪儿？这样跑也太冒失了吧？"

海力不作正面回答。他返回身把调王从石头上拉起来说："听我的话，咱边走边商量，不要耽误了时间。"调王没办法，只得跟着他走。海力递给马兰奇指北罗盘，让他负责把握前进方向，每走过一个山头或一道山沟，就要他核对一下方位。

海力对努着嘴垂头走路的调皮大王说："你和杨老师负责做路标。我们走过的地方每隔50米要留个明显记号，山峰拐弯处每间隔10米就留个印记，这样便于我们回来时好找，还能变相地在这座大山里留下'到此一游'的证物。"

去羊角崀的山路不太难走，经过的山坡坡势都平缓，因此他们的行进速度很快，80分钟走了将近11公里。调王已经走得满头大汗，海力让大伙儿坐下来休息喝水，并取出自己背篼里的矿泉水递给调王。

在他们擦汗饮水之际，海力慢慢地说道："现在我向各位汇报一下我的想法。我为什么要用麻将牌定方向？这样做科学不科学？实话说，这不是科学，这是可笑。可是，可笑的事情为什么要做？我是这样想的，李喜华老人在哪里？我们都知道他就在这张地图上标明的某个村子里。但究竟在哪个村子里呢？只有他知道，有时候甚至连他也不知道。咱们上星期收集到的资料和画像都说明他是一个很随意选择住处的人。可以在A村，也可以在B村。到底什么时候到C村，他根本不可能事先进行安排，而是哪儿天黑哪儿歇，什么时候饿了什么时候吃。他的行踪，就连神通广大的万食全大酒店老板都不得而知，那么，我们怎么会知道呢？不知道就无法行动了吗？不，有法行动。我认为在找不到科学依据的情况下，可以随便找个依据，于是就选择了掷麻将。好在麻将牌压住的村子据说都是李喜华有可能去的村子，那么，我们有什么理由不到这几个村去走一遭呢？我们来个假设推理：假设刚才没有掷麻将，那么我们现在会在什么地方？我们今天会走向什么地方？我想，我们大概还会坐在小饭店里商量到底要去哪个村，也许我们最后确定了一处李喜华常去的村子出发了。可是那个村子和我们现在要去的村子有什么区别呢？一点儿也没有。是不是去那个村子找到李喜华的概率要比去羊角峁更大一些呢？我看也未必，所以，我们只有下决心一鼓作气上羊角峁！"

杨虹漂3人听了半天不吱声。调王嘴含着瓶口却忘了喝水。马兰奇一拍大腿说："海力就是海力！不管难度有多大，海力总能拿出办法。调王，杨老师，我赞成海力的想法，不知你们想通了没有？"

"早想通啦，想不通能走到这井冈山上来？"调王脸上一片灿烂阳光。

"这次上羊角峁的行动应该叫趟兔儿行动。兔子躲在草丛中，看不见，摸不着，但我们走到草窝里去趟一趟，看看兔子窝在哪里，看看它藏在哪棵灌木丛下。趟着了，它就出来了；趟不着，咱们也知道哪片草丛里没兔子，就是这个意思吧！"海力进一步阐述自己的想法。

"好啊！咱们就去趟兔子！"杨虹漂跳起来喊道。群山响起一连串"兔子，兔子"的回声。

羊角峁上的石屋

上午11时03分，海力一行4人终于来到了羊角峁村。地图上所标明的数字显示羊角峁是整个五龙关乡海拔最高的村子。与红岩沟不同的是羊角峁村没有土窑洞，全村20户人家都居住在青石屋里，石头砌墙，石板盖顶，石头支床。他们自己又把羊角峁叫做"石屋村"。

沿着钢錾錾出来的青石台阶上到石屋村时，正好从村里走出一个40岁左右的男人。那人浓眉大眼，长得五大三粗。他问道："你们到石屋村找谁？是不是走错路啦？"

看见孩子们一个个汗流满面、气喘吁吁的样子，他又说："来的都是客，快进屋里坐！来吧，到我家来，歇一会儿再说话！"山里人说话嗓门大，他的话震得悬崖上哗哗掉沙子。

他推开自己家厚重的屋门。别看这石屋用的都是就地取材的石料盖的，可这屋门却是用木料做的。它做得十分讲究，上面雕着花纹和人物鸟兽。大概盖房人是把整个屋子的精华都集中在了屋门上吧，因此屋子其他地方再找不到可看之处。

那男人自我介绍说他叫雷学锋，是雷锋同志牺牲的1962年出生的，属虎，奶名叫虎虎。他从小就立志向雷锋学习，上小学和中学时，他年年都是学雷锋的标兵。这么多年山里面不多提学雷锋的事儿了，但他仍然坚持学雷锋。村里有两个孤寡老人都是他来照顾，不然的话，他们的尸骨早都垒到石头坟里去了。

雷学锋拍着海力的肩膀说："英俊的小伙子，我年轻时也像你一样英俊哩，到乡里赶会时惹得大姑娘都死瞅着我看，弄得我真不好意思。后来我去乡里开会的时候，就找一片胶布贴在鼻梁上，这样看我的大姑娘就减少了一半，可是瞅我揪我的妇女却增加了。哈哈哈哈……"

山里人果然豪爽直率，海力他们也被逗得哈哈大笑。杨虹漂莺声燕语地对雷学锋说："您现在还很帅气，我要是当时的大姑娘，我都想嫁给您呢！"

雷学锋一听，脸刷一下红了。他喊叫妻子给他们倒水做饭，说："吃一顿羊角崭上的饭吧，真正的山里饭。"

杨虹漂满石屋转了一遭说："这石头屋子就像童话里写的一样，可是没有土窑洞里宽敞，土窑洞里都能放下小汽车呢。"

马兰奇自从进了石屋就沉默不语。此时他说："大叔，您过去是学雷锋的标兵，我看您现在还是。您和我们素不相识，也不问姓啥叫啥，就主动介绍热情招待，叫我们非常感动。"

"山里人都这样，平时见人不多，所以见了人就十分喜欢，都当亲人待哩。城市里人满为患，谁见了人都觉得烦，因此我们山里人去了，他们连话也不想跟你说哩。"雷学锋让海力他们坐到石板凳上说话，石板凳上铺着不知什么动物的毛皮。

调王这次倒机灵起来了，他问："大叔，我们到羊角崭一是想见识见识世上少见的石头屋，二是想找个人，请您帮帮忙！"

"见识见识石屋？噢，你们现在就在石屋里头了。找个人，找谁？

羊角峁村65口人我都知道他姓啥叫啥、年岁多大。我担任着村里的居民组长哩！"雷组长自豪地说。

"听说李喜华经常来你们村，可不知他老人家最近在不在村里？"海力问。

雷组长听了这话，拉着海力的手走出屋子说："你瞅见那个山洞了没有？李喜华老汉来了就住那里头，可是你们今儿来找不见他。他几天前回来过一趟，我还给他的石洞里送了一捆柴火呢。他停了两天又走了，他一走，我就用石板把洞口挡住了，我怕野狼野狗钻进洞里拉屎尿尿哩。"

"大叔，您知道他去了什么地方吗？"杨虹漂忽闪着大眼睛问。

"不知道。嗨，这都是我的错，因为这老汉不多说话，性格又古怪，所以每次我见了他从不多问话，他从哪儿来，又到哪儿去，我从来不清楚。"雷学锋责怪着自己说。

这时，就听见雷组长的妻子在石屋门口喊道："他爸，叫城里人来吃饭吧！"

石屋里的小饭桌也是青石板做的。菜只有三样：油泼辣椒面、盐腌山韭菜、大葱炒鸡蛋。饭只有一种：玉米糁煮红薯。山里的玉米好，红薯也好，煮下的饭用筷子都能挑起来。

杨虹漂他们每人吃了一大碗玉米糁红薯饭，却把桌上的三盘菜吃了个精光。吃完饭细细一看，她发现刚才用的碗、筷、盘全是石头做的！

雷组长笑呵呵地说："我家里除了门，除了人，其他都是石头的。我爸是有名的老石匠，我也是个石雕把式。几代人玩石头，还能不玩出个花样啊！"他让海力看他的衣箱和橱柜，竟然也是薄石片做的！

活雷锋的推测

"啊，大开眼界！简直是'E时代'里的'石器时代'！"调王此时又诗兴大发，他高声朗诵出一首即兴创作的五言诗：

> 常在城市住，
> 不知深山奇；
> 羊角崆上人，
> 皆在石室居；
> 做的石匠活，
> 用的石头器；
> 看遍全世界，
> 此处为唯一！

海力说："这首诗有水平！"

雷组长说："写下来，写下来！等我闲了把它刻在村前的石壁上！说不定流传千古呢！"

马兰奇急忙掏出一张纸递给调王，调王把刚才朗诵的诗写了下来。

海力说："我改你几个字，权当润润色吧。"说着，他把"城"字换成了"闹"字；把"不"字换成了"怎"字；把"做的石匠活"改为"吃的石头饭"；把"此处"改为"咱处"。

杨虹漂等海力改完之后便朗声读道：

> 常在闹市住，
> 怎知深山奇？
> 羊角崆上人，
> 皆在石室居。
> 吃的石头饭，
> 用的石头器。
> 看遍全世界，
> 咱处为唯一！

"好啊！"雷组长大喊一声，又跺了一下脚，石屋角上的一片碎石被

第三章——死海吹泡现魅影　青龙踏浪黑蟒河

死海螺碟

震落下来，海力他们只觉得耳朵嗡嗡响。

"大叔，我再给提个建议：您领导全村人在羊角峁搞个'中条山石屋村旅游景点'多好啊！"海力献计献策说："再把来这儿的路修得好走点儿，城里人会蜂拥而至呢。到那时候，您每天晚上点钞票都要点到12点钟呢！"

雷组长一听，"嘿"了一下，接着张开瓢大的嘴，下面也提起了大脚。他妻子一看，急忙喊道："不敢再喊了，不敢再跺了！"海力他们见状，也急忙抱头捂耳朵。

雷组长本来是要使出吃奶劲儿大吼一声，然后咚地跺一下脚。可他听妻子一声尖叫，又见海力他们捂住了耳朵，这才没吼没跺。他说："在这屋里是不能大喊，让我出屋去。"

只见他咯噔咯噔跑出石屋，跑到石崖边上，对着群山猛吼了一声"好啊"，然后咚地跺了一下山崖，群山哇哇乱响，悬崖哗哗掉石！

喊过了也跺过了，雷组长才返回石屋说："这一下才痛快了！我说呀，你们的建议真是太好啦！你们给我们羊角峁指出了一条致富路啊！我代表全村人谢你们哩。"他说完，对着海力鞠了一躬，慌得海力急忙对他鞠了一躬，他见海力鞠躬，又急忙鞠了第二躬，海力又还他一躬。

雷组长急了，说："我谢你给你鞠躬哩，你一还礼顶算我没鞠躬，所以我要一直鞠下去！"

海力无奈，只好让他给自己鞠了一躬。

雷组长这人说到做到。就在海力他们走后的第三天，他和村里的石匠把调王的五言诗凿在了青石壁上，每个字都有小桌面那么大，诗的后边还刻上了作者的名字：调王。因为雷组长当时没有问清景阳刚的真名实姓，只听马兰奇叫他调王调王的，就真把调王当做他的姓名了。雷组长还采纳海力提的建议，发动村民修路搞石屋村景点建设，不到半年就接待了500多名游客，旅游纯收入5万多元。但这都是后话，这里暂不多说。

且说马兰奇和杨虹漂见雷组长和海力俩人你一下，我一下地鞠躬，笑得前俯后仰。

忽然听雷组长长叹一声说："嗨，这几十年雷锋我都白学了！"

杨虹漂问："为什么这么说呀？"

雷组长说："我学雷锋学了30多年了。从8岁上学时就开始学，可无非是帮这个担担水，帮那个拾拾柴，下雨天背过老人上山，下雪天送过儿童上学。我自己认为好事做得不少，可今天跟你们一比，唉，我才明白咱学雷锋学得差远哩！为啥这么说？你们看看，你们到这儿来不过几十分钟时间，又是作诗，又是提建议，一家伙就给羊角峁村拿出个好主意，这个意义有多大哇？大得没办法形容哩！你们这才叫学雷锋哩。看起来，今后学雷锋也要有知识、有文化哩，没知识、没文化的人学不成啥样子！"

海力四人一听，异口同声地说："一个人的能力有大小，但只要有雷锋精神，他就是一个高尚的人，一个伟大的人，一个脱离了低级趣味的人，一个有益于时代和人民的人！"

雷组长感动地淌下了泪水。他半晌没吭气，忽然问道："年轻人，你们跋山涉水远道而来，就只为找个李喜华吗？"

海力他们点点头。

雷组长略微思考了一下说："这老汉可能去老鹰嘴了。因为听说他每年春天都在老鹰嘴一带的山上采药。"

海力当机立断说："告别了大叔，我们现在要去老鹰嘴了！"

鹰在，人飞了

听说海力他们马上就要离开羊角峁，而雷组长一把攥住海力的手说："今儿个在我们石屋村玩一天，明个一大早我领你们去老鹰嘴！"

调王一听马上说："我们今晚必须赶回云城市呢！"

雷组长二话没说，从石床下抽出砍柴刀和绳索说："那我现在就带你们去，出发！"

海力他们拦不住他。他说："学雷锋哩，给你们带个路算啥？快不

第三章 —— 死海吹泡现魅影 青龙踏浪黑蟒河

死海螺碟

要说了!"说完,给他妻子打了一声招呼,提起大脚板出了石屋,海力他们急忙跟在他身后。

"老鹰嘴是五龙关乡政府最远的一个村。"雷组长边走边说:"山高路远,沟深坡陡,如果没有特别重要的事情,鸟都不往那里飞哩!"

雷组长说老鹰嘴上住着不到10户居民,原来居民比现在多,因为村子太偏远,一些家户都搬迁出去了。他说他熟悉村里的人,如果李喜华在老鹰嘴,村人就会告诉他的。

山路像蛇一样在悬崖中盘旋。走着走着,杨虹漂突然喊道:"哎,那山上有一挂瀑布!好长好长的,好像比黄果树瀑布还大哩!"

雷组长说:"这不是黄果树瀑布,它叫红果树瀑布。那座山峰一到秋天就长满了野山楂,红艳艳的,像红宝石一样。很多红果滚落在泉水里顺瀑布流下,人们只需要在涧水里拦一道竹篱笆,就能捞到一筐一筐山楂哩!"

杨虹漂一听说红果,就想了蓝海市小巷里卖的糖葫芦,那酸酸甜甜的滋味真叫人永吃不厌!她想着,两腮里就一股一股往口中淌涎水。

调王张大嘴"啊"了一声,杨虹漂他们以为又要作诗,可是等了一会儿却不见他吱声儿。马兰奇问:"大诗人,我想你应该赋诗了,你却学起了老鸹叫,难道这红果树瀑布缺乏诗意吗?"

调王喃喃地说:"我是想吟首诗,可是李白已经把瀑布诗写绝了,所以我不能吟了。"

说话间他们来到一座陡峭的山峰前。雷组长说:"杨老师请走前面,我走最后面,上了这座山峰就到老鹰嘴了。"

大家一阵兴奋,由于坡陡路滑,因此他们手脚并用往上爬。山上的老鹰看见了海力他们,也发现他们不像山里的人,于是盘旋在山峰上不住鸣叫,有两只鹰还向他们俯冲,从他们头上两三米的地方掠过。

雷组长学着老鹰的叫声叫了几声。老鹰们一个个飞回了山峰上的巢穴里。马兰奇惊讶地问:"它们认识您?"

雷组长说:"不认识,但我说的话它们能听懂。我对它们说:'你们好哇！我们是来找人的，不会打扰你们！'"

"它们的智商好高啊。"海力夸道："训练训练能够担任山里的导游小姐。"

"哎呀，你又给我提了个好建议！"雷组长兴奋不已："石屋旅游景点搞好之后，我就训练几只山鹰当导游，这才叫山寨特色哩。"

说话之间他们已攀到山峰顶上。雷组长指着一排依石而建的房子说："这就是老鹰嘴村。他们全村只有一排房子，也叫一排房村，因为除了这样盖房子之外，这山峰上没有别的方法能盖房子了。"

他对着房子喊道："老柴，老柴！"闻声走出一个中年人，他就是老柴。老柴长着一头像松针似的黑发，眼珠血红血红的。调王悄声对海力说："他一股酒味，是个酒鬼！"

雷组长上前给了老柴一拳说："兄弟，忙啥哩？"

老柴说："几个兄弟喝酒哩，来，喝几盅。哦，他们是谁？喝酒不喝？"

雷组长说："他们是远处来的朋友，咱先不说喝酒，有件急事儿要问你哩。你瞧见那李喜华老汉来这没有？"

老柴问："这比喝酒还重要吗？"雷组长点点头。

老柴说："那我就告诉你了，前几天我看见他来了，可是今儿早上我上鹰嘴石的时候，却没看见他在鹰巢里。我到鹰巢里瞅了瞅，发现炉灶里的木炭火还没完全熄灭，村里人看见了他，说他八、九点钟的时候下山去了。"

雷组长说："上一趟鹰嘴石得多长时间？"

老柴说："20分钟打个来回。怎么，你要带他们去？"

"不，我要你带他去。"雷组长指着海力说："我和这三个人在这儿等着你，你带他快去快回。"

"鹰巢里没有人呀，雷哥，你不信我？"老柴喊道："有人看见李喜华走了！"

"我不管他走了还是没走，我就想让兄弟陪这位小兄弟上一趟鹰嘴石!"雷组长斩钉截铁地说。

老柴啪地一拍胸膛说:"兄弟没有喝多,咱们现在就走,回来再喝酒!"

老柴虽然矮胖矮胖的,但毕竟每天在山崖上走动,所以他爬起山来像猴儿似的快,那陡峭的山崖对他来说几乎跟平地没有两样。海力紧爬慢爬,还是跟不上他。

老柴爬到一处石崖下说:"喂,小兄弟,这就是鹰嘴石,你看看,它像不像鹰的嘴?"

海力说:"太像了!"

"鹰嘴石那边就是鹰巢,其实是个小石洞,哦,你上来吧,李喜华老汉能上来的地方,所有男人都应当能够上来!"老柴大声喊着,他已经坐在鹰巢的石洞口了。几只山鹰从石洞里冲出来,拍着翅膀在山峰上下翻飞。

海力心里说:"鹰在,人飞了!"

智取西下沟

现在已是下午2点多了。海力和老柴从鹰嘴石上一下来,就被雷组长拽到了一间大房子里,那里已晾好几碗白开水,雷组长让每个人喝了一碗开水之后说:"各位小兄弟,杨老师,真不凑巧,李喜华老汉又从这儿走了,他去哪儿呢?我想,他只能去西下沟。如果他是去西下沟,那么中午12点以前他已经到了那里了,西下沟村的情况我不熟悉,我就不陪你们去了。但是,我应该把你们送到去西下沟的路上,现在你们跟我走吧!"

老柴拦住雷组长说:"雷哥,老远来了,兄弟们不喝口酒啊?"

雷组长说:"我把这些小兄弟送去就回来喝酒,你在村里等着吧。"

老柴问:"这不是去西下沟的路嘛,你指给他们就行了嘛!"

"不,我不想让他们绕山转沟地走,那样他们在天黑以前就回不到五龙关了,我想让他们从鬼愁岩上坠下去,这样至少可以节省一个半钟头时间。他们都是我最好的朋友，我必须帮他们这个忙！"雷组长对老柴说。

老柴又是一拍胸膛说："小看兄弟了不是？鬼愁岩我比你下得多，咱们现在就走，回来再喝酒！"

雷组长和老柴说的鬼愁岩，其实就是在他们刚才路过的地方。他们往羊角峁方向走回去半公里，就看见一座陡峭的石峰。雷组长领着他们小心翼翼地往上爬。石峰很陡，坡度在85度左右，但岩石表面很涩，而且犬牙交错，比较容易攀登。

半个小时之后，海力他们终于登上了鬼愁岩。雷组长用砍刀在山崖边上的一株山榆树上砍了几下，然后甩下随身携带的一盘软绳并把一头绑牢在树上："小兄弟，杨老师，你们拽着这根绳子溜下去吧。到了崖底向右走，转过一座山峰就到了西下沟。来，手抓紧绳子，眼睛朝岩石上看，脚板踩实在，一个下到底另一个再下，谁先来？"

海力说："我先下，接下来是调王、杨老师，马兰奇最后下。调王和杨老师下崖的时候，身上系上马兰奇的安全绳，咱们山崖下面见！"说完，他抓住绳索嚓嚓嚓地溜下去了。

雷组长和老柴夸道："好身手！山里人也没这么麻利哩！"

不到20分钟，海力一行四人都从200米高的鬼愁岩上攀下了崖底。四人高声向崖上喊道："谢谢雷组长！谢谢老柴！再见！"

雷组长和老柴也站在鬼愁岩上喊："一路平安！下次再见！"

杨虹漂激动得朝崖顶摇着手臂。调王说："杨老师，你这是浪费感情嘛，因为他们能听见咱们喊话，可是看不见咱们人影！"

"看不见人影我也要招手，我这是表达一种感情，并不是非要他们看见不行！"杨虹漂说着，两颊又呼地一下红了。海力闻见一缕醉人的香气，那是杨老师独有的体香。她一激动就会释放这种迷人的气息。

海力抡了几下胳膊又蹦了个高说："智取华山。从老鹰嘴去西下沟，本来要先下了山崖再往山上爬呢，可咱们从鬼愁岩上一溜，就溜到村边上来了！"

杨虹漂用钢琴般悦耳声音说:"时间不早了,我们还要抓紧呢!"

于是大伙儿迈腿向右边山峰绕过去,没走几步就看见了几缕袅袅上升的炊烟,这是西下沟村冒出的炊烟。

西下沟村比羊角峁和老鹰嘴的人口多,村子盖在一个大山凹里。四周群山环抱,一条溪流穿村而过,仙山琼阁,真是梦境般的村庄!

杨虹漂首当其冲地奔向西下沟村。她身上的香气随风而飘,把他们走过的小山沟都染得香喷喷的。好多采蜜的小蜜蜂也被香气熏得找不见了花朵。

村里有狗。狗汪汪吠着,不许海力他们进村。村口的一家小院里出来一个小姑娘,她见了海力他们先是一愣神,然后骂那又蹦又叫的花狗儿说:"乱咬啥哩,滚一边儿去!"

杨虹漂问小姑娘说:"小朋友,你爸爸妈妈在家吗?"

小姑娘说:"在家做饭。"

杨虹漂问:"我们想去见见他们,可以吗?"

小姑娘说:"当然可以,跟我来吧!"说完,她蹦蹦跳跳地跑进院子里喊:"妈,有人要见你和爸爸!"

小姑娘的爸爸从屋里走出来说:"呀,是你们哪,有什么事儿吗?"

海力说:"我们刚刚从老鹰嘴来,我们向您打听个人,您知道李喜华老人住在哪个院子里?"

小姑娘爸爸看看海力他们说:"你们刚刚从老鹰嘴过来?不可能吧,我也是刚刚从山坡上锄麦子回来,没看见沟里有人走路呀,怎么我一进门你们就神兵天降?"

"噢,我们是从鬼愁岩上下来的,没有走沟里面的路。"马兰奇急忙解除小姑娘家人的疑惑。

"鬼愁岩?你们从那上面坠下来?哎呀,真了不起!我都十几年没见人从鬼愁岩上下来了!来来来,快请坐在石头墩上。"小姑娘爸爸十分激动。

"叔叔,不用客气。我们刚才问您的事儿您还没告诉我们呢!"杨虹漂说。

"嗨，就问这点小事儿啊，我告诉你们吧，那古怪老头我今天中午时还看见了，他背着包，戴着一顶草帽，从沟里的大坡上上来，没进村就坐一辆拉石头的山地车走了。"姑娘爸说。

凯 旋 门

听说李喜华老人中午时分坐上一辆运石料的车走了，马兰奇又喜又急。喜的是他们终于"咬"住了李喜华的影子，如果说在五龙关偌大的山山岭岭中寻找这古怪老头是大海捞针的话，那么他们已经看见这根针了，急的是不知道那老头又乘车消失在何方。

马兰奇问："您看见李喜华老汉朝哪个方向去了？"

姑娘爸说："一直朝五龙关方向去了，因为拉石头的车只会朝五龙关走，不然的话，那就成了'石头往山里拉'了。"

"唉，这古怪老头！是不是在跟我们玩捉迷藏？怎么我们后脚到，他就前脚走，好像知道我们在找他？"调王情绪急躁地嚷嚷道。

"真让人丧气，"海力此时也站起来说："咱们找了他一天，跑了这么多山路，还差点儿没掉到鬼愁岩下摔死，可就是找不见这老头。唉，我说，反正这几个村子咱们找过了，那老头儿也从这儿刚刚离开，我料想他一年半载不回这几个村子来了，咱们走吧，过几天再到咱们没有去过的村子查找，我不信找不见他！"

杨虹漂听海力这么说也抿起了美唇。她说："李喜华老人一定是个智慧老人。我想，他一定熟读过《毛泽东选集》。"

马兰奇睁大眼睛问："杨老师，李喜华找不见我都不奇怪，奇怪的是你怎么知道他读过毛主席的书？"

"咳，20世纪六七十年代谁没有读过毛主席的书？听说吃饭前要读，睡觉前也要读呢，再说，那老头儿的所作所为很像在运用毛主席的战略战术。"杨虹漂解释说。

"是运用毛主席的哪个战略战术？"马兰奇说："学生愿闻其详。"

杨虹漂胸有成竹地说："敌进我退的战术和拖不死拖垮，拖不垮拖累，拖不累拖烦的战术，还需要说明吗？"

"据我所知，"调王说："毛主席的游击战术里并没有'拖不累拖烦'的内容，这一个战术是你的战术吧？"

"行了，行了，不要在老乡家里吵嘴了。"海力说："大叔，打扰您了，再见吧！"说完，迈步走出了农家小院。杨虹漂他们一看，也紧跟着走了出来。花狗远远跟着他们汪汪叫着，叫声里没有丝毫敌意，好像是在为他们送行。

马兰奇悄悄问海力："怎么，你生气了？"

海力也悄悄对他说："假装的，你不要告诉他们真相好吗？"马兰奇点点头，他是个精明鬼。

海力突然停住脚步对大伙儿说："杨老师，调王，你们怎么都不说话了？我向各位道歉，刚才我一听李喜华走了，心里就又气又急，所以话说得很难听，现在我已调整好了情绪，我罚自己给大家唱支歌吧，这是一支老歌，歌名就叫《打靶归来》。"

杨虹漂和调王听海力这么一说，立刻欢呼道："好啊，海力唱歌了，咱们一人一支吧！"

马兰奇说："唱支时代的歌多好，这支歌已经老掉牙了。"

海力说了一句"老歌也有新意"，然后就放声唱道："日落西山红霞飞，战士打靶把营归，胸前红花映彩霞，愉快的歌声满天飞！"

海力的嗓音洪亮而圆润，音域广阔，没有他唱不好的歌，再加上高山回应，深谷和鸣，使这支歌听起来更加荡气回肠、慷慨激昂！一曲歌罢，杨虹漂他们都拍起了巴掌。

马兰奇说："你唱的是一支喜庆的歌，充满了胜利凯旋的喜悦，可是咱们今天没有凯旋可言，草倒是趟倒了一大片，兔子也差一点儿逮着，可是，差一点逮着和没有逮着是一样的意义。要叫我唱的话，我会把歌词改成这样：日落西山红霞飞，我们趟兔把家归，人困马乏脚板疼，煮熟的鸭子呱呱飞！"

马兰奇这一席话把大伙儿都逗乐了。海力说:"蜡人儿,你太低估今天的成果了,咱们的'相见在大山深处之趟兔儿行动',虽然没与李喜华相见,但我看它是个里程碑呢。为什么这样说?因为我们离胜利一步步近了,乐观点儿说离胜利只有一步之遥了,难道,我们大家没这种感觉吗?"

杨虹漂突然用手指着山沟前面说:"啊,你们快看,凯旋门!呀,一座天然生成的凯旋门,比巴黎的还要大得多呢!"

大家举目望去,只见两座石山的谷地之间突兀着一块高约百米,宽约百米的四棱四整的大青石。青石正中有一个拱形门洞,就像人工凿挖的一样,其形状,其气势,俨然一座法国巴黎的凯旋门!

"大地造化,鬼斧神工,唉,我该用什么词语来形容它呢?"调王十分为难地说。

"我说它不像是地球上的东西,它很可能是外星人从火星或什么星上搬来的,因为地球上难弄成这么神奇的东西!"马兰奇说:"外星人看到了巴黎的凯旋门,于是他们就模仿做了一个,做好以后放在哪儿?放到中国去吧,于是,这里就有了它。"

"想象力真丰富!"杨虹漂说:"你这样发展下去了不得呢,三年后你就可以开办一个想象公司了,公司的主要业务就是胡思乱想瞎猜。"

"这怎么是胡思乱想瞎猜?我有科学依据呢,美国的勇气号拍的火星照片你看到了吧,火星上也有很多石块呢,既然有石头,做个凯旋门又有多难?"马兰奇坚持己见。

海力的假话

杨虹漂和海力他们正在"凯旋门"那里流连忘返,忽然听见一阵机械轰鸣。一辆拉石头的农用山地车开过来了。这儿的山路虽然不太好,但可供机动车行驶。海力向开车的农民挥了挥手,农民就把车停下了,农民问他们有啥事,海力说走山路走多了,想搭他的车去五龙关,并且说每人给他五元钱"运费"。农民笑了笑说,正好这一车石头装得少,

死海螺碟

你们上来坐吧,不要再提给钱的事儿。

海力一行坐上拉石头的车来到五龙关乡时,太阳已经快要西沉了。万食全大酒店老板早在店门口张望他们呢,看见海力老远就喊道:"饿了吧?快到店里采吃饭!"

海力他们一进门,贾老板就说:"请往东头第一张桌上坐。菜我都炒好了,面条马上就端来,天晚了我还不见你们下来,真担心你们会出事儿呢!"

说话之间,四碗臊子面端到了桌上。老板将那扣着菜盘子的碗揭开说:"赶快吃吧,吃了好上路,我替你们挡下一辆出租车,就在场子上停着呢。"

杨虹漂急忙说:"谢谢!谢谢!"

趁大家呼呼噜噜吃面条的时候,贾文革老板又使个眼色把海力叫到了另一间房子里,他告诉海力那高大个又打电话来了,他问那几个学生模样的人去哪个村了,并问他们今天能不能找到李喜华。

海力说:"你怎么回答的?"

老板说:"我说你们去羊角峁了,还说不一定能找得到李喜华。高大个听了之后说:'等那几个学生回来后你问问他们情况,然后等候我的电话。'其他的话他也没有说。"

海力对他说:"老板,你知道我们今天有啥收获吗?表面看我们啥收获也没有,但是我们已经弄清李喜华现在住在什么地方了,他根本不在羊角峁一带,而是在野麦岭方向。野麦岭你去过吧?听说路很难走,今天如果不是天晚了,我们就找见李喜华老人了。哎,这事儿你一人知道就行了,千万不要对人讲,尤其不能让高大个知道。"

贾老板说:"你还不相信我?放心吧!"

海力来到杨虹漂他们吃饭的桌子跟前,仍旧大声叮咛老板说:"千万不能对外人讲呀。"

杨虹漂看了看海力说:"大家都吃好了,你快点吃吧!"

海力三口两口地扒完了面条说:"咱们走吧!"

上了出租车杨虹漂就问:"海力,你刚才和老板说什么了?还让他不要对外人讲。"

海力说:"老板真是个能干的人,他已经摸到了李喜华老人的去向,说今天下午他去野鸡岭了。"

"贾老板怎么能这么快打听到李喜华的消息?他下午还在西下沟呢。"马兰奇说。

海力回答道:"那个把李喜华从西下沟拉走的运石人是谁?就是店老板的亲外甥,他亲耳听李喜华说的,刚才才告诉了他舅舅。"

杨虹漂若有所思地点了点头,两颊区域隐隐约约浮出了一丝淡淡的红晕。

今天是农历闰二月初一。晴朗的夜空星星稀疏,东方一轮弯月悄悄地窥视着海力一行。它看见他们上了火车站,登上了东去的列车。奔腾向前的列车把它洒在铁轨上的银辉冲得四处飞溅……

紧急报告

山里山外奔跑了一天,大大小小的事情又那么扣人心弦,一天的生活丰富多彩,一天的经历让他们没齿不忘。坐上了火车,海力他们才松弛了自己的肌肉和神经,于是,劳累困倦之神控制了他们,把他们一个个带进了梦的摇床。

是的,行进的火车就像是个大摇床,海力他们在这个摇床上睡得十分香甜。云城市到蓝海市车行 120 分钟。列车正点运行,当它运行了 110 分钟的时候,海力感觉他左腕上的手表电脑发出了振动,这表明有人发来了电子邮件。

海力的这块手表电脑平时只作为手表使用。因此很少有人知道海力在这块电脑里设置的电子邮箱。轻微的振动把仍在睡眠状态的海力唤醒了。他用"海力保密语言"说道:"谁发的邮件?乔伊辣?还是金盐?"

他边说边抽出手表边上的一根细针点开阅读键,手表屏幕上立刻跳出以下的文字:"海力,有紧急情况,今天凌晨有人在那天死海吹泡泡的地方看见一个怪物，今天下午又有人在青龙潭看见一个怪物。据他们描述，这两个怪物长得很像，都是虎头熊腰。金盐。"

此时，列车上的喇叭响了："各位旅客请注意，蓝海车站到了。在蓝海市下车的旅客，请带好您的小孩和随身物品，在列车停稳之后下车。下车前再请您仔细查看一下，千万不要把自己的东西遗忘在行李架上、衣帽钩上，以及小桌和座位上。旅客们，蓝海车站到了！"

这程式化的但又是那么娓娓动听的声音扫去了杨虹漂他们的一脸睡意。马兰奇兴奋地说："听到这段广播就有了家的感觉。"

调王说："蜀道难，九曲十八弯。我们已经是第三次被列车员的亲切声音送回蓝海市了，我不知道它还要送我们多少次？"

"越多越好，'杨虹漂说："我希望今后的每个星期天都能这样度过呢。"

"你愿意一辈子都这样过星期天？我可不愿意，因为世界精彩纷呈，人生五彩缤纷，我们怎么能够总用一种模式来耗尽生命呢？"马兰奇说。

"嗨，该下车了，下去再讨论吧，不然，火车要把我们拉走了！"海力在车厢口上提醒他们。

出了火车站，海力对他们三人说："大家各行其便吧，明早再见！"说完就消失在人流之中。

海力其实没有走。他看见调王他们各自乘车回家了，忙闪身进了一个电话亭。他拨通了金盐家里的电话，择其精要地询问了一下金盐在电子邮件里所报告的情况。

海力对金盐说："这个情况很重要，这说明有人已经开始大规模的行动了。"

金盐问大规模行动指的是什么，海力却问道："金盐，你兄弟俩搭的那间芦苇木棚还能住人吗？"

金盐说："还和以前一样啊，今天上午我和金山还去把它修缮了一下，甚至比以前更舒适、更隐蔽了，因为棚四周的芦苇又长高了一大截！"

海力高兴地说："我想立刻返回死海去，大约零点半以前到，你今晚能在木棚等我吗？"

金盐说："这有什么不能的？我现在就到那儿等你去！可是海力，天黑路远的，你怎么过来呀？"

海岸无痕

金盐问海力的问题，的确是海力目前面临的最大问题。坐火车吧，夜间10点以后没有去往云城方面的火车了，坐飞机吧，蓝海市坐飞机非常方便，可是云城市的民航机场正在建设之中，去那里的航线尚未开通；坐轮船或快艇吧，蓝海市没有任何河流或水道可通云城市。

海力用自己创造的保密语言自言自语说："那么，坐汽车去吧，从公路上走，两个多小时就到了。对，就坐汽车！"

这时，他想起了市警侦局的杨炮开副局长。海力很早以前就认识他，但是俩人真正成为挚友还是在那次侦破了康华宝钟案以后。杨炮开隔三差五地给海力打电话或发短信，俩人你来我往情同手足。从那儿以后，杨炮开每次见了海力总不忘记说一句："海力，你虽然不是警察，但你早就是我们的编外人员了，如果以后你需要车辆支持的话，立刻给我打电话，我百分之百满足你的要求！这不是我个人的许诺，而是市警侦局和上级部门的意思，这个你知道，咱们就不多说了！"

可是，海力却很少动用市警侦局的车辆，即使有时候是侦破一件重要案件，他能不用车就尽量不用。杨炮开对海力这点做法很有意见，他责备海力："一个学生娃，抬脚动步有多难啊？可是给你派车你还不要！"

今晚的事情比较紧急，因为现在的时刻已是晚上11时10分了。但是海力仍然不打算给杨炮开副局长打电话要车，只见他飞身钻进一辆出租车往家里驶去。

7分钟之后，海力回到了自己的家。海力的妈妈早习惯了海力毫无规律的神秘行动，因此根本没有大惊小怪。她只是问："海力，需要我帮什么忙?"

　　海力吻了一下妈妈的脸说:"需要帮资金的忙,因为我口袋没有多少钱了。妈妈,我还有 2000 元奖金存在银行里,那是定期存款,到期后我取出来还您!"妈妈笑了笑拿出钱夹子递给海力,海力抽出 5 张百元大钞说:"谢谢妈妈!"

　　说完,就到自己的车库里去了。车库里停着一辆海狮牌 250 越野摩托车,功率强大,造型非常优美。这是中国侦探工作者协会表彰海力的奖品。据说这辆摩托车是特制的,它的造价不低于一辆普通型桑塔纳轿车呢。海力很少让它露面,每半个月对它进行一次全面养护,它就像一匹征鞍在背的千里马似的,时刻准备驮着海力飞向任何地方!

　　海力穿好摩托衣、摩托靴,戴好头盔、手套,轻轻拉开罩在海狮 250 身上的特制车篷,轻轻一点打火按钮,摩托车就突突突响起来,发动机声音虽然不大,但却蕴藏着巨大的威力。海力打亮车灯,一片巨大的白光射向远方。在白光闪过的地方,海狮 250 像一颗巨大的子弹头飞往前方。

　　云城市距蓝海市 220 公里。一个半小时之后,海力掀开芦苇木棚的苇帘走了进去。金盐和金山兄弟俩正坐在灯下打盹,听见响声唰一声站起来说:"你是谁?"

　　海力急忙卸掉头盔,金氏双胞胎一看就欢呼起来。金山说:"海力,你怎么这身装备?我们还以为是航天英雄杨利伟来了哩!"

　　海力见了他们也十分高兴,他一件一件脱掉这套沉重的海狮 250 驾驶专用服之后说:"杨太空穿的是太空服,我这叫大地服,人家是在星星堆里飞行,我这是贴着地皮穿行,有天壤之别,天壤之别啊!"说罢三个人一齐大笑起来。

　　笑完之后,海力看了看表,已经凌晨 1 时多了。金盐、金山二兄弟和海力来到星期日凌晨怪物出现的死海岸边。一钩新月早就落了,死海里黑沉沉一片,什么也看不清。海力他们趴在岸边的芦苇丛里观察了一阵,除了风吹芦苇动之外,任何声音都听不到。海力打开手提探照灯沿着海岸线搜索了50多米，没有发现任何值得注意的痕迹。

海力问："金盐，你二叔是不是看见怪物从这儿上的岸？"

"是的，一点儿没错！我还用摩托车从村里把他带来让他指认，他说就是这个地方。"金盐答道。

"你二叔为什么要在凌晨跑到这里来？"海力问。

"牛，他的牛跑了，他来找他的牛。"金盐说："二叔养着好几头牛哩。昨天凌晨4点多他起来给牛喂草，发现牛棚里少了两头牛，于是就跑出来找牛。牛出了村就跑到芦苇滩里来了，因为春天里鲜芦苇芽又甜又香，所有的牛都想偷吃哩！"金盐说完，嘴里垂下一丝涎水。他也对那鲜嫩可口的芦苇芽垂涎三尺。

"刚走到离海岸100来米的地方，二叔忽然看见死海的盐水里闪着亮光，他以为有人在偷猎天鹅哩，于是急忙隐藏在芦苇里想看个究竟，只见有一个圆头粗身的怪物从水里爬到了岸上，那怪物也有两条腿，胸前有一个闪亮的眼睛，眼睛一会儿亮，一会儿不亮，一会儿又很亮，活像汽车的灯，可又不太像。二叔吓得不敢动也不敢喊。那怪物上来之后不住地往四周观看，好像发现了什么动静，观看了一会儿，怪物沿着岸边往东走了。二叔吓得也不敢再找自己的牛了，急忙跑回村子敲我家的门。可是当我爸和我们掂上家伙来到这儿时，啥也没有看见。我爸骂我二叔看走了眼，二叔不敢吭气，大家找见牛就牵着回村了。详细过程就是这样。"金盐十分清晰的叙述为海力勾勒出一幅当时的"怪物情景图"。

又见死海吹泡泡

"金盐，你二叔多大年龄了？他上过学没有？"回到芦苇木棚躺下之后，海力突然发问。

"二叔只上过小学，今年56岁了，平时不读书，不看报，他家连电视都没有买。"金山抢着回答。

海力说："昨天凌晨能看到的东西，今天凌晨也许还能看到，也许看不到了。虽然二叔是第一次在死海见到这种东西，但它是不是第一次在死海岸边出现就说不准了。如果它是第一次出现，那么很可能在今天或以后的某个时间重现，如果不是第一次出现，它也有可能在今天或以后某个时间重现。你们说对吗？"

海力无所不能，海力无所不知。海力刚才所阐述的，其实是一个侦察学方面的基本原则。金氏双胞胎信服地点着头说："当然对了。"

"这么说，一会儿怪物还有可能出现？"金山问道。

海力点点头。金山跑出木棚割了一捆芦草拿回来，用它编成一顶帽子和一件草袍穿戴起来说："你们在木棚休息，我到海岸边上去观察，有什么动静我用杜鹃叫声给你们报信儿！"他掂起割草刀自告奋勇地走了。

海力和金盐将煤油马灯熄灭闭住眼睛睡觉。正在似睡非睡的恍惚之中，忽听死海岸边传来一阵阵急促的鸟叫声，那是杜鹃鸟的叫声。海力喊了声"有情况"，就率先冲出木棚向鸟叫的方向跑去。夜色中海力和金盐都看见了金山披着伪装的身影，因为他就站在离他们10米远的土岸上。没等金盐开口问话，就听死海中咕嘟咕嘟出现了响声，接着，轰轰的盐水翻滚声越来越大，声浪震得他们耳膜发疼。

"啊，是不是死海又要吹泡泡？"金山惊恐地说。海力示意他们不要说话，然后拽着他们隐蔽到一处地势较高的芦苇丛里。

死海果然又故技重演——它的水波翻滚搅动了一阵之后，突然从水面上鼓起了一个庞大的扁圆形物体，就像浮在水面的大气泡一样，但这个气泡却不像是用水做的，眼睛在黑暗中也能感觉出这个气泡的"硬度"，简直就像石头或金属的硬度！

海力他们目不转睛地盯着那扁圆形物体，只见它突然向上窜去，接着又沉到水面之下。他这一起一沉，搅得盐水和黑泥四面翻滚，一道道泥浪向四周推开，苦咸的水沫和泥沫随风喷了海力他们一身一脸。

这怪异的"死海海啸"惊得三个人谁也不敢说话。五分钟之后，扁圆形物体慢慢沉入死海不见了，但是被它搅动的盐水仍波涛未息。

金盐正要跳起身来，却被海力一把按住了肩膀，原来，在他们前方的海岸边上出现了亮光，隐约看见这亮光是从一个怪物胸前发出来的。

"看，它又出现了！"金盐小声说："二叔说的就是这模样。"

海力打了个手势，让金氏双胞胎跟在自己身后，借着芦苇的掩护悄悄摸过去。前面的芦苇丛里有很深的水，海力他们只好绕到没有水的地方过去。约摸离那怪物出现的地方只有50米左右了，突然，海力一脚踩空掉进了一个土坑，金盐、金山也和他滚在一起。他们急忙往起爬，可是谁也爬不起来，因为他们被坑里面设置的许多小鱼钩钩住了衣服，这些鱼钩都连在一张旧渔网上，渔网被木桩固定在土坑里。

海力悄声说："咱们上当了！不要急，让我掏出海力刀来。"他的两只衣袖也被小钩子钩住了，他的胳膊不能随意动弹。他迅速伸出右手的食指和中指夹住左袖口上的一只小钩说："看起来我不使绝招也不行了！"话音未落，两根指头早把小钩子捻成了一根铁丝。

海力夹碎了五六只小鱼钩，这才活动开胳膊摘下腰间的"海力万用刀"。他借着刀上的夜光打开了剪子。这剪子剪铁如泥，他咔咔咔剪断了金氏双胞胎身上的渔钩，好像在剪细塑料绳。

5分钟之后，海力和金氏兄弟都从鱼钩坑里爬上来了，可是前面的目标早都消失了。海力他们只看见一辆工具车的模糊身影，显然，这辆工具车载着刚才的怪物逃跑了，驾驶工具车的肯定是人，那个所谓的怪物肯定也不是怪物。这是海力的判断。

温柔的陷阱

死海平静了，怪物逃逸了，黎明前的夜色更加浓重。海力让金氏二兄弟在原地稍等一下，自己飞步顺刚才来过的小路跑回木棚。黑夜中他不敢贸然行走，生怕芦苇丛中还有什么机关陷阱。他到木棚里拿上手提探照灯又返回金氏兄弟身边。

探照灯雪亮的光芒映在死海岸边一组杂乱的脚印上脚印很大，留下这脚印的人体重至少在120公斤以上。海力看了一会儿说："你二叔看到的怪物其实不是怪物,它是穿着潜水服的人物!你们看,这儿一共有三个人的脚印,那不像鞋底的脚印是穿潜水服的人留下的。"

金盐他们恍然大悟,齐声说:"噢!"

金山说:"这穿潜水服的人为啥要夜潜死海呢?他们白天来不行吗?正大光明的多好?"

金盐说:"正大光明?他们就不想或不敢正大光明!你忘了咱们刚才掉的陷阱了?陷阱都给咱们挖好了还敢正大光明!"

海力用探照灯的远光扫描了一下远处和近处的水面,水面在微风吹拂下抖着细细的水纹,扁圆物体所激起的惊涛骇浪似乎从来没有在这里出现过。

探照灯的白光追踪着刚才那几个人的脚印,一直追踪到50米外的芦苇滩里,这里还有工具车杂乱的轮辙印痕,看来,刚才他们就是把汽车隐藏在这里。

海力拿出海力放大镜仔细察看了一下被汽车轮胎压倒的芦苇、野草和泥地。他说:"从压痕上来看,这辆工具车至少6小时前就停在这里了,也就是说,他们是昨天晚上11时左右到死海边上来的。"

"真狡猾!"金盐骂道:"来了这么长时间我们都没发觉,他们还建设了一个土坑工程我们也没发现。"

于是他们三人又来到刚才吃鱼钩的地方。陷阱挖在两边是深水的土路上,海力踏进去以前,坑口是用一些硬芦苇和野草虚掩着的。海力看了一会儿说:"这是个温柔的陷阱。"

金氏双胞胎不解其意。海力说:"你们看,坑里除了渔网、渔钩之外,没有伤害我们的东西,也就是说,他们挖这个坑不是为了害人或杀人,而是为了阻止人,他们是害怕潜水员上岸时被人靠近或发现。"

"嗯,这是个温柔的陷阱。"金山问道:"他们花这么大本钱来探死海,目的是什么呢?不是会搞科学研究吧,因为没有听说过科学家先布下一个陷阱之后再去搞科研。海力,我说的对吗?"

"很对,"海力沉思了一下说:"看来,他们的目的是为了弄清死海吹泡泡之谜,也就是说,是为了弄清刚才死海翻腾时冒出的扁圆物体是什么。如果是这样的话,他们的行动还带着那么一点点科学探险或科学研究的味道呢!"

说到这儿,蚩尤村传来一阵阵鸡叫声,汪汪的狗叫声也从村里传来。天快亮了,村里有人起来走动了。

金盐指着东山顶上逐渐现出的"鱼肚白"说:"海力,咱们已经熬了一夜了。现在回芦苇木棚好好睡上一会儿吧。"

海力说:"好吧,我的眼皮都沉得睁不起来了,咱们一起去睡觉,只睡两个小时,两个小时以后还要研究青龙潭怪物的事儿呢。"

不探潭水探山岩

早上8点过5分的时候,海力睁眼醒来了。他一动,芦苇草的嗦嗦响声就把金盐和金山唤醒了,他们一看表,哎呀,已经多睡了半个小时。

金山到芦苇丛里找水抹了一把脸说:"我现在到村里拿点吃的来,咱们吃饱肚子再说。"

金盐对海力说:"咱们一起到我家吃早饭行不行?反正今天只有你一个人,目标小,村里人不会注意的。"

海力想了想说:"那就走吧,给你爸妈添麻烦了。"

金盐说:"他们见了你还不知道有多高兴呢。"

三个人商量妥当之后,骑着摩托车来到了金盐家的院子里。

金盐的父亲已吃过早饭到采石场去了,金盐的母亲早就摆好了饭菜等两个儿子回家吃饭呢。见了海力,大妈十分高兴,她说:"我这两个孩子没有太大出息,你好好教教他们,听金盐说你们来死海考察大天鹅,叫他们弟兄俩好好帮帮你的忙!"

海力很感动,刚想说几句客套话,谁知嘴巴刚张开就被大妈堵住了。大妈端来一大碗热腾腾的小米粥说:"孩子,快趁热喝吧,这是蒸红薯,这是炒酸菜,这是油炸馍片,快快吃吧!"

死海螺碟

海力喝完一碗粥，手中的碗还没放到小桌上，就被大妈夺走了，大妈又盛了满满一大碗小米粥说："大城市喝不上这么香的小米汤，喝完这一碗大妈再给你舀！"两碗小米粥喝得海力浑身发热，鬓角冒汗，大妈还要给他再添一碗，海力说实在喝不下去了。

今天又是一个好天气。吃过饭，海力和兄弟俩简单商量了一下，金盐、金山迅速收拾了一些东西，然后三个人每人骑一辆摩托车出发了。村里人见3辆摩托车雄赳赳地开过来都问："你们去哪儿赛车？"

大姑娘、小媳妇们看见海力都小声说："长得像个外国的王子，真英俊！"

小伙子们远远看见海力的摩托车就高声惊叹："好家伙，这么高级的摩托车！几万块钱都买不下哩！"

出了蚩尤村，金盐一加油门，他的野马就飞腾起来。金山紧跟着他哥哥，海力的海狮250走在最后面，他的摩托车最好，所以他不愿走前头。

古盐道虽然早已废弃不用了，但它毕竟是人们开辟出来的路，因此它大平小不平。路面坑坑洼洼石块裸露，几乎找不到一平方米的平坦地方，但整体上还能让越野摩托车凑合着走。金氏双胞胎和海力都是骑摩托车的高手，遇到山雨冲断的地方，他们一提车把就飞过去了。

上次他们六个人步行去青龙潭，走了将近两个小时，今天还是这么远的路，他们40分钟就走完了。途中遇到两三处摩托车无法逾越的断坡，他们三个人都是连推带抬地先把摩托车弄上去，然后人再爬上去。金山还高兴地说："盐哥儿，咱们跟市体委摩托车运动协会提个建议行不行？建议下一届的摩托车越野赛在环死海公路和古盐道举行，这样多有意思哪！"

海力也高兴地说："是个好建议！"

此时，他们已经来到了青龙潭西面的山坡上，那蓝蓝的潭水已映入他们的眼帘。金盐、金山兄弟俩放好摩托车后问道："海力，今天咱们下不下青龙潭？"

海力说："就按刚才咱们在家里商议的，今天不下青龙潭。不过咱们要把青龙潭周围的山崖沟壑仔仔细细看一遍，尤其不能放过那些石缝和石洞。能挪动的大石头也要挪动一下。如果说上次咱们来这儿是'探潭'的话，那么这次咱们就是'探山'！"

"好！咱们什么时候开始？"金山摩拳擦掌地说。

"不要着急，我们先站在这儿观察一下潭四周的石崖形势，然后每人分一部分分头行动，这样可以节省时间。"

海力从摩托车行李箱里取出海力望远镜，递给金盐说："站高能望远，但望远也得借助千里眼，你们先用它观察一下吧。"

金盐、金山看了一会儿，金盐直抒己见地说："我们兄弟俩分别探查青龙潭的北面和南面，你去探东面，东面山崖的岩石情况复杂，你的水平高，所以你来担当重任！"

金山也说："我们不懂侦察，所以给我们分配容易侦察的地方，真是有点对不起！"

海力说："二位，咱们可不能这样看，有的地方山势不太复杂，可不一定那里没有线索，有的地方山石嶙峋，可不一定隐藏情况。咱们的分工虽然这样定了，但每个人都不能掉以轻心呢！"

牧羊人的金元宝

海力在他刚才那一段话里，自觉不自觉地又阐述了一个侦破学上的基本原理，那就是：线索存在于任何地方。有时候，机密藏在人迹稀少的偏僻地方，而有时候，机密就藏在你的眼皮底下。虽然金氏双胞胎并没有读过《侦破学大纲》这本经典著作，但他们也知道海力说得很有道理。

金山把望远镜递给海力说："你带上它吧，站在潭边的山崖上据说能望见黄河哩，一会儿你试一试，如果真能望见黄河就喊叫我们。"

探山行动正式开始了。三个人都按照划分给自己的区域仔细搜查，每一块岩石都要转着圈看一遍，每一条石头缝隙都用手电照一照。看见了那些活动的石块，还要搬动搬动。但是金盐和金山都没有问明海力到底要他们找什么，刚才搜查开始前金山就悄声问金盐："咱们要探查什么呀？"金盐说："查到什么算什么，只要觉得有疑问，不符合逻辑，那就是咱们要查的东西。"

海力在潭东面的山崖和岩石上探查。他遵循"站低看高，站高看低，站左看右，站右看左"的原则，仔细观察那些静止不动的山石，他没有发现可疑之处。半个多小时后，他已经查到了潭东面的山崖最高处，站在这里看群山，山逶迤，雾缭绕，风光无限。

海力突然想起了金山的话，于是端起挂在脖子上的高倍望远镜朝南远望黄河，因为黄河就在中条山的南面流淌。可是山南面云蒸霞蔚，根本看不清那被云霞遮盖的地方是不是黄河。

海力看了一下手表，已经上午10点多了，此时的阳光正照在所有山峰的东南面。海力举起望远镜顺着太阳光望去，贪婪地欣赏着高山春色，突然，他用望远镜对住一座山峰不动了，而且，还把望远镜倍数调到最大的数值。

海力到底看见了什么？他看见那座似乎是由白色岩石构成的山峰上有一处石刻。那么险峻的石壁上竟有摩崖石刻！海力仔细辨认那些字，竟然把它们全部读懂了。摩崖石刻上有这么一些字："南风古道灰鸦，漆树乌藤黄花，吾肠断在天涯。"

海力又逐字确认了一遍，相信自己辨认得准确无误。

"奇怪，这么高的峭壁上还有人上去刻字？刻字又刻几句经过删改的古诗？这到底是什么意思？"海力自言自语地说。

"这些石刻很不合情理。"海力继续自语道："凡在山崖上刻字者，无非要刻下山名峰名或景名，像这样在荒峰之上刻抒情诗的情况，应该说是没有什么必要。但是，没有必要刻的字刻上了，就证明它有刻的必要了，那么，刻它的必要性是什么呢？"

海力思考着，但是一时半会却思考不出什么头绪。正在此时，青龙潭里却突然响起"救命呀"的呼救声。海力往潭里一看，见一个人在潭水里扑腾，显然，那人不会游泳。

海力急忙放下望远镜，只用五秒钟就脱掉鞋和衣服，飞身一纵跃入潭中。那落水的人在潭水西面，海力在潭水东面，等海力游到他身边时，他已快要沉入水中了。海力托住他的双肋把他拉到石壁上，金氏双胞胎闻声跑来把他拖上了山坡。

落水者原来是山里一名牧羊人。他用塑料瓶去青龙潭打水喝，没想到脚一滑跌下了水潭。海力帮他脱下湿衣拧干了水晾在灌木丛上，又取过他打水前扔在山坡上的薄棉袄给他披上，把他搀到向阳背风的石崖下去晒太阳。

牧羊人感激不尽。他说："你不救我我说不定这会儿已经淹死了！"说罢，从棉袄里掏出个东西扔到地上说："我只要在那边山坡上放羊，就要来青龙潭打水喝，啥时候掉进过潭水中呀？可昨天打水时在潭边的石头缝里拾了这个假元宝之后，马上厄运就跟着来了——昨天半路上丢了一只小羊羔，今天又差点到潭龙王那里去报到。咳，不吉利的东西！"

海力他们一看，啊，石元宝！

破解金雾台石刻

却说牧羊人从他的棉袄中掏出一件东西抛到草地上，海力3人定睛一看，异口同声地喊道："石元宝！"

牧羊人说："是元宝，它的模样是元宝，可它是用石头雕的。怎么，你们也见过它？"

海力说："我们听说过它。哦，这石元宝你真正不要了吗？你如果不要了，请把它送给我们好吗？"

牧羊人急忙说："我不要它，你们也不能要它，它不吉利，要了它打水会掉进潭里哩，不过，你们掉进去也没事儿，你们会游水。"

金盐拾起石元宝说："它归我们啦。"

牧羊人说："你们真想要就拿去吧，出了事儿可别找我。"

海力把金盐拉到一块大岩石后边问："你说昨天村里有人在这儿见

第三章 死海吹泡现魅影 青龙踏浪黑蟒河

到怪物，那是怎么回事儿？"

金盐说："我们村有个妇女姓龙，她的丈夫前几年就死了。她迷信，每年农历二月初一都要来青龙潭烧香敬龙。村里问她为啥去敬龙，她说因为她姓龙，龙是她的祖先哩。昨天是农历二月初一，下午她照例到青龙潭烧香。烧完香磕完头离开青龙潭的时候，她看见潭水咕嘟嘟冒出一个怪物。她吓得又磕了几个头，赶紧转身跑回来了。回到村就到处给人们说，正好我二叔昨天早上也在死海边看见了怪物，所以一时风雨满村。有的老人还说肯定是蚩尤显灵了。而那龙大妈说她见到的怪物是光光头，还会吹气泡，我想，是不是龙大妈看见的也是潜水员？"

海力说："你分析得有道理，但缺乏证据，这就是今天咱们要探山的原因，我想找到有人在青龙潭里潜水作业的证据。"

"那咱们继续寻找吧，我那一片石崖还没有找遍哩。"金盐搓着手说。海力叫他不要急，说等牧羊人晾干了衣服走了之后再说。

于是他们又到牧羊人晒太阳的石崖下与他闲聊。牧羊人是十分健谈的人，很能和人"胡侃"。

他问海力："你是不是地质学校的学生？"

海力说："你怎么知道我是地质学校的学生？"

牧羊人骄傲地说："咱这中条山里地质构造复杂，各类型岩石都有，很多地质学校的学生和教授都常来这儿采集样本哩！我给他们带过好多回路哩，他们要去的几个山峰如果没有我带路，就不好上去哩。"

海力赞美了牧羊人几句，忽然想起了一件事，就问牧羊人说："牧羊大叔，请教您一个问题，我刚才在潭东面的崖石上看见对面高峰上刻着大字，这石刻有什么说法吗？"

牧羊人摇头晃脑地说："我从小跟我爹在这一带放牛牧羊，放过的牛有上千头了，牧过的羊超过1万只了。这里的山山峰峰我都熟悉，比如这古盐道，比如这青龙潭。哦，不说青龙潭，它差点儿要了我的命！你看见那有石刻的山峰叫金雾台，有雾的时候，别的山上的雾是白的，它上面的雾是金黄色的，所以老百姓这样叫它。这是真的，小时候我常常看到它金雾腾腾。可这几年少见了，大概是环境污染的缘故吧。山峰上的石刻叫摩崖石刻，这我懂。石刻上的字我也认得，可没有一个人知道是什么意思。小时候我问过我爷爷，爷爷说那些字自古就刻在石上，是宋朝或是明朝时候几个有钱人刻的。"

牧羊人说罢，用一个小石子在地上写道："南风古道灰鸦，漆树乌藤黄花，吾肠断在天崖。"

金盐、金山问："这就是石刻上的字？"

海力说："是，抒情味很浓，很伤感。"他问牧羊人说："这山里不是一年四季总刮南风吗？"

"是呀，中条山和死海就没有刮过别的风。这古道，是不是说的古盐道？应该是。灰鸦我知道，山里人叫它灰老鸹或灰鸦，村里多得很呢，受吃死牛死羊死狗，哇哇叫着老烦人。"

"那么，"海力继续问："漆树呢，中条山里漆树很多呀。"

牧羊人说："你错了，我也听说中条山里漆树很多，可我没见过那么多。这一带山里只有天崖台那儿有，而且，稍大点的都叫砍光了，我小时候见过两搂粗的漆树哩！"

"乌藤，乌藤您知道吗？"金山着急地问。

"不仅乌藤我知道，我还知道黄花哩！"牧羊人手舞足蹈起来，完全忘记了他刚才还当过落汤鸡。他说："山里人把乌藤叫黑绳草，村小学老师教我们识字时说它叫乌藤，天崖台上的岩石上长得满是这种草，非常吓人。不是这黑绳草吓人，而是很多长虫没事儿都盘在这黑藤上逮鸟儿吃哩，也咬人哩。"

牧羊人说着，身上突然抖了一下，他是想起了那些蛇，海力知道他这是："回忆反射现象"。

金山突然高兴地蹦起来说："乌藤我不知道，但是我现在知道黄花啦！"

金盐问："是不是对面山坡上那一坡山花？这我也知道！"

"他们说得对不对？"海力请牧羊人鉴定。

第三章 —— 死海吹泡现魅影 青龙踏浪黑蟒河

牧羊人说:"没错儿,就是对面山上的山花,可是这几天已经开败了,前几日可好看哩,放蜂的人都把蜂箱运到这里来收蜜哩。这一带山里头,只有这金花山坡长这草,你们说怪不怪?"

深山 SARS 金银草

金雾台摩崖石刻的前两句话 12 个字的意思已经弄明白了,它指的就是青龙潭、金雾台和天崖台一带的花草树木,动物景物。

"'吾肠断在天崖'是啥意思呢?"金山歪着脖子看着地上的字说。

金盐说:"古诗里有'断肠人在天涯'之说,那是说非常伤心的人沦落在非常荒僻遥远的地方,可是这儿的'天崖'是不是'天涯'的意思,或者说是把涯字的三点水掉了?"

"不会不会。"牧羊人至少读过初中,他也读过不少书:"这摩崖石刻前面说的都是山里头的事儿,这最后一句也应当随上。如果是'天涯'的话,就跟前头的话随不上了。'天崖'应当也是说山里的天崖,哎,是不是长乌藤那个天崖台?对,应当是天崖台!"

牧羊人为自己的发现自豪得不得了,他忘记了自己还没穿裤衩呢,披着旧棉袄就蹦了起来,一蹦才发现自己两腿之间黑洞洞的,又急忙用棉袄遮在前面,不过周围没有一个妇女,就连一个男人也没有。

海力这半天一直在听他们说话,一边听一边点头,他同意牧羊人的观点。与此同时,他的脑子也在以每秒亿万次的速度进行着分析、比较、综合、判断。此刻,他的脑子里已经得出了一个结果,那就是摩崖石刻是一幅图。它的前两句话绘出了这一带山区的特征,后一句话是一个判断句式。如果把"吾肠"放过不管,那就成了"断在天崖"。"断"是绝对的意思,肯定的意思,就是说"绝对在天崖台","就在天崖台"!

"什么在天崖台呢?是'吾肠'吗?"海力动用他所有的知识库存和智慧积累集中破解"吾肠"之谜。"吾"是我,"肠"是感情,难道刻石人冒着生命危险、耗费巨大钱财、上那么高的山峰刻这些字,就是想告诉后代人他的情感在天崖台失落了吗？显然理由不充足！

"心肠、肝肠、心肝都指人的脏器，过去古人用它指情感。但也可以指代最挂心的事儿，最在意的事儿，比如说，某事或某人总叫人'牵肠挂肚'。"海力的脑门突然一亮："是，应当是这个意思！'吾肠'指的是'我最挂心的那件事'或'最让我放心不下的那件东西'！"

这次是海力蹦起来了！

金盐、金山和那牧羊人吃惊地瞪大了眼珠看着海力，他们以为海力研究出了结果，然而海力却说："摩崖石刻，真是一首好诗！我要把它永远记在心里！"

看着他们三人迷惑不解的样子，海力突然问："牧羊大叔，听说漆树能让人过敏，是不是这样啊？"

牧羊人说："对漆树过敏的人只是极少数，小时候我和村里人都曾在漆树林里睡过觉呢，也没见一人过敏。前几年我倒是见过一个过敏的人，满身满脸都红肿发痒，他用指甲把浑身挠得稀巴烂，听说百药不医哩，只能慢慢养好。哎，你是不是对漆树过敏？"

海力脸一红说："不是的，我只是随便问问。"

牧羊人说："在这中条山里，真正让人产生过敏症的不是漆树，而是一种毒草。"

金盐忙问："什么毒草？"

牧羊人瞅了瞅金氏双胞胎说："本来我不能告诉你们，因为这是我爹传给我的，他不让告诉任何人，你们是我的救命人，人品又这么好，我就把它说给你们吧，但是，你们再不能给外人传了！"

海力他们一齐点了点头。

牧羊人说："你们记住，这毒草的名儿叫金银草，草叶金黄金黄，像金子做的；草茎银白透亮，像银子打的。它开得花瓣更奇特：一层黄瓣、一层白瓣。嗨，不知道这花是咋长的！我爹说过，凡是毒蛇都好看，凡是毒药都好闻，你们千万记住这一点。金银草的味儿很香，对它过敏的人闻到了这香气或皮肉碰上了草叶儿，立马就能把人放翻！所以山里人躲瘟神一样躲它，见了它就把它铲掉烧了，金银草简直就像大山里的SARS！"

石坑里的潜水服

牧羊人怕海力他们见了金银草以后识别不了，于是又给他们讲了一大堆这种毒草的特征，真是热心的牧羊人！

此时，晾在草棵上的衣裤已经干了，金山把它取过来递给牧羊人。牧羊人急忙穿上衣服说："我姓姜叫二牙，姜子牙是我老祖宗。我住在黄毛岭底下，村子也叫黄毛岭，想去那儿采石样请找我，上天入地我都能把你们领去！噢，不敢多耽误了，我那一群羊还不知道跑到哪里去了！"

牧羊人走后，海力对金氏双胞胎说："牧羊人解决了我们的很多难题今天遇上他就等于我们少跑千里路呢，二位，咱们继续干吧！"

金氏二兄弟其实早都等急了，听他说干，立刻迈步往自己的工作区开进，但是海力却说："咱们三个人兵合一处、绳拧一股干吧。先完成金盐的任务，再到金山的工作区去，最后完成我余下的任务！"

金氏双胞胎最希望的就是这种工作模式，因为任何人都愿意跟海力在一起工作，总觉得和他在一起非常愉快、非常踏实，甚至非常幸福。这种感觉来自海力的魅力。

金盐的工作区已被他探查了将近三分之二。金盐问海力："我查过的地方咱们还看不看？"

海力说："不看了，先去还没有查过的处女区吧！"他们三个人用了十几分钟完成了金盐的工作任务，接着，又去探查了金山的工作区，最后，把海力尚未探查的那些岩石、草地也看了一遍，结果他们什么可疑线索也没有发现。

金山失望地说："查不出任何东西，白费了这么多力气。"

金盐说："如果咱们不查的话，怎么会知道查不出什么东西呢？依我看，没查出东西这本身就是成果。"

海力同意金盐的看法，但是他说："也可能这岩石悬崖上有重要线索，可是我们却没有发现。这样吧，我们站在这里别动，都用自己的眼睛扫视一下咱们探查过的地方，眼睛看不见的地方就算了，能看见的地方我们再仔细看一下，看有哪些地方值得我们再去认真地查一遍。每人只找出三个可疑点就行了！"海力这种方法叫"重点回头检点法"，是一条经过千锤百炼的侦察经验。

　　果然，金氏二兄弟都找出了几个疑点，海力也找出两个认为还有问题的地方。他们逐一到这些疑点上"会诊"，结果仍然一无所获。

　　"最不可能的地方也是最有可能的地方，认为没有问题时恰恰有问题。这虽然不符合一般规律，但是它却是一种偶然存在——这种现象起码有万分之几的概率。"海力自言自语地说。他的话金盐、金山都听到了，因为海力没有使用自己的密码语言。

　　他们三人从青龙潭东面的石岗上下来，沿着潭北面的石崖往放摩托车的山坡慢慢行走，每个人的眼睛仍在胡乱搜寻。他们已走到了刚才牧羊人晒太阳的地方，金盐一屁股坐在石崖上的大石头上说："我看是没戏了，很难查出线索了。"

　　金山的眼珠仍在毫无目的地到处乱看。他看得眼花了，看见哪儿都不对劲，于是，一会儿跑到这块石头边去推推，一会儿又跑到那道岩缝边去瞅瞅，甚至连一些形状稍微特别一点的小石块，他也要过去看一看，踢两脚。金盐见弟弟这样，就躺在大石头上笑个不停。

　　金山听见哥哥笑话他就走过来说："这有啥可笑的？有枣无枣打三杆嘛，总比你坐在石头上嘲笑别人强……哎，盐哥儿，你再在石头上笑几下，你笑几下嘛，像刚才那样！"

　　金盐一听反而不笑了，他坐起来问："你真的神经了对不对？看见这块大石头也觉得不对劲啊？我看你干不了侦查工作，还没咋呢就风声鹤唳、草木皆兵了！"

　　金山不理睬他，他对着金盐屁股下面的大石头又看了十几秒钟，然后让金盐起来，自己躺到石块上又滚又摇。

第三章　死海吹泡现魅影　青龙踏浪黑蟒河

死海螺碟

金盐喊叫正站在青龙潭边望着潭水发愣的海力过来。他说:"海力,山哥儿真的憨了,他是不是神经错乱了?"

海力闻声跑到崖下,果然看见山哥儿一边哈哈大笑,一边在石块上东摇西滚。起初海力也觉得金山有点不对劲儿了,可是他又定神看了一眼,立即睁大眼睛大声喊道:"金山,你立了大功啦!"

听海力一喊,金盐更觉得不对劲儿,怎么,海力也神经啦?他看看海力,又看看金山,不知如何是好。正在此时,金山一骨碌爬起来说:"这块大石头有问题!"

海力让金盐过来帮忙,三个人搬住大石头突出的棱角使劲往外一挪,那块黄牛般大小的石头一下被挪开了50多厘米!原来这块石头表面看上去很大,足有两吨左右,可它下面却整个凹进去了,这样它实际上是个石头壳子,当然重量就大打折扣了。

石块往外挪走50多厘米,那么石块下的世界就完全暴露了,原来这是一个天然石坑,石坑里摆着一副潜水服,还有一个装着香肠、面包和饮料的塑料食品袋。最令人惊讶的是,石坑里竟然有一网兜青龙潭石元宝,少说也有二三十枚!

打个时间差

看到大空石下的世界如此惊心动魄,海力三人一时都目瞪口呆!金山噌一声跳过去就要取石坑里的元宝,金盐也想探手去提那沉重的潜水服。海力急忙阻止他俩说:"且慢动手!快过来!"因为他分明看见石坑的潜水服下有一把匕首。

海力让他俩再认真看一下石坑里的东西,把这些情况储存在脑海里,然后用纽扣相机嚓嚓嚓拍了几张资料照片。五秒钟之后,海力说:"咱们快把石头恢复到原来位置,越快越好!"

金氏双胞胎似乎也明白了海力的意思,三人一齐使劲,那块本来一个男人就可以挪动的空石壳又归了原位。海力上下前后左右地看了看,轻轻校正了一下石头与沙土的压痕,还揪了一些杂草叶、捧了些沙土撒在石块上面和石块前面。

做完这一系列工作之后,海力仍叫金盐、金山过来坐在石块上,自己也坐在他们旁边,并且用两只脚在石头前面的地面搓来搓去。金盐、金山也明白了海力的用意,他们也学海力的样子踏着那些草叶和沙土,以此来掩饰他们挪开大石头时留下的痕迹。

折腾了几分钟,金盐抬头看了看太阳,然后从自己的摩托车上拿来了他们中午的干粮:一袋油炸馍片,三根大黄瓜,三个西红柿,还有三截萝卜咸菜。海力把石块上的草叶、沙土用手拂了拂,让金盐把干粮拿到石块上来吃,他还故意往石块旁边掉了一些馍渣和西红柿皮。

海力解释说:"这个石坑多好啊。发现它之后,我们就没有再潜入青龙潭底的必要了,因为我们得到了我们想要探明的情况。从坑里藏有匕首来看,潜水人并非善良之辈,所以我们不能让他们知道已经发现了这个石坑。石坑里那些石元宝呢,虽然每一枚都能卖两千多元,但我们现在不能动它,因为我们不知道捞这元宝的是什么人,也不知道他们捞元宝就是为了捞元宝呢,还是另有别的目的,所以不能打草惊蛇。"

说到这里,海力突然扔掉手里吃剩下的黄瓜尾巴说:"马上离开,此地不宜久留!"

五分钟内,海力他们三人都披挂整齐骑到了摩托车上,一阵马达轰鸣,他们沿着古盐道向中条山腹地开去。本来,他们应该顺原路返回蚩尤村了,可是海力却主张先往大山深处走一阵儿,然后再掉头回村。海力说这叫做"欲下先上,欲出先入"策略,还说要耍一招花枪给他们看看,给谁看看?海力没说,金山想问却没有问。

摩托车缓缓在崎岖颠簸的千年古道上行进,虽然每前进1米都比较艰难,但他们仍然坚持向前。走了将近两公里路,转过了3座山峰,海力说:"咱们在这里停车歇马吧。"

这儿真是个好地方,四面青山环抱,山谷里水流淙淙,莺飞鸟舞,香风如酒。金盐和金山昨晚没睡好,他俩靠在被春阳晒得温乎乎的山坡睡着了。海力轻声念道:"春色这般好,怎能不想觉?枕山盖太阳,梦

第三章 死海吹泡现魅影 青龙踏浪黑蟒河

147

中闻啼鸟，闭眼看世界，花开知多少？"说罢，自己也靠在石头上闭住了双眼，他告诉自己，只准睡20分钟。

果然不错，只过了20分钟，海力就睁眼醒来了。就这短短的20分钟睡眠，海力已经解除了昨夜的困倦。

一阵山雀叫把睡梦里也支愣着耳朵的金盐叫醒了，金盐轻轻推了一把金山，兄弟二人嗨一声从坡上跳起来说："咱们回村吧！"

海力却要金盐拿上望远镜到峰顶去观察青龙潭。金盐十几分钟后走回来说："我看见刚才咱们搬开的石头上坐着3个人，他们东张西望不知想干什么。"

海力说："他们才是潜水服的主人。"

金山说："多亏我们走这里来了，不然，会被他们怀疑的，如果我们刚才直接下山，也会跟他们相遇的。"

海力笑了笑说："我们并不是害怕他们，而是我们不想惊动他们。刚才跟他们打个时间差，现在我们可以大张旗鼓、大摇大摆地收兵回营了。走！"

骂出海怪

海力、金盐、金山3人驾驶摩托车轰隆隆开下古盐道的时候，才刚刚下午3点半。金氏二兄弟问海力今晚住哪儿，是芦苇木棚，还是他家的瓦房？海力说等一会儿再定，因为他想借着明亮的阳光到死海吹泡泡的附近去看一看。

金氏二兄弟在前面带路，他们绕过了蚩尤村来到了芦苇木棚。南风吹得很有劲儿，已达到四级风的标准。绿油油的春苇此起彼伏，像一片波涛滚荡的碧水，死海的咸水也泛着暗红色的波浪，浪花拍得堤岸啪啪作响。

"夜幕里你又吹泡泡又出怪物的精神哪里去啦？"金盐指着死海水质问："有能耐你现在再给我们表演一下嘛，给你5分钟准备时间，不，5分钟太少，给你15分钟，怎么样，我们哥儿们够大方的了吧？你抓紧点时间啊！"

双胞胎本来就是在同一个卵子里孕育而成的，所以他们相貌相似、性格相近、心灵相通。金盐这一质问，金山也开始声讨了："哎，我说死海先生，咱们要玩就玩个天不怕、地不怕，勇气潇洒！你怎么老在人家看不见的时候发威呢？现在来嘛，盐哥儿不是对你说了吗，有本事在光天化日之下出个扁圆将军让俺们见识见识！如果15分钟不够，再给你加时5分钟。20分钟后你没动静就算你是雌的！"

听双胞胎骂死海，海力直想笑，但他也知道这兄弟俩是一半认真、一半幽默，他就最喜欢这样的人，其实他也是这样的人。

金盐、金山骂完了海，还真的掏出手机看着钟点给死海掐时间，他们就差没带个秒表出来了。"19分钟30秒了！19分钟40秒了！现在开始倒计时了——10，9，8，7，6，5，4，3，2，1，死海先生，你真的不敢发威了！哈哈哈哈！"金山和金盐开怀狂笑起来，笑声惊起了芦苇丛里的几只灰鸟。

海力也跟着他们开心得笑了一阵。金盐跑过来拽住海力的手说："我真开心！认识了你我才有这么开心！走吧，回我家吃晚饭去，吃了晚饭想住木棚就去，不想去了就住在我家里，走吧！"

"走！"海力高兴地在小路上来了个空翻动作，只见他的身体嗖一声弹上芦苇尖，然后又轻轻地飘落在地上，简直像一只猎豹那般轻灵。

金盐和金山羡慕得五体投地。金山说："海力，有时间你教给我们几个绝招，你真是身怀绝技，深藏不露呢！"

金盐说："怎么能说海力是深藏不露呢？今天凌晨在鱼钩陷阱里，不是海力用手指当剪刀剪断了鱼钩吗？那天在青龙潭，不是海力潜到潭底来了个龙宫夺宝吗？还有刚才的跟斗，我看再练一练就能驾孙猴子的跟斗云了！"

听到金盐和金山的夸奖，海力的脸刷一下红了，他每次听到别人的赞美都是如此。他正想对金氏二兄弟说几句自谦的话，却突然看见金山双眼瞪着、大嘴张着、手指指着，俨然一尊活人雕塑似的站在那里。再

第三章　死海吹泡现魅影　青龙踏浪黑蟒河

看他的哥哥金盐，也是与金山一般模样！起初，海力还以为他俩也仿照演哑剧的双胞胎表演哑剧呢，可一看又不像。那他俩怎么了？难道像金庸金大侠写的是被高人点了穴吗？这也不可能。因为海力就在他们跟前，除了他连一只鸟都没飞近他们！那就是双胞胎给自己开玩笑。哎，这兄弟俩今天确实是太高兴了！

想到这儿，海力谦逊地点了下头说："谢谢你们的夸奖和幽默！"说完抬头一看，这下可把海力给吓坏了！因为金氏兄弟仍然那样瞪目、张口、指手！海力唰地摆过头顺二人所指的方向看去。他一看，也惊得目瞪口张，头发立竖，半晌说不出话来！

原来是海怪出来了！就在那斜阳下，就在那死海里，今天凌晨间出现过的扁圆形物体浮露在水面上。它是黑的，不是灰的，是黑灰黑灰的。它像一个巨大的蒙古包，像一顶铁铸的将军帽。虽然它只露出了3米多高的部分，但能感觉出它至少要有四五层楼房那么高，至少有一座电影院那么大！

令海力他们吃惊的是，它不声不响地浮现在他们面前，直线距离不到150米。难道这全身沾满死海黑泥的怪物真有耳朵，真能听见金氏兄弟的讥讽？难道这遍体长着深深螺纹的家伙真会跟人斗气？

蚩尤村里的故事夜

海力他们3人正在吃惊地观望死海扁圆物体的时候，那物体又倏然沉入水中不见了，一圈一圈的水波被南风吹散。至此，金氏双胞胎张大的嘴巴才慢慢合拢。

金盐余惊未消地说："天下真有这么出奇的事儿！怪不得大人们都教孩子不要说假话，不要吹大话。我们兄弟俩刚才说了一通大话狂话，想不到真的把怪物招惹出来了。幸亏它没动杀机，要不，我们早就被它一口吞灭，说不定还连累了海力哩！"

金山虽然也心有余悸，但他仍硬着头皮说："是偶然巧合的，并不是因果报应的。如果是，那我明天再来骂它，看它还出来不出来！"

海力又对着怪物的出没处仔细端详了一会儿说:"大开眼界了!二兄弟,我们应该说我们太幸运了,我们真幸运!"说完,他又蹲在死海岸上陷入了沉思。

金盐对海力说:"太阳马上就落西了,咱们回家吃饭吧?"

海力说:"好。吃过晚饭咱们不来芦苇木棚住了,因为我猜那怪物今晚不会浮出来了,即使浮出来我们也看不清楚。我们晚上再安排一个项目吧,那就是听村人讲故事。"

金山说:"太好了,我从小爱听故事,可是,咱们听谁讲故事呢?"

海力说:"这由你们安排,权力给予你们俩。"

摩托车一阵风驶进村口,又缓缓开进金家小院。金盐妈给他们端水洗了脸,大家一起端起了饭碗,晚饭是鸡蛋炒馍花,海力最爱吃这种饭。

蚩尤村今晚停了电。今天是农历初二,月牙刚露了一下脸就沉到山峰后面去了,全村一片漆黑。狗汪汪叫着守在自家主人门口。电视看不成了,书也看不成了,没电什么也干不成。金盐妈点亮蜡烛,金山拎来一盏电石灯,金盐的爸爸对海力说:"乡村这一点很落后,我们村经常停电,不像大城市总是灯火辉煌,让你受委屈了。"

海力正要回话,金盐却抢先开口说:"没电正好听故事。爸,村里谁会讲关于死海的故事?"

金盐爸说:"谁讲故事讲得好你应当知道呀!那个寿星佬行不行?"

金山说:"寿星佬年龄太大了,问些事儿还行,讲故事已经前车不对后辙了。"

"哎,那你牛根爷讲得就挺好嘛,就去他那儿听去!"金盐妈献计献策。

"是啊,就找你牛根爷去,他同辈的人都叫他牛编编或吹牛大王,故事编得像真有其事似的,吹起牛来牛魔王也比不上他。"金盐爸也十分赞同。

当海力他们来到牛根爷家的时候,老人家正坐在黑暗中自言自语地说话。金盐叫了声牛根爷说:"我的朋友想听您讲死海的故事,您今晚就讲几个最好听的吧!"

牛根爷说:"我正在讲哩。"

金盐问:"没人听您给谁讲啊?"

"我讲给我听呗。"牛根爷说:"人老了,又没文化,故事讲过来讲过去总是那几套。与时俱进这句话说得好,故事也要与时俱进哩,不这样就没人听你的故事了。年轻人都爱看电视,啥电视都爱看,就是不爱听我的故事。唉,日薄西山,气息奄奄,我和我的故事已成了文物,都快进历史博物馆了!"

金盐说:"牛根爷,您老人家离博物馆还远着哪。今晚您可大有用武之地了,我们当您的忠实听众!"

牛根爷呵呵笑着骂道:"盐哥儿,你兄弟俩白听了我多少好故事了?去,给牛根爷买一盒烟来,这故事会马上就开演!"

金山把一盒香烟塞在牛根爷手上说:"早就从我爸的抽斗里偷来了!哎,你可不能把这往故事里编啊。"

黑蟒河的恐怖

海力他们几个就坐在黑暗中听牛根爷讲故事。牛根爷说他最爱在黑暗中讲故事,因为这样效果最好。他说他曾在没有点灯的屋里讲故事,听故事的5个人中有一个人当场吓死,一个人当场吓疯,两个人吓得尿了一裤,还有一个怀娃的妇女当场吓得流了产。

说完这些,牛根爷的故事才正式开始,他的第一个故事叫《黑蟒河》。故事讲得很长、很生动,用金山的话来形容就是"绘声绘色"。

故事的核心内容是这样的:在很久很久以前,中国死海——云城盐湖就开始生产食盐了。这盐供给天下所有的老百姓吃,盐池成了人们离不开的聚宝盆。可是好景不长,一百多年后,盐池里已产不出食盐了,盐池的水变得越来越淡,人们开始在盐池中种水稻了。天下社会因没有了盐而变得原始而野蛮,人们身上开始长毛,开始像动物一样四脚着地行走,很多人还像豺狼虎豹一样生吃活人,茹毛饮血,社会一下倒退了上千年！当时舜帝正在南方巡视国土，他知道这个消息后火速赶到了盐池。经过调查，他发现这盐池取之不尽、用之不竭的食盐原来是被一条海里飞来的黑蟒给吞吃了。于是舜帝就用五岳支炉，用3颗太阳的火力来熔铁铸链。最后，他打造出一条世界最重的铁链，并在链子上附上了神咒。八月十五夜里，舜帝让嫦娥把月亮擦得明晃晃地为他照明，然后他在九霄云外投下神链，那神链不偏不倚缚在黑蟒身上，这条足足有半个万里长城那样长的黑蟒蛇再也不能动了。舜帝就把它压在中条山下，把它的头按在蚩尤村北边的盐湖里，让黑蟒吞到肚子里的那些食盐慢慢地从口中吐出来，吐到盐池水里，并溶解在整个盐湖之中。

牛根爷的双眼在黑暗中闪烁着亮光说："这条世界上最粗、最长、最重的黑蟒本来是一条害人之蟒，可是它现在却变成了一条救人之蟒。它的嘴里每年吐出的食盐被生产出来运往四方天下，人类社会又开始向文明方向前进了。黑蟒哪一年吐的盐多了，天下老百姓的日子就会富足一些；哪一年吐的盐少了，老百姓就要受饥荒。"

牛根爷说："蚩尤村就压在黑蟒头上，村对面的死海老滩，就是黑蟒的嘴。几千年来，老百姓都把这一方池水叫黑蟒河，这是万年盐湖的根儿，是中国死海的魂儿。娃娃们，这个故事的前半部分也许不太真实，因为我没有见过舜帝造炉缚蟒，但是后面讲的全是千真万确呀。不信，你们明儿到死海里看去，我听说，最近这黑蟒在老滩里张嘴吐盐哩，它的鼻子尖，有一个足球场那么大……"

踏浪问黑蟒

牛根爷的故事讲完了，但是他眼里闪烁的亮光仍没有熄灭，黑暗中一闪一闪的，像两颗大大的萤火虫，不，像两颗小小的夜明珠。

海力和金盐、金山此时都沉浸在牛根爷营造的故事氛围之中。过了好大一会儿，大约是10分钟左右吧，谁也没说一句话，直到牛根爷打着了打火机点亮了红蜡烛，海力他们才站起来说："谢谢牛根爷，谢谢黑蟒河的故事！"

死海螺碟

牛根爷说:"本来还要给你们讲几个呢,可是我怕你们承受不了,因为这一个故事已经把你们震撼了,太多了恐怕震坏你们。你们还小,适应能力还很差,我的好故事不能轻易讲给人听,真怕出事呢!"

海力说:"老人家,我们真的领教了,我们有时间再来听您讲吧,打扰您老休息了!"说完,告辞出来了。

山村的夜十分静谧。夜风吹动着死海水,海水拍打着土堤岸,这一声声天籁之声使山村显得更加祥和宁馨。在喧嚣声织满空间的大城市里,最缺乏的也正是这种安详。海力躺在这最宜于人睡眠的环境中甜甜地睡了8个小时,真是人生里美妙的8个小时!他做了许多梦,但是却没有记住梦的情节,只是恍恍惚惚地记着他看见了一条山脉一般巨大的黑龙。

太阳从东山上露脸儿了,霞光布满了蚩尤村。海力怕在小山村里太显眼,因而就没有出去跑步和做操,他就在金盐家的院子里活动了一下肢体,又做了50次立定跳高。金山昨天说要向海力讨教,今天果然说话算数,海力起床,他也跟着起床,海力锻炼,他也跟着锻炼等他们锻炼完毕,金盐妈已摆好饭菜催他们吃早饭了。

早饭用了11分钟。金盐爸临出门时问:"海力,你们需要我帮忙吗?"

金盐说:"爸,我们想借一只船。"

"借船?你二叔的船行吗?你去找他借呀。海力,祝你们一天顺利!"金盐爸说完就去山脚下的采石场了,那里是他的工作平台。

金山说:"海力,盐哥儿,你们等一下,我去把船扛过来。"

海力急忙说:"咱们一起去抬嘛,你一个人哪能扛动一条船呀?"

"不是一条,是两条船哩。"金山说:"我是有名的大力士呀,你等着瞧好了!"说着,嗖一声窜出了院门。5分钟之后听金山在院门口喊道:"盐哥儿,海力,咱们走吧!"

海力出门一看,金山肩上果然扛着两条木船。每条木船长有两米半左右,可宽度只有40多厘米。两条小船被两根非常结实的木方子并排连在一起，真是世上少见的奇船！

金盐见海力惊奇地打量木船就说："这种船叫鞋船，你看，船头尖，船尾方，左边那条船的外侧是弧形的，内侧是直线，右边那条船也跟它一样，正好是一双走水踏浪的木鞋啊！"

海力说："多有意思的船！我是第一次开眼啊。"

金盐自豪地说："据说它是我们蚩尤村的创造发明哩。这船的特点之一是便于搬运。你看，一个人就轻松担走了它；第二个特点是行水平稳。两船之间间隔将近1米，在水里不管怎么晃动它也翻不了；还有一个特点是便于维修。一条船坏了就换上一条，船小好更新嘛。"

3个人边说边走，不觉得已来到了死海岸边。他们将鞋船推入水中跳了上去，金盐、金山各拿一支桨分别在两只船上划水，海力则坐在船中间的横木上。海力给每人分发了一个薄塑料袋做成的背心，说这是智能救生衣，一沾着水马上就自动充气。金盐说死海水浮力大，即使船翻了人也沉不下去。海力说，咱们不是怕沉到水里，而是怕万一遇上了昨天的吹泡泡和出怪物情况。

在南风的吹动下，船驶得很快。金盐、金山3分钟前就收了桨，他们让小船随风飘荡，而自己忙着搜寻死海黑蟒河。

突然，金山叫道："你们看，这边的水黑乌乌的，像倒了墨汁似的！"

金盐用桨把鞋船摆过去，大家一看，果然十分恐怖！这里的死海水完全改变了那种赭红的颜色，呈现出一种沉重的墨黑色。这种墨黑色静静地、似乎没有任何推动力地向死海西面扩散。它不在海面上扩散，而是在海面以下的深处！

"这就是咱们看到的死海吹泡泡和出现扁圆物体的地方！"海力说："让我测一测水的深度吧。"他只用了3秒钟就掏出一个小盒子，拇指一按盒上的绿键，啪地弹出一个带线的不锈钢圆锥探头。海力把探头抛入水中，20秒之后，盒子上的小屏幕上显示：水深80米。

海力让金氏双胞胎划着船在直径200米的黑水面上行进，他不停地测着不同点上的水深，结果都是80米左右。

第四章

蝉捕螳螂鲫吞鲤　旷世俊秀两海力

狮马征五龙

海力又让金氏二兄弟划船探测了黑水周围的水深，结果令他大吃一惊！因为这里的水深还不到 25 米！而且越往四周扩大水就越浅，到了距黑水中心 300 米的地方，死海水深都只有 10 米左右了，而且水的颜色也不发黑了。

"这说明黑水的下面是一个又深又大的圆形坑，形似火山坑，我们叫它死海深渊吧。也许这死海深渊就是牛根爷所说的黑蟒嘴，这黑蟒嘴的确是向死海里吐黑水呢。前几天我查阅过《云城盐池史料汇编》这本书，书中也有关于黑蟒河的记载，也说这里是传说中的死海之源。依我看，它很可能是死海中的一个矿盐泉，死海的盐矿有相当一部分是从这里渗透出来的。"海力侃侃而谈。

"这么说，牛根爷讲的故事也不纯属虚构了？"盐山说："这黑色的矿盐埋在中条山下，中条山沉重的压力使它源源不断地从这里挤流出来。海力，我理解得对吗？"

海力说："我是根据这些现象和资料推测的，不一定是科学结论。"

"我看这个结论是八九不离十的。哎，海力，刚才咱们把这方圆百米内的水深都测过了，那为什么没有测着那个大怪物呢？它要是沉在这水底，咱们应当能测出水深有变化呢，因为那家伙太高太大，它不是个小玩意儿呀。"金盐忽然发问。

海力说："我也很奇怪，这个庞然大物哪儿去了？从咱们测水的情况看，只有这儿水深水黑，也只有这儿的水底能藏得住它，可是，刚才咱们布了那么密集的测水点也没测出它，难道它会在水下游动，从而躲开我们的测水锤？"

金盐和金山坐在船上不吭气了。小船儿由山风推着漂向死海的北岸，直到船头碰在岸堤上，金盐才如梦初醒。他搓了搓额头问道："海力，你说那个人穿潜水服来这儿，是不是也为了寻找怪物？他们是不是已经在水里发现了它？"

"我认为他们目前还没能找到它。"海力说："这片海水黑度这么大，金山说它像墨汁，我看很形象。在这种能见度几乎等于零的深水里，使用他们那样简陋的潜水设备，不要说找见水中的物体，就是能够活着出来都算是万幸了。"

说到这儿，海力问金氏兄弟今天家里有急办的事儿没有，他们回答没有。他们问海力有什么急事儿需要他们去办，海力叫他们把船顺原路划到南岸去。船靠岸之后，海力帮他们把船拖上岸，金盐扛了船，3人一齐朝蚩尤村而来。

快到金盐家门口的时候，海力对金盐说："春天农活忙，不能把你俩都拴在我这儿，金山一会儿就下地干活去吧，你呢，还得跟我去一下五龙关，咱俩要在那儿演一出'赶兔儿'的好戏呢。"

金山也想一块去，海力说："今后麻烦你的事儿还一大堆呢，你知道，咱们的事情都有了结果才能算完呢！"

今天是星期二，又是一个春和景明和好日子。海力和金盐把摩托车发动起来迅速检查了一下，然后带上必备物品就出发了。

从蚩尤村到五龙关山口，大约有40公里路程。金盐骑野马，海力驾海狮一路飞驰而去。上了中条山之后，海力在一处路面较宽阔的地方停下来，掏出了包里的五龙关乡地图看了一阵说："上次我们4个人去的是东南面这几个村庄，行动的代号叫'趟兔儿'。那边的村子都在深

死海螺碟

山里面，路很难走，骑摩托车根本上不去，今天咱们要去西南和南面这一带村庄走走，行动代号就叫'赶兔儿'吧。"

金盐眯着眼睛问："都是捉兔子的意思，可为啥上次叫'趟'，这回叫'赶'呢？请回答。"

海力说："上次去趟兔儿，也许能趟出来，也许趟不出来，兴许还有逮住它的可能；而这回去赶兔儿，纯粹就是一场虚张声势的假动作，没有一点儿能逮到兔儿的可能。"

"为啥要虚张声势？我们跟他来个真刀实枪不行吗？把那兔儿一网打尽多痛快。"金盐挽胳膊捋袖地说。

"不简单哟，"海力说："兔儿猾，兔窝儿多，山高路险不好捉。今天咱们只能'赶'，把它赶到我们张开的口袋里再去捉，就十拿九稳了！"

金盐一拍摩托车的后座说："明白了，听你的！"

海力跨上摩托车说："好，咱们直抵曲土岙村吧！从这个村再到景土坝村，然后是野兔岭村、兔跑坡村，最后到土贵窝村和土儿寨。我已经在地图上看好了路线，走完这6个村庄就差不多了。"

赶兔儿行动开始了

俩人骑着摩托车并肩而行。金盐说："咱们把李喜华老人比作兔子，有点儿对他老人家不太尊重吧？"

海力说："这是中国人的传统观点，一说谁像什么动物，他就不高兴。但也有高兴的时候，比如说他像一只凤凰呀孔雀的，如果说像猴呀狗呀鸡的，他就很生气。今年是猴年，虽然是猴子领年，但谁也不愿意让人把自己比作猴子。西方人就不同了，他们用各种动物来形容人的性格和人的行为，都不会被形容的对象看作是对自己的侮辱或不尊重。我们把李喜华老人比作'兔儿'，一是对他有特别爱怜之意，二是形容他能躲善藏，不敢大大方方直面社会。我觉得他就像只智慧狡猾的老兔子。"

说完二人都开口大笑,摩托车在笑声中飞进。

又转山绕岭地走了半个多小时,海力他们就开进了地处山坳中的曲土峦村。村口有一株老杨树,老杨树上有一个很大的喜鹊窝,几只花喜鹊喳喳叫着欢迎他们来访。

据五龙关乡万食全大酒店的老板说,这曲土峦村也是李喜华老人常来的村子之一。海力他们骑着摩托车在村里颠了一个来回,才用了不到200秒钟,因为这个山村很小,它的村巷只有100米长,所有村民都住在巷道两边。

听见这寂静山村里豪华摩托车的马达声,村里的小伙子和大姑娘都跑出门来观看。小伙子们说:"不同凡响,不同凡响,肯定是大城市来的!"大姑娘满眼羞涩地瞅着海力,因为他穿着世界上最时髦的摩托服。山村姑娘虽然不知道这种摩托服是目前最流行款式,但却知道能穿这样服装骑摩托车的人一定大有来头。

海力向金盐使了个眼色,金盐跳下车问道:"请问,有个李喜华老人在不在贵村?"

"俺们这村叫曲土峦,不是贵村,村墙上都写着哩,你们没看见吗?"一位老大妈大声说。村里的年轻人轰然大笑起来。

海力卸了头盔小声问一位离他海狮车最近的大辫子姑娘:"喂,请问你的芳名?"旁边一位小姑娘说:"她叫明芳,不叫芳明,你叫错啦!"

"哦,对不起。明芳姑娘,我们想打听一下李喜华老人在不在你们村里?"海力强忍住笑问道。

大辫子把右胸前的一根大辫子扔到背后说:"俺不是大姑娘,俺都有了一个两岁的孩儿啦。哎,小伙子,你问的那人我前两天还见过,现在他早不在村里了,你前几天来找多好啊。"说着,两只黑白分明的大眼珠含情脉脉地望着海力。

海力冲她微微一笑说:"谢啦。"然后喊叫金盐说:"李喜华老人不在,说不定明后天就回来了,咱们先去景土坝村找吧!"

第四章 蝉捕螳螂鲫吞鲤 旷世俊秀两海力

159

摩托车正要开动的时候突然有人喊："等一等！"是大辫子的喊声。海力见她飞快跑回了小院里，然后又飞快跑出来了。她把用竹皮绳穿着的一串泡酸柿子挂在摩托车把上说："你俩吃吧，又酸又甜又败火哩！"

野马和海狮一阵风似的刮出了村巷。海力回头一瞅，那大辫子仍站在家门口张望他们呢。"村里有个姑娘叫小芳，长得好看又漂亮。一双美丽的大眼睛，辫子粗又长。"不知道为什么，海力耳边突然响起了李春波的歌声他唱的歌名叫《小芳》。

七折八拐的山路又把海力他们迎到了景土坝村。这是个依山靠河的美丽村庄，村前的小河边，村后的山坡上，到处长着翠绿的竹子。一位村民告诉海力说，半山坡的竹园里有村里人帮李喜华老人搭的一间竹棚。冬天他一般不来这儿住，因为竹棚不御寒。这个季节一直到秋天，他最肯来。只要他在，村里人就能听见他夜里吹箫哩。他的箫吹得非常好听，可就是太苍凉，太忧伤。老年人听了箫睡不着觉，睡不着觉还爱听，你说怪不怪？

金盐对村民说："我们原以为这山里路难行哩，谁知道有摩托车就好走，我们过两天再来吧，说不定在这几个村子就找见他了。"说完道了谢，一溜烟冲向野兔岭。

野兔岭见闻

沿着盘山路转了18个圈儿，海力和金盐才到了野兔岭村。金盐说："野兔岭都这么高，那野狼岭、野猪岭可能就更高了！"

海力问他为什么，他说："狼和野猪都比兔子大呀！"

"不对，"海力还没有说话，坐在野兔岭村口上的一个老太婆就厉声说道："野兔岭野兔大过牛，你没听说过吗？"

海力他们听了这话大吃一惊。金盐忙赔笑脸说："老大娘，我们第一次到野兔岭来，不知道村里的情况，请原谅。"

"哈哈，哈哈哈哈！"老太婆大声狂笑着说："蜗牛、天牛、屎壳郎牛，哪一个牛比兔子大呀？哈哈哈！"

海力和金盐正在丈二金刚摸不着头脑，村巷里忽然闪出一个人说："这老太婆是个疯疯，你们别跟她计较，快进村来吧！"

那人问海力说："你们来野兔岭找谁？"

金盐说："找那个李喜华老人，哦，他在你们村吧？"

那人说："我是村委会主任。他虽然不是我们村的常住居民，但我们也给他盖了一间瓦房，那房子现在是铁将军把着门哩。"

金盐说："给您添麻烦了，过两天我们再来他的瓦房吧，但愿我们下次来的时候锁开人也在，再见！"

翻过野兔岭，再下到半山腰就是兔跑坡村。兔跑坡的村民说："李喜华经常在我们村跑，前几天还跑过一次，可现在不知道跑哪个村去了。你们有这么好的摩托车，这一带的山路也并不难走，所以，你们跑到土贵窝村问问吧，那老头经常在那儿住呢。"

海力他们谢过村民，又赶往土贵窝村。土贵窝村建在一个石头山梁上，全村多石少土，土贵如金，村里人用土都从兔跑坡搬运，因此而得名。摩托车的突突声唤出了好几位村民，一位年龄在60岁左右的老头问："小伙子，到窝里有啥事儿吗？"他们习惯把土贵窝村叫窝里。

海力说要找李喜华老人。老头说："他呀，说是个老人，可他比野兔子还喜欢跑哩，今儿跑到这村，明儿跑到那村，就是不回窝。这不，前两天来窝里了，可被窝还没暖热他又窜了。唉，你们找他哩，他还不知道在找啥哩！"

告别了土贵窝村，海力他们把摩托车开进了今天要去的最后一个村——土儿寨。这是一个比较大的山村，一座座院落分散在狭长的山谷中，绵延有1公里。

海力看了看表，已经中午1点多了，他突然感到肚子饿，就对金盐说："这个村子挺大的，村里肯定有饭铺，咱们到那里歇歇脚，吃顿饭吧！"金盐当然没有意见。

他们驾着摩托车慢慢行走，一边走一边注意着街巷两边。金盐负责观察左边，海力负责观察右边。俩人从村西搜寻到村东，也没有发现饭铺的影子，正好有一辆农用山地车开过来了，金盐招了一下手问道："喂，大哥，这村里有饭店吗？"

山地车司机说："请问两位老弟：知道你们到了什么村子吗？"

金盐说："土儿寨嘛。"

司机说："对，土儿寨。那你们还不明白到哪儿吃饭吗？"

金盐摇摇头说："不明白。"

司机又问："真不明白假不明白？山里人怕城里人诳哩！"

海力彬彬有礼地说："大哥，我们从土贵窝村过来，想找个饭店吃饭，可从村西找到村东也没找着啊，请您多赐教。"

"好听，"司机说："城里人文化深，说话就是好听。好吧，我说给你们，其实也简单，你们记住一句就成了：'到了土儿寨，饭铺门朝南北开'。明白了吗？"

海力他们看了看村巷里的民居，大门不是朝北就是朝南，难道这些都是饭铺？

司机看了看他们说："俺们这村的人都十分好客，你们随便走进哪家的大门，他们都会给你做饭做菜，所以，村里没有必要专门设饭铺了！"

"哦，谢了！"海力二人恍然大悟，他们返回村巷，随意挑选了一户人家，推着摩托车进了大门。

高大个泪洒野麦岭

海力和金盐走进的这户农家院里没人，一棵榆树上拴着一只不管事儿的小狗，一只大公鸡正在撵得它绕树乱转，几只落在地上看热闹的山麻雀飞上了屋檐，对着陌生人叽喳议论。

金盐对着屋门喊："老乡，屋里有人吗？我们要买饭吃！"

一位大嫂掀开塑料挂帘说："客人来啦，请稍等，我给你们端水洗手。"

海力和金盐放好摩托车就去找厕所，一路上他们没来得及解手，肚子都憋得发疼。大嫂端一盆热水说:"要去厕所吧?往东一拐就是,男厕女厕都有,你们一个厕所去一个人,谁也不影响谁。"

他俩转到房子东边一看,果然有两个建在一块的小厕所,但是厕所的石头墙只有半人多高,不管站在哪边厕所里,都能看见隔墙厕所里的人,难怪大嫂让他们"一个厕所去一个人。"

不等他们洗完手大嫂就问:"吃面条哩还是吃煎饼?城里来的人都喜欢后边一种。你们吃啥?"

金盐和海力互相看了一眼,海力说:"后边一种。"大嫂高兴地说:"我猜的也是,这不,油锅都已经烧热了,5分钟后你们就能吃到第一口煎饼啦!"

她说得不错,7分钟之后,第一张鸡蛋葱花小麦煎饼就被放在一张小桌上连桌子一起端了出来。大嫂说:"你们都是大男人,就坐在这院子中间吃。俺家里男人不在,坐到屋里不方便。"

海力说:"院子里又有阳光又有春风,比坐屋子里还好呢。"

大嫂又拿出一张热乎乎、软绵绵的煎饼说:"理解万岁,理解万岁!小兄弟,那是我刚刚捣好的蒜泥,吃煎饼一定要蘸着蒜泥儿,保证你吃了一回还想二回哩!"

就这样,大嫂烙一张,他俩吃一张,总共吃了二六一十二张煎饼,每人还喝了三大碗绿豆小米山药汤!海力问大嫂要多少饭钱,大嫂说要9块钱,煎饼和米汤都是5角钱单价,4碟小菜是免费赠送。

海力拿出一张拾元钱送给大嫂,大嫂还要找他1元钱,被海力拒绝了。大嫂说:"谢谢小兄弟,下次来土儿寨,可别忘了进我的门儿呀。噢,你们回去报销吗?今儿我的饭票用完了,你们需要我就到邻居借去!"

海力说他们不要报销发票,然后推着摩托走出家门。金盐想起了什么,突然回身问大嫂说:"这不是土儿寨吗,怎么你们都叫'土儿在'?"

大嫂说:"俺们都管'寨'念'在',山言土语,让你们笑话了!"

第四章 蝉捕螳螂鲫吞鲤 旷世俊秀两海力

海力问大嫂："大嫂，李喜华老人您认得吗？"

大嫂说："别说是我，土儿寨的每条狗都认得他，可是，这都有好几个月没见着他的影儿了呀。"

辞别大嫂踏上归途。从土儿寨村直线往北就是五龙关乡，所以他们不需要顺原路返回了。太阳已经偏西。他们走了一阵儿，已远远望见五龙关村里高高的电视接收塔。海力把摩托车停在山边的草地上说："休息一会儿吧。"

他俩坐到刚长出来的嫩草上，海力说："金盐，咱们还见不见五龙关饭店那个贾老板？"

金盐道："有必要就见，没必要就算。"

海力点点头思考了一会儿说："我看咱们不要往那饭店去了，因为没有多大必要了，但是，咱们要在这儿给他打个电话，给他送一些供他到处传播的信息。"

金盐虽然对他说的事儿一知半解，但还是不住地点头。他说："海力，你就按照你的决定办吧，因为五龙关和李喜华老人的许多情况我还不太清楚，也没有时间听你从头叙说，所以，我没办法发表意见。"

海力说："你说的对，那我就把这山坡野草坪当办公室了，现在开始办公。"说着，他拿出移动电话拨通了万食全大酒店老板的有线电话。

贾老板真是个聪明人，他一拿起话筒就听出了是"学生"的声音。他说："哎呀，我等你的电话等得时间老长了！我有特别重要特别重要的独家信息要向你提供哩！"

海力说："我们刚从野麦岭下来，现在正向野桃山、野花涧、野狗凹这几个村子走呢。我们都骑着大摩托车，要在这几个村子里'扫荡'一圈呢，听说李喜华就在这一带山里呢。"

店老板问："你们的人很多？都骑摩托车？哎，我说句话吧，可要慢一点儿！那高大个窜到野麦岭底下了！他的出租车也摔坏了，他的脸也碰烂了，不过还没伤着骨头。他两个钟头前在出事地点给我打来电话，要我从乡里找个车去野麦岭救援。我急忙找了人开车去了。唉，救救他吧，不出事啥都好，出了事一切糟。那么高的个子，可他在电话里还抽抽泣泣哭哩，他这回人财两损。我不明白你们为啥非找李喜华不可。"

海力问道："贾老板，他去野麦岭是不是你提供的情报？咱们不是说好不能向他泄露我们的调查结果吗？"

"哎，这不能怨我，我不告诉他，他非逼我告诉他不可，那人的话说得太难听了，后来，我只好说你们听人说李喜华跑到野麦岭一带去了。他听到这话就说，他早知道这个情况了，于是今天他就去了。学生，我有点对不住你，不该说话不算数。"店老板说："不过，我以后不会向他提供任何从你们那儿得到的情况了，请你信我。"

海力的内疚

听饭店贾老板说高大个血染出租车，泪洒野麦岭，海力心里很不是滋味。两天前，是他故意向贾老板透露了李喜华在野麦岭一带活动的情况。当时海力制造这个假情报的目的，其实就是想通过饭店老板把它转告给高大个，因为海力知道饭店老板的嘴不严实，人也不牢靠。他表面上说不会向高大个提供海力他们了解到的情报，可实际上他做不到。事实已完全证实了这一点，可是海力当时的目的只是为了扰乱高大个的视线，进而把他引向歧途，绝没有丝毫加害他的意图。谁料到高大个却运气不佳，一去野麦岭便出了车祸，其实，不管他运气佳不佳，海力总觉得这事儿跟自己有关系，假如不去野麦岭，高大个会有今天的结果吗？

金盐见海力打完电话之后闷闷不乐，而且，他从来没有见过他这样闷闷不乐，于是金盐忙问发生了什么事情，海力就把高大个以及自己制造假情报的事细述了一遍。

金盐听了之后问："海力，我不明白的是，你为啥要用假情报来提供给高大个呢？"

海力说："你问得好，我之所以借饭店老板之口向他提供假情报，第一个目的是想把高大个导入误区，耗费他的时间和精力，使他找不到

死海螺碟

李喜华或推迟他找到李喜华的时间;第二个目的是还想借高大个的行动堵住李喜华去野麦岭一带的去路,并让高大个'为渊驱鱼,为林驱鸟',把李喜华老人'赶'进我所设下的口袋里,这本来是个一石双鸟之计。"

"那么,你为啥要对高大个使用'一石双鸟'呢?"金盐又问:"他是什么人?他为什么也要找李喜华?我弄不明白。"

海力说:"你问的这个问题十分重要。高大个是什么人我目前还不清楚,严格点说,我是还没有来得及把他的情况弄清楚,因为我觉得他现在对咱们的调查工作还没有可预见的危害。他那么迫切寻找李喜华的目的,则很可能跟咱们的目的相似,至少也是为了在中条山和死海一带寻找'宝藏',正因为我有了这个认识,所以才要设法干扰他的行动计划。"

金盐点了点头又问:"是不是你已掌握了一些高大个要在中条山寻宝的证据?"

"最大的证据就是他要找李喜华老人。李喜华老人不仅是个地质专家,而且是中条山区的活地图和地质资料库。不管是牛家院的传说,还是台湾寄来的象牙板;不管是万宝谷的故事,还是哑姑泉亭的对联,还有天肠洞的胄室石书,大天鹅的铭文玉坠儿,青龙潭的石元宝和潜水服,死海老滩的怪物和探海人,以及金雾台的摩崖石刻等等,从咱们目前已经弄清和还没有弄清的情况分析,如果有财宝,它就藏在中条山!"海力十分自信地说。

"所以,咱们必须找到李喜华;所以,高大个也要找喜华;所以,你才去破坏高大个的计划。终于弄明白啦,哈哈哈哈……"金盐痛快地笑了。

海力等金盐收住笑声后又说:"我有一种预感,这种预感是最近几天才产生的。我总是觉得今后咱们调查包公遗案的最大困难,不是找不到破案线索,也不是缺乏破案能力,而是要受到人为的阻挠,甚至是非常可怕的阻挠。"

听了这话,金盐的心一下子提到了嗓子眼,脑袋也嗡地响了一下。

他定了定神问道:"那么,咱们应当采取什么对策呢?"

海力说:"小心谨慎,以防万一,这就是咱们最大的对策。这8个字看似很平常,其实不简单,世道高深,人物复杂,我们只有多长一颗心,多睁一只眼,多想几个问题,多换几个视角,才能把事情做成功。"

山里的天色忽然暗了下来,金盐抬头一望,吃惊地指着天穹说:"海力,天变了,黑云把太阳吞掉了!"说完,他还打了一个冷战。

海力也抬头看了看天说:"是山里飘起的一团黑雾遮住了太阳。你看,这整个天还是苍的,大地还是亮的,乌云很快会被风儿吹散,太阳很快又会灿烂如前。"

而那一团黑雾却越来越浓,天色暗得就像快要黑的样子,山风也变得冰冷而尖利。

"是不是要来风暴或下雨?"金盐神色紧张地问:"有点'山雨欲来风满楼'的架势!海力,咱们赶快走吧!"

海力嘱咐他戴好头盔,检查一下刹车,然后说:"没太大的事儿,现在咱们就走。你跟在我后边,保持50米距离,不要超车,行吗?"金盐大声说:"听你的!"

牵牛花儿牵思绪

野马和海狮镇定自若地山道上行进,不快不慢,不温不火地行进。在盘山公路的几个急拐弯处,视线都被浓雾遮住了,他们只好打开雾灯,不断鸣着喇叭行驶。可是等走出中条山口的时候,大地又是阳光普照、春风绿草了。路边的野花开了很多,海力还闻到一缕缕花香。他认识那种花,它叫打碗花,也叫野牵牛花。据说手里拿一把这花,老牛就闻香而至,到处追着你吃这把草呢。

闻见野花香,海力忽然想起了杨虹漂老师,鼻腔里似乎又嗅到了她醉人的体香。海力心里猛一热,他用谁也听不懂的声音自语道:"两天没有见他们了,也没有告诉他们我在这儿的活动情况,不知他们怎样了?"他决定晚上给杨老师、马兰奇和调王通个电话。

死海螺碟

"还要再给董校长发个电子邮件。"海力又自语道。

海力为什么说"再给董校长发个电子邮件"呢？因为星期一早上到金盐家里吃早饭的时候，海力已经用手表电脑给康华中学的董校长发过一个电子邮件了，他向校长请假说："海力有紧急事情要请假，请您批准。敬礼！"

那么，董校长会不会准他的假呢？这是海力和学校、校长，以及教师们之间的一种不成文的规定了，也可以说是一种默契。无论是校长还是教师，只要海力跟他们说有紧急事情要办，那么他们都会慨然应允的，而且从来不深问其因。

为什么？因为海力是个学习能力超常的超级优秀学生。一学期的各种教材有一大堆，他只用一周时间就全部读完了，而且全部能达到学会、学熟、学精、学优的标准，并且能把这些新学的知识融会贯通、娴熟应用。其实，海力本来就不需要坐在课堂上听课。他的考试成绩总是全年级第二。为啥不"第一"呢？因为海力怕"第一"给自己带来不必要的麻烦，所以每次考试时他总要故意答错几个小题。

但是，"海刀优秀"还不是他们默契的主要原因，其主要原因是海力是全国有名的"青年科探"和"中国美探神"。中国侦探工作者协会和国家警侦部门都曾来人来函和康华中学协商过，并通过协商达成了一个"秘密协议"。这个协议的核心内容，是学校可以在任何时候、任何情况下给予海力行动自主权，也就是说，海力可以上课，也可以不上课；可以参加考试，也可以不参加考试。实际上，海力是康华中学有史以来第一个"特权学生"，也是当代中国中学生阶层唯一的"特殊公民"。

然而海力却不把自己当成特权学生。平时他总是严格遵守学校的纪律，在不参加案件侦破的时候，他也和别的同学一样认认真真上课，一丝不苟地完成作业，从来不搞特殊。这次请假，他也是万万不得已而为之，因为那天金盐一打电话，他就感到情况十分紧急，紧急到不动用"特权"不行的地步了。

公路两侧的野牵牛花连绵不断，给油亮的路基镶了一道花边，这是春天赠给公路的花环。

此刻，野马和海狮已经行驶在死海海岸的专用公路上。金盐追上海力问道："海力，今儿晚上和明天你怎么安排？你什么时候回蓝海？"

海力说："这儿的事情把我的心钩住了，即使回去我也无心上课。这样吧，今晚上咱们再住到芦苇木棚去，你、我、金山，咱们3个人好好聊一聊。顺便再看看那海怪还出来不出来。"

又一个夜晚来临了。死海和芦苇木棚都浸在银色的月光里。谚语说："初一生，初二长，初三出得明晃晃。"今天是农历初三，天刚黑的时候月光非常明亮。

南风步履轻轻，比前几个夜晚更柔和。死海水波不兴，比前几个夜晚更妩媚。芦苇细声慢语，比前几个夜晚更多情。木棚悄然安卧，比前几个夜晚更温馨。

死海没有吹泡泡，扁圆物体也没浮出来，穿潜水服的人也没有出现。海力说："在这么美好的夜晚，噩梦就不会有！"

噩梦没有美梦有。这天晚上的芦苇木棚里，海力、金盐、金山，每个人都做了至少一个美梦，但他们都没有说，只是在早晨醒来的时候抿着嘴笑。

千年哑姑说了话

太阳已经爬到东山顶上一竿子高了。海力他们3人披一身灿烂春光，骑着各自心爱的摩托车奔哑姑泉而去。

上次"投石大峡谷"行动因海力漆树过敏受挫之后，海力就一直想再访哑姑泉，可是由于寻找李喜华的行动旷日持久，迟迟没有结果，所以再访哑姑泉的想法只能暂时搁置一旁。今天有了机会，海力十分高兴。让他更显得高兴的原因还有一个，那就是杨虹漂没有来。杨老师美丽大方，性格豪放，体力充沛，积极肯干，她是这次探查包公遗案行动的发起者、支持者和参与者之一，如果没有她的热情参与和慷慨资助，探查工作现在能进行到什么程度、能不能继续进行下去,那都很难说了。海力很喜欢汤老师,尤其十分醉心她那胸前释放的奇异体香,如果没有这香气,海力那天在大峡谷中的命运就不堪设想,海力心中对杨虹漂老师有一种永不褪色的感激。

既然如此,那为什么杨虹漂不在他反而很高兴呢?这是由于海力有了一种警觉。而构成这种警觉的因素有4个:一是杨虹漂的手机,二是她脸上的红晕,三是R18的脚步,四是瑞莱斯酒店海力从她手机上看到一个电话号码。那晚上海力他们听到了杨虹漂和这个号码通话,可是敲门之后她却立即关机,并且神色紧张,好像怕他们发现什么似的。

除了这4个构成因素,还有4个对这种警觉起加强作用的因素:一是五龙关的大脚印,二是青龙潭的潜水服,三是死海的潜水员,四是昨天泪洒野麦岭的高大个。从高大个的行为目的和行动节奏上看,他似乎明确海力他们的行动目标和时间表。

那天在返回蓝海市的列车上,海力曾在自己的笔记本上画下了一个三维图像,不过他是用密码画的。这幅密码三维图与杨虹漂有没有关系?与落汤手机、脸颊红晕、电话号码等等有没有关系?海力前几天就认真提出并思考过这个问题,但他没有思考出结果。昨晚他躺在芦苇木棚里反复分析推敲,可仍然理不出头绪,现在骑在奔腾向前的海狮250上,他的思路还是没有进展。昨天下午,他和金盐在五龙关山中看到了一幕乌云遮阳的情景,此时海力的心里,也像有黑云盖着日头。

"哑姑泉到了!"走在最前面的金山喊道。

"吱儿——!"摩托车的碟刹声剪断了海力的思绪,他定了定神,抖落一脸思容。啦啦的哑姑泉声顺风飘来,海力一怔说:"今天的泉水声怎么这么动听?"

金盐、金山把摩托车放好之后,金盐说:"海力,你是说今天的泉声好听,那天的不好听吗?"

海力仍站在自己的摩托车跟前侧耳倾听。泉水淙淙,泉水叮咚,泉水如琴,泉水如筝。

金氏双胞胎也学着海力,竖耳细听那哑姑泉声。海力边听边说:"如歌如唱,如泣如诉。谁说哑姑不会说话?这会说会唱的泉水,不就是她美妙的声音吗?"

金盐、金山也说:"是的,哑姑泉的吐水声就像一个姑娘在言语哩!"

海力让他俩再仔细听一会儿泉声。他说:"咱们用眼睛看着泉亭上的对联,用耳朵聆听泉水的响声,这叫望亭听泉吧。咱们今儿上午要用1个小时做这门功课。"

金盐、金山都照海力说的做了。金山说:"海力,做这门功课如果没有用意就甭做了,别让游客们误认为我们都出了毛病了。"

海力边听边说:"用意非常之大,但必须下工夫去做!"说着,他以哑姑泉为中心,忽远忽近、忽东忽西、忽南忽北地移动着脚步。从不同的方向,不同的距离研究那哑姑泉的流淌之音。

金盐、金山也东施效颦,他们也不停地变换方位来看亭、听泉,不到半个小时俩人都感到头有点晕。金山一屁股坐在一棵大树下说:"不听了,这样听下去我非休克不可!"

金盐虽然没有坐下,但也站在那里不动脚步了。他说:"海力,我有个问题,那对联上的'七十寻'是啥意思?"

海力在他背后10米远的地方回答:"寻是古代的长度单位,一寻等于8尺,十尺等于一丈。丈和尺都是我国已经明令停止使用的长度单位。"

"这么说,七十寻就是五十六丈,而五十六丈换算成米就是168米呀。"金山说:"古代人净爱搞数字游戏和文字游戏。现代人把这些费解的东西翻译过来多好!"

"翻译过来?好,咱们把七十寻改为168米,那对联还成对联吗?金盐讥笑金山说。

"你先别笑话我,"金山毫不示弱地说:"我这个建议是经过深思熟虑的,是具有很强的实际操作性的,也是经得起攻击、诽谤和严酷考验的。若不信，你就把下联后边的数字也现代化了，看看它们是不是就珠联璧合了！"

气势壮，蝉能捕螳螂

听金山这么一说，金盐暂时不发言了。他把泉亭对联下联最后的"三百步"改成为"270米"，问海力说："一步算90厘米行不行？因为我走一步就是90厘米。"

海力说："古人的步也是长度单位，一步应当算三尺，三尺折合1米，应当算300米才合适。"

金山得意地说："现在你念吧，对仗得很工整哩。"

金盐不念，于是金山念道："哑姑泉银鲫吞鲤，对海听歌168米；万宝谷金月钩日，迎风看春300米。"

金盐哈哈大笑起来，说："对不对仗呀？你现在说？"

金山仍不服气地说："如果写在那木板上，168米和300米字数相等，应当说是对仗的，可是一用口念呢，下联就比上联少了3个音节。这是怎么搞的？哦，对了，我这样念就对了，对海听歌一六八米；迎风看春三零零米，把300读成'三零零'就行了。"

金氏双胞胎正在这里争论对联，海力却早已不见了。金盐、金山找了半天，才发现海力已经跑到离哑姑泉很远的地方去了。他在那边招手让他俩过去呢。

金氏双胞胎急忙来到海力跟前。海力又前后左右地移动了一会儿说："你们站到这儿听听，眼睛看着泉亭。现在感觉到了什么？"

金盐试了试说："叮咚的泉水声。哎呀，这么响呀？我刚才站的地方离泉池不过六七十米，可已经听不清水声了，这儿离泉池有200米左右哩，泉水声反倒更大起来？怪，怪，怪！"

金山也说："就是怪！耳朵可以听见泉声时，眼睛正好能看到泉亭对联的上联，而下联却看不到。要想挪动一下脚同时看到上下联或只看到下联看不到上联，那么泉声就一点儿也听不见了！海力，这是什么原因?"

　　海力示意他俩小声说话,以免引起游客们的注意,然后小声说:"这是回音效应。你们看这地形,三面高土坡呈簸箕状环抱着哑姑泉,泉水的响声被这特殊的地形地物集中折射、扩大到这个地方来了。这地方就像泉声的扩大器、共鸣箱。但是我们只有不偏不倚地站到这个点上,才能够听到被放大了几倍的泉水声!我们的古人真是高不可攀、深不可测呀。不知道他们当时是如何发现和设计这一切、并且把这个秘密隐藏在对联中的!"

　　"可是,古人为什么要隐藏这个秘密呢?"金山问:"他应当直截了当地告诉人们就算了,让大家都来欣赏这奇景岂不美哉?"

　　海力说:"古人自有古人的道理。为什么要隐藏这个秘密本身就是一个大秘密,实际上,我们今天就是来破解这个秘密的。"他要金氏双胞胎跟他来。

　　二人跟他来到哑姑泉池,顺泉水流向来到那一片清水荡荡的莲池旁。池边站了许多游人,一个个引颈往池水里观看,还有人照相和摄像。

　　海力问二人说:"你们还记得'银鲫吞鲤'是怎么回事吗?"

　　金山说:"才几天时间,哪能不记得?村里的老大爷告诉咱们每年农历二月初四……哎,今天正是二月初四呀,啊,银鲫吞鲤!"

　　金山和金盐一蹦老高!他们3人飞步跑向莲花池。泉水池里果然正在上演银鲫吞鲤的奇观!只见一尾尾闪着银光的小鲫鱼精神抖擞地追着比它们体格相近的红尾巴鲤鱼。鲤鱼在水里拼命游窜,鲫鱼在后边紧追不放。突然,一尾银鲫张口咬住了一尾小鲤鱼,鲤鱼不停地挣扎着,摆脱了鲫鱼的控制,但是它没逃多远又被一尾鲫鱼追上了,这尾鲫鱼比刚才那尾要大一倍,它张开大嘴吞没了小鲤鱼的头,又一下一下把它整个吞了进去!

　　来观看银鲫吞鲤的游客不多,但大多数都是熟客,他们几乎年年农历二月初四来这儿观摩,因为错过了这一天,一年365天中再无此戏。

第四章　蝉捕螳螂鲫吞鲤　旷世俊秀两海力

有人还专门买来鲜活的小鲤鱼投入池中,让它们成为银鲫的美食和自己的开心果。

　　看了一会儿,3人都不忍心再看了。金山又有了问题,他说:"小银鲫能吃比它大或与它差不多的鲤鱼,可鲤鱼为啥吃不了它呀?"

　　海力说:"依我看,这两种鱼都是势均力敌的同类。鲫可吞鲤,关键是在于鲫的气势今天特别旺,正所谓'气势旺,蝉能捕螳螂',螳螂还可以捕黄雀呢。"

　　金山问金盐说:"盐哥儿,那为啥二月初四这一天鲫鱼的气势这么旺呢?"

　　金盐脸涨得通红也回答不出了,最后支支吾吾地说:"我又不是鲫鱼,我能说清楚?我现在反过来问问你!"

　　金山说:"我也不是鲫鱼!"

　　听到二人的争论,海力突然想起了什么。他悄悄扯了二人的衣角就走,一直走到刚才他们听泉声的地方。海力让他们找准确刚才的位置,让金盐用步子测量了这个点到泉亭、到大桐树、到西侧土坡的距离,自己则目测了到泉池、到莲花水池的距离,并且用密码把它记在自己的本子上。

何日迎风看春去

　　其实,海力早把这个点的定位图精确地储存在自己的脑袋中了。他经常对人说:"一个人的大脑,赛过几十台计算机,大脑开发出来了,比使用任何计算机都方便。"那么,他为啥还要记录这些数字呢?因为这是他的习惯。

　　写下来有关的数字后,海力还要求金盐、金山也把几个关键数字记到脑子里。他告诉他们泉池到这儿的距离是166米多,到莲花水池西护栏边的距离是237米多。

　　金山问:"对联上说的不是168米吗,怎么不相符?"

　　海力说:"古今中外的长度换算,哪能没有一点儿误差呢,这叫合理误差。"

金盐用旅行杯提来了甘甜的哑姑泉水，他们轮番喝了个够。泉水滋润了焦渴的喉咙，3人顿时感觉心旷神怡，精神焕发。海力说："守着神泉水，干着哥们嘴。咱们只忙着听泉、看联，怎么没想到饮几口泉水呢？"

"也没有听到肚子已咕咕叫了！"金山说着，跑到摩托车上取下食品袋说："咱们补充点能量吧。来，一人一根火腿，一人一个蒸馍，吃完再喝一杯泉水。"

分完了食品，海力建议他们坐到死海的"白银海岸"上去慢慢享用。哑姑泉池向南数米外就是死海堤岸，死海是产盐出鞘的"银湖"，这堤岸自然就是白银海岸了。然而，自有史以来，把这死海堤岸命名为"白银海岸"的，海力是亘古第一人。2004年中秋佳节之后，独家拥有中国死海开发经营权的南风集团开始正式使用"白银海岸"一词。当然，这是后话，暂时不能多说。

却说海力、金盐、金山3人盘腿坐在海力刚刚命名的"白银海岸"上，边吃食品边看死海风景。他们的目光穿过死海射向对面的中条山万宝谷，那个神秘的大峡谷在阳光下喷吐着阴森森的冷气，隔着几公里宽的死海水仍使人感到脊梁骨发寒。

金氏双胞胎见海力一直盯着万宝谷默默不语，就明白海力心里正在想那个峡谷的事。他是不是又想起了漆树过敏的可怕经历？或是正在策划征服这个神秘峡谷的行动？二人不愿意用话语打断海力的思绪，所以只在自己心里猜想。

一丝春风刮起了白银海岸上的洁白的芒硝粉，岸堤上顿时如瑞雪飘飞。海力突然问："金盐，你们还记得泉亭上的下联吗？"

"万宝谷金月钩日，迎风看春三百步。是这样写的吗？"金盐已把对联背熟了。

"不错。金盐，金山，我刚才在想，我们何时才能迎风看春去？"海力颇为动情地说。

第四章　蝉捕螳螂鲫吞鲤　旷世俊秀两海力

金山说:"你是说咱们要再探大峡谷?我认为,第一,首先要找到李喜华老人,找到这座活资料库,我们探谷心里就有了数;第二,还要弄明白这句下联的真正含义。这两条实际上都是你说的,可我这儿还有个第三条,那就是要想法解决好你对漆树过敏的难题。这三项工作完了,我们就可以长驱直入万宝谷,打开牛家院,找出金元宝,来他个天翻地覆慨而慷!"

海力点点头,他对金盐、金山这两个双胞胎朋友的表现太满意了!

海力说:"'金月钩日'我已破解了,它指的是时间,就是农历每月月末的几天的黎明时分。第一次住芦苇木棚的时候,我已经仔细观察过了。农历二十几的每天早晨,日出东山时,金月如钩挂在西半天,这正是'金月钩日'。"

"哦,原来它和'银鲫吞鲤'一样,说的都是时间呀。"金盐说:"那么,'迎风看春'呢,是不是也和上联的'对海听歌'一样,是指一种行为?"

金山急忙抢着说:"'对海听歌',说的是面朝死海聆听哑姑泉声,那'迎风看春',是不是说迎着扑面而来的南风欣赏万宝谷的春色呢?"

海力说:"迎风,是逆风的意思,金山,你怎么知道是迎着南风呢?"

金山说:"一年一场风,从春刮到冬。死海从来不刮别的风,只刮南风呀。"

"那大峡谷里也长年刮南风吗?大峡谷应归山神爷管辖,并非海神爷的领地。"海力这么一说,金山也认为很有道理。

"现在咱们先不管它刮什么风,因为一旦进入大峡谷咱们就明白了。'看春'的字表意思就是观看春天的山色,这里强调了一个时间,那就是'春',是春天的时候。"海力边思考边分析,大脑在快速工作。

"那么'三百步'呢,是不是也像哑姑泉声那样,走300米距离才能看到春天的山色呢?"金山脑袋歪过来歪过去地琢磨不出结果。

白银海岸上的牛家院

就在金山冥思苦想而不得要领的时候，金盐也在绞尽脑汁地思考，海力想出了几个结果但都觉得不妥，因此也没有吱声儿。一时间白银海岸沉默起来，只听风吹盐水波击岸的声响。

海力突然从地上一跃而起，打破了这长达 5 分钟的寂静。它到岸堤下捡了一根芦苇秆，又跳到岸堤上说："咱们改变一下刚才坐而论道、君子动口不动手的现状吧，现在咱们来个岸上谈兵，让这根芦苇先生帮我们图解一下这句话吧。"

说完，他俯身用手掌在白色的白银海岸上抚平一片地皮作纸，然后用苇秆画了两条平行的粗线，说这就是万宝谷，然后画了一个人，说这人迎风站在峡谷里。接着又在左边粗线外面画了一个太阳，在右边粗线外面画了一个月亮，说这是金月钩日的早晨。

图画好之后，海力又在"人"的前面写了"三百步"几个字。海力说："这人在天刚亮的时候迎着风观望离他 300 米以外的风景，到底他要看什么呢？"

"看春天刚发芽的树，看山崖上盛开的山花，看梳羽啼啭的鸟儿，总之，看什么都行啊。"金山说。

"看什么都行？看什么都行还有什么意义？这个人应当是看牛家院才符合咱们心意哩！"金盐一句话，胜过 10 万元！

海力一拍金盐肩膀说："找到牛家院，奖你十三万！你这句话把对联破解了！"

金盐挠着头皮说："我是随便说的呀，那写对联的人还能叫人们去看牛家院？他也不知道牛家院在哪儿哩！"

海力说："他虽然不一定要人们去看牛家院，但他要人们去看的，决不是花草树木石头小鸟！现在假定它就是牛家院，或是一处密室，这密室就在离此人 300 米远的地方！"

"可是，"海力说："这里还有问题：300 米是定了，可是让这人站在什么地方呢？大峡谷那么长，难道他随便站上个位置，距他300米远的地方就是牛家院吗？那么整个大峡谷不是全成了牛家院了吗？"说完，他用苇秆在图上又写下"牛家院"3个字，并且用苇秆反复点击着图上的太阳和月亮。金盐、金山一齐弯下腰俯视图面。

突然，3个人不约而同地跳起来喊："金月钩日，金月钩日！金月钩日就是人应当站的地方！"

海力进一步详细阐述说："在那长长的万宝大峡谷里，只有一处人站在那里既可望见旭日，又能看见落月的地方。在此处迎着春天的风向寻觅，300米远的山崖上或山谷，肯定有个蕴藏着惊世新闻的秘密场所……"

海力正站在白银海岸上看着地上的示意图详细解说，忽然咚咚两声，接着听见一片嚓嚓嚓的鞋底摩擦地皮声。他立即停止解说抬头一看，啊，原来是金盐、金山心血来潮，他们高兴得晕了过去，双双栽倒在白银海岸上。而那些刚才还在莲花水池旁观看银鲫吞鲤的游客，听见这边吵吵嚷嚷，也纷纷爬上岸堤来看热闹……

海力的恐惧

第二次哑姑泉之行收获很大，海力他们集体破解了哑姑泉亭对联之谜。他们得出的谜底有的经过了检验，比如"对海听歌七十寻"，有的还没有经过检验，比如"迎风看春三百步"，但不管怎样，都可以说是取得了成果一件。

海力3人非常高兴。他们捧着哑姑泉水洗了洗脸，然后发动摩托车回家。当走到向瑞莱斯漂浮浴场转弯的大路口时，海力把车停在路边说："金盐，金山，我向你们告辞，现在才下午3点多，趁着好时光，我现在就赶回蓝海去，晚上还能跟上上自习呢。"

金盐和金山实在不舍得让海力离开，可是又找不到能够挽留他的理由。

金山说："海力，你今天不要走了，咱们不是还要去找李喜华老人吗？明天就去吧！"

海力说："五龙关乡我已布好了口袋阵，找见李喜华已经十拿九稳，可是现在时机还没成熟。"

金盐也说："海力，这两天你太劳累了，回到学校也没有精力学习，还不如明天在我家好好休息一下，更重要的是，咱们还要在一起研究分析好多情况呢。"

海力说："是的，我肚子里还有很多情况没倒给你们呢。你们分析问题、解决问题的能力很强，应当把这些情况详细跟你们说一说，这样便于咱们一起研究和决策。可是，我离开学校已经好几天了，尤其是我独自来这儿的事儿，杨老师和马兰奇他们根本不知道。一开始我们就约定每个星期三或星期五下午秘密接头，集体商定星期六和星期天的行动计划，可是今天已经星期三了，也许他们现在就在找我呢，我得回去。"

金盐和金山听了，泪花在眼眶里一圈圈地打转，整整5分钟一句话也说不出来，海力也依依不舍他们。他镇定住自己的感情说："盐哥儿，山哥儿，我半步都不想离开你们，可是，我还是得走啊。再过两天，我和杨老师他们还会来这儿的。再见！你们快回去吧。"

说完，海力一加油门转向了通往市区的大路，从那里，他就可以驶上高速公路了。但是，海力的海狮250刚刚离开金氏双胞胎50米，就几声怪响在路上停下了，金盐、金山急忙骑车赶到跟前问怎么回事，海力说它突然灭火了。3个人把摩托弄到路边鼓捣了半天，摩托车仍然像死狮子一样一声不吭。海力急得满头是汗，金山两手搓得冒烟。

金盐说："咱们把摩托车推到市里去修吧，肯定哪儿出了问题。"

金山说自己先到市区去找修车点，然后骑上摩托车走了。海力和金盐各推一辆摩托车向市区步行，好不容易把车推到了修车店，修车师傅说："明天才能修好，这车越好越难修哩！"

金盐说："人不留，天要留，事情偏往一块凑。走，咱们回家去！"

海力说晚上9点还可以坐火车回去，摩托车修好先放修车店里，过两天他来了再骑走。金山硬把海力拽到自己的摩托车上说："今天无论

死海螺碟

如何不叫你走了,你的摩托车出毛病不要紧,那今晚的火车要是半道上出了毛病咋办呢?"

金盐妈给孩子们准备的晚饭是南瓜揪片。她把南瓜煮得很烂很烂,把白面片揪得不薄不厚,又在锅里下了杏仁、黄豆、花生米,还往汤里炝了一勺葱花。这饭好吃极了!

山村里就怕没有电,有电就是好日子,蚩尤村今晚有电。晚饭后海力与金盐家人一起看电视,看了一集《哪吒传奇》,还看了一集《德里克探长》。山村的床很大,海力和金盐、金山3个人睡一张床还谁都挨不着谁。

海力确实很累,山村确实宁静。海力双眼困得睁不开了,可是金山还在跟他说话。突然,金盐爬到海力耳边说:"刚才睡觉前我听见我爸跟我妈说话,他说他今天下午看见咱们要找的李喜华老人来村里了。他和讲故事的牛根爷是亲戚,牛根爷让他住在他家后院的小屋里,并封锁消息谁也不让见。哎,海力,咱们找他这么长时间找不见,现在他送上门来了,咱们为啥不趁着夜色翻墙进去找他?听说他明天一早儿又要走哩!"

海力听了之后说:"行。现在咱们就走,轻一点儿行动,不要惊动你父母。"于是他俩穿好衣服就溜出屋来。摸到牛根爷的院墙后面,海力噌一声跳到墙上,他把金盐也吊过了墙头。后院小屋的灯亮着,通过小窗能看见李喜华独自躺在床上抽烟。海力和金盐悄悄向门边摸去,他们不敢大声叫门,怕被牛根爷听见。金盐说:"李喜华爷爷,请您把门开开!"

话音刚落,李喜华就从床上坐起来说:"你们想见我?没有那么容易吧!你们看屋门口是什么?"

海力一看,立刻浑身发抖。原来,屋门口长着两株深灰色的漆树,跟万宝谷里的一模一样。海力知道自己又漆树过敏了,急忙喊叫金盐扶他离开,可是金盐却被放在门口的一束金银草毒倒了。他口吐白沫喊着海力的名字,海力离他只有1米多远,但是无论如何也爬不到他跟前。

他只好大声喊叫杨虹漂老师,因为他知道只有她胸前散发的香气能治疗他的过敏症,可是他的嗓子哑了,无论怎样喊也喊不出来……

海力感到恐怖极了,他从来没有感到过这样恐怖……

再说虹漂体香

海力是在做梦的时候经历这样的恐怖的。虽然是梦给他的恐怖,但却揭示了他的潜意识中存在着这种恐怖的制造材料,它就是"漆树过敏症"。

发生了那次万宝峡谷过敏事件以后,海力曾向他认识的医学博士爷爷请教过,这位医学科学家YBJ爷爷说:"如果想确定你是不是产生了漆树或某种植物过敏反应,那得认真做个试验,比如说,你和漆树要进行局部接触,只有这样,才能知道是哪一种植物的哪一类分子导致你过敏的。"

这位对过敏症有独到见解的YBJ爷爷还告诉海力,他的资料库里就能找到许多漆树过敏者的案例。但是,能够使人产生过敏症的植物有成千上万种,甚至许多庄稼的花粉和气味也能使一些"敏感者"过敏。动物、器物、衣料、食品、矿物、矿泉也会造成个别人的过敏。大千世界,芸芸众生,特色各异,五花八门。任何人都有可能对任何东西产生不适的反应,这个反应如果超常激烈,那就是"过敏症"。他还说,世界上每年因家养宠物过敏而丧命的人数大约在4万人左右,因水果、食品添加剂、酒精、蔬菜、药物过敏而死亡的人数在百万左右。

海力在电话里请教他如何能防治漆树过敏症。YBJ爷爷说:"每个人对一种植物的过敏反应不尽相同,目前世界上对此也没有有效的方法,最好的办法是避免接触引发过敏的物体。再说,你所描述的那种荒凉可怕的大峡谷里植物种类庞杂,矿物种类更是难以说清。所以,引起你过敏的东西可能是漆树释放的某种分子,也可能是另有他因。"

YBJ博士解开了海力的许多疑团,但最终没有解决他的"防治过敏问题",其原因博士已说得明确无误了。

海力说："做个试验，难道还要我再去感受一次过敏吗？可是为什么杨虹漂的体香能治好我的过敏症？"他想了想说："哦，植物的气味是一种化学物质，体香本身也是一种化学物质，化学分子当然能与化学分子进行反应了，嗨，我多笨！"

这是他独自在自个的HLGZS里自言自语。忽然，他想到一个问题，他继续自言自语道："杨老师的体香到底是什么化学成分？如果能把它提供给YBJ爷爷，博士就会把它研究出来，人工合成类似物质，说不定还会给所有过敏患者带来福音呢。到那时候，这种药物就可以命名为'虹漂体香'呢！"

想到这儿，海力的脸突然觉得发烫。他责怪说："我怎么能这样思考问题呢？杨虹漂老师的体香救了我，我怎么能产生这种不尊重她个人隐私权的想法呢？"

海力自言自语说："即使是杨虹漂老师同意把她的体香作为医学研究课题，那也必须由她自己主动提出来，我应该尽量捍卫她的隐私权才够朋友呢！"

海力这一系列的自言自语是用谁也听不懂的保密语言说的，因为他在独立研究问题时总习惯自言自语。正因为他无法改掉这个习惯，所以有个密码学教授教他学习了这套世界上只有他才使用，只有他才能够使用的"保密语言"。密码学教授在给海力创编保密语言的时候，还说应当鼓励人们在独处时自言自语。他说这样可以集中人的精力，激发人的思维，提高研究能力，锻炼大脑语言系统。自言自语对所有的人，尤其是对从事作家、侦探和科研工作的人特别有益。所以他不惜代价支持海力这样做，但考虑到海力经常从事秘密案件分析，因此他给海力设计了这套"不可破译式"语言。教授在完成最后的语言设计时使用了"电脑自动加密系统"，所以，他所提供给海力的语言只有海力一人能懂、一人能用。如果海力不翻译的话，世界上再没有人能够听懂这套语言，包括教授本人……

这都是前些天发生的事儿了，现在，海力从梦的恐怖或恐怖的梦中苏醒过来,但是恐惧给他造成的心跳和气喘仍在持续。

因为海力从小就有说梦话的习惯,所以,金盐和金山也被他弄醒了。他们知道海力刚做完噩梦,于是悄悄地问:"海力,没什么事儿吧?你大概是被梦吓一跳。"

海力听了这句话,心里感到很大的安慰,他急促跳动的心很快平静下来,非正常的呼吸也归于正常。

金山小声问:"你在梦里说的哪种语言呀?有点像日语,不,像德语,还有点像印第安人说话。虽然很好听,但一个词儿也听不懂。"

金盐显得非常老道成熟,他说:"梦中蝴蝶,怎能寻它飞到哪儿去了;梦里胡言,哪能问它到底是何语种?山哥儿,海力如果知道他说的是啥,那还叫做梦吗?"

可是,海力却知道自己在梦中说的是什么,只是他不想告诉他用的是他们没法听懂的语言。不仅如此,他还知道金盐在自己的梦中说了哪些话,这些话,连金盐自个也不知道!

大家说了几句话后,一个接一个出屋小便,之后,又一个接一个上床睡去,海力也迷迷糊糊闭上了眼睛。就在似睡非睡之际,他感觉他好像躺在杨虹漂老师的臂弯里,那颤乎乎的左乳紧挨着他的脸庞,那么温柔芬芳……

这是怎么回事儿

一觉醒来,窗外已是春光满院。昨天那修摩托车的老板说今天上午能修好,可是海力决定下午再取车回家,他想和金氏双胞胎一起劳动一个上午,因为金盐金山参与调查活动之后耽误了他家许多农活。

只要海力不走,他想干什么都行,金盐、金山别提有多高兴了。他们给海力选了一把好用的锄头,早饭后3个人一起来到金盐家的小麦地里,海力就是在这片麦地里认识兄弟俩的。

农历二十四节气中的春分已过,小麦开始拔节生长,麦苗儿比海力他们第一次来这儿的时候长高了一倍,麦地边上的油菜花仍然金黄芬

死海螺碟

芳。他们的劳动是给麦地除草。麦行里长着好几种杂草，有的草还开着花儿。小麦还没出穗，它们就准备结子了，他们与麦苗争吃抢喝，留下它们等于祸害麦苗。

　　海力童年时代曾在他姨姨所在的东山锅村生活过几年，因此对农村和农活略知一二。金盐教了他锄草术，他又练习了几下，竟然干得十分老练了。相邻的麦地里也有人锄草，看见海力都问："你们从哪儿雇来这么好个农民工？"

　　中条山的南风像绸子一样柔软，麦地锄草真是那么富有诗意，死海把中条山的影子映在水中，它像一面水银镜。一直劳动到中午1点钟，海力才在金氏兄弟的拉扯下回村吃饭。两碗西红柿浇面一吃，金盐就用摩托车把海力送到了修车店。海狮250已修好了，老板说是油路问题，小毛病。海力与金盐挥泪告别，跨上摩托车向蓝海市飞驰而来。

　　回到家里，海力先向妈妈报了到，然后去冲了个热水澡。吃过晚饭，他又飞动双腿向学校跑去。他每天都这样跑步上学，这在康华中学，甚至在蓝海市几乎无人不晓。

　　康华中学到了。海力每次都是走出家门才开始跑，跑到校门口就开始走。站在大门两旁的年轻保安威风凛凛地向海力一挥手问："请问，您是谁？您找谁？晚自习时间，不宜会客。"

　　海力向他们微笑了一下说："薛平，肖安，你们好，二位挺幽默啊。哦，咱们闲了再聊，我要去上晚自习了！"说着就往学校里面走。

　　谁知薛平和肖安都唰地往前跨了一步，伸长手臂把海力拦住了。

　　薛平说："回答门卫的问话，请勿嬉皮笑脸！"

　　肖安问："您是谁？您找谁？"

　　海力无奈，只好说："我是海力呀，我去教室上晚自习。怎么，连我也不认识了？"

　　肖安指着教学主楼前一个正在走动的背影说："您是海力？那他是谁？"

　　海力运用自己5.3的特种眼顺肖安手指方向望去，果然看见一个酷似自己身材的人。那人的发型、身高、衣着和走路姿势，都与自己十分相像。由于那人背对着他，因此海力无法看到他的面容。

薛平说："看见了吧，他才是海力呢！"

海力说："远看他跟我长得很像，可是他不是我，我才是海力呀，你们肯定认错人了！"

许多上学的学生也冲着两位保安喊："他就是海力，谁不识他呀？你们肯定弄错了！"

薛平、肖安俩人商量了一下小声对海力说："我们跟海力认识这么久了，谁是海力我们还不知道呀？这样吧，我们知道您长得像他。现在正是学生到校的时候，我们不想让学生挤在校门口起看热闹。现在我们同意你进校就行了，可是必须叮咛您一句，找见您要找的人之后马上离开！"

海力无可奈何地说："好吧！"然后大步向教室走去。走了几步之后还听肖安说："你别说，这人长得还真像海力！"

海力头也没回地说："这是怎么回事儿啊？"

自习室里，两个海力

当海力满腹狐疑地跨进288班教室时，正巧晚自习的钟声也同时敲响了。同学都到齐了，教数学课的关老师正在辅导作业。他问海力："你是哪个班的？你找哪个同学？"

海力正要说"关老师，我是海力呀"这句话，可是他嘴张了下却没有说出来，因为他看见自己的座位上坐着一个"海力"。与他左边邻桌的调王和后边邻桌的周丽华正在跟"海力"说话，他们看都没看自己一眼。

如果说刚才发生在校门口的事情让海力觉得蹊跷的话，那么现在教室里的情形倒叫海力觉得非常奇怪了。这时候，他才看清了那个"海力"的脸，他跟自己在镜子里看到的自己简直是一个人！

海力正在运转大脑分析这是怎么回事儿的时候，却听关老师说道：

第四章 ── 蝉捕螳螂鲫吞鲤　旷世俊秀两海力

185

死海螺碟

"找不到你要找的人吧？好了，我们要讲题了，你回你的教室去吧，下了自习你再来！"

听了这话海力转身就往教室门口走，可是他刚走了一步就返回来说："关老师，您不认的我了，我是海力呀！"

关老师移了移鼻梁上的眼镜，走到海力跟前仔细瞧了瞧说："海力是我的学生，我怎么能不认的？你是海力，那他是谁啊？他刚才都给我打过招呼嘛！"

海力不再说话，他迈步向坐在他座位的"海力"走去，他要亲口问一问他！可是人高马大的关老师将他拦住了。他说："教室是教学圣地，外人不要干扰。要讲题了，你还是请出去吧！"

海力说："关老师您肯定搞错了，我才是海力呀，那个坐在我座位上的不是海力！不信的话，请您问一问全班同学！"

海力这一喊，全班同学才一下子目瞪口呆起来，一个个像木乃伊似的坐在座位上不吭气。

关老师问："大家说，他是不是海力？"

全班同学齐声说："不是！"

关老师又问座位上那个"海力"说："你是不是海力？"

那个"海力"说："我是！"

海力嗖地一下绕过关老师奔到自己的座位跟前，他指着"海力"问："你到底是谁？快说！"

那"海力"也唰一声站起来用同样的手势指着海力问："你到底是谁？快说！"他的嗓音、口型以及说话姿态，跟海力一般无二！

海力说："我问你呢，你说！"

那个"海力"也说："我问你呢，你说！"

周丽华和调王看看这个，看看那个。周丽华说："哎，这可真奇怪了，怎么俩人一模一样啊？我都分不出谁是海力了！"

调皮大王景阳刚此刻也不会玩幽默了，他走过来看看这个的手，又看看那个的手，然后摇摇头说："这个刚进教室的人不是海力，因为我们刚才跟海力说了那么长时间话了,没感觉他不是海力呀?"

马兰奇一言不发地冷静观察着这两个都自称是海力的人。他突然问海力说:"你说你是海力?那我问你,你刚才从哪儿来?"

海力说:"我从我家来呀!"

马兰奇又问:"今天下午上什么课了?"

海力答:"我下午没来上课呀。我刚从中国死海那儿回来呀。"

同学们一阵大笑。海力说:"我已经4天没来上课了,今天下午6点钟才回到蓝海市,这是真的!"

同学们哄堂大笑。

马兰奇问:"你到中国死海干什么了?"

海力说:"我干什么了,这你不知道吗?怎么能当这么多同学问呢?"

马兰奇说:"你不愿说,这好办,我给你纸,你写总行吧?"说着递给海力一张纸。

海力说:"让他也一块写吧,不要老问我一个人好不好?"

调王插嘴说:"蜡人儿当考官,我当裁判,你俩谁也别看谁,写!"

两个海力都写完了。调王一看,急忙把两张纸递给马兰奇说:"答案一样,字体很像。"

马兰奇看看两张纸,又看看两个人,他也弄糊涂了。问海力说:"你说,哪张纸是你写的?"

海力拿过两张纸一看,自己也傻眼了,因为那个"海力"的字体不仅跟自己相似,而且连用词儿都一模一样。

要说刚进教室时海力还觉得这事儿非常奇怪的话,而他现在已经是万分吃惊了!

同学们看见这场面也如坠五里雾中。大家都站在座位上面面相觑,好像在说:"这是怎么回事啊?"

关老师也弄晕了。他看了看表说:"大家安静!8分钟已经过去了,咱们还是没弄清到底谁是海力?哎,我说,到底你们中间哪个人是在搞笑呀?"

　　海力和那个海力齐声说："我没有搞笑,我真是海力!"

　　关老师又看看手表说："今天上午我的眼镜打碎了,我借了别人一副眼镜,这副眼镜度数不够,所以我无法辨认你们,我也没有时间辨认你们。不过,我这儿倒有个好主意,现在你俩听我的,刚才坐着的海力请你仍然坐到座位上,刚才没有在座位上坐的海力请你也找个座位坐下,你们的事情等下了晚自习以后再说。现在都坐好听我讲题!"

那个海力亦优秀

　　关老师讲完题走了,晚自习结束的钟声响了,同学们都站起来看着两个海力。班长刘白鸥把两个海力都叫到讲台上说:"咱们班级绝不可能有两个海力。现在我来出题,大家阅卷,咱们看看到底谁是冒牌海力!"

　　刘白鸥说："我提问,你们俩一齐回答。谁答错、答慢,谁就不是海力。现在请听题:我是谁?"

　　两个海力都说："刘白鸥,班长。"

　　"他是谁?"班长指着张一出问。

　　"张一出。"二人答。

　　"她是谁?""姚真红。"

　　"他是谁?""李显开。"

　　刘白鸥又挨个问了288班所有的代课教师和学校领导的姓名,两个海力始终对答如流。

　　教室里响起熄灯警告铃。此铃响过10分钟后,所有教室的灯光将会熄灭。

　　刘白鸥摊开双手说："没办法。咱们都走吧。"

　　两个海力同时开口问对方说："喂,你明天还来上课吗?"然后俩人同时说："真奇怪,还有人冒充海力!"说完,俩人同时往教室门口走去,并回身向大家挥手说："明儿见!"

这是海力每天晚上下自习时给全班同学的告别语言，想不到他俩会同时说出来！

海力怀着满肚的莫名其妙回到自己的家。他没有向妈妈和爸爸提起这件让他感到十分蹊跷的事儿。从 12 岁那年起，海力的事情总是海力解决，他从来不想把他认为是麻烦的事情说给爸爸妈妈或是家长和朋友，因为那样会给他们心里也添几分麻烦。他向爸妈道了晚安之后就回到了海力工作室，即 HLGZS。他坐在海力工作平台前的多功能舒适椅上，一边休息一边思考。

"那个海力显然是假的，因为我是真的。"海力自言自语地说："可是，他的长相、姿态、动作、衣着、声音、语言习惯、思维模式等等，为什么和我这么相像呢？甚至相像到连朝夕相处的同学和每天教导自己的老师也分不出清楚！"

海力自言自语道："他这是什么用意呢？如果他出现在某个案件中，或者是避开我冒充海力，并以此达到某种目的的话，那也比较容易理解。可是，那个海力是来冒充一个学生，而且是冒充一所名牌中学的知名学生，这难度有多么大呀，并且也捞不到太大的好处。"

海力曾荣获过"中国少年科探"、"少年探神"、"美探神海力"和"中国少年福尔摩斯"等数十个称号，两年前还被中国侦探工作者协会推选为"当代中国最具潜力的侦破人才。"到 2004 年 1 月底，他独立侦破和参与侦破的各种案件已达 205 件之多，而且多半是疑、难、怪、奇之案。

"不管多怪多难，海力总能找到答案"，这是中国侦探工作者协会对海力的评价，这句话众所周知。国内新闻媒体有关海力的每一条报道中，几乎都有这句标志性、品牌性的语言。

"海力无所不知，海力无所不能"，这句话写在中国中学生联合会蓝海市分会和中国共产主义青年团蓝海市委员会授予海力的烫金匾上。这句话不知鼓舞着多少青少年学生向知识的海洋进军，向科学的高峰攀登……

第四章 蝉捕螳螂鲫吞鲤　旷世俊秀两海力

"海力是出色的,海力是超群的。可是,现在怎么突然又冒出一个我?"海力恢复了自言自语:"这说明那个海力也是相当优秀的,而且具有非常大的气魄。如果不是这样,怎么胆敢号称他是海力呢?"

此时,HLGZS 里的起居监督器说话了:"嗨!主人,您亲自规定的上床时间已到。给你 5 分钟准备时间,谢谢!"

海力躺在床上仍在自言自语。他说:"大出我意料之外!中国之大,人才济济,谁也没想到这事儿会出在我海力身上!不管它了,现在睡觉,明天再说。"

可是他睡不着。他又说道:"是不是调皮大王他们合伙跟我开玩笑?趁我不在的这几天,他们找了一个像我的人,把他化妆打扮、教导训练一番,然后来冒充我呢?"

"不可能。"海力又推翻刚才的观点说:"调王他们不可能搞这么大的恶作剧,也不可能花费这么大的时间和精力,康华中学的所有学生都不会这样做!"

此时,起居监督器又发声说:"吃不言,睡不语,这是您自己说的。主人,请遵守夜间睡眠规则,停止自言自语。"

海力不说话了。他想:"我必须很快修改起居监督器的工作程序!"

试金石难试金与石

一夜之间,两个海力的新闻像春风一样传遍了康华校园,4500 名教务人员和学生无人不知了。海力早晨洗漱完毕吃过早点,就跑步奔向学校。今天他特意比往常提前了 10 分钟到校时间。为什么?他怕在学生到校的高峰时间里与那个海力遭遇在校门口。谁知当他跑到学校门口收住脚步时,却发现从他的后面也跑过来一个海力,是那个海力。

此时校门口学生不多。但大家看见这两个海力都啧啧称奇。薛平和肖安两名学校保安不知道该阻挡哪一个海力,只好任他俩并排走进校园。

这当然是学校的一件大事了,董校长昨晚就听说了。288 班的班主任林可蓉向他作了报告，并要求校方派人解决这件事。不然的话，一个教室竟坐了两个一模一样的学生，那岂不成了天下的笑谈？早上一上班董校长就对此事作了部署安排，他让林可蓉老师把两个海力都带到他的办公室来，他还让校办主任通知了一些有关人员前来，校长的意思是要"三堂会审定真假"呢。

人很快到齐了，两个海力也跟在林可蓉身后来了。宽大的校长办公室增加了许多把椅子，而且增添了两张课桌和一些物件。

德高望重、治校有方的董校长说："根据人的个性化原理，世界上只能有一个海力。"他扫视了在座的有关老师、学生和校保卫人员说："大家都接触过海力，大家都认识海力，这一点有没有问题？"

大家都说没有问题。董校长说："那么现在请你们辨别一下，他俩谁是海力？"

俩海力齐声说："我是海力！"

校长手一摆说："不让你们说话时谁也不准说话。好，现在继续辨认，5分钟时间！"

"时间已到，请挨个发言，抓紧时间！"董校长命令。

"左边的是海力！""右边的是海力！"在场的认人高手们纷纷发言。他们一共16人，8人指左边的海力，8人指右边的海力，一半对一半。

董校长一看这情况说："林老师，再从288班叫个学生来！人员数应当是奇数，偶数表决时容易势均力敌的！"

周丽华被叫来了。她昨晚一晚上没睡好，自从那次王种柏村的暑假实践活动结束之后，周丽华就成了"海力迷"或"海力崇拜者"。无论在课堂上还是课堂下，只要能瞧见海力，她总是用美丽的大眼睛对着他，用少女的纯真描述着他。海力一举一动、音容笑貌都刻录在她心底的光盘上，而且，至少有几十个备份！

校长一见周丽华就说："'海力通'来了。你说，他俩谁是你崇拜的那个人？"

周丽华非常干脆地回答："校长，各位老师，昨天晚上我已看过了这两个海力的字体，听过了他俩的说话，还端详了他俩的走路姿势和动作行为，我分不出谁是谁，但是我敢断定他俩中间只有一个海力！"

林可蓉老师一听忙说："单刀直入，快捷方式，不要绕弯弯转圈圈。你快说，谁是海力？"

周丽华说："只从外表和行动上看，辨别不出谁是海力，不过，昨夜我想了一宿，想出一个好办法，管叫真假海力水落石出。董校长林老师，请允许我问他俩几个问题行吗？"

林老师说："昨晚刘白鸥和景阳刚他们不是已经问过了吗？问问题不管用的！"

董校长说："你看她要问什么问题吧。"

周丽华说："昨晚问的问题也太一般化了。比如问同学的姓名，校长叫啥等等，只要搞到一份学校的电脑资料就够了，因为那上面都有照片和详细情况介绍呢。我现在问他们的问题，都是只有我和海力俩人才知道，而没有第三者知道的问题！"

"好！好！"校长一拍办公桌说："我就说偌大一个康华名校藏龙卧虎，岂能没有识人辩解之才？看看，女伯乐来了，试金石到了！喂，我说，你们谁不是海力？赶快招了吧，这样有利于最后处理。"

俩海力齐声道："您说谁不是海力？"

董校长绕他们俩转了一圈说："试金石，开始问吧，但是不要问那些少男少女情长情短的内容！"

周丽华说："不会的。林老师，请给他们发笔发纸。我一共问6个问题，每题重复一遍，问完之后你们再把答案按顺序写在答卷上。答卷时不准东张西望，交头接耳，也不准看手机、传呼机等通讯设备。现在念题：A，你和哪两个人在什么村侦破了土井失钱的案件？B，你们当时到那个村干什么去了？C，什么人在什么山上被什么怎么了？D，这个村为了纪念谁而把什么鸟列为什么鸟？E，在那个村举办的什么晚会上谁唱了支什么歌，而谁掉眼泪哭了？F，谁在你们离开村子的时候惊叫了一声说了一句什么话？好了，我再念一遍题。"

两个海力在相隔 3 米远的地方同时脸对脸站起来说："不用再念了，我们已经答完了！"

周丽华把卷子拿到校长办公桌上摊开一看，只见两张纸上的答案如出一人之手。那上面都写着：A，我和你、乔伊纳在王种柏村侦破了土井失钱的案件；B，我们当时到那个村参加暑期社会实践活动；C，秦和书在蚂蚁山上被蚂蚁吃掉了；D，这个村为了纪念伟大的黑麻雀而把麻雀列为村鸟；E，在那个村举办的篝火晚会上我唱了支《我爱大地》的歌，而你掉眼泪哭了；F，你在咱们离开村子的时候惊叫了一声，说了一句"哎呀，老师布置的暑假作业我还没写完呢"。

假做真时真亦假

看完了二人的答卷，"试金石"傻眼了。她满以为她用一夜铸成的杀手锏能立刻使假海力现形，可谁知道却弄出如此贻笑大方的结果！爱哭的周丽华掉下眼泪哭了。

校长安慰她几句后问："谁还有高招？"校办张主任站起来说："本来我想让他们填一张《家庭成员情况和个人履历表》。可是一想这表格的内容可以从很多地方查到，因此就不能让他俩填了。"

"难道刚才周丽华问的内容就查不到了吗？当时的《蓝海日报》就有详尽报道，侦破纪实杂志《金汤永固》上也登了长篇报告文学。记者作家管东阜写的《美探神海力科学破案奇闻录之太阳穹隆》一书，还有更生动、更具体的描述。嘿嘿，这些你们都应该知道呀。"两个海力口型一致地说。

保卫科长毕铁门献计说："我去他们家长的单位把他们的父母请来。知子者莫过其父母也，让他们识别一下不就行了？"

"我看这没有必要。"董校长说："不到万不得已，这件事情不能惊动家长。因为是我们学校多出来一个海力，而不是人家家里！惊动了家庭就惊动了舆论，惊动了舆论就惊动了社会，惊动了社会就惊动了整个中国你懂吗？别搞得全世界都议论纷纷了呢！千万记住：海力是名人，对名人的事情要一百万个小心！"

在座的人都不说话了。他们似乎都在绞尽脑汁想对策，但10分钟过去了，没有一个人拿出对策。在校长一而再、再而三的催促下，数学老师硬着头皮站起来说："我一直代海力的数学课，海力的数算能力超过一台普通电子计算机，有几道大学数学难题他都能解下来，而且，我相信只有海力能解下来。要不，我现在出两道难题考考他们？"

他的话音刚落，两个海力就齐声说道："黄维康老师，不劳您费力了。您是不是要给我出《世界大学数学难题选》第176页上的M题和W题？"

黄维康老师说："罢了罢了，我的考题还没出哩人家答案早出来啦。噢，海力的难题草卷都存储在教学电脑中呢，天分高的人看了它也会仿照作的。"

"那我们实在无能为力了。"校办张主任说："校长啊，海力是谁？是超级学生、超级侦探哪！他现在都对假海力束手无策，那我们这肉眼凡胎之辈又有什么办法呢？"

董校长踱来踱去踱了半天说："此话有理！今年是猴年，看来这六耳猕猴也成精作乱扮大圣哩！我看哪，那花果山的猴群认不出哪个是美猴王，那唐僧、八戒也难辨哪个是徒弟、师兄，那凌霄宝殿的天神和阎罗殿里的谛听也分不出孰真孰假，就连大慈大悲南海观世音菩萨也无法弄清谁是孙悟空哩。看来，咱们不上灵山见如来佛祖是不行了。好吧，就让我使个绝招鉴别雌雄吧！"

他走回桌子前猛一拍桌面喝道："校办张主任听令，快去端两脸盆清水来！"

张主任急忙带着林老师出去打水了。

5分钟后水端来了，校长吩咐每个海力的小课桌上放一盆。然后他对两个海力说："我喊一二三，你们都把头埋进水盆里。就这样。预备，一二三！"

张主任他们不明白校长葫芦里卖的什么药，于是壮着胆子问："校长，您这叫什么绝招？是不是想把他们用水憋昏再问话呢？"

校长说："我看你们的脑瓢都生锈了！海力练习过陈、杨、孙、吴、武五式太极，还自创了海力太极，他还跟印度籍教练学过瑜伽功夫。据说，他潜入水中能呆10分钟不换气哩，简直比世界第一艘潜水艇在水中待的时间还要长！据我了解，一个普通人在水里憋气的时间超不过一分钟，游泳运动员和跳水运动员也不过憋两分钟，所以，我让他俩憋一下气，谁先出水谁就是假海力！"

听了这席话，无人不夸校长英明博学有主意。

张主任突然大喊："校长，已过去了8分钟！"

校长不动声色。又过了一会儿，张主任又喊："校长，9分钟了！"

校长仍不动声色。张主任想喊："10分钟到了"，但他看校长不言语，所以他也不再吭声。时间过去11分钟20秒的时候，两个海力都从水盆里抽出脑袋说："呼——，我差点儿在水盆中睡着了！"

大家你看我，我看你，谁也不吱声儿，办公室内落针可听。

不见如来不落泪

水盆憋气并没有决出雌雄。校长一看，急忙递过去两条毛巾，让两个海力把水擦干净。他说："程咬金动手三板斧哩，我这才砍了一板斧。两个海力听着：真正的海力具备超人的体能。你俩看准了，我办公室的天花板上恰巧趴着两只苍蝇，哦，它们并不是康华中学的苍蝇，而是昨天我路过农村时它们钻进车里被带回来的。我听说海力眼疾手快，可以举筷夹蝇、伸指夹蚊，还能用两根铅笔夹住蜜蜂。这样吧，我给你们一人两支铅笔，你们一齐跳起来用它把蝇子夹住，你夹这个，他夹那个。预备，起！"

随着校长的喊声，两个海力从地板上嗖一声弹向空中，他们手中的铅笔一晃，俩人同时把铅笔举到校长面前说："请验收！"每人铅笔都夹着一只活苍蝇。

校长一屁股坐在自己的办公椅上说："我失败了，我不是如来佛祖。看来，今儿非请出如来佛祖不行了！"

他拿起电话，又在本子上查了一下说："让我给市警侦局杨炮开副局长打电话，请他帮忙处理这件事情。"

两个海力同时说："这种冒名顶替未成年人的行为尚未造成任何损失，最多可以向法院提起民事诉讼，警侦局不会立案侦查。"

校长说："我不是要他们立案，而是想通过学校和警侦局的关系、我和杨副局长的关系，以及海力和杨副局长的关系，借用一下他们的 2004 型电子测谎仪，这种具有世界最先进水平的机器能在半小时内测出谁是说假话者。与此同时，我还要他们的体纹学专家来一下，对这二人做手纹、脚纹、脸纹、脖纹、背纹、腹纹、胳膊纹、腿纹和虹膜鉴定；请他们的气味学专家来一下，对这二人做头皮气味、耳孔气味、口腔气味、胸腔气味、腋下气味、肚脐气味、肛肠气味、生殖器气味辨认；请他们的内分泌和外分泌专家来一下，对这二人做唾液、汗液、淋巴液、胃液、尿液、精液、眼泪、鼻涕、耳垢、胆汁、胰腺检测，还要对他们二人做皮下切片和血液 24 项指标化验，以及脱氧核糖核酸即 DNA 分析对比，还要……"

"咣当——咚！"董校长刚说到这里，就听见办公室响了 3 声。他刚一愣神，又听见"扑通、扑通"地响了五、六声。

校长揉了揉眼睛仔细观看，一看他也大吃一惊。

原来，前边的 3 声响，是坐在右边的那个海力连桌带人滚倒在地板上，"咣当"声是小课桌发出的，"咚"声是他的身体发出的。而后面的几声"扑通"则是张主任、周丽华、林可蓉他们因坐椅滑倒而产生的。

那个海力栽倒在地上喘着粗气，脸色苍白，鬓角汗水淋漓，眼睛盯着天花板一眨也不眨，嘴里还吐出了一团白沫儿。

校长一看又大吃一惊，他大声喊："毕铁门科长，你赶快去请校医，顺便拿一副担架来，我马上打电话叫救护车，不要在我办公室弄出人命！"

毕铁门应声向校长办公室门口冲去，他当过短跑运动员，又当过兵，速度和耐力都没问题。可是他半天却拉不开校长办公室的门，校长急忙过去帮他拉，可是无论如何也拉不开。原来，是毕铁门情急之下乱拧了新式防盗锁"锁死"了按钮。

正在他们手忙脚乱地开门之际，坐在椅子上的海力已将晕倒在地上的海力扶了起来，并帮他擦去嘴角的白沫儿，喂他喝了一口矿泉水。

这个海力开口说道："校长，毕科长，你们不用去请校医了，我根本没有事儿。休息几分钟就会好的。"

校长急忙过来用手搭在他肩上问："你说不用叫救护车了？"

"不用叫了，我真的没事儿。"小伙子说着，泪珠儿顺眼角流了下来。他抽动着鼻翼说："现在我实话告诉你们吧，我不是海力，他是海力。"

"啊！"在场的人都惊叫了一声。周丽华和林可蓉的椅子又咣当一声滑倒了。

少一点水的海力

"我叫淮力，淮河的淮，力量的力。我的姓名只差海力一个字。"这位假海力说："你们都考我了，应当说，我的各方面素质虽然不及海力，但与他也相差无几吧？"

"是的，淮力。那么请你告诉我，你这么一个出色的小伙子，为什么要冒名顶替呢？"校长大惑不解地问。

"校长，这话我说了你也许不信，但这是千真万确的，我崇拜海力，我是他的粉丝啊！"淮力双眼灼灼放光地说："海力是我的偶像，我的灵魂，是我的唯一，我的生命之神啊！我上初中一年级的时候就认识了海力，不，不是通常意义上的那种认识，而是在报纸上、杂志上、电视上认识的。海力科学探案的事迹到处可以看到，他的英俊潇洒的照片也刊登在各种书刊上，后来，专门写海力破案的书也一本一本出来了。当我等一次看到海力的报道时我就爱上了他，他的智慧、勇敢和各方面的体能都那么超群逸伦！不知不觉中，我成了一个海力迷。"

淮力边喝水边谈："我利用课余时间和假期搜集所有关于海力的资料，报纸、刊物、图片、影像资料我全部搜集。我把它们分时间、分类编排存放，竟装满了两间房子，我给它取名叫'海力档案馆'。我敢说，这个馆是世界上保存海力资料最多、最全的个人档案馆。除了上课和做作业之外，我几乎有时间就搜集海力的资料，有了空闲就钻在档案馆里研究海力。"

淮力越说越激动，他站起来来回走动着说："我把海力的一切都了解得十分清楚，我模仿海力的习惯爱好、海力的思维方式、海力的声音、服装、发型等等。我还多次来到康华中学观察他，学习他的走路、说话、打球和跑步的姿势，还多次在他家附近观察他的日常行为。我有时间就对着镜子练习，还把自己的嗓音练成了海力的嗓音。我让我妈给我买与海力同样的衣服，他有什么衣服我就有什么衣服，就连我用的钢笔、钥匙和作业本也跟海力的一样。我还根据书中的描述，也让我爸爸在地下室给我建造了一个海力工作室 HLGZS。总之，只要能够模仿的，我都要去模仿，不仅追求形似，而且追求神似。"

淮力继续说道："我所掌握的资料告诉我，我出生的年、月、日、时都与海力一模一样。我的个头、体重经过我长期的追踪式调整，也与海力的不相上下大概这就是一种认为一是控制下的'进化'吧。在我一再要求下，妈妈还领我到上海一家医院做了两次面部局部整容术。这样一来，我俨然就是海力了。我叫人把我的每一个行为动作都录制下来，与海力的有关资料进行比较。海力的学习成绩和各种体能十分优秀，我也努力在这些方面接近与他的距离。我敢说，由于我的天赋条件也比较优越，因此，我渐渐地就把自己塑造成了第二个海力，有时候我甚至相信我就是海力。虽然我知道我们之间还是存在距离的，但我却无法放弃自己的努力。医生说我这是得了心理病，他要我去接受治疗，但我坚决予以拒绝了。"

"上星期天下午，我发现海力没有到康华学校来，突然，我就萌生了一个顶替海力上晚自习的想法。我给学校请了假,大摇大摆进了288班教室,海力的座位在哪儿我很清楚,就连全班47名同学的情况我也非常熟悉,因为我把它当作研究海力的一个内容。学校情况、老师情况我当然都了如指掌了。上了一个晚自习没一个人发现破绽。同学和老师见了我都主动叫我海力,我高兴得简直要发疯了!第二天早晨上学时我又没有看见海力,于是就想:晚上光线不好,可能同学和老师看不出来,让我白天去试试,看看能不能成功,结果我又成功了!"

海力、校长和在座的老师同学都惊讶地听着他的发言,好像在观看一场火星人的踢踏舞表演。

淮力说:"就这样,我以海力的身份一连上了4天课。哈,我成了海力,我成了康华学校的学生,我成了人人仰慕的少年英雄!4天中288班考试了两门功课,每门我都打了98分。海力,因为你每考试都是98分,我没有给你丢脸,但是,我唯一遗憾的是没学会你的侦破本领。我本来计划上完昨晚的晚自习就结束这次'顶替行动',却不料你突然回来了。本来今天我也不打算再冒名顶替了,可是不知怎么又跑到学校来了。"

淮力说到这里,起身深深向校长和各位老师同学鞠了一躬说:"给你们添麻烦了,实在对不起!你们惩罚我吧!"说完,眼泪又流了下来。

海力轻轻走到淮力面前,伸手擦去他脸上的泪珠儿说:"淮力,我们没有人想惩罚你啊,你说呢?"

校长热烈拥抱了一下海力,又热烈拥抱了一下淮力。他激动万分地说:"淮力,尽管我们对你还不了解,但是有一点我敢肯定,那就是,你和海力一样优秀!"

林可蓉、周丽华他们也说:"对,你和海力一样优秀!"

"可是,"淮力掩饰不住心里的悲伤说:"我毕竟不是海力。我只是崇拜海力者。"

校长突然说:"淮力,我送你一个你喜欢的名字好吗?"

淮力说:"什么名字?"

校长说:"海力。"

淮力说:"这不是海力的名字吗?我不能用他的名字。"

校长说:"我把海字的三点水取掉中间一点,你这个海字是两点水。念的时候仍然念海力,写的时候把三点水写成两点水就成了。"

"好啊!"海力、淮力和全体人员齐声欢呼。

第五章
天涯乌藤辨掌书　大峡猴王斗蛊贼

受伤的手机

大家送走了淮力之后，董校长问林可蓉老师："我让张主任告知你海力请假的事儿，你难道不知道吗？"

林可蓉说："知道是知道，可我把这事儿给忽略了。因为我看见淮力每天都坐在教室里上课，我还以为海力已取消了他的假期呢。这4天里面我跟淮力还说过好几次话呢，但始终没有发现有什么不对劲儿。唉，和平年代，歌舞升平，人们普遍粗心大意，而我更是一个很少注意细节的人。真的，我有责任。以后大家可以叫我'粗枝大叶林可蓉'了。"

海力说："淮力真是一个难得的人才。哎，以后我遇到什么事儿，他可以代我去呢！"

大家说笑了一阵。海力就和周丽华几个同学回到教室上课。下课铃声一响，调王、马兰奇等人就把海力抬起来说："你到底是不是海力呀？以后我们见了你都不敢认了。海力，咱们应该约个识别暗号，一对暗号就知道是真是假，像这种把淮力当海力的事情再也不能让它重演了！"

杨虹漂老师听说这事儿后跑来找海力。她把海力上下打量了半天才说："你不是昨天下午那个跟我上体育课的海力？你们俩我真的分不清楚呢。世界真奇妙，海力有人冒。把你都学得维妙维肖，我看学一般人就更容易啦。哎，海力，这几天淮力替你上课考试做作业，那你到什么地方去了？"

海力把他接到金盐的紧急报告，连夜骑摩托车赶到芦苇木棚，星期一去青龙潭勘查，星期二去五龙关乡，星期三到哑姑泉，星期四在金盐家的责任田劳动的过程简单说了一遍。

杨虹漂听着听着，两颊红晕浮现。她显得很着急，说："呀，这些事儿你怎么不打电话告我们一声儿啊？昨天他问呢，我还说没有新情况。哎，不知道你那里已经做了这么多事儿了！"

海力问道："杨老师，你刚才说谁问呢？"

杨虹漂突然一怔，两颊上红晕忽地一下隐去，又忽地一下绽现出来。她极力掩饰着什么说："哦，我是说马兰奇他们问呢，我告他们说没有新情况。"

"马兰奇和调王每天和'我'在一块，他们没有问过我呀？"海力疑惑地问。

"你这几天不是不在吗？他们也没给你打电话吗？"杨虹漂的红晕又消失了。

"谁说我不在？淮力就是我呀。淮力还上了你的体育课呢。"海力瞅着她说。

杨虹漂说："哦，那是我迷糊了。哎，海力，昨晚你刚回来，今天又是星期五了。那明天或后天我们还行动不行动？"

海力说："下午咱们抽个空儿碰碰头，商议一下再定。"

杨虹漂红晕又现，她轻轻舒了一口气，说："那下午还在图书馆吧。"

下午4点半，海力按上午他和杨虹漂、调王、马兰奇约定的时间，提前3分钟来到校图书馆的北斗星阅览室。康华中学图书馆有个特点，那就是不管春夏秋冬，阅览室的门总是不闭。师生们可以自由进出，人来人往比较方便。北斗星阅览室在图书楼3层最西面。海力刚走到3

层的楼道里，就听见了杨虹漂那熟悉的声音。

杨虹漂在打电话，是用手机，好像对方听不太清楚她的声音。海力听见杨虹漂说："什么，我再大声儿点儿？声儿够大了，是讯号不好呀。我简单告你吧：他这几天就在那儿工作呢，不过，他去的还是过去那些老地方。找人？肯定是找人呀。对，有详细情况再告你。什么，你受伤了？不太要紧？哦，就这些吧。有空儿再联系。拜拜！"

她刚说过"拜拜"，海力就进来了。杨虹漂正在盯着手机显示屏关手机盖，猛抬头看见海力，不知为什么手突然抖了一下，漂亮的手机从她纤细白嫩的手掌中跌落在地板上。此刻她与海力相隔不到4米距离，凭海力的快速反应能力，他只要唰地迈上去一步，用手在地板上面15厘米处将下落的手机接住，那是没有任何问题的，可是海力却没有去接手机。为什么？因为海力无意中听到了杨虹漂说话中的几个关键词，比如说"这几天"、"找人"、"详细情况"、"受伤"等等，他的脑子里正对这些他觉得似乎与自己有关系的信息进行筛选处理呢，因此精力不太集中。还有一个原因，那就是他和杨虹漂之间还放着一张大桌子。有了这个障碍，即使海力精力十分集中，也不可能唰地跃过去接住手机了。

杨虹漂慌忙弯腰拾起手机说："像八九十岁的老太婆一样，我的手怎么总是不大管用呢？"她的两颊上红云白云互相掺杂，显得斑斑点点。

海力开玩笑说："手不溜，怨衣袖。手是心的使者，不能怨你的手，应该说是你没用心把它拿好。嗨，手机没事儿吧？"

杨虹漂试了试说："用着还一样，可就是左上角磕掉了一点儿皮儿，轻伤而已。"

雌雄双飞天崖台

俩人说话之际，调王和马兰奇就来了。4人每人拿了一本杂志佯装翻看，其实谁也没看见书页上的东西。海力简单汇报了一下他这4天时间的调查情况，但他避重就轻，没有把青龙潭岸边发现潜水服、黑蟒河水域测深、哑姑泉破解对联之谜等核心情况说给大家。调王和马兰奇还被淮力顶替海力的事情激动着，他们也没细问，只是说应该开展下一步行动了。

海力这话杨虹漂上午已经听了一遍了，她感到不解渴，于是问道："海力，你去了这几个地方，难道没有重大发现或进展吗？你给我们说一说嘛！"

海力说："这几个地方的情况都有不同程度的进展。我看详细情况就不必说了。我认为现在情况比较紧急，我们应当尽快开展下一步工作。不然的话，就会对我们的调查工作带来很多困难。我的意见是：今晚准备一下，明天一早儿出发。目的地：天崖台！"

"好啊！"调王和马兰奇高兴地叫道。杨虹漂把嘴张了张，她的话还没出口，马兰奇就问道："海力，明天早上没有火车，咱们坐汽车去呀？"

"是呀，早上没火车。"调王也说："我看还是今晚走吧。芦苇木棚是梦的摇篮，而且，我们能和杨老师同宿一棚，那种温馨，我每天都向往呢！"

且不说杨虹漂的脸上又红晕四起，只听海力说道："这次行动没你们俩的事儿，所以也不用坐火车汽车了。我用摩托车带杨老师去就行了。"

马兰奇问："半路不舍伴，为啥撇开我俩不要？"

海力说："上天崖台必须有金氏双胞胎和我们一同前往。如果你们去了，3辆摩托车载不走6个人，因为只有我这辆海狮250能把杨老师带着走，他们的野马在古盐道上只能走单骑。"

"那我们俩也一人借一辆摩托车不就行啦？"马兰奇说。

"实事求是讲，去那么多人没有必要。我是这样考虑：明天你们在这里养精蓄锐，做好准备。如果天崖台之行达到预期目标，那么我马上通知你们前来助阵，我们就开始下一个战役：或征五龙关，或攻万宝谷，你们说行不行？"海力尽量说服他们。

"好吧。你是头儿,你说了算。再说,你说的也没错儿。"调王喃喃地说。马兰奇也点点头。

"不过,"调王说:"咱们每次的行动都有代号,这应当坚持到底。我看,你俩这次的行动代号就叫做'雌雄双飞天崖台'吧?"

马兰奇表示赞成,杨虹漂和海力也默认了。马兰奇说:"我还有个提议:前几天海力和金氏兄弟的3天调查工作也应当纳入咱们的行动序列。因为它是单独的,不好合并到其他的行动里面,所以也应当单列个行动代号。把它叫做'三英战山海'行不行?山是指中条山,海是指中国死海。"

没有人不同意,于是,马兰奇就把它记在笔记本上。当海力他们破解了包公遗案之后,《蓝海日报》特地开辟专栏,对他们的探案过程进行连续报道。"三英战山海"是其报道内容之一,写得非常生动感人。但这是后话了,这里暂且不表。

第二天一大早儿,也就是6点钟的样子吧,海力发动摩托车直奔康华中学校门口。昨天晚上,他给摩托车加足了燃料,又发动起来精心调试了一番,他确信海狮250再不会出现两天前出现的毛病了。

风声在海力的驾驶盔上呜呜作响,转瞬之间康华中学到了。杨老师正亭亭玉立地站在那里,远看如一枝出水芙蓉。海力拿出一副摩托服让她穿上,杨虹漂右腿一跨坐上摩托车,海狮一阵怒吼冲上了高速公路。

山重水复疑无路

因为昨天晚上就接到了海力的电话,所以当海狮250驶到通向古盐道的山口时,金盐、金山和两辆雄姿英发的野马摩托已等候在那里。时隔一天又相见,金盐、金山、海力都很激动,杨虹漂也心潮澎湃,因为两片红霞已缀上了她的双颊。

海力对杨虹漂说:"杨老师,古盐道上行走可不比高速路上飚车,十分颠簸跳荡呢,不过你别担心,我的技术,我的海狮向你保证,但是你必须抱紧我。"

"不就是搂紧你的腰吗？"杨老师莺声轻唱，海力点了点头。

金山的野马打头，海力的海狮殿后，一狮二马跃上古盐道。一路上他们免不了要跳下摩托车来个"人推车"，但海力发现路比以前好走多了，因为一些荆棘已被利斧砍去，一些坑洼已被沙石垫平，一些阻路石块明显被移到了一旁。海力问这是怎么回事儿？金盐告诉他是他们兄弟俩叫了村里几十个小伙子把古盐道简单修整了一下。

"只有昨天一天时间，所以只能粗略地整修。因为我猜想咱们肯定要进军天崖台。"金盐说。

"是的。即使天崖台上没有与我们调查的案件相关的东西，我们都必须去一下那里。因为金雾台的神秘石刻已把我们的魂儿牵到那里去了，我们不去那里拿到谜底就会魂不附体！"说完，4个人朗声大笑起来。笑声和摩托声惊起了山石间的灰鸦，它们啊啊叫着，声声悲怆凄凉。

路过青龙潭时，海力让金氏二兄弟停车小憩。他拿出望远镜让杨虹漂到潭东边的山崖上观望金雾台石刻，自己则和金氏二兄弟转到放潜水服的山崖下，他们轻轻挪开那空壳石块，发现潜水服仍在，但石元宝一个也没有了！

"他们也知道这很值钱呢。"海力说："我让一位考古学家把这里捞的石元宝作了权威鉴定，他说这一枚石元宝价值2000元呢。"说完，急忙把石头块恢复原位并消除了他们留下的所有痕迹。

杨虹漂望了一会儿摩崖石刻跑下来了，脸上已是红苹果般的颜色。她说："咱们去天崖台就为了解开金雾台的石刻之谜吗？"

"因为石刻上说'吾肠断在天崖'，说他最牵肠挂肚的东西就在天崖台。"海力回答。

"他最牵肠挂肚的东西是不是与金元宝或牛家院有关？"杨虹漂又问。

"各种感觉告诉我，它很可能还是解开金元宝或牛家院之谜的钥匙呢。但这只是感觉而已，事实到底是什么，天崖台一会儿就会说话。"

海力不吭气了，因为这一段古盐道又十分坎坷难行。

野马和海狮终于爬到了那天他和金氏双胞胎枕山而眠的地方。杨虹漂四面望着惊叫道："哎呀，这么好的景致啊！怪不得你们想来这儿！"她的嗓音又惊起了几只灰鸦。

"哦，南风古道灰鸦，石刻里有你呀？"杨虹漂兴奋地伸出手指眯眼描着灰老鸦，嘴里说着："啪！给你一枪。"正好海力的摩托车一拐一颠，杨虹漂没招架住，一下被甩了下来。

3人急忙停车、杨虹漂早跳起来说："没事儿没事儿，继续走吧！"

金盐问海力还找不找那个牧羊人带路，海力说不用了。因为有找他的时间，咱们都说不定到了天崖台了。他停住车，从包里拿出望远镜看了几下，又让金氏兄弟和杨虹漂也看了看。

"咱们再顺着山路走一截儿，就该步行攀山了。天崖台就在咱们右前方。直线距离不到两公里，可是要绕多少路才能到它跟前，只有绕了才知道。"海力说："上车前进吧。"

他们又往前走了一会儿，看看天崖台已在他们的正右方向了，金盐说："不能再往前走了，再走就偏过了。咱们把车隐蔽好攀山吧。"

环形深涧的毒蛇头

正巧左侧山崖后面有一片茂密的灌木丛，金山跑过去侦察了一下说："如果再给它盖个屋顶，它就是世界上最好的存车库之一呢。咱们就把车放那儿吧。狐狸路过这儿也发现不了它哩。"

"可是，人比狐狸精得多呢，你没听说过'再狡猾的狐狸也斗不过好猎手'吗？不要让坏人发现了把车弄走！"杨虹漂有点担心。而金盐和海力都说没事儿，因为这古盐道上一天也难见一个过路人呢。

各自带好该携带的用具之后，他们沿着山崖向右攀登。山崖间没有路，但是他们的身影却在岩石杂草中不断移动。

杨虹漂见海力的背篼沉重，就让他把望远镜、山神腰带、开石金斧等等从兜里掏出来由她携带着，这倒是给海力减轻了一些负担。

天崖台正如牧羊人姜二牙说的那样，是可望而不可即的，目前只有海力他们对此话感受最深。因为他们正处在寻找天崖台的艰难而曲折的跋涉之中。说艰难，他们是一会攀岩，一会下崖。有时像房屋一般大的石块拦住了去路，他们只好搭起人梯方可以越过；有时一丛带刺的灌木挡住了山道，他们只好以刀斧劈之才得以通行。裤子被石块划烂，手被荆棘扎破，这些都在不言中。说到曲折，他们是一会儿南拐，一会儿北折，一会儿上山，一会儿过沟。明明瞅着天崖台就在正前方，可没走几步却发现它又跑到右后方去了。他们就像几尾珊瑚礁之中的游鱼，只有循着山势，沿着沟坡跋涉。说到跋涉，有个成语叫做跋山涉水。只有在山崖间攀爬和在沟壑间穿走，才配叫跋山涉水，而他们现在的行动只能用这4个字表达。

杨虹漂已大汗淋漓，胸前的运动服已被脖颈上淌下的汗水湿了一片。海力让她走在自己前面，他则紧随其后，最多跟她相距两米远。为什么？因为海力知道这山崖间长着漆树，万一自己再漆树过敏的话，那杨老师身上的"虹漂体香"就是他的诺亚方舟！正是为了这个不好告人的目的，海力这次才要让杨虹漂和他一起"雌雄双飞"，进山之后更是跟定杨虹漂须臾不敢远离。即使是这样，他仍十分谨慎，走几十步，他就要用5.3特种眼搜索前后左右，还不断问走在前面的金盐、金山有没有发现漆树。金氏双胞胎也十分操心，处处留意那灰绿色的不祥之木。远远看见可疑的树木，他们宁可绕道而行。这样一来，他们自然多走了许多冤枉路。

海力建议大家倚在石头上稍息片刻。他要过望远镜望了一圈说："坏了，再往前走不是咱们刚才走过的山崖吗？怎么转来转去又转回来了呢？同志们，咱们实际上已绕着天崖台转了一个大圈啦！金盐，这是怎么回事儿？"

金盐说："你对山里的情况还不十分了解。山里有句俗语说：'宁走十步远，不走一步险'。还有句古话说：'隔山不算远，隔沟不算近'。刚才咱们就是照着这个原则走的。你们看，咱们其实是绕着那条有水的石涧寻路走的,那天崖台其实是被这道又深又大、忽窄忽宽、七扭八拐的石涧围在正当间。"

金山也说:"天崖台是城堡,它是护城河;天崖台是海岛,它是海里的水。嘿,怪不得牧羊人说山外人转几天找不到天崖台,原来是有帮凶啊!"

海力细细观察了一会儿说:"说的对,是这么个山势。看来,咱们不越过这石涧,再转100天也到不了天崖台!"

杨虹漂说:"那咱们用山神腰带溜到涧底去,然后再攀上去,那也比这绕着笼子转圈来得快!"

海力点点头问:"金盐,刚才听你说这石涧'忽窄忽宽',至于它有多宽咱们不管了,现在问题是:能不能找到它最窄的地方,那地方跨度多大?"

金山说:"刚才咱们从那边山峰下来时,我抱住树探身看了一下,那儿的石涧很窄。"

"到底有多窄?"金盐问。

"我也不知道哇。涧两边都是奇崖怪岩,树木乱七八糟长得很多,连石涧的边沿都遮住了,哪能一眼测出宽窄来?"金山说的一点儿不差。

"走,"海力说:"杨老师和金盐先在这儿原地休息,我和金山看一下那儿到底有多窄。"

他们俩像猿猴似的爬上爬下一阵子,顺原路又回到刚才走过的石涧旁。海力拿出"救命稻草"往涧边一棵小树上一搭,做了一根"保险带"说:"我到涧边去探一探。"金山要争,海力摆手制止。

海力牵住"救命稻草"向石涧对面探身望去,只见杂草乱树的掩映下,隐约可见一处褐色的山岩。那山岩是三角形,活像一个从山崖那边伸出来的毒蛇头。那毒蛇头上光溜溜的,嘴上下张得老大,张开的上颚上还勾回去一个石尖,酷似毒蛇口中的一颗毒牙!海力再往"毒蛇头"的周围望去,只见绿叶乱花,并看不见山石的影儿!再往石涧下望去,涧中冷雾森森,水汽漫漫,什么也看不清。但听见涧底流水轰鸣,如春雷阵阵。他又收回目光，目测了一下自己到涧对面毒蛇头之间的距离。

海力爬上山崖对金山说："这边山崖到那边岩石有 12 米左右。这儿可能就是这环形石涧最狭窄的地方了。"

体香一缕过石渊

"可是，即使是 12 米也无法过去呀，谁有那么远的弹跳力呢。再说，这边的山崖站都站不住，更别说助跑了。"金山发愁地说。

海力说："就是把这边山崖修成飞机跑道，咱们也没有一人能跳过去。可是，咱们有绳子呀。绳子就是路，绳子就是桥。金山，快通知他俩过来！"

金山给金盐发了个短信，金盐的短信很快也发过来了。这片的深山里不误移动通讯，真好！

杨虹漂和金盐来了。海力让杨老师拿出"山神腰带"，这是海力拥有的智能登山器械之一，世界上独一无二。海力在智能抓钩上输了几个号码，然后用"救命稻草"缚住自己的腰，右手抡开抓钩，对准对面的毒蛇头抛了过去。可是，抓钩被对面的细树枝弹了回来。连住抛了十几次，都无法将它抛在毒蛇头上。

海力已累得满头冒汗。杨虹漂用自己的毛巾给海力擦了擦汗。海力说："看来只能是我先过涧了。"说完，他把智能抓钩扔在头顶山崖上，确信它已牢牢固定在上面之后，又目测了一下对面的毒蛇头和手中的山神腰带。他移动脚步，找准一处山崖，全身肌肉猛地一收缩，随即双腿一蹬，用左手抓住山神腰带，并顺着山神腰带往前滑动，右手挥舞海力万用刀刷刷刷削断一层层的草木。山神腰带在他左手中像一根硬硬的钢管似的把他的身体送向毒蛇头！而他右手的海力刀仍似风转儿一样削斩着遮挡他身体飞行的乱草灌木！

说时迟，那时快，这一切实际上全部发生在 3 秒钟之内。杨虹漂、金氏双胞胎看到这一幕都惊呆了。只有看到这一幕，他们才真正懂得了什么叫海力，海力是什么。正在他们惊讶之际，海力的右手已把海力刀悬挂在手腕上，而伸开钢钩般的手指扣住了毒蛇口里那颗石牙，接着身子一摆，站在了毒蛇头张大的嘴里面。这一系列动作，精彩得简直就像用电脑设计出来的三维图像！

海力把山神腰带的这一头牢牢系在毒蛇牙上，然后对对面说："一个接一个过来。手抓紧，不要慌。杨老师先过吧！"

杨虹漂攀着这条"天桥"慢慢过来了。海力伸臂抓住她的运动衫将她护送到毒蛇头上的山崖上。刚才海力飞身越涧时，她惊出了一身汗，此刻，她的胸前和腋下正释放出浓烈的体香，令人如痴如醉！杨虹漂对着海力莞尔一笑，因为她也知道自个现在是满体飘香，像个浓烈的香包。

金盐、金山也很快过来了。他们到山崖上稍微休息了一下，金山就说："我当马前卒，先到前面探路去。"他一走，大伙儿也一齐跟着他走了。

大自然这么神奇伟大！当海力他们顺着与毒蛇头相连的石崖翻过这道山岭的时候，才发现岭下的山地很平坦，石崖石岭只是绕着环形石涧而生，好像给石涧围了个不规划的城墙。而正是那石涧和山岭，把一块长满绿草树木的腹地环抱在怀中。在这一片广大的腹地的中央，就是他们要找的天崖台！

"天崖台，天崖台，果然是奇峰一座！"海力贪婪地欣赏着这大概是地球上少有的奇景，心情无比亢奋。杨虹漂更是感慨万千，美丽的脸庞红如秋天的枫叶。

金盐指着天崖台说："你们看，多像日本的富士山！它真的是一个石头台呢！"

天崖台的相对高度只有二三百米，坡度很缓，呈圆台形，山顶是一片平地。海力他们放开脚步，绕着它转了一周。山地上毛茸茸的软草像地毯似的，又像足球场上培育的天鹅绒草。金山在草地上连翻了十几个跟斗。金盐还抓了两只花蝴蝶送给杨虹漂，杨虹漂看了看却把它们放了，她说她怕把蝴蝶翅膀弄伤了。

死海螺碟

这时，他们来到天崖台的正南面山脚下。举目往山上一看，只见从山顶到半山腰是一面齐刷刷的石壁，像被天公用利刀切走了一块山坡似的。这样，天崖台东、西、北三面山坡都是斜坡，独有南面半山腰以上是矗立的石壁。石壁高达百米，上面挂满了乌黑发亮的乌绳草，像一根根葡萄蔓。沿石壁底部的黑色蔓藤之间，开着一朵朵金黄色的花朵。那黄花之下，是一根根雪亮发白的草茎。

"啊，多美！大自然才是真正的艺术家呢！它创造的作品有谁能比？我快要激动死了！"杨虹漂脱掉运动衫，只穿一件玫瑰色短袖运动体恤。她身上的芳香薰醉了天崖台……

手擎毒草的圣母玛丽亚

海力让金盐、金山兄弟俩分别从东、西山坡上山顶去看看，自己却盘腿坐在半山腰的石壁底下的平地上冥思苦想。"吾肠断在天崖"这句话现在已被证实，是天崖台南面山腰有一个天然断面，古人所以称它为"断在天崖"。那么，自己原来推测的"吾肠"在哪儿？难道就在这个山体断面上吗？可是，这个石壁断面这么大面积，若果真有那"牵肠挂肚"的宝物，也很难推想它藏在什么地方。

杨虹漂走近石壁去看那稀奇的乌绳草。海力说："小心黑藤上有蛇。也不要动石壁下长的那些黄花。"说完，他侧过脸看这石壁和石壁下的平地，恍然大悟地微微点了点头。他从背篓里找出一副特制的墨镜戴上，然后透过墨镜观察那面断崖。春天阳光斜照在断壁上，而墨镜似乎又滤掉了灿烂的阳光。看着看着，海力在断壁上看出来一个字。什么字？米字，就是小米大米的米字。这个字是用什么东西写的？是用草写的。是用什么草写的？就是用乌绳草写的。

看到这个字之后海力大吃一惊。他不敢相信自己的眼睛，他把头歪向左边90度，又把头歪向右边90度，接着用背对着山壁，又开双腿弯腰低头，从不同的角度侧看、倒看断壁上的字。然后，他卸掉墨镜换上望远镜，望远镜下，那一株株乌绳草的粗根竟都长在石壁上的石眼里,无一例外!

就在这时,断壁跟前的杨虹漂大叫一声向海力跑来!海力一看,杨虹漂满脸苍白,刚才的一脸赤霞已荡然无存。她张嘴指着断壁,但却发不出声音。海力问:"是不是看见蛇了?它没咬你吧?"

杨虹漂使劲儿摇了摇头表示没被蛇咬,然后才说:"那么多蛇,吐着长长的芯子,怕死人了!最可怕的是我以为它是一条草藤,刚用手一摸,它就嗖一声跑了。"

海力说:"它要是不跑就坏了,不跑的蛇就准备攻击你呢。听说这上面还有毒蛇呢,你可要当心哪!"

杨虹漂脸上渐渐有了红晕。她背着手走到海力跟前,突然把一束花举在海力面前说:"这把山花献给刚才飞身跃涧的英雄!"

海力没提防这一下,他没看清是什么花,花束已伸在面前,不由地倒吸了一口气。他刚要伸手接花说"谢谢你",却感到头晕目眩,吸不上气来。他使劲儿说了"花有毒"3个字就栽倒在草地上。

杨虹漂把花束伸向海力之后,就闭上了自己的眼睛。可是几秒钟后却听见了海力声嘶力竭的3个字。她大惊失色,急忙抛掉花束扑到草地上抱起海力。但是海力又像那次在万宝大峡谷的漆树林一样,牙关紧咬、嘴唇发青、呼吸急促、手脚发凉、不省人事。她想呼喊金盐和金山,但他们还在山上没下来。

杨虹漂感到她的脑袋都快急炸了!突然她想:海力刚才还说不让我动断壁的野花,是不是他对这种花草也过敏?那怎么办呢?这时,她想起来海力曾对她说过的"体香救命"的事儿。于是她急忙把海力搂在胸前,撩开玫瑰色体恤,用她那从来都没有见过阳光的白亮的乳房贴在海力的脸上,并不断在他的上唇和鼻子之间轻轻摩擦。她相信她释放的体香源源不断灌进了海力的胸腔,而且已完全笼罩了他们俩!

5分钟之后,海力的呼吸慢慢变缓,唇色也开始变红。他睁开了眼睛,第一眼就看见了那芬芳的源泉。他脸一红坐起来说:"谢谢。真是圣母玛丽亚!"

而杨虹漂还在擎着自己的乳房发呆。此时金氏双胞胎从山顶返回来了，他们老远就喊："海力，山上是个平台，长着几十棵漆树，除此之外，什么也没有发现！"

杨虹漂急忙站起来说："刚才海力又犯过敏症了。这事儿怨我，是我让他闻了那石壁上长的黄花。"

金盐吃惊地说："那花叫金银草，有毒的，对它过敏可致人死命哩！"

杨虹漂说："我把它扔到远处去了！"

海力站起来活动了一下身体说："像做梦一样，突然失去知觉，突然又苏醒过来，生死门里走来走去，感受不一般呢！"说完，他把墨镜递给金盐，让他们也找一找石壁上的字。等他们看完之后，海力说他想从石壁顶上坠下来，坠到米字的6道笔画交汇处，即大断壁的中心，仔细搜寻那里的乌绳草和石壁。他断定那里能找到秘密。

金盐问海力体力行不行，海力说噩梦已过去，让他放心。金山不同意，他说山顶有漆树，怕海力再出危险。杨虹漂说："你俩刚从山顶下来，不必再爬上去了。我和海力去，有我在，他就不过敏呢。"说完，她拎起海力的背篼说："我替你背了，咱们走吧！"

米字中心的奇异掌书

天崖台顶上果然有个平整的台面，几十棵漆树就长在台上。见了漆树，海力不由地怔了一下。杨虹漂轻轻指了一下自己的鼻梁说："不用怕，有玛丽亚呢。"

而海力让她站着别动，说要做个试验。他大步向漆树跑去，并把一棵漆树抱在怀里。杨虹漂着急地往他跟前跑却被他制止了。5分钟之后，海力高兴地跑到杨虹漂跟前说："太谢谢你的那束金银草了！玛丽亚，现在我终于搞明白了，让我过敏的根本不是漆树，而是那具有非常大毒性的金银草！"

听了这话，杨虹漂激动得红唇乱抖，她真想拥抱海力！可是海力说:"杨老师,咱们抓紧时间行动吧!"说着,接过提兜,掏出一卷长绳,一头绑在漆树上,一头拴在腰间,找准石壁中心,像一只大壁虎顺壁而下,所到之处,他把那些缠在乌绳草上的蛇都用手指夹住扔到了稍远处石壁的黑藤上。金盐、金山在石壁下给海力掌握着方向。他喊:"海力,到了,就是那个地方!"

海力扒开黑藤细细搜寻,还掏出海力放大镜仔细观察。忽然,他发现黑藤下的石壁上有两道中间间隔7厘米左右的平行横纹,两条裂纹都有30厘米长短,裂纹的两头,又有一道竖纹相连。这像是人工斧凿的痕迹!海力伸开右手,把气运在掌上,嘭一声磕在4条裂纹的中间。嘿,中间的石头被砸进了石壁!海力把砸进去的石头掏出来,石壁上竟出现一个扁长方形的石洞。从石洞的规则和内壁上看,这肯定是人用凿子一点一点掏挖而成的。

海力喜出望外!急忙掏出袖珍电筒往石洞里照射,而石洞里空空如也,连一只小蚂蚁也没有!

金盐、金山和杨虹漂都在喊:"你发现什么了没有?"而海力无法回答。他吊在石壁前,双手拽紧黑藤紧张地思考着。

突然,海力举起右手,轻轻伸进石洞一点一点儿触摸石壁。先摸洞底,再摸左右,最后摸洞顶,洞顶刻着许多文字。海力十分惊奇,他不知刻字人在这只有7厘米高度的石洞里,是如何把字刻在洞顶上的。

"这是掌书,是早已失传了的一种用手掌认字的方法。"海力用手掌一个字一个字地触摸辨认。他13岁时曾练习过用手掌摸字,如果不是这样的,他根本就摸不出来洞顶上凸凹不平的是文字,因为眼睛根本看不到这些字,一般人伸手进去还以为是石头不平呢。10分钟过去后,海力终于又回到了山顶。他寻找了一些石块带在身上,很快又下到石洞那里,用石块将这个扁长方形的石洞封好。因为这是中国迄今发现的最为奇特的掌书——天崖台石壁掌书,海力不能让它受风雨侵害。

下到石壁下的草地上之后,海力对杨虹漂和金氏双胞胎说:"奇迹处处!我见到,不,我摸到了神奇的掌书。上面说的大概意思是这样的：汉代盐道上青龙吞吃金元宝、吐到青龙潭变成石元宝之说,纯属我寨为掩人耳目,逃避官府追查而编的传言。石元宝经江南石雕高手打造秘密投入潭水,真元宝现藏于万宝谷金玉匣。金玉匣方位及开匣的万宝之钥隐藏在哑姑泉亭。为预防万一,哑姑泉村神姑玉坠儿上也有明示。"

狂欢,为小蛇祈祷

却说海力跟杨虹漂、金盐、金山3人详细解说了他触读下来的石刻文字,他把这种中国迄今为止只听说过,而没人见过的文字命名为"天崖台石壁扁形方洞石刻掌书"。此属中华一宝,中华一绝,只有高深的智慧和灿烂的文化才可以创造出这世间奇迹。

听了海力的介绍,大伙儿半晌不语。集体沉默了大约5分钟之后,欢呼声突然像火山似的爆发了!金盐、金山互相热烈拥抱,海力在草地上蹦了十几个高,杨虹漂伸平双臂像陀螺似的旋转,他们狂热地表达无比的喜悦!

突然,金盐和金山与正在旋转跳跃的杨老师撞在一起,他们3人又撞在海力身上,4个人同时滚倒在草地上,而他们3个男孩完全都压在女老师身上。这如果在平时任何时候,他们4人都会感到非常羞怯和尴尬,而今天3个大男孩都躺在仰面朝天的大女孩身上一动不动。杨虹漂用柔软的肢体托举着他们,任他们把自己压得难以透气。大家就在这美妙的幸福感觉中度过了15秒钟,3个大男孩一齐爬起来把杨老师拽起来说:"我们太高兴了!"

短短十几秒钟内,杨虹漂已开始产生了少女的幻觉。她从玫瑰色的幻城里唤回自己说:"我也太高兴、太高兴了!"突然,她又指着草地上喊:"啊,一条蛇,一条压死的蛇!"

大伙儿一瞧,哦,原来刚才他们3人压在杨虹漂身上,杨虹漂却压在蛇身上,这条蛇没有受过负重训练,它顷刻之间被4个人的重量压扁了!死蛇嘴边还有一只从蛇腹里挤出来的青蛙,一只还没有消化的青蛙。

金山捡起这条深绿色的无毒草蛇说:"今儿大家高兴,想不到你却付出了生命实在对不起。愿你的灵魂升入天堂,永远脱离世间的苦难。阿门!"祈祷完毕,他把小蛇和青蛙埋在草地的沙土里,上面还压了一个石块。海力他们也用目光为死者送行。

沉默了半分钟,他们的血液又开始沸腾了。金盐、金山不约而同地抱住杨老师,分别在那粉红色笑脸的左右酒窝处亲吻了一下。杨虹漂先金盐,后金山,也赠给每人一个香吻。海力微笑的脸像一朵英雄花,一只蝴蝶和两只蜜蜂在他头顶盘旋。杨虹漂挥手赶走蜂蝶,用颤抖的双唇在海力的双唇上制造了一个吻……

天崖台草坪露天狂欢活动只持续了不到 10 分钟。金山说肚子饿了,杨虹漂就把包里的食品分给大家。海力边吃面包边说:"这是咱们取得的又一个巨大成果。看来,咱们破解包公遗案已为期不远了。我建议,吃完干粮咱们立即出山,火速向万宝谷进军!"

大家无人不赞成,于是,收拾行囊踏上归路。金盐忽然想到一个问题,他问道:"海力,那掌书上没说明是什么人刻的,什么时间刻的?这很重要呀。"

海力说:"哎呀,我忘记告诉大家了。我记得,上面刻的是大宋庆历多少年,唉,多少年记不清了,反正是庆历年间刻的。这个时间与台湾象牙板上所说的时间一致,可以互为印证。还有那青龙潭的石元宝、蚩尤村的古老传说、金雾台的摩崖石刻,都证实天崖台掌书的可靠性。现在可以肯定,中条山万宝大峡谷中的金玉匣就是藏宝之地。我们现在就去那儿。"

杨虹漂说:"可是,万宝峡谷那么大,何处是金玉匣所在地呀?"

金盐抢答道:"这个不用担心,我们和海力已破译出来了。现在胜券在握呢!"

金山也说:"我们二访哑姑泉,从泉亭的对联上找到了寻宝的秘诀。那副对联其实是用文字编写的示意图。天崖台石壁扁形方洞石刻掌书不是说了吗,金玉匣的方位和开洞宝钥都在泉亭对联上呢。那神姑像脖子上的天鹅玉坠儿其实是泉亭的备份，上面的对联一模一样呢。设计并实施这一整套的人真是有天人的智慧、老谋深算啊！"

"简直是神机妙算。"海力说："那天崖台的石壁从侧面看是一竖，石壁下平整的草地是一横，而石壁上的黑藤构成了一个米字，这不就是断的左边部分吗？那么'断'在天崖就从这许多角度被证实确实是断在天崖。这种明暗之合、语言与山态之合的精巧安排，简直是神来之笔！还有，为什么石壁断面上能长乌绳草？还能长成一个米字？这是因为有人在石壁上按米字的笔画凿了许多石眼，石眼口小肚里大，像个葫芦形状。葫芦里装满了泥土，乌绳草就扎根在这每一个石眼的泥土里。刮风下雨，雨水顺石壁而下沿着藤蔓灌进石眼儿，山中雾气霜花也给予乌绳草滋润哺育。可以断定：这些乌绳草都是人工移植栽培在石壁上的。为了这扁形方洞掌书，他们还精心选择了这四面为涧、几乎与世隔绝的天崖台，还给乌绳草上引来了多种毒蛇，在石壁下移植了烈性毒草金银草，以多种屏障和防卫措施保护这扁方形石洞中的掌书。如果不是亲眼看见，谁都会以为这是天方夜谭、痴人说梦呢！"

活人不能让尿憋死

海力他们边说边走，边走边说，不大工夫，已经爬过了环形岭，来到上午他们过涧的毒蛇头。山神腰带还横拉在石涧之间，这也是他们回归的唯一桥梁。金山说："我先过去吧。我过去接应你们。"说着，双脚一跳，腾空去抓山神腰带。

海力正要说话，但话还没出口，一看金山腾空，急忙移动脚步，唰地伸手揪住了金山的衣服把他拉回了毒蛇头。金山不解地问："为什么？"

海力先不言语，伸手拽住那山神腰带使劲儿拉了拉，只听涧对面咯崩一声，山神腰带那头从对面崖石上飘然落下，大家一看都惊呆了。

杨虹漂忙问这是怎么回事，金盐问是不是智能抓钩脱落了。海力拉起山神腰带的那头细细观看，又掏出海力放大镜看了两眼，他说："各位镇静。现在我宣布一个不好的消息：那头是被人用准激光刀割断了。因为山神腰带是我国某科研所专门为北极考察队员制造的全智能登山绳索，它耐热、耐寒、耐磨、耐火、耐酸、碱、盐，一般的刀子根本无法将它割断。那智能抓钩是世界尖端电子产品，含有指纹和眼虹膜识别密码，这世界上除了我，任何人都无法把它从被它抓住的物体上拿下来。所以它的保险系数是十万分之十万。然而，再坚固的东西，也经不起激光类射线的切割……"

"谁会割断我们的绳子呢？"杨虹漂说。她一脸惊恐。

"现在不必调查这个了，最重要的是我们要不惜一切地以最快的速度赶到万宝谷去！因为有人在跟我们抢时间了。"海力十分着急地说。

"那怎么办呢？咱们还有绳子，用这绳子怎么样？"金盐着急地问。

海力说："这毒蛇头比对面的山崖要低两米左右，人拽着绳子是不可能由低处荡到十几米外的高处去的。我看这条深渊之桥是无法架起来了。"

金山说："活人难道能让尿憋死？既然牧羊人说他来过天崖台，那么肯定还有能走的路哩。"

海力说："说的对。不过，咱们不能沿着这山涧边的陡崖走，咱们再翻过环形岭去，沿着那岭下草地仔细往岭上搜寻，发现可能过涧的地方再上到岭上观察。我想，如果这样找下去，转不了一圈儿就找到出路啦！"

气氛又活跃而轻松起来。他们顺原路又来到天崖台腹地，紧贴环形山岭顺时针方向行走，发现哪儿山岭有豁口，金山就急忙跑到岭上去看，看看不行，大家又继续前行。就这样从天崖台的正东方向，一直转到天崖台的西北方向，可跨越环形石涧的通道仍没能找到。海力让大伙儿坐下歇一歇，独自上到山岭上去观看。他发现两块岩缝之间有一些曾被人砍折过的灌木，心中大喜。他挤进侧身才能走过的石缝向前搜索，石缝的尽头是一块楔形石头，原来这是个死胡同。

"可是，为什么有人要来这死胡同呢？那曾被砍刀削过的灌木证明有人来过。"海力冷静观察了一下山下的岩石，他运足神力，双掌推住石缝尽头的楔形石块一用劲，楔形石块就在光滑的岩石上慢慢向前滑动了，滑动了1米之后，它再也动不了了。而就在它移出去的左边岩石上，出现了一个纸箱子大小的石洞，石洞那边透过来亮光，能听见隆隆的涧水轰鸣。哈，这可能就是过涧的唯一通道！

　　海力高兴极了，他急忙侧身往回走，手一松，那楔形石块自动又滑回了原位，把刚才出现的石洞堵得不留任何踪影。简直是一座自动门！

　　大伙儿跟着海力钻过了石缝下的石洞，竟来到一条狭窄的石坡上。石坡两边灌木层层，杂草重重，把这石道遮得难见天日，难怪人们从山岭上根本发现不了它。沿着石坡慢慢往下走，他们感到凉丝丝的水汽扑面而来，水点子像细雨一样，打得眼也睁不开。原来，前面已是涧底了。右边崖上淌下的瀑布溅在涧石上，激起了团团雨雾，他们的头发和衣服全像被雨淋过一样。站在石涧下往上一看，阳光在很高的山崖上，足以说明这石涧的确深不可测了。

　　踩在石涧中遍布的大石块上，湍急的涧水就在石块间奔流。哗哗水声震耳欲聋。海力仔细搜寻了一下，他让大家不要动，自个到瀑布那边看了看。他很快走回来说："瀑布那边有能上去的小路。"

　　大伙儿跟他转到瀑布的水瀑侧面，果然有石梯一样的小路，看来是人工凿成的，不过凿造的年代已十分久远了。石梯上长满绿苔，像冰梯一样滑，海力给每人发了一对防滑脚网套在鞋上，走起来便容易多了。他说这也是为北极探险队员设计的高科技产品，目前对世界上还实行着技术保密呢。

　　身边瀑布飞泻，头上怪石嶙峋，耳旁涧水如雷，脚下石梯如冰。他们个个提心吊胆地往上攀登，也不知道走了多长的路，走在最前面的金山突然喊道："到顶了，到顶了！"

　　头上一片阳光，满眼是花开，满耳是鸟鸣，大家像从阴曹地府登上了天堂！爬上石涧回眸一望，杨虹漂连住打了几个冷战，是啊，那么艰险的路，刚才不知是怎么攀上来的！

大伙儿仍在大口喘气，忽然听金山对杨虹漂说："杨老师，请您把脸扭过去。这儿只有屁股大一块地方，我想小便了！"

杨虹漂说："你好麻烦呀。好，我不看，也听不见声音，你怎么方便怎么来吧。"

于是，除了隆隆的涧水声之外，这山崖上又响起一种似乎是把瀑布缩小了几百倍的水声。水声结束后金山长舒一口气说："还说活人不能让尿憋死哩，我刚才就差点儿让尿憋死！以后我要发明一种随时随地都可以小便的随意方便袋，不然的话，跟女同胞一起出外总是受尿憋！"

杨虹漂吃吃地笑了，红云一团一团浮在她脸上。她抿住嘴唇说："好啊金山，我赞成你的方便袋，你别忘了给我们女士也设计一个。可今天你还没设计出来，所以，请你们三位也把脸转到一边去吧，我也要唱歌了！"

龙潭石壳下的疑云

天崖台之行耗去了海力他们大半天时间。当他们回到那座"狐狸也发现不了的天然车库"时，西沉的太阳已压在天崖台的山顶上了。他们整理了摩托车和随身行囊驱车上路，快走到青龙潭的时候，金山突然手指金雾台方向喊道："闪光！那边的山岭上有晃眼的闪光！"

海力急忙停车，他取出望远镜朝金山手指的方位搜索。他影影绰绰看见金雾台侧面的山岭上有几个人，但他们都走在灌木丛后面，山石和草木遮住了他们的身体和面容。一会儿，他们拐到山崖那边不见了。可以断定，金山刚才看见的晃眼的光亮，是太阳照射在他们随身携带的器具上的反光！

海力说："有几个人在那边山上，说不定山神腰带就是他们弄断的。虽然这山中的老百姓也不愿意外面人进入天崖台，但他们不可能拥有激光刀一类的先进设备！"

"他们是有针对性地专门破坏我们的绳索呢，还是不管是谁的绳索他们都割断？如果是前一种情况，那么我们就要特别当心了，因为我们

死海螺碟

危险的对手已经盯住了我们并向我们开了火。如果是后者，那么他们只是山地公共巡逻队性质，对我们构不成多大危险。"海力皱着眉头紧张地判断着。

杨虹漂问："他们是什么人呢？他们为什么要以我们为敌？"

金山道："我替海力回答，他们是一伙想把金银财宝据为己有的居心叵测的心狠手毒的并且具有相当丰富的有关经验的坏蛋！他们以我们为敌的真正原因是他们害怕我们找到那批金银财宝并把它们全部献给国家！"

金山的回答引来了大伙儿一致的热烈掌声。海力要金盐跟他走，杨老师和金山留下看守摩托车。他俩来到那块龙潭空石前，轻轻挪开空石一看，啊，石坑里的潜水服也不见了！坑里有一片用中华牌香烟盒展开的纸，纸上写有字。海力戴上胶指套捡起来一看，上面说："牧羊人拾走并给了你们一枚是我们打捞上来的石元宝，我们悄悄偷走他5只羊，这叫一报还一报。你们偷看了我们的秘密石坑，但是没有动那件潜水服和石元宝，够朋友意气。可是我们也发现了你们辛苦调查才得来的秘密，这就叫互惠互利、平等交易。哦，竞争已经白热化了，它也许惊天动地。胜者为王，相信自己，祝福祝福。（烟盒上没有指纹，你不要查了）再见！"

海力仔细看了看，把这张烟纸放进一个塑料物品封存袋中装好说："没有指纹有指味儿，没有手迹有笔迹，法庭上照样能怔住你！哼，太肆无忌惮了！傻瓜。"

金盐说："他们发现了我们，也了解了我们的行动和目的，我看他们就是你刚才在望远镜里看到的那伙人，就是割断山神腰带的那伙人。在死海里潜水探物的人可能也是他们，还有那在五龙关乡寻找李喜华的高大个，十有八九是他们的主力哩。哼，上次还让咱们吃过鱼钩陷阱，我这一肚子的气还没处撒哩！"

海力点点头说："你说得有道理，事实不能不把他们连到一起。现在的问题是，他们都知道我们的哪些秘密呢？哑姑泉对联和白银海岸白银图的秘密他们知道吗？哑姑泉声回音点的秘密他们知道吗？咱俩的赶兔儿行动和兔儿口袋计划他们知道吗？还有刚才天崖台的掌书他们知道吗？还有，我过敏的事情他们知道吗？"

金盐说："海力，他们怎么会知道这些只有咱们几个人才知道的事儿呢？你太多虑了。他们大概只是在暗中窥视了我们的行动，最多是跟踪了我们并从我们行动中推测出了我们的动机、目的和行动计划。但他们不可能了解到我们至关重要的成果和刚刚获得的成果呀！"

停顿了一下，金盐又开玩笑说："除非，除非咱们的人给他们打电话汇报工作！"

"你是说，你是说如果他们能够知道我们的机密，那就有可能是我们的人向他们打电话报告了情况？"海力若有所思的问道。

"我不是这个意思，"金盐说："海力，我只是开个玩笑呀。谁也不会跟那些坏人有联系，更不会暗中送给他们情报呀！"

此时，他们听见金山在山坡上喊："盐哥儿，怎么样啦？咱们赶快走吧！"

海力对金盐说："我相信咱们6个人中的每一个人，但我还是要提醒大家提高警惕性。上次我在五龙关乡已跟你说过了，有一团疑云始终笼罩在我的心头，使我总感到一种危险在跟随着我们。今天的山神腰带被割事件和龙潭石坑纸片已证实了这团疑云并非空穴来风。"

说着，他们向山坡上走去，海力还小声叮嘱金盐不要将石坑纸片的事儿告诉杨虹漂。金盐点了点头。

苇丛夜莺啼不住

沿着古盐道走出山口，太阳已经落下西山。人急天不急，夜之神已经拉开了沉沉的黑幕来装点它的世界。海力他们二探万宝谷的计划只好推迟到明天早上进行。

晚饭在金盐家里吃。金盐妈妈见家里来了个如花似玉的美女老师，显得特别高兴。她为几个孩子做了一顿自己认为最可口的晚饭，孩子们

死海螺碟

一个个吃得十分满意。她还给孩子们烧了一大锅热水，让他们从头到脚擦洗了一下身体。

晚上8点多了，海力他们4人一起来到芦苇木棚休息。死海水静静无语，芦苇滩也悄然无声，偶尔几声短促的夜鸟叫，也瞬间即逝。大天鹅已经从死海里整队飞走了，渐渐温暖的死海水就是它们回归北方的无声命令，它们在遥远的地方等待着大自然的物语，只有听到了这个物语它们才能重返死海。

芦苇木棚里有几床柔软的棉被，杨虹漂照例盖那床红花蓝底儿的被子，她盖过的被子像是用香草熏过了一样芬芳。前半夜的月亮已很亮了，芦苇木棚在月色下像飘浮在云彩上的摇篮，每个人躺在其中都会感到晃晃悠悠、晃晃悠悠的。

他们的确十分累了，金盐、金山正说着话就打起了鼾声。杨虹漂学的体育，干的体育，体魄很好，因此也迅速入梦。海力靠木棚门口而卧，他听见他们都睡去了，又转动耳朵聆听了一下木棚周围200米以内的声响，他觉得没有什么异常，于是也眼一闭进了梦之国。他太困乏了，困乏得没有听见杨虹漂走出芦苇木棚的声音。

芦苇棚本来空间不大，又加上有个魅力四射的年轻姑娘，所以他们4人睡觉都是和衣而眠。杨虹漂的手机虽然在图书馆摔了一下，但无伤大碍。此机真正称得上是质量信得过产品，下羊汤、掉地板仍安然无恙，确实是制造商的骄傲。当海力他们香鼾四起时，杨虹漂的信得过产品突然发出了一阵阵振动。这个振动只有杨虹漂能感觉到，因为它就装在她的衣袋里。入梦不深的杨虹漂被唤醒了。她轻轻掏出手机来，此时振动声已停。她打开显示键看了一下，黑暗中立刻双颊发烫。她一点一点揭开被角，尽量不让芦苇发出声响，以免打扰他们3个人休息，然后悄悄掀帘出了木棚，借着月色向芦苇深处走去。

杨虹漂走到了她认为比较满意的芦苇丛中，脱下裤子一边小便一边给刚才的来电号码拨了号码。对方很快就接了电话，声音很清晰。

杨虹漂说："喂，您好啊蒲记者，我是小杨。这么晚了还在写我们的稿子吗?"

对方说:"杨老师您好,我是在写你们的稿子,现在刚 10 点钟,我每天写到零点才睡觉呢。怎么,您已经睡觉了吗?如果睡觉了那就明早再说。"

杨虹漂说:"没事儿没事儿,我已经从木棚里出来了。哎,我今天真的能给您提供非常好的素材呢,您信吗?"

"您每次都这么说,可是每次都提供不了特别让人感动,至少是特别让人感兴趣的细节。怎么,今天你们的行动非常理想吗?"蒲记者问。

"是呀,您根本想象不出来有多好!我和海力、金氏双胞胎兄弟 4 人去天崖台了,因为海力从一个叫金雾台的山峰上看到了摩崖石刻,石刻上有句隐语说天崖台上有秘密。结果我们用一根特制绳索搭了一道天桥,攀着天桥过了深石涧。嘿,你猜怎么着?那天崖台四周是平平的绿草,它独独一座山峰像个富士山!真是奇妙透顶了!更奇妙的是天崖台的南面半山腰以上不是斜坡,而是刀切似的一面大石壁,不知什么人在石壁上钻了眼,种上了一株株长黑蔓的草,这些草组成了一个大大的米字。海力真不愧是中国有名的神探,这都是他发现的。他还断定那米字中间有机关,于是从山顶坠了根绳下去,嘿,果真找到了一个扁石洞,是人掏的。"杨虹漂越说越兴奋,忘记了自己的裤子还没提上来。

"杨老师,请您说慢点儿,我还要把这都记录下来呢。昨天我不是告您我出车祸了吗?哦,是左胳膊碰了一下,右胳膊没事儿,但这也影响记录速度呢。您说吧,你们在扁石洞发现了什么宝贝?快告诉我,妈呀,我太激动了!"杨虹漂听出来蒲记者对自己的话十分感兴趣。

杨老师继续说:"宝贝没发现,倒是发现了一种刻在石头上的掌书,海力说这书是世界独一无二的书呢。您说这素材好吧!哦,这书只能用手摸。海力果真是无所不知、无所不能的,他用手掌读懂了那些文字!"

"啊!都是些什么文字?您快快告诉我,我太激动啦!"蒲记者在那边似乎欢喜若狂。

第五章 天涯乌藤辨掌书 大峡猴王斗蛊贼

"是的，我是要告诉您的。那文字说，说哑姑泉的对联上藏着找到金玉匣的图纸，金玉匣就在万宝谷某个地方呢！"杨虹漂十分自豪地说。

"上面没说金玉匣里有什么宝贝吗？这至关重要呀！"蒲记者简直要从杨老师的手机里钻过来当面问她了。

"有啊，有啊，文字里说北宋时期失踪的金银财宝就藏在金玉匣里！"杨虹漂也欣喜若狂了。

对方半天没有吭气，杨虹漂"喂喂"了五六声儿，蒲记者才说："我从来没今晚这么激动！啊，我刚才都晕过去了，您知道吗，这一下我的报告文学有了核心素材啦。嘿，我一定要把这篇文章写成惊世之作，起码不亚于当年金元宝失盗而引起的轰动！"

杨虹漂说："这事儿跟那事儿不一样啊，您怎么拿我们跟当年的盗贼比呢？"

"哦，对不起，对不起，是不一样，一点儿也不一样！杨老师，我太激动了，我们要抓紧时间行动了，胜利在望呀。"蒲记者简直得意忘形了。

杨虹漂说："你们要抓紧时间行动了？你们是谁呀？行动什么？"

"哦，您误会了，我是说，咱们，不，是我要抓紧时间连夜把这段精彩至极的文章写出来。到时候，在我们刊物上推出一期死海探宝的专辑报道，嘿呀，石破天惊，一定会轰动全国的，您也会名扬天下的，哈哈哈。"

杨虹漂和蒲套堂

"您也会名扬天下的"这句话，杨虹漂已经听蒲记者说过好多遍了，他们俩通话时他每次都要说这几个字。这几个字也每次都让杨虹漂双颊泛红。可是不知为什么，今天杨虹漂听到它以后，却感到味儿不大对，尤其是听到蒲记者最后的3声浪笑之后，她心里忽然产生一种莫名其妙的厌恶和反感。

但这种反感没有抹杀蒲记者在杨虹漂心中的高大形象。杨虹漂是在

7年前认识蒲记者的。当时她正参加国家体操运动员选拔赛,雄壮而魁梧的蒲记者随同一名体育杂志的摄影记者来训练场采访。见到杨虹漂之后他向她点头致意,自我介绍说他叫蒲套堂,是个实习记者。虽然当时他只问了杨虹漂几句话,但杨虹漂已把他记在了心里,她当时记的名字是"葡萄糖"。

  时光一晃过去了7年,7年中杨虹漂没见过蒲套堂,她偶尔想起了他,也是从脑海里一掠而过。3月初台湾寄来古象牙板之后,杨虹漂与海力、调王、马兰奇4人开始了第一个"随风潜入夜"行动。就在那次的星期五列车上,杨虹漂偶然碰上了蒲套堂。人高马大的蒲套堂显得成熟了许多,杨虹漂几乎认不出他来了。而杨虹漂也从一个小小体操队员,长成了青春气息飞扬的中学体育老师,蒲套堂当然更认不出她来了。他虽然认不出杨虹漂,但他却能看到她美丽的面容和优美的身姿。当杨虹漂与海力、调王在火车上又说又笑的时候,杨虹漂那可以穿透时空的笑声震颤了他的心。他鼓了鼓勇气循笑声而来,果然找到了这位美女乘客,于是他自我介绍说他姓蒲,蒲剧的蒲。他的形象和他的姓氏,立即让杨虹漂想起了那个曾经采访过她的实习记者,是他,真的是他,杨虹漂当时在心里说。可是正在此时,蒲套堂却被并不喜欢他的调王等人用喷嚏和话语驱赶走了。杨虹漂看穿了调王、马兰奇的恶作剧,也明白他们不喜欢蒲套堂,于是她就借口上厕所,起身去找"葡萄糖"了。

  蒲套堂万万没想到列车上的美女乘客竟是认识自己的人。他喜出望外,主动向杨虹漂介绍他现在的状况,说他在《伴君走天涯》杂志社当记者。他说该杂志在全国发行100多万份,是主打名山大川游玩和各种探险活动两大内容的特色刊物。还说如果她想去旅游和探险的话,他不费吹灰之力就可以帮她的忙,因为他认识国内外许多大旅行社的董事长、经理,也熟悉各条旅游线路和各大风景名胜的情况。还说有很多旅行社和著名景点的领导都邀他去旅游和采访,而且允许他携带一至两名挚友或家人,吃住行玩他们全程全项免费。而他没有可带的家人,像杨虹漂这样既和自己熟悉,又十分美丽漂亮的年轻女孩是最合适的人选。

死海螺碟

因为与美丽漂亮的女孩一同游历名山大川,不仅可以写出更加精美的报道来,而且还可以以锦绣山川做背景,给她拍摄许多令人心动的照片。这些美女山水照片有的可以上杂志封面照片,有的可以参加全国或世界性的旅游摄影大赛,夺他一两项金奖银奖也问题不大呢。而很多年轻姑娘就是靠这些照片和赛事成为封面女郎,摄影模特的,她们一成名便是百万富翁、千万富翁、万万富翁,都拥有自己的豪华别墅、世界名车和贴身帅哥保镖,还有属于自己的经纪人、投资商和律师,如果愿意的话,她们还可以开办几个自己想办的公司,品尝一下那董事长的滋味……

杨虹漂十分赞赏蒲套堂的口才和才干。尽管在人多口杂的列车上蒲套堂还不能够放开手脚进行演说,但他那言简意赅的话语已让杨虹漂心动加速,热血沸腾了!她感到头晕目眩,仿佛自己已经被蒲套堂牵着手拉到了那五彩缤纷的天地里,她似乎已成为他说的那种角色了!于是,她的双颊红得发烧,以至于烧红了她的耳朵、头皮、脖项,就连衣服遮掩下的身体的每一处部位,都被烧得红彤彤放光!

杨虹漂用了很大的毅力才抑制住自己的感情。她兴奋地告诉蒲套堂,说她们正去从事一次探宝活动。这次活动可能要旷日持久,活动结束后她一定跟他联系,如果他愿意带她出去,她就在暑假等着他。

听了这话,蒲套堂问是什么探宝活动,还说你们中学教师和几个学生能探什么宝。杨虹漂一听就急了,反正蒲套堂也不是外人,于是她就存钱罐里倒硬币——一五一十地把古象牙板的事跟蒲套堂说了,还说有海力这个全国的少年神探,他们肯定能搞出人们都意想不到的成果来。

蒲套堂听了杨虹漂最后几句话,特别是听她说是海力在领头搞探宝之后,立刻显得异常关注。他思考了一会儿对杨虹漂说:"你们的探宝行动很好,我全力以赴支持,但是恐怕海力他们多心,我只能在暗中支持。"

杨虹漂问他怎么支持,他说:"我从头到尾关注整个活动进展情况,并从现在开始把它一点一滴记录下来,按发展阶段写成报告文学。

等到你们探宝成功，我就立即在《伴君走天涯》杂志和全国许多报刊上刊发。这样一来，不仅我和我们的杂志可以出名得惠，而且你和你们的探宝同伴也会名扬天下。到那时候，你就是名利双得了，我们再开始我们的旅游之行，我也真正来个'伴君走天涯'！"

杨虹漂听了这话更是晕得死去活来。而蒲套堂并不晕，他反复叮咛杨虹漂说："您必须及时地给我通报你们的探宝行动和进展情况，特别是把取得的阶段性成果及时、详细地叙述清楚，这是这篇暂名为《二十一世纪死海大探宝》长篇报告文学能否写成功的关键。但为了采访方便，咱们可以用电话和手机通话，您的手机从现在起由我付费，这是我们杂志社的规定。为了避免采访受阻，我想，我们今天约定的事情除了你我之外，任何人不能让他知道。"

"这么大的事儿，瞒着他们不太好吧？杨虹漂说。

蒲套堂急忙说："你误解了，我只是说暂时要瞒着他们，一是为了顺利作成这篇文章；二是如果真的可以探宝成功的话，我想这篇报道可以给他们一个惊喜。"

蒲套堂还与杨虹漂击掌盟誓，双双表示一定恪守诺言，诚信对友。

万宝谷里的老人参

杨虹漂正蹲在浸满月色的芦苇丛里遐想，却听见身后一阵唏唏嗦嗦的响声，而且，响声越来越近，她觉得有点毛骨悚然。与此同时，她又听见木棚那边的芦苇丛里，也传来苇叶的响声。她急忙站起来提裤子。正在这时，金盐在她面前大声喝道："狐狸！打死你！"

芦苇丛里刷刷刷一阵响声。金盐对杨老师说："对不起，打扰你了，但是我啥也没看清楚。我见你出去这么长时间不回来，怕你出事儿，就来找你。刚才你身后有一只黑狐狸，它抽着鼻子盯着你，不知道它想干啥哩，我一喊，它吓跑了。"

杨虹漂吓得脸上又现出了红云。她轻声说："狐狸也敢咬人吗？金盐。"

金盐说:"往常狐狸总是远远地躲着人,今儿却往人跟前来了,怪事儿都叫我碰上了!"

杨虹漂心里有数,她说:"大概是它嗅到了我身上的香味吧,或者它把我当成一只女狐狸了。哈哈哈……"

一朵云彩飘过来了,月亮钻进了云里。金盐和杨虹漂也走进了棚里。春天的夜,宁静而神秘。

第二天,天还没亮,海力和金盐就睁眼醒来。他俩唤醒金山和杨虹漂起床,又各自整理好必带的物品,一切停当之后,开开大门出院。为了节省时间,海力建议他们就到村口上的小饭铺去吃早饭。饭铺的门还没开,听金盐敲门,店老板嘟囔着说:"你是进京赶考呀,还是到州衙上任?有天不明就吃饭的吗?"

金山喊:"有比这更急的事哩,快起来弄饭!"

店老板给他们每人做了3颗荷包蛋,又切了一些碎咸菜,抬了一盘凉蒸馍说:"刚睁开眼,啥也不现成,对凑合吃一点儿算啦。要想吃的话,中午或晚上来,我好好给你们炒几个菜,咱们哥儿几个划几拳!"

吃饱饭,金盐又向店老板要了一些咸萝卜、糖蒜、蒸馍、饼子之类的,还拿了一些饮料和矿泉水,把这些全都打点齐备,然后发动摩托车奔向大峡谷。

黎明前的黑暗只是一瞬间。他们到达第一次探谷时放摩托车的地方时,天已放亮。再往前,峡谷里实在行不得摩托车了,海力让大家把野马和海狮放在一块突出的石岩下,问谁留在这儿看车。金山说:"上次就是我和调王看的,这次我不想看了。"

金盐说:"进大峡谷更需要人。要不,咱们把车锁好放这儿全部进山?反正大峡谷里很少有人来,即使有人进来,也不可能动咱们的摩托车,大家说行不行?"

"我说不行。"海力他们还没有开口,就有人说话了。话音自他们的头顶传来,把4个人惊了一跳。海力抬头望去,只见峡谷两面十几米高的半山崖上分别站着两个人,一个是长胡子老头,一个是瘦小个子的男人。说话人正是那个长胡子老头。

老头说:"摩托车放在这里没有人看管可不行。你们说峡谷里没人来,我父子俩不是人?实话说吧,比这更早都有人进谷里去了,那些人看上去不善良哩。"

杨虹漂嗓音如歌地说:"老爷爷,你是谁呀?您在这儿干什么呀?"

老头哈哈笑着说:"我姓任,山里人都叫我老人参,这是我的憨憨儿子,叫狗儿。我父子俩是到这峡谷里采药去哇,我俩靠这穿衣吃饭哩。"

此时,天色渐渐发亮了。海力仰头看着老头,老头的身影被蓝天衬托得十分高大。海力亲切地叫道:"嗨,原来是任药师。晚辈谢谢您的指教。"突然他喊道:"哎,我失误了,我失误了!"

杨虹漂他们又吃了一惊,忙问:"什么失误了?"

海力说:"咱们昨晚只顾上谋划今儿早早进峡谷呢,可把金月钩日的日期忘光啦!今天是农历初八日,天上不会有金月钩日现象。因为金月钩日只会发生在农历的月末几天。咳,我怎么眼睁睁地把这最关键的东西忘了呢!"

"你是说,今天在大峡谷里看不到金月钩日?"杨虹漂问。

"不仅在大峡谷里看不到,在哪儿也不会看到。"海力还没张口,那山崖上的老人参又说话了。

"老爷爷,您也知道金月钩日?"杨虹漂歪着脖问。

"不就是月牙婆婆在天上迎接太阳公公吗?那有啥稀奇?每月农历二十几都能看见哩。可是,在这万宝大峡谷里,一年可只能见到一回。"老人参真是峡谷之神,他什么也知道。

"老爷爷,您老人家能从崖上下来吗?我们还有很多问题要向您讨教呢!"海力仰脸恳求道。

老人参说:"你们先告诉我你们为啥要到万宝谷来看金月钩日,然后我再决定下不下去。"

海力说:"我们是受台湾一位老人的重托,前来寻找一处藏宝洞。

只有在峡谷里看到了金月钩日，我们才能确定这个宝洞的具体位置呢。"

老人参一听，没有言语就健步走下山崖，他的傻儿子像只猴儿似的一窜一跳地走在他前面。走到海力他们跟前，海力他们这才看清了。老人参鹤发童颜，胸前一大把美丽的银须，宛若太白金星下凡，活像一棵长白山里的千年老参。他身边的傻儿子也有 40 岁左右年龄了，又瘦又小，身高不过 1.4 米，两只小眼睛骨碌碌乱转，两手背上长满了黑毛，指甲有 3 厘米长，尖利似刀。

老人参声若洪钟地说："看来，你们都是实在的娃娃！世上像你们这样的实在人越来越少了。我答应你们，要问啥尽管问吧。但是，不要问我牛家院在哪里、藏宝洞在何方，因为我根本不知道，我如果知道的话，还用起五更钻山沟挖草药吗？"

就是 4 月 15 日

老人参今年 83 岁了，身体却像小伙子一样健壮。他朴实坦率而幽默风趣的说话风格，一下子把海力他们感染了。他们非常喜欢老人参。

老人参告诉他们说，他的真名叫任长身，祖辈住在山里，采药卖药为生。1979 年的农历二月二十六日，他在大峡谷后面的神女峰上挖到一株百年老人参，从此被人们叫做"老人参"了。这棵老人参长有 30 多厘米，通身长满长须，就像一个寿星佬。他不舍得卖，因为这是他家人老几辈采下的最贵重的药材。有人找到山里买这棵老参，开口出价 5 万元，老人参说啥也不卖。说这人参不是参，他已成了精，成了神。神怎么能卖钱呢？直到现在，他仍把这株百年老参供在自己家里的方桌上，与他父亲的遗像供在一起。

"我 6 岁起跟着父亲在山里采药，这大峡谷我不知道走过多少回了，可我只看过一回你们说的什么金月钩日，就是 25 年前我采到人参那一天，因此我记得非常清楚，是农历二月二十六日。那天我起得很早进了谷，天亮了，忽然，我看到了压在东山峰上的太阳，我很奇怪，怎么在深谷里也能看见太阳呢？又抬头一看，西天上还有一个弯弯的月亮。这真是奇事,太阳和月亮我都同时看见了!我心想这是好兆头,果然就在山里发现了老参。按说那棵老参长的地方不知有多少人去采过药了,我都曾经去过几十回,可是都没有发现它。人们都说上了50年的人参会走路,大概它是从什么地方才走到这里来的!"老人参兴高采烈地讲着故事。杨虹漂他们都听迷了。

海力问:"老人参爷爷,您是在什么地方看到金月钩日的?"

"大峡谷这么大,我们想知道您当时站的确切位置呢。"杨虹漂鹦哥儿般地说。

"确切位置就在鬼坐椅上,那是一块像一把坐椅的怪石头。我就是站在它上面看到的,这不会忘记的。"老人参笑呵呵地说。

"您是说,一年中只能在鬼坐椅那儿看到一次金月钩日,而在其他时间,其他地点都看不到了吗?"金盐着急地问。

"是的,一点不假,这我试验过多少次了。请相信我,孩子。"老人参回答。

杨虹漂此时正在扳着指头算着什么,忽然她高兴地说:"老人参爷爷,您说的农历二月二十六日,是不是4月14日?离今天还有17天?"

"不,是4月15日,离今天还有18天。"海力纠正她说。

"是,是4月15日,还有18天。"金盐、金山也算了一下说。

"可是,今年的二月二十六日已经过去了呀。现在是闰二月,4月15日是闰二月的二十六日。"老人参惋惜地说。

"闰二月的二十六日就看不到金月钩日了吗?难道还要等到明年农历二月?"杨虹漂一听都快要急哭了!

"老人参爷爷,请您再想一想,如果一年里有两个农历二月的时候,到底是在哪个二月里能看到金月钩日?"海力努力使自己的情绪保持镇定。

老人参想了想说:"一年两个二月,哎呀,我确实弄不准是前头这个二月呢,还是后头这个二月。可是我想啊,应当是前头的二月,不是现在的闰二月。"

"可是,"金盐脸涨得通红说:"前些天我们去哑姑泉,村里的勺儿爷爷说二月初四是一年中唯一的银鲫吞鲤日,后来我们就去看了,果然见到了这个奇观。金月钩日和银鲫吞鲤其实都写在一副对联里面,难道闰二月只能看到银鲫吞鲤,而不能看到金月钩日吗?"

"是啊,金盐说的对!"海力他们都觉得心头一亮。

"你们在哑姑泉看到银鲫吞鲤啦?"老人参高兴地问。

孩子们点点头。"这就对了。如果你们在这个闰二月初四见到了银鲫吞鲤,那么,就一定会在这个二月二十六日看到金月钩日。呵,呵,呵呵呵!"老人参痛快地笑了。他说他要去采药了,劝海力他们到4月15日那天再来。

此时,万宝大峡谷的天空出现了灿烂的光辉,太阳,这盏宇宙之灯把大峡谷的一草一木都照亮了。

峡谷孙悟空——任狗儿

杨虹漂、金盐、金山听老人参说让他们暂且打道回府,等18天后再来,一个个都你看我,我看你,最后大家一齐瞅着海力。

海力说:"碰见老人参爷爷是咱们最大的幸运!他老人家给咱们指点迷津,咱们少走多少冤枉路呢。虽说要等18天再来,可是,鬼坐椅到底在哪儿,我们应该先去亲眼看一看。"

大伙儿一致赞成。老人参非常高兴,他喜欢这么多人与他同行,哪怕只走100米也行。正当他们提步要走的时候,老人参的傻儿子嗷嗷叫起来,并一蹦一跳地用手指着那3辆摩托车。

老人参见状说:"他是问你们摩托车谁来看哩。"

杨虹漂说:"是呀,咱们一开始提出的问题还没有解决呢。要我说,咱们玩个大胆吧——全体进谷,不留看护!我不相信摩托车会出问题。"

金氏双胞胎也说:"这么激动人心的时刻,谁能不去呢?我们的摩拖车不怕丢失。海力，你的海狮呢？"

"海狮也不怕，那么咱们赶快走吧！"海力说着，迈步就走。

老人参猜透了这些孩子的心理，他们都想到大峡谷里面去，谁也不愿意留下来看车。于是他说道："你们既然都想进谷，我倒有个主意，不知行不行？"

大伙儿问什么主意。老人参指着自己的儿子说："让狗儿在这儿替你们看车吧！"

海力他们听了这话不言语。老人参明白他们的意思，于是喊叫儿子说："狗儿，过来。"他从地上随便捡了一块小石子递给他。狗儿拿了石子后，又手把它捧在胸前，如同捧玉皇大帝赐给他的东海龙珠。

老人参说："你们几位谁能把他的小石子要去？骗走夺走也行。他不会说话，但他能听懂人们的每一名话。你们试试吧！"

金山早急得不耐烦了，他噌地一个箭步向狗儿窜过去，伸出鹰爪般的右手想把狗儿的石子一把夺下。谁知狗儿比猴儿还机灵，没等金山的手伸到自己胸前，他早嗖的一声从地上弹在半空中，让金山扑空了。金山一眨眼发现狗儿不见了，急忙四面搜寻，此时狗儿却落在他肩上，用脚一蹬金山的背，把金山蹬倒在地。

金盐看在眼里，也扑过来帮助金山。双胞胎使出浑身本领，扑过来，抓过去，始终无法靠近狗儿。他俩急中生智，手牵手组成半圆形把狗儿逼到山崖下。二人互相对视了一下，一齐扑向狗儿。狗儿却轻轻一跃，贴在了岩石上面。

老人参呵呵大笑说："到此停止吧，你们不要抓他了，在这大峡谷里，你们根本别想抓住狗儿。土豹子那么凶猛，它们都伤不着狗儿呢。我这儿子傻是傻，可像孙悟空一样猴精哩，我看它就不像个人，倒像个猴儿。"

海力也是平生第一次见到身体如此轻灵的人。他说："老人参爷爷，外国人出个蜘蛛侠就大吹大擂，咱们的狗儿如果去攀摩天大楼，那还不跟在天安门广场散步一样简单吗？狗儿真是难得的奇才！"

狗儿能够听懂海力的话，他把左手放在额上表示感谢。老人参跟狗儿交代了几句话，狗儿嗷嗷叫着摇着头。老人参说："狗儿听话，我采些药就回来，看好这些摩托车啊。"说完，就招呼海力他们上路。

杨虹漂急忙从兜子里掏出来一些吃的、喝的留给狗儿，并给狗儿招招手说："我们很快回来，劳驾了！"

老人参虽说83岁了，但耳聪目明、反应灵敏，他在石头荆棘之间行走，健步如飞。他边走边告诉海力他们，说狗儿是世界上最忠诚可靠的人。只要交给他看管的东西，他从来不会弄丢。如果给他几根野草叫他看管，那么也保证一片草叶儿也不会受损。老人参讲了一个有趣的故事，说有一年冬天他去西安卖药，只剩下狗儿一人。村里有人开玩笑，拿了一块冰交给狗儿，说是你父亲走的时候让他们把这块冰交给你。狗儿起初不信，他们很多人都出来作证。后来狗儿信了，就把那冰块抱到屋里去放在桌子上，自个儿坐在冰块跟前半步不离。可屋里头热，狗儿发现冰块开始融化了，水从桌子上流下来。他怕冰块给化了，急忙把它拿到屋子外面，一夜一夜守在冰块跟前，谁说也不听，直到父亲回来后，他把冰块交给他。

"我一辈子没有对人发过脾气，但那回我大骂了他们一顿。我心疼我的宝贝儿子呀。他妈早早就病死了，中条山里的几百味草药也没治好她的病。这世界上有几十亿人，可只有狗儿是我的伴儿，只有他能与我相依为命哇。"

大峡谷里只有脚步的声响和海力他们的心跳声，因为老人参不再说什么，海力他们也不知道该说什么……

大树拍地地陷落

有老人参前头给他们带路，海力他们比第一次探谷时走得省心多了，而且也走得快得多了。杨虹漂走着走着走到了最后面。因为大家都知道女孩子事儿多，所以就让她跟在最后走。海力走一截，就回头看她一下，特别是走到那些山石险峻之处，更是要嘱咐两句。说话之间他们来到了一道悬崖下。崖上向沟里伸出了一棵棵不知名的树木，它们犹如猴子探海那样朝下长着。海力抬头看看这些树木，认为这也是大峡谷的一奇，可是，这些树木要是掉下来呢？掉下来就会拍在行人的头上……

海力刚想到这里，就大喊一声："躲开！"他的身体随着喊声嗖地弹到了杨虹漂跟前，把正在抬脚踏上一块石头的杨老师一把推出三四米远，屁股朝地摔了个仰巴叉。与此同时，一根粗大的树木轰的一声砸在杨虹漂刚才行走的地方，把她刚才正要踩的那块扁石头都砸得四分五裂！海力在推走杨虹漂之后，自己又借助反作用力嗖地弹回了他起身的地方。树木上钢铁般的枝条从他面前扫下来，打得石头地上直冒青烟！

老人参和金盐他们都吓了一跳。他走过来用采药铲敲了敲大树说："这树在石头上长了一二百年了，啥时候也不掉偏这时候掉？我看看。"他一看说："这是人锯断的树，用钢绳吊在崖上哩。"海力一看，树的根部还连着一根柔软而无比结实的钢丝绳。看来，树是在钢丝绳松动以后才坠下来的。

海力看了看杨虹漂那身红白相间的高级运动服和她红云白云交织的脸颊说："有惊无险，多多操心！"他还嘱咐金盐、金山走路要当心，并让杨虹漂走到自己前面，他走到最后面。

老人参用采药铲指着前面说："再走这么长时间，鬼坐椅就到了。"他接着说："狗儿一定在摩托车跟前坐着哩，狗儿可乖哩。咦，这儿的石头谁动过了？这些大石头怎么都把路围得这么窄了？我记得前几天还不是这个样哩。"

海力走在最后面，没听清老人参在说什么。他往前面一看，看见有两排大石块把向前走的路夹成了一个不到50厘米宽的通道。通道上连一个小石块也没有，又光又平。看样子是有人专门在这儿摆了一个这样的石通道，因为大自然之手无论如何也弄不出这样不自然的作品。如果是人专门摆设的，他们目的是想干什么呢？是想造一个景吗？或是想让石头列队欢迎探谷者吗？都不可能，那么，他们又是在玩大树那样的把戏吗？那次是砸人拍人，这次是……

"陷人!"海力突然盯着杨虹漂的鞋底大喝一声。随即唰一声扑向杨虹漂,而此时杨虹漂的脚和下半截身体已轰隆一声落在石坑里,腰以上的身体仍继续向下坠落!但在这不到0.5秒的时间内,海力飞过来的右手已揪住了杨虹漂的后衣领,他的双腿也一左一右架在了通道两旁的石头块上。与此同时,杨虹漂前面4米远、身后4米宽的通道也轰烈塌陷,原来平整的通道顷刻间变成了一个埋人的深坑!

杨虹漂被海力提着衣领悬在空中打秋千,金盐从石块上跑过来帮海力把杨老师弄到石头上。杨虹漂脸颊上的红晕也被灰白色覆盖,她还没有弄明白这是怎么一回事儿呢!

老人参惊诧地说:"山沟里有陷阱,这不是陷豹子的,是想陷人哩!哪个心坏的人干的?"

杨虹漂此时缓过劲来了。她侧头问:"老人参爷爷,您在山里遇到过这种事儿吗?"

"没有,没有哇。我整天在山里走动,从来没碰到树砸啊、坑陷啊。有时候也会碰到山峰上往下滚石头,还见过泥石流哩,可那都是山神爷和天神爷干的,与人没关系!"老人参表示今天让他大开眼界了。

"快了,就快要到了。拐过这片漆树林再走一会儿,就看见鬼坐椅了。"老人参安慰大伙儿说。

老人参的新经历

一说漆树林,金盐就不由得紧张了一下,但只过了5秒钟他就说:"海力,我太高兴啦!"金山忙问盐哥儿高兴什么。金盐说这你应当知道啊,因为海力见了漆树不会过敏了,昨天在天崖台已经证实了。

他俩这么一说,海力突然想起了什么。他们往前又走了几十步之后,海力悄悄对杨虹漂说:"让他们先走,你跟我来一下。"他把杨虹漂叫到一块大石头后面说:"咱俩个头差不多,现在把外套换一下,原因你先别问。"

杨虹漂说:"非换不可吗?"海力点点头。杨虹漂说:"可是,我只有外套，就穿了一件运动衣，而且，而且没有戴乳罩。"

海力背过脸说："就这也要换，现在咱们一齐脱：one，two，three！"说完，把自己脱下的米黄色休闲衫递了过去，杨虹漂也把自己的运动衣递给了他。两人背对背换了上衣，又背对背换了裤子。换好之后他们稍稍整了一下装，急忙去追赶老人参他们。

海力仍旧让杨虹漂走在前面，他小声问杨虹漂为什么不戴女孩子都戴的东西，杨虹漂问他怎么知道女孩子都戴，海力无言以对。杨虹漂笑着说："有些人就不戴那个，有些人是为了某些人不戴。"海力脸一红，他知道她的意思。

海力突然悄声问道："杨老师，你说一会儿我见了漆树会不会过敏？"

杨虹漂说肯定不会，因为昨天已弄清楚是金银草在作怪了。海力问她这峡谷里会不会有金银草，鬼坐椅那儿会不会开金银花。杨虹漂抿唇一笑说："有我你还怕什么。"说完她问海力为什么要与她换衣，海力说他正在验证一个推测，因此不能将推测告诉她。

正说着，听金盐喊："到了，那就是漆树林。漆树林啊漆树林，我们的海力再也不惧怕你啦！"

老人参非常高兴，刚才的惊吓早已跑到了九霄云外。他招呼大伙儿到漆树林边上休息一下，然后紧走几步就到鬼坐椅了。海力迟疑不决地在移动着脚步。他自言自语说："既然我对漆树不过敏，那么为什么上次在这儿险些儿香销玉殒呢？要提防！"杨虹漂当然也心有灵犀，因此，她跟定海力，不离其前后左右。

老人参取下腰间的铜葫芦说："来，喝口我泡的药酒吧。不会喝酒不要紧，它不醉人的。是用神女峰上的九节菖蒲和十几种鲜山野花泡制的，消困解乏哩。来，一人喝两口！"

杨虹漂接过铜葫芦喝了一口，只觉得清香满口，沁人心脾。药酒入肚后，先清凉又热麻，使人顿觉神清气爽，疲劳困乏一扫而光。海力和金氏双胞胎也尝了尝，都说这胜过太上老君的仙丹。

正在大家夸这药酒时，老人参却转到漆树那边的石坡上去了。一转眼他又回来了，说他想起那荆棘中还有几棵好药材，他去把它们采回来了。还说这大峡谷里哪儿长着啥药材，他心里都有数哩。有的药材即使发现了也不能马上就采，要看它长成了没长成。有的一季长成，有的两季长成，有的四季才能长成，而名贵草药一般都要一年以上才能长成。所以，他还要像照顾狗儿一样长期呵护它们哩。对有些多年才能长成的药材，老人参前前后后都拜访过好多次呢。老人参说："不知道的人认为草药是山里长的，雨水养的，他们根本不知道还是采药人用心血滋润的哩！"

听了老人参这一席话，大家都惊奇不已。海力以为老人参在跟他们上哲学课，他们从中受益匪浅。

金山问："老人参爷爷，您能让我们见识一下您刚才采的好药材吗？"

"当然行喽。只是，这药材有很大毒性，有些人不敢见它的气味哩。"他边说边伸手到药篓里掏出一把花草来。杨虹漂一看，立即大叫一声，随即跑过去把海力揽在怀里！海力此时已是牙关紧咬、双目紧闭、嘴唇发青、人事不省！

老人参一看说："不好！这叫'见草倒'，医院的人叫它过敏症。金银草过敏要人命哩。我有几样专治'见草倒'的好药，可还在我的家里哩！咳，这可咋办哩，孩子他有生命危险哩。哎，都怪我老糊涂了，不该……"

杨虹漂急得眼眶掉泪，她飞快撩开左胸的衣衫，让海力的鼻孔、嘴唇贴在乳房上。老人参和金盐、金山见了，又吃了一惊！而当他们还没有反应过来的时候，海力早嘘了一口气缓过来了。他看了一眼那目瞪口呆的老人参和金氏兄弟，并没有像前两次那么惊慌害羞地急忙坐起来，而是把鼻孔对着杨老师的酥胸，又深深吸了几口气……

会认人的石头

　　杨虹漂的奇异体香又一次拯救了海力，这让海力又一次感动。他也不再羞涩，杨虹漂也不再羞涩。后来，她曾在一次开玩笑时对海力说："我为什么不害羞了呢？因为妇女都要做母亲，做母亲都要给婴儿喂奶。我把这当成母亲哺乳的一个预习动作。"但这是后来才发生的事儿，当时她嘴上没这么说，心里也没这么想。

　　却说老人参见到了体香解毒的罕见场面后惊叹道："想不到姑娘的体香胜过我百岁药，奇迹，奇观！"

　　金山此时站起来说："老人参爷爷，我这有个塑料袋，请您把金银草装好封住口，免得毒气再伤了别人。"

　　老人参照着做了。大伙儿一齐起身前行，海力仍走最后，杨虹漂走在他前面。走了一会儿，就听老人参喊："看，那就是鬼坐椅！"大家往前观望，却只见一堆乱石崖和乱草灌木，并没有什么坐椅。而老人参说鬼坐椅就是这样，和人坐的椅子根本不同。

　　此时，他们正在一个石崖缝里，通过这个石崖缝，外面就豁然开朗了。杨虹漂高兴地说："再过十几天，我们就要在这里制造出一个天下大新闻！"

　　海力心里不知在想什么，他的两只眼睛像鹰眼似的搜索着悬在他们道路上空的巨石，还不时扫视一下石壁和脚下的乱石。金盐、金山随着老人参走出了崖缝，他们高兴地乱喊乱叫着，杨虹漂也迈步走出了山缝。海力如果再向前走六、七米，他也就也了崖缝了，但是，这只是如果，实际上他当时还在崖缝中。突然，崖上的巨石开始活动了，海力身前身后的七、八米石崖上6块大石头分别从崖两边同时向海力砸下来！海力其实早有提防，因为他看到崖缝以外再没有险恶的山势，因此猜想这儿可能要出问题。

　　这事儿还真叫他猜对了！在石块纷纷坠落的崖缝里简直是插翅难飞！但这没有吓住海力。他弯腰从地上拿起一块长方形石块举在头顶，

第五章　天涯乌藤辨掌书　大峡猴王斗蟊贼

并瞅准两块石头往其中间一掷，眼看就要落在海力头上的两块巨石把这长方石块紧紧夹住了，于是，三块石头挤在一起撑在崖壁上，海力站在三块石头搭起的拱桥下安然无恙！

等到两边山崖上该落的石头都落下来了，躲在石拱下的海力才从石头空间中钻出来。老人参他们站在那里如同4尊雕塑，目瞪口呆而不言不语。海力上到石拱上仔细搜索那山崖，他指着一块突出的顽石下面说："这石头会认人，还会认衣服！"

杨虹漂问认什么衣服。海力说："你们看，那块顽石下方装着一个类似摄像头的感应器。这感应器具备识别功能，它看到你的衣服就会启动一个程序，这个程序会发出指令将崖上的石头抛下去。石头如果将人砸中了，还没有人怀疑这是有人精心设计的，给人一种崖上石头自然塌落的假象。用心何其毒也！"

金盐建议把那个鬼眼用石头砸坏。海力说："它已经没有用了，不用管它了。"

老人参说："今儿怪了，走到哪儿不是树倒就是石头塌。噢，危险已经过去了，咱们去看鬼坐椅吧。"

前面的峡谷突然变得非常开阔了，似乎是一个峡谷中的圆形广场，这广场四周都是高低不齐的石崖，广场中间有一座孤独的崖堆，它就是鬼坐椅。杨虹漂突然来了想象力，她说这个地方简直就是用石崖克隆的"古罗马竞技场"，不过没有克隆得十分精致。大伙儿四面看看，都认为杨虹漂这个比喻非常恰当。于是鬼坐椅所在的这块大峡谷"广场"被海力命名为"古罗马竞技场"。杨虹漂为此又来了个双颊飞红。

鬼坐椅上神也愁

这堆杂乱无章的石崖被称做鬼坐椅是十分有道理的，海力同意老人参说的观点，鬼坐椅，鬼的坐椅，它不是人的坐椅，因此只能是这个样子。什么样子？石头横七竖八排列的鬼坐椅上，尽是朝天而长的尖石头，底大顶小像一颗颗狼牙。这可能是千万年风摧雨蚀太阳晒的作用吧，这堆最初可能圆满光滑的山石被风化成了今天的鬼模样。人们大概是看它什么形状也不像，于是就赐了个名儿叫鬼坐椅，其实谁也不知道鬼坐的椅子是啥样。

鬼坐椅只有二三十米高。海力他们几下就爬到顶上去了。他们仰头看着蓝天在想：如果今天是二月二十六日，站在鬼坐椅上是如何看到金月钩日的呢？海力问老人参当年观看金月钩日时是站在什么位置，是脸朝东，还是脸朝西。老人参摇摇头说忘记了。想了想又说好像是脸朝南吧，反正他说不清楚了。

老人参看了看东方冉冉升起的旭日说："娃娃们，你们在这儿玩一会儿吧，我到前面的山岭采几株药材就回来，不会费很长时间的。"说着就急急忙忙地走了。

海力站在鬼坐椅上不断变换方向朝古罗马竞技场四周围的山崖眺望，那圆形的山崖如同古罗马竞技场的看台，鬼坐椅好比看台的圆心因此，它到四周山崖每一处的距离都是300米左右。

"真是个迷魂阵！"海力由衷赞叹道："迎风望春三百步，向何处望呢？鬼坐椅到周围每一处山崖的距离都相等，都是三百步。也就是说，在这半径为300米的圆形山崖上，每一处都可能隐藏着金玉匣。可是金玉匣只有一处，那么，它的方位只能靠金月钩日和风向来确定了。"

"海力，你说的是不是这个意思：就是人迎风站在能望见金月钩日的地方，那么他面对着的300米外的山崖就是金玉匣的所在？"金盐眨着眼问道。

"是这个意思，但我想像不出来那时候我们面对的是哪一处山崖。"海力显得有点激动："走，咱们应该到古罗马竞技场的圆形看台巡视一遍，因为奇迹很可能在就要在这里发生。"

然而这长达1000多米的山崖处处都一样，根本看不出哪一处有什么特别的迹象。金山着急地说："今天没有金月钩日，就是有，我怕咱们也找不见金玉匣呢。"

金盐也说："我怀疑这古罗马竞技场的山势地理是诸葛亮设计的

死海螺碟

呢，你看，简直一个八卦太极图。可是，《三国演义》和《三国志》上却没有说诸葛亮到中条山里来过。"

杨虹漂语出惊人："宝就要藏在难找的地方，如果藏在孤零零的鬼坐椅上，早被人们挖走了！"

海力让大家耐心地把看台看完，大伙儿于是不再言语。金山跑到一座突出来的石崖下看了看问："海力，假如说这石崖就是我们找到的方位，那么，金玉匣的门或者说是洞口从哪面打开呢？因为这座石崖有三个崖面呢，分别在不同的方向上，不可能三个方向都能打开，就像我们住的房屋只有一面有门一样。"

海力点头夸金山的问题提得好，说这是很耐人寻味的一个技术问题，要大伙儿都动动脑子，考虑到时候假如真的遇到此类问题怎么办。

"海力，"金盐刚才在认真思索着什么，现在他大概想出点门道来了，只听他说道："我刚才一直在琢磨，我们好像还缺一个什么。"

金山抢问道："盐哥儿，缺什么你说清楚呀！"

金盐说："急什么呀山哥儿！我如果能说清楚还不说出来吗？我是这样感觉的：比如这山崖就是金玉匣的所在之处，可是，我们怎么打开它呢？是站成一排集体喊芝麻开门耶？还是用炸药把山石炸开呢？我的意思是说：如何才能打开这和氏之璧的外包装，将里面的美玉取出来？"

听了这话，杨虹漂和金山也微微点头陷入紧张的思考之中。海力本来想说："那哑姑泉就有解决这个问题的法宝，"但他看了一眼杨虹漂，就把已经走到嘴边的话咽了回去，与此同时他还皱了一下眉头。皱完眉头之后他发现金盐那双充满困惑的大眼睛仍在盯着自己，于是就说："当然不能喊芝麻开门了，那是阿里巴巴四十大盗传说里的开洞神咒，用到中条山里恐怕真不顶用呢。不过我相信办法肯定会有的，车到山前必有路嘛！"

杨虹漂想起了一个问题，她问海力说："你说，为什么那大树、陷阱和石块都是冲着我来的？当时你跟我换衣服，我还以为你跟我玩幽默呢，现在我全明白了。谢谢你，如果你不跟我换衣服，我现在就成了肉饼啦。"

海力认真地说："我也猜不透为啥那些电子识别设备指挥的东西都瞄准你开火。但是我想，他们是不是讨厌你参加万宝谷探宝？或者说只容忍我们进大峡谷，而不容忍你到里面来？"

"他们为什么不让我到大峡谷里来？即使刚才那石头砸中了我，把我砸伤或砸死了，那么仍然阻止不了探宝行动呀。因为只有你才是探宝行动的关键人物和核心动力，说句不好听的话，他们应当毁了你才能达到阻止探宝的目的呀！"

杨虹漂这几句话很有价值，它启发海力想到并确信了一个问题。海力本来要对她说几句话来阐述这个问题，可是他看了看杨虹漂，却又把快要跑到喉咙门上的话咽了回去。

好一棵条山紫灵芝

老人参气喘吁吁地回来了，他的药篓里已经装了不少药材。一见杨虹漂他们就手舞足蹈地说："托你们的运气，今天挖了不少好药材。你们看，这是什么？"说着，从药篓里掏出一疙瘩东西来。

"啊，灵芝草！老人参爷爷，您发大财了！"金盐高兴地惊叫道。

杨虹漂急忙跑过来瞧。啊，那棵有碗口大叶面的灵芝草紫红紫红，就像是巧手工匠做的艺术品。老人参告诉她这叫条山紫灵芝，天下只有这万宝谷能生长，他已经有二十几年没采到过条山紫灵芝了。

"1979年中国改革开放，我挖到了一株百年老人参，今儿同学生娃娃探宝，我又挖到了一棵百年紫灵芝。人生两件好事都叫我经历了，啊，你们说我老人参福气不福气？我这一辈子心满意足了！呵呵，呵呵呵……"他洪钟般的笑声在峡谷里久久回荡。

海力他们也高兴地狂蹦乱跳，金山又给大伙儿表演了几个空翻动作，杨虹漂也做了几个自由体操动作，老人参拿起铜葫芦又赏了每人一口药酒，他觉得自己返老还童了。

欢乐了一会儿，海力问老人参还采不采药，因为他们看完了鬼坐椅,还想抓紧时间去一下五龙关呢。老人参乐得口都合不拢,他说他要同海力他们一起出峡谷,今天他得了一棵灵芝草,胜采两年药哩,他还说要尽快把这喜事儿告诉狗儿呢。

一听老人参提起狗儿,海力急忙对大伙儿说:"大峡谷里今天不太平。老人参爷爷早上就告我们说有人进山了,当时我没有在意,看来进山的那些人就是布置石头、陷阱的人。狗儿还在守着我们的摩托车呢,咱们快出山吧。"

说完,他把杨虹漂叫到鬼坐椅那边换过衣服,并让她和金氏双胞胎随老人参在后面走,自己则一马当先往谷口赶去。

就在海力飞动双腿往万宝大峡谷他们停放摩托车的地方赶去的时候,狗儿却在这里经历一场艰苦的战斗。狗儿今年40岁了,但从身形看去却像个大男孩。他不会说话,但却机警过人。他相貌丑陋,却忠诚可靠。早晨老人参让他留下来看车,起初他嗷嗷叫着表示不愿意一个人留在这儿,他想跟老人参去采药,尤其想跟海力、杨虹漂他们一起进山玩耍。但老人参小声劝了他几句,他就不吭气了。其实,老人参也舍不得让狗儿一人留在这儿,只是看着海力他们十分可爱,不想让他们为看车事儿为难罢了。父子俩多少年来一直这样相伴相随,形影不离,一年之中他们分开的时间不到100小时,世界上还没有任何一对父子是用小时为单位来计算他们之间不在一起的时间的。

今天老人参虽然狠狠心把狗儿留在摩托车这里了,但他心里总是不放心。不知怎的,一路上他多次想到狗儿,比如那崖上的大树拍下来时,还有那石板塌陷、石块降落时,老人参都不由自主地想起了狗儿,他担心狗儿也遭到居心不良的人的暗算。

事实证明老人参的担心不是没有道理的,因为狗儿已经遭到了两个坏人的"明算",他们大摇大摆出现在狗儿面前,每个人手里都攥着两个铁榔头般的大拳头。老人参和海力他们走后,狗儿从崖上扯下一些长叶的草盖在摩托车上,还搬了许多石块在摩托车周围垒了一道石墙,然后拽了些山崖上的软干草铺在石墙外面,自个人就坐在软草之上,眼睛瞪瞪地盯着峡谷里外，像个站岗放哨的士兵。此时，那两个提着大拳头的人已经走在了他的面前。

大拳头中的一个用拳头指着狗儿说："小毛猴儿，喂，你是人儿还是猴儿？快把这石头墙给我搬开，老子要把摩托车骑走哩！"

狗儿稳坐不动，眼珠瞪得溜圆发亮。另一个大拳头也吼道："听见了没有？再不动老子就给你一拳头！"

然而那狗儿依旧稳坐在软草团上一动不动。两个大拳头真正火了，便一左一右各飞起一条腿踢向狗儿！狗儿原以为他们会挥拳击人，却没料到俩人会出脚踢人。他一愣神儿，两只铁脚板已带着风声飞到了眼前，如果被它们踢着的话，不死也瘫痪哩。说时迟，那时快，狗儿两腿一使劲儿，呜一声从干草团上拔地而起，两只铁脚蹬空了，气得大拳头哇呀乱叫，抡起铁拳朝正在下落的狗儿砸过去。狗儿身体还在半空中，这要是被两只铁拳砸中的话，也是凶多吉少哩。只见狗儿把头一低，脚朝天上翻去，两只猿臂倒垂下来，那两只手背长满黑毛的手在每一只铁拳上挠了一下。这一挠狗儿并没有用多大力气，可那铁拳却被比刀刃还锋利的指甲扣掉了皮和肉。

两只铁拳头只感到轻微地痒了一下，他们定眼一看，啊，这才发现拳头上少了几克皮肉，乌黑的血也嗞嗞冒了出来。两人互相问："日怪哩，怎么肉都抓走了，咱们还不觉得疼？"话音未落他们的疼痛感就来了，因为他们此时抱着拳头在大喊大叫，不知道的人还以为峡谷里在杀驴哩。

"他是猴王，是孙猴子变的！"两个大拳头又蹦又跳地跑到远处，他们从怀里掏出药品、绷带和橡皮膏为自己的拳头包扎。包扎停当之后，他们又在空中试抡了几下，于是又开始向狗儿发动第二轮进攻。

大峡猴王战凶顽

这回两个大拳头的进攻方式改变了，他们变并排进攻为左右夹击，并且是拳脚并用。在离狗儿四、五米达远的地方就又是踢腿，又是出

死海螺碟

拳，弄得峡谷里飞沙走石，鸟兽皆惊！为防止狗儿再跳到空中头朝下挠他们，他们一见狗儿往起窜就急忙掉头跑，然后再向狗儿进攻。狗儿被两个大拳头弄得眼花缭乱，几次想用手去挠他们也没有成功，于是他突然趴在地上不动了。

两个大拳头一看这猴儿趴下了，就大步冲到跟前。冲到跟前却束手无策，用脚踩他吧，他在地上一窜就是老远，踩不住他；用拳头砸他吧，他那么瘦小，还趴在地上，砸着他也很不容易。两个大拳头想了想，每个人都从地上捡了很多拳头大的石头疙瘩，然后一左一右朝狗儿身上乱砸乱抛。石头疙瘩打在地上把石块都打得火花四射，迸飞的石火还把狗儿拽下来的软干草都点燃了，一时此处是烟雾腾腾。

狗儿没防这一手，他东躲西藏，忽然身上被一块石头击中，痛得他龇牙咧嘴。大拳头一看有了战果，高兴得直喊："打中了！打中了！再打！再打！把猴儿打成猕猴桃汁喝了！"他们愈加疯狂地用石头抛击狗儿。

狗儿也非等闲之辈，他吃了一击，心里也想出了如何对付他们的策略。他在石块雨中跳到一处沙土地上。两个大拳头追来了，石块比冰雹还猛。狗儿左避右闪，待他俩走近了，才突然刨起地上的干沙泼向两个大拳头。一时沙尘滚滚，天昏地暗，日月无光！沙雾像瀑布似的倾泻在两个大拳头的身上。他们的眼睛被沙子迷了，鼻孔、口腔、耳朵、头发、脖子全往外淌着沙土！

等到黄沙落定时他们睁眼一看，狗儿仍坐在被石火烧剩下的那团干草上。两个大拳头哇哇呀呀嘶叫了一通，便到一块石头后边去商量计策。

狗儿见他们用手锯锯下了一株小腕口粗的树木，由其中一个浑身肌肉疙瘩的大拳头擎着冲过来了。这家伙十分有劲儿，他双手紧握树干，用整棵小树朝狗儿又捅又拍又扫又抢，直打得地上石块乱滚，山崖上草木纷纷掉叶！用这一招对付狗儿还真奏效，狗儿被他们撵得四处奔逃，跳跳不起来，挠却到不了他身边，渐渐被他棒到了远离摩托车的山崖下。而另一个大拳头早跑到野马和海狮摩托车那里，他掏出一个电子玩意在车锁孔上测了测，然后从一串钥匙中找出一把来插了进去，金盐的野马车竟让他给解了锁了！接着，他又同样的办法开开了金山的野马车。海力的海狮250上面被狗儿盖了很多野草，所以大拳头没有发现那是一辆更高级的车，不然的话，他早去把海狮开开了！

狗儿在上下翻飞的树枝的打击面前失去了作战能力，他只有招架之功，没有还手之机，气得他嗷嗷长啸，震得山应谷鸣。此时，解开了野马车锁的大拳头已经把两辆车的线路全部弄通，并把发动机都打着了火。他伸开蒲扇大的手掌，弯腰抱起狗儿垒在那里当墙的石块，几下就把它们全扔到了一边。他哈哈大笑着对自己的同伙儿喊："打累了没有？没有打累就再打一会儿，我可是把摩托车都发动好啦！"

那个大拳头一听就喊道："我再抽他十八下咱就走！"他口里数着数整整抽打了十八下，这才扔掉手上的小树说："猴儿，大爷跟你玩够了，我们还有更重要的事情哩，拜拜了！"

说完，他飞步跨在一辆嘟嘟响着的摩托车上。这两个大拳头并排骑着野马车窜出了石墙的界线，猛地加了一下油门又松开说："猴儿，等着海力他们回来收拾你吧！我们感谢你留给我们的纪念！"摩托车轰轰响着就要离去。狗儿急得抓耳挠腮，眼睛血红，他嗷嗷叫着，毫无办法！

正在这千钧一发之际，忽然听见峡谷里传出一声打雷似的吼声："站住，偷车贼！海力来了！"话音刚落，两个大拳头的头顶就嗖嗖嗖飞过3块鹅卵石。那3块鹅卵石呈一个等边三角形在空气中间向前飞速行进，每块石头就像装了推进器似的。大拳头一看便吓得面色如土，他们说："这是海力的抛石绝招三石一鸟，若被它击中就只能活5秒钟了！快跑！"说着，摩托车向前冲去。

而就在两个大拳头看那"三石一鸟"之际，狗儿早窜到摩托车跟前来了。第一辆摩托车的大拳头刚说快跑，狗儿已跳在他背后。他在不顾一切地加大油门狂奔而去，狗儿急忙用手揪住他的皮夹克。后面的大拳

死海螺碟

头骑车紧随其后,他喊道:"把那猴儿弄下来,他在你车上哩!"

此时,两辆野马车一前一后已朝峡谷口飞驰了 300 米左右!两个拳头得意地说:"海力啊,你有翅膀也难追上我们啦!"突然,那个走在前面的大拳头一声惨叫摔倒在草窝里。后面的大拳头正在诧异,却感到右眼珠一黑,有件什么东西被人拿走了。他急忙腾出一只手一摸,这才发现是眼珠儿被人挖走了!他也一声惨叫倒在草窝里。

等海力飞身跑到放摩托车的地方时,狗儿已经嗷嗷叫着向他跑过来了,他两只手一只手里握着一件东西。海力急忙跑到他跟前,狗儿将两只手展开让海力看,原来他手里竟捏着两只圆鼓鼓的眼珠儿!

海力拍拍他的肩膀就急忙向谷口方向奔去。他发现金盐的野马斜躺在杂草和矮灌木丛中,金山的野马也靠在山崖下那厚厚的草棵上,它们都完好无损,而那两个盗车贼,此时已跑得无影无踪了……

第六章

鬼坐椅上月钩日　螺碟揭开千年谜

调王和蜡人儿的牢骚

在 2004 年 4 月 23 日《蓝海日报》"周末拍案惊奇"的专题报道中，记者曾生动描述了那次"摩托车保卫战"的精彩场面，并称任狗儿为"大峡猴王"，还刊登了任狗儿的一张照片，从此以后，狗儿名声远扬。但看过那张报纸的人都以为记者把照片弄错了，说他照片上照的相是猴子，而不是人。还有人专门为照片的事儿给栏目主编蒋丽打电话，而这位外号叫"不讲理"的女主编却说："即使猴儿怎么啦？今年是猴年，猴子当班，万物靠边哩！"

而就在同一天下午，蒋丽又接到蓝海市亮晶晶眼科医院夏院长打来的电话，说他们医院前些天给两个各失去一只眼球的患者装配了假眼珠，但这两人用的都是假姓假名，问这事儿能不能上报纸，蒋丽主编的回答让夏院长整整笑了 3 天。她回答说："你们给人家装假眼珠子，还让人家用真名真姓，这也太不公平了吧？"

"真的很不公平！"说这句话的人是蓝海市康华中学 288 班的学生马兰奇，他的外号萨马兰奇蜡人儿。

"是的，就是不公平！"说这句话的人也是蓝海市康华中学 288 班的学生，他外号叫调皮大王，真名叫景阳刚。

他俩都是古象牙板案件调查行动的发起人和实施人，调查行动开始前都实心实意地选举海力当调查行动小组的头儿，但此时他俩对他们的头儿满肚子意见。他们对上个星期六和星期天不让他们参加天崖台等一系列活动非常愤怒。萨蜡人儿甚至说他遭受了"一生中不可挽回的巨大损失"，调皮大王则说他已把上周六和周日确定为"灵魂没有主宰躯体的日子"。海力给他俩做了许多解释工作，但俩人仍然满腹牢骚。

海力说："虽然上周六、周日的调查行动取得了较大进展，但都应算做行动小组的集体成果呀，咱们每人都有一份儿。请二位不要有意见。"

"我们并不是要追求什么功呀劳的，我们是看重那种回味无穷的人生体验，看重那种回肠荡气的生活经历。人生苦短，譬如朝露；生活庸俗，难得新奇。海力，我们渴望的是得到冲动，得到刺激，得到一种英雄们通常都能经历的艰难困苦的险恶环境，请理解我们。"调王和蜡人儿说。这是他们的心海波涛，海力分明听见了那澎湃之声。他整整5分钟没有说话，他在用自己的心声与他们交流！而他们的心也终于听懂了他的心灵默语……

"世界的事情，要追求小不满足大满意。因为很多事情都受着各种条件的制约，这里面的哲学道理，我想咱们都十分明晰了。好了，过去的就放它过去吧，咱们争取抓住还没有过去的！"

海力的话音未落，精明的蜡人儿就跳过来抓住海力双肩说："头儿，你说什么？你说咱们如何抓住还没有过去的？"

"那不叫还没有过去的，那叫还远远没有到来的！4月15日，农历闰二月二十六，还有十几天时间，不可忍受的十几天呀。我现在知道什么叫度日如年了，可是在初二的时候我还不懂，老师讲这个成语的时候，我向他提出了意见，我说度日就度日，怎么能跟过一年相提并论呢？"调王心急火燎地说。

"调王你也太悲观了，"海力说："谁说4月15日以前就没事可做了？我们不可能睡觉睡到那一天，然后到大峡谷里把财宝挖出来。咳，要做的工作还多呢。比如说，我们还要去找李喜华，比如说，我们还要三访哑姑泉……"

"一个哑巴女人挖的泉咱们已去过两次了，难道还有再去第三次的必要吗？"马兰奇提出了质疑。

"万宝谷金月钩日的秘密和鬼坐椅不是都找到了吗，那我们找李喜华老人还有何用？"调王也提出了质疑。

"李喜华老人那儿暂时不去倒问题不大，但哑姑泉那儿事关成败，咱们必须化妆前去，而且，还必须夜宿泉亭！"海力运筹帷幄地说。

"化妆前去，装成什么？夜宿泉亭，目的何在？请赐教。"调王问。

"装成残疾艺人，夜间要在泉亭熄灯而歌！"海力说道。

三只眼盲人歌唱队

调王和马兰奇不解海力之意，问为什么要扮成残疾艺人到哑姑泉唱歌，那扮成某歌舞表演团的青年歌手不也是一样吗。海力说："关键在夜里熄灯而歌上，大牌演员能住在荒郊野外的露天古亭吗？"调王和马兰奇还是不太理解，但海力却只笑不作任何说明了。

马兰奇问他需要做什么准备工作，还要不要再编个行动代号。海力想了想告诉他俩，这个星期六准备好化妆用的服装和演唱用的道具，星期日进行排练，下个星期六上午出发前往哑姑泉，行动代号可以叫"我为哑姑唱首歌"。说完，他们3个人又细细分了一下工，任务到人，责任明确，海力要求他们各自准备，不得延误。他还叮嘱二人不能让3人以外的任何人知道，否则后果不堪设想。

4月10日，这个月的第二个星期六。上午10点多，哑姑泉来了3个奇形怪状的残疾艺人，一个是跛子，头戴一顶旧礼帽，身上背着铜锣木鼓之类的东西，走路是下上起伏；另一个也是跛子，头戴一顶破草帽，背着一把二胡一支竹笛一支长箫，走路是左右摇晃；第三个还是跛子，背着一卷草席和一大捆棉被之类的东西，胳膊上还挎了一只篮子，篮子里有饭碗、水杯等餐饮器具，他走起路来是前倾后倒。这3个跛子艺人还有个共同特点，那就是都是瞎子，但却不是全瞎，他们每人都有一只眼睛能看到眼前的东西,但是看不清楚。据他们自己说他们叫"三只眼盲人演唱队",是专门搞民间演艺的。

哑姑泉今天上午游人如织。但1小时后就游客寥寥了。哑姑泉村的村委主任听说村外的泉亭上来了一队盲人演唱家,急忙唤上两个村民前来接待。

背二胡的跛子自称是他们的头儿。他对村主任说:"我们是中华人民共和国蓝海市残疾人联合会艺术家协会声乐研究分会盲人民间艺术演艺队之三只眼颠簸乾坤歌唱小分队,前来哑姑神泉举办歌唱哑姑主题演艺晚会,敬请哑姑泉村民委员会主任和全体村民关照支持。此次演唱纯属民间团体的自主行为,不要惊动政府和媒体,不要任何赞助和报酬,只借哑姑泉亭一席宝地,完成我们歌颂哑姑精神的伟大使命!"

村主任十分感动地说:"残疾人都有这份热情,真让人感动!哑姑泉是我们村的宝贝,哑姑是我们村的圣人,你们来歌唱哑姑泉和哑姑,就是颂扬我们的崇拜物。我代表全村村民诚恳邀请你们到村里去吃住,我们一定以好茶好饭当作贵宾相待!"

三只眼盲人歌唱队的三个跛子队员齐声说:"不劳驾村民,不扰乱村纪,是我们三只眼颠簸乾坤歌唱队的队规。我们就在泉亭上住,我们就在在泉亭上吃。"

村主任说:"这么小的泉亭,四面无墙,八方来风。再说,这是村郊野外,一到夜里不见人影,连一盏灯都没安,住在这里怎么能成?"

三只眼的头儿说:"哑姑也是残疾人,她是我们残疾人中的佼佼者,是我们残疾人的学习楷模。她能用十指挖出清泉水,难道我们还怕住没墙的屋子?天当房,地当床,我们这是用具体行动来学习哑姑精神哩!"

村主任更加感动,他说:"我马上派人给泉亭拉线安灯,让你们今晚的演唱会办得体体面面,光光荣荣!"

三只眼歌唱队的头儿拦住他说:"我们这叫歌颂哑姑泉夜唱会,不叫演唱会,因为我们只能在夜里唱,而且不能要灯。这一是因为我们都是瞎子,瞎子点灯是白费电的;二是因为我们迷信,我们相信只有在没有灯火的夜里给哑姑唱歌,哑姑才能真正听到,说不定她还会从天上下凡哩。"

"啊,好,好!一切按你们说的办!"村委主任看了看手表说:"你们先休息一会儿,我安排村里人给你们做饭,12点半准时把饭菜送到这里来。失陪了!"他领着那两个村民兴高采烈地走了。

唱支夜歌哑姑听

"唱支夜歌哑姑听,
泉水淙淙伴歌声。
舍己为民好精神,
千古歌来万古颂!
嗨嗨呀嗬嗨呼嗨,
千古歌来万古颂!"

2004年4月10日晚上9时整,由三只眼歌唱队举办的"唱支夜歌哑姑听"晚会正式开始。只见3个残疾艺人坐在夜色笼罩的泉亭上,一边演奏一边唱歌。他们的二胡悠扬,笛子嘹亮,锣鼓钹钹都打得铿铿锵锵。哑姑泉亭四周围满了哑姑泉村的群众。村委主任还让人在泉亭前的空地上搬来了木凳,还在地上泼洒了泉水,往泉水里敬了三杯汾酒,显得隆重而神圣!

晚会开始前村委主任李登亭致欢迎词,他说:"热烈欢迎中华人民共和国蓝海市三只眼艺术家一行来哑姑泉为我们的神泉圣姑献歌!我们全体村民千分感谢万分高兴!"

三只眼歌唱队的头儿大声报幕,他说:"中条巍峨,死海浩渺。我们三只眼歌唱队怀着对哑姑无比崇敬的心情前来献歌。我们讴歌圣人,我们讴歌精神,我们讴歌永远不死的高尚灵魂!请听主题歌:《唱支夜歌哑姑听》!"

死海螺碟

主题歌的歌词只有4句话，这在前面已经写过了，这里不再赘述。却说这4句歌词配上优美的曲调，在几种乐器的协助下，复沓重奏，抑扬顿挫，变成了牵心动肺的音乐语言，一字字、一声声震撼着人们的心灵。哑姑泉似乎也停止了流淌，它和村民一样在用心聆听。

主题歌唱完之后，许多村民都热泪盈眶。此时，一曲高歌又在泉亭的黑暗中响起：

越过中条山，走过死海岸，
哑姑泉旁来了三只眼；
鞠躬敬个礼，
唱支夜歌颂甘泉；
想起当年千日旱，
天空下火地冒烟；
人若无米活七日，
有米无水活两天；
无米无水穷人死哪，
断子绝孙香火完；
百姓家亡种要灭哪，
无数生灵遭涂炭呀；
唉咳呀咳呀呀咳哇，
无数生灵遭涂炭！

忽有一天秀姑来呀，
花容月貌赛天仙；
鱼沉雁落凤凰羞，
歌喉一展声音绕梁飞三天哪；
她伸出双手挖盐土，
土硬似铁指甲烂；

鲜血润得石头崩，
汗水滴得地层软；
天感地动鬼神泣呀，
枯树发芽花灿灿！
咸海岸边神水出哪，
穷人得水如鱼欢；
山也笑来水也唱呀，
秀姑却张口不能言；
唉咳呀咳呀呀咳哇，
秀姑张口不能言！

为了拯救老百姓，
秀姑从此歌声断；
哑姑泉水哗啦啦，
把动人的事迹代代传；
哑姑精神永不朽呀，
歌千载来唱万年！
我为哑姑唱支歌，
但愿哑姑能听见；
邀来嫦娥下九霄，
回家来饮哑姑泉；
哎嗨哎嗨哎嗨呀啊，
回家来把乡亲看……

三只眼的歌唱完了，泉亭四周却一片寂静。只听泉水呜咽，只听死海拍岸。温热的山风吹来，拂落人们脸上一粒粒泪珠儿，掉在地上嘣然有声……

望海听歌处

　　说话三只眼盲人歌唱队的演出非常成功，歌声打动了所有听众的心。村委主任握着头儿的手说："想不到残疾人的歌词儿编得这么好，曲儿谱得这么好。我听着听着都哭了。我下次还想听！唉，后悔刚才没有录个音。录了音每天在哑姑泉上放，把所有游客都能打动哩。"

　　但是，这位村委主任哪里知道，这支盲人歌唱队其实拥有6只好眼睛，其中还有一双是5.3的特殊眼哩。当然，这双眼睛非海力莫属，其余4只眼睛分别属于调皮大王景阳刚和萨蜡人儿马兰奇。那背二胡的头儿是海力扮的，那背锣鼓的是调王，背凉席铺盖卷的是马兰奇。

　　夜渐深，人散去，只有哑姑泉声持之以恒。村委主任让人抱来了3卷软草垫子和3床干净棉被，海力他们往亭台一铺，嘿，睡着比芦苇木棚和瑞来斯漂浮浴场酒店还舒服呢。

　　大家都很累，因为装跛子和瞎子不是那么好装的。凡是假装的东西，只能装一时一会儿，不能装时间长了，时间一长就露馅儿。下午调王去上厕所时，一着急他的腿不跛了，两只眼睛也不眯了，幸好他及时发现了这"异常举动"，才避免被游客看出破绽。他在心里埋怨海力：为啥非要反串个残疾人不行？而且还要既跛又瞎，这两个标准要同时满足，可不是轻松的事！

　　调王想着想着，上下眼皮就粘到了一块，这回他可不用再装了，因为他此时什么也看不见了，他只能看见他梦乡里的东西。马兰奇躺下之后也浮想联翩，他自己刚才唱的歌也把自己打动了。他觉得这真有意思，也觉得世界真美好，社会真需要，需要文化，需要艺术。海力又不是艺术家，但他作的词和曲竟得到全村百姓的赞赏。他和调王也不是歌唱家，但他们的演唱还是那么深深地打动了人们的心。他下决心自己将来一定要一心一意为老百姓服务，为老百姓做一些他们渴望而难以得到的事儿，这就是人生的价值。

　　海力在他们俩还没睡着的时候就装着打起了鼾声，他把自己的这个举动命名为"睡眠诱导",他的诱导至少使调王他们提前5分钟入眠。

待他二人都睡沉稳之后,海力却悄悄地爬起来。他先蹲到泉池边上,用夜视眼仔细观察了一遍四周。山宁静,海宁静,不远处的哑姑泉村也默默无声,只有哑姑泉弹琴弄筝。夜深了,夜静了,人们在这夜中已暂时失去了听觉和视觉,这正是海力所期望的。

海力于是踮脚走到泉亭上,拿出早已备好的"海力挖掘器",这是一种合金钢铲状工具,最适合挖土掘地。他还拿出一个塑料小包,这包叫"铺天盖地",是海力给它起的名字。海力反复目测了距离之后,终于找到了那天"对海听歌"的地方。他侧耳倾听了一下那泉水声,叮叮咚咚真是悦耳醉心。

现在,海力开始用挖掘器开挖脚下的泥土。挖掘器的锋利程度是天下第一的,它不仅可以挖土,而且可以削铁如泥。然而,哑姑泉边的这片土地却让它不能尽显风采。为啥?因为死海边上的土质都含有硝盐成分,硝盐土坚硬似铁,海力用挖掘器一挖,只能挖下一个白印印。使劲刨吧,又怕声音太大被村里什么人听见,尤其是怕被村狗听见,它们晚上就俯首帖耳地趴在村民家门口,听到动静肯定会汪汪报警。如果是那样的话,村委主任一帮子人就会来泉亭探望,真要是来了,海力就又得跑去睡觉。

这个干法不行!海力轻声嘀咕着,坐在地上想起了办法。忽然,他说"有了",接着又往泉亭跟前走去,从包里取出一只折叠桶拿在手中。折叠桶只有一块饼干那么大,但一打开就是一只大水桶。他到哑姑泉边提了水,然后到刚才的地方去以水润土。水见了盐硝土嗖一声就渗进去了,铁硬的土立刻变得又软又虚,这是海力从哑姑泣血洒汗挖土刨泉的故事中得到的启发。

湿土被海力铲起来放在那张"铺天盖地"的塑料毯上。为什么这样做?因为一会儿海力还要把这些土还原回大地,但又不想在周围留下明显的土痕。

一桶水用完了,海力又提一桶。哑姑泉兴奋地看着海力,它知道海

死海螺碟

力在干什么。"铺天盖地"塑料毯上的盐土已经堆了一大堆了,海力此时已经站在比他个头还深的土坑中。他继续挖掘,手掌都磨得发烧发疼,但他却越干越快。因为下面地层的土质好了,变得柔软而细腻。

突然,海力吓了一跳,因为脚下的土地发出了亮光!这光是紫色的,不,是橙色的,是五颜六色的!他用挖掘器刨了刨发光的土,又往下挖了30厘米,脚下的土变得像五颜六色的鸡尾酒一样了,是闪光透明的鸡尾酒!

看到这种奇异的情况海力心中大喜,他知道自己找对了地方!于是加劲儿往下挖。又挖了10厘米,出现了一块石板,石板也像是发光物体似的。刨净石板上的土,海力看到上面刻着一个太极阴阳图,图上面有"善恶之门"4个字。图下面也有字,字曰:"贴手贴脚,贴面贴耳。"下面还有字:"遇善则开,遇恶则闭。善有善报,恶有恶果。"

海力琢磨了一阵子,心里有了谱儿。他脱掉鞋袜,赤脚站在闪光的石板上,同时把两只手掌也按在石板上。石板闪了几下,轻声嗡了一声。

海力穿好鞋,又头朝下,脚朝上,把自己的额头、鼻梁和嘴唇贴在石板上,然后又侧过脸,分别把右耳和左耳也往石板上贴了一下。

石板刷刷闪着亮光慢慢裂开一条缝,缝下面是闪光的台阶。缝越来越大,可以让人下到下面去了,海力知道自己通过了石板的"人身识别"。这可能是古人发明的一种什么方法,把古代的相面术、手纹术应用在上面,据说通过脚掌、手掌的纹理表现和五官长相,可以识别人的善恶本性。海力能够让善恶之门开启,正因为石板认为他是"善人",如果认为他是"恶人"的话,他可能会被设定的机关弄死在坑里。

这就是万宝之钥

五色彩光耀得海力睁不开眼,他急忙掏出一副墨镜戴上,这才迅速地从石板缝里下到台阶上,一步一步走下十三级台阶,前面是一扇石洞的门,上面也刻着两行大字:"贴身贴背,门为善开"。

海力迅速脱光衣服，先正面贴在石门上，又背对石门贴在上面。这可以说是此处的第二道防线，如果石门认为你是坏人的话，不仅门不得开，站在门前的人还会粉身碎骨！

　　石门轻微响着向两边缩了进去。啊，洞里霞光万道，灿烂无比！幸好海力戴上了墨镜，不然的话，他此时就什么也看不见了。透过墨镜，海力看见洞中的舜帝雕像下面的祭台上，供奉着一块石头，光，就是它闪射出来的！

　　海力慢慢走到祭台前，举起双手向舜帝像施了一个礼说："舜帝保佑！"然后去看那石头。这块石头呈扁圆形，上面也有4个大字："贴心之石"。海力双手去擎那石头，他心想只要轻轻一拿就能拿起，谁知那石头丝纹未动，海力使劲儿搬它，它仍然不动。于是，海力脱去上衣，用胸口贴在石头之上。10秒钟之后，石头啪啪响着，裂开了许多道纹理，海力用手一摸，碎石哗哗滚落，被石头包裹在中间的一块玉状物显露出来。

　　这块玉状物上半部分是个弯弯的月亮，月亮的口朝上，下半部分是一个圆圆的太阳，太阳和月亮连在一体。太阳的中间是一个圆孔，太阳和月亮的结合处显现着4个字："万宝之钥"。太阳的最底部也显示着4个字："金玉匣开"。但这"玉"字却与别的玉字不同，它的一点点在王字的左边第二横之下，就像是一个翻过来写的玉字。海力觉得奇怪，认真地看了几下这个玉字，想不出为什么这么写。他说："这可能是一种书法吧。"

　　刚想到这儿，万宝之钥上显现的8个字完全消失了，它身上闪射的五彩之光也随之消失，洞里一片漆黑。海力急忙拿出自己的"海力萤火虫"来。这是一种夜间微光照明设备，是海力自己的发明。萤火虫闪着亮光，洞里的一切又能看见了。海力扫视了一遍洞的上下左右，除了舜帝像外，再没有其他东西。他急忙搬动万宝之钥，别看它只有30厘米高，25厘米宽、5厘米厚，但它的重量却在30公斤左右。海力搬着万宝之钥出了石洞，石洞门就自动关闭了。他又爬出了石板缝，石板也慢慢闭合。

　　跳上土坑之后，海力用海力挖掘器将刚才挖出的土填回坑里，填一层就跳下去踩一踩，然后再填。最后，他把"铺天盖地"上的土全填进坑里踩踏实在，又在地表进行了一番仿原样处理，直到海力相信任何人不会怀疑这块土地曾经被人挖掘过为止。

　　一切都是那么顺利。夜晚的天空阴了，厚厚的云层将后半夜才出来的月亮蒙在里面。海力用马兰奇背来的铺盖卷将万宝之钥包裹起来，因为这个铺盖卷昨晚就没人打开过，他们用的是村委主任送来的棉被。

　　天色大亮了，哑姑泉村里的勤快人已经挑着水桶到泉边来汲水。他们看见三只眼都还酣睡在泉亭上就说："唉，苦命人呀。昨天夜里唱了半夜的歌，一分钱不要还睡在这露天地里！"

　　村委主任带着人送饭来了，因为他昨天听说三只眼早上要去蚩尤村为蚩尤歌唱。他们提了一大罐热腾腾、香喷喷、黄澄澄的小米粥，说用哑姑泉水熬成的米汤赛过牛奶，装到易拉罐里可以出口全世界哩。他的话果然不假，海力他们喝了一碗又一碗这赛牛奶米汤，把肚子都撑疼了还想喝，不知不觉罐里的米汤喝完了。

　　三只眼的头儿说："真是好米汤！你们为啥不到北京去开一家哑姑泉米汤店，把这儿的泉水运到北京去熬米汤，名字就叫'赛牛奶牌哑姑泉米奶'，我看一定会发大财哩！"

　　村主任李登亭一听忙说："太好了，太好了！这肯定是条致富门路，我等会儿回去就跟村里人商量去，若能行的话，今年米汤店就要在北京开业！到时候请三位光临剪彩，我们村赠给你们每人一把镀金剪子！"

　　他们又说了一阵话，村里的一辆农用汽车就开过来了，村主任李登亭扶三只眼上了车，又亲自送到大路上，这才挥手相别。

藏在苇缸人不知

　　按照村委主任的吩咐，那个开农用汽车的农民必须把三只眼送到蚩尤村里才算完成任务，可是当汽车走到离芦苇木棚不远处的公路上时，三只眼的头儿就要汽车停下。开车的农民听说他们要在这儿下车，死活不答应。三只眼的头儿说："谢谢您和村主任的好意，但是我们三只眼歌唱队从来都不坐车进村，这表示对村民和蚩尤的尊重。"开车的农民只得依了他们。

芦苇木棚那儿金氏双胞胎已是望眼欲穿。早上接到海力的电话，说他和调王、马兰奇很快就到芦苇木棚，俩人高兴得蹦了几个高。他们7点钟就吃饭，8点钟就来到了木棚静候海力他们到来。

等啊等啊，哦，芦苇滩地传来说话声，哦，是3个人，肯定他们来了！金山高兴地迎上去，但他一看却傻眼了，出现在面前的不是海力他们，而是3个谁也说不准是什么样儿的人。其中一个戴着草帽，身上背着一包破铺盖卷，另一个身上挂着锣鼓钹钹，走起路来叮叮咚咚还有一个背了一卷破草席，还有二胡、笛子几件乐器。

金山失望地对金盐说："盐哥儿，盼的人不来，却来了几个瞎子！"

"你才是瞎子呢！"金盐看着那3个人道："你再仔细看看他们是谁？"

金山细细一瞅，见他们都咧开嘴向自己笑，突然他扑向戴大草帽的人说："海力，你们可来了！可是，为什么要这副打扮呢？难道要举办一场芦苇木棚化妆音乐会？"

"化妆音乐会倒是举办过了，但不是在芦苇木棚，而是在哑姑泉亭。"海力边卸装边回答。

"真的？那为啥不通知我们去捧场，起码拍几下巴掌嘛！"金氏二兄弟说。

"谁知道他葫芦里卖的什么药？"调王说："不仅装跛子，我们还装瞎子；不仅穿这旧衣服，还睡在亭子里。我至今还没想出这样做的目的何在？"

金氏二兄弟和蜡人儿也一齐盯着海力，他们想听到海力的解释，可是海力却笑嘻嘻地回答："目的当然是重大目的了，但天机不可泄。你

死海螺碟

们等着瞧吧，4月15日的时候这个谜底就自然揭开了！"

听他这么一说，金盐他们也就不再多问了。海力吩咐调王他们立即去卸装换衣，让金山把服装锣鼓之类的道具全放到木棚里去。他把金盐叫到一边说："那捆铺盖卷里有一件非常重要的宝贝，你马上把它藏到芦苇滩里最安全的地方去。这事儿只有我和你知道，就连金山也不能让他知道，你明白吗？"

金盐当然明白，因为他从海力的说话口气和面部表情已掂出了这件事儿的分量。他看看金山他们都在忙着卸装，急忙提起铺盖卷钻进了芦苇丛。一会儿工夫他又钻出来悄声对海力说："我把那石片沉在一个芦苇水瓮里，鬼也不会发现。那破铺盖卷我故意藏在另一处芦苇滩的草窝里，也很难找见。这是一个故意放的诱饵。"海力听了点点头说："很好，你记清石片的隐藏地点就行了，很快咱们就要用它。"说完要金盐到芦苇木棚去催促那3个人，说现在要立即出发到五龙关找李喜华。

万食全大酒店下半旗致哀

却说海力他们卸了装，洗了脸，换上各自的服装，一个个精神抖擞地向公路边飞步走去。他们刚走到路边，一辆农用山地车就停在公路上。金盐招呼大家上车，说这是他表哥的车，让他开车送咱们上五龙关。海力对金盐的精细安排非常满意，他忽然想起一个问题，就拍了拍金盐的肩膀问："你们所说的芦苇水瓮是什么意思？"

金山抢答道："就是在有水的芦苇滩里挖一个小坑，这个小坑只能藏一个人，像个水瓮似的，所以叫它芦苇水瓮。"

"这是我们蚩尤村的创造。听说日本鬼子占领盐池的时候，村里的抗日游击队就是藏在这芦苇水瓮里向日本鬼子出击，打得日本鬼子摸不着头脑，还以为是水鬼出来跟他们作战呢！"金盐补充说。

马兰奇问："你不是说芦苇水瓮是在水下挖的坑吗，坑里有水如何藏人？"

"嗨，正因为有水才能藏人哩！"金山又抢着说："我听说有一回日本鬼子在芦苇滩边上挨了枪子，他们调来一个中队对这片芦苇滩扫荡。包围了两天可是找不见一个人影，日本人气急败坏地把芦苇用喷火器全部烧光了，但是仍然没看见一个游击队员。那几十名游击队员到哪里去了？就藏在这芦苇水瓮里！他们坐在水瓮里，嘴里噙着一根芦苇管，有的还在水里睡着了哩！"

听金氏二兄弟一说，海力他们更觉得这死海神秘莫测。是呀，有多少事情他们还没有听说过呀！大家这么想着，车在呜呜开着，不知不觉已来到了中条山上的五龙关村。

五龙关村街上的万食全大酒店门前斜插着一面旗帜。那是一面墨绿色镶白边的三角旗，皱巴巴的布旗挂在长长的竹竿的半中间，让人猜不透这是怎么回事儿。

调王开玩笑说："这杆旗还降半旗致哀呢，不知哀悼什么人呢，是不是贾老板家里人去世了？"

"不是我家里人去世了，而是你们要找的李喜华老汉死了！唉，人死如灯灭，一去不复返，想起来真叫人伤心落泪呢！你们看，为表示我们的哀悼，我命令我们万食全大酒店的店旗下半旗致哀……"万食全大酒店的老板贾文革突然出现在海力他们背后，把正在开玩笑的调王吓了一大跳。

而更让海力、金盐和马兰奇吃了一惊的并非贾老板本人，而是他提供给他们的坏消息！

金山抬头看看天上问："天气晴晴的，怎么我听见隆隆响雷呢！"

是的，李喜华老汉的死亡消息的确像个晴天霹雳！

调王愣了半分钟，却突然一下清醒过来，他双手抓住贾老板的左右肩膀问："贾老板，你说的可是真话？"

"我不骗你们，因为今上午羊角峁村有人来买东西，是村民亲口告诉我的。哦，李喜华就死在羊角峁村，你们用色子猜着的那个石屋村！"贾老板是个心软的人，他一说人死，自个的眼泪就唰唰流下来了。

海力的耳朵嗡嗡嗡响了一阵子，这会儿才不响了。他知道这个消息对他们的行动计划是多么大的损伤！而这都还是次要的，更重要的是这本中条山的活地图、死海地区的活资料库一命归西，对社会、对科学事业来说，都是不可挽回的损失啊！

海力的眼角也滴下了亮晶晶的泪水。红岩沟的寻觅，羊角崄的趟兔儿，还有土儿寨一带的赶兔儿等等行动，耗费了海力他们多少心血和汗水啊，而现在一切都化为了泡影！

贾老板的老婆葱花站在饭店门口大声吆喝道："文革，你不在店里搞管理，跑到这个广场上哭牺惶哩？我妈死的时候你都没有滴半个泪星儿，那死老头子死了你倒哭开了？他白吃了咱多少碗面条？你不心疼自己还心疼他哩。"

贾老板一听她骂，急忙跟海力他们说："店里中午有几桌饭哩，我去忙了，有啥回头再说吧！"说完就走了。

海力他们走到村街边一排台阶上坐下休息了片刻。金山问："海力，人算不如天算，诸葛亮算不过神仙，真是天有不测风云啊。海力，现在我们往何处去？"

"是呀，李喜华老人已经死了，咱们应当回去了。"调王也说。

海力看了看调王和金山，然后问金盐和马兰奇说："你二位的意见呢？"

金盐说："死人是不会说话的，因此我们不会听到李喜华老人对我们说什么了。可是我总是觉得，既然我们已经来到五龙关了，为何不去吊唁一下老人家呢？我们可以在他的坟前献一束野花，把我们找他的原因跟他说一下，这样，我的心里才能安宁。像这样扭头就回去，我每天晚上会做梦的，梦见我又到五龙关乡来了……"说着，他流下了眼泪。

马兰奇也说："贾老板不是说他死在羊角崄村吗？羊角崄离这儿不远，两小时我们肯定能赶到。我们就去一趟吧，不去，心里不安宁啊……"他也哭了。

1分钟后，烛火灭了

海力听他俩这么一说，唰地站起来说："咱们立即去羊角峁！"说着，他已飞动双腿走了四五步，调王他们呼啦一声紧随其后向羊角峁奔去！羊角峁的山路虽然不通汽车，但却是村民修出来的道路，因此步行并不太吃力。路边和石崖上有上次杨虹漂和调王做的路标，因此方向不会弄错。

4月的天气已经有点暖意了，加上他们是急行军的速度，因此个个满脸淌汗。海力走在队伍的最后面，他明显感觉到今天缺少点儿什么，是缺少杨虹漂那迷人的体香！

一路脚不停，一路汗不停。调王又说脚板疼了，海力没吭气，继续撩开大步往前走。马兰奇忽然说："到了，前面就到了！"

他们又紧走了一阵儿，终于来到了镌刻着调王的五言诗的石崖前。那天调王在居民小组长雷学锋的石屋里作了一首诗，经海力润色之后，雷学锋已经把它刻在了这村前的石崖上，因为他和村里的成年男人都是山里的好石匠哩。

金盐和金山是第一次到羊角峁。他俩把崖上的五言诗念了一遍说："写得太好了！调王，什么时候也给我们蚩尤村作一首诗，让我们把它写在村前的大映壁上？"

正说到这儿，却听见打雷似的一声吼："啊呀，你们可来啦！快呀，再慢一会儿就完蛋啦。"

说话的人正是羊角峁村居民小组长雷学锋。他跑过来一把扯住海力的手，拉着他噔噔噔往村后面山崖上的石洞里跑，连一句话也顾不上跟他们说！调王他们紧追其后也进了石洞的门。

石洞有两间房子那么大，洞里默默地蹲着十几个男人。洞中间的石盘上点着一支碗口粗的白蜡烛，蜡汁已快要烧干，烛光在苟延残喘，忽飘忽飘的烛火就要熄灭了。

"快，快向李老汉鞠一躬！"雷学锋对海力说。

死海螺碟

海力看见洞尽头是一个长方形石坑，石坑里躺着李喜华老人的尸体，他那安详的面容跟他上次在红岩沟村绘出的画像一点儿也不差。在雷学锋十分焦急的催促下，海力急忙走到石坑跟前，深深向李喜华老人鞠了三躬。他一句话未说，但是泪珠儿和汗珠儿啪啪滴落在石坑前面摆放的水果、馒头等祭品上。

调王他们也一个个到石坑前去三鞠躬，但此时海力已被雷组长拉到了那点蜡的石盘前。他拿起石板桌上一块石头片双手递给海力说："这是李老汉临终时交给我的。他嘱咐我如果你们能赶在这根白蜡熄灭之前来的话，就把这石片交给你。如果这根蜡烛烧尽了还没有人来，那就用这把斧子把剩下的两块石片砸成粉末。孩子们，你们幸运啊，你看，这蜡烛就要灭了！"

他的话刚说完，烛光就倏然熄灭。而此刻海力刚刚拿到石片不过1分钟！洞中一片漆黑，有人用打火机点着了煤油马灯，洞里又亮了起来。

借着马灯的光亮，海力看清了那写在石片上的一行字，上面写道："烟霞拂尽非假语。"

泉对悟通是真经

话说海力刚刚拿到李喜华老汉写下的石片60秒钟时间，那支白蜡烛就蜡尽火灭了。等村民们点亮马灯之后，海力才看清了李喜华老人写在石片上的7个字。

雷组长和十几位村民目光灼灼地盯着海力。雷组长告诉海力说，李老汉咽气之前让他点燃了这根碗口粗的白蜡烛，并说这根蜡烛是他花了10年功夫用200只山兔子的油制成的，能点96个小时，也就是4天4夜时间。李老汉同时取出了3块写着同样一句话的石头片，要雷组长和村民们放在蜡烛的石盘上。他反复交代说，这3块石片可以赠给任何前来找他的人，但必须是在蜡烛熄灭之前。如果蜡烛灭了石片还未赠出去，那么就用他的斧子毁了这些石片，并且不能把石片上的字告诉任何在蜡烛熄灭之后来找他的人。

雷组长说："李老汉还嘱托我们，拿到石片的人如果在一个钟头内看不懂上面的字，那么也要把给他的石片用斧头砸成粉末。你们看，洞口那一堆碎石头就是一块被砸碎的石片，因为那人看不懂那上面的字，所以我们让他留下石片走了。孩子们，你们几个人都看看石片吧，如果解不透这7个字，我们可要把石片砸碎了。"

调王、马兰奇和金盐、金山急忙围住海力看他手中的石片。调王说："这个谜语要猜什么东西？老人家也不告诉我们。是打一物呢，还是打一字，还是打一句话，唉，实在猜不透哟。"

马兰奇生来精明，他说："这7个字只有烟霞二字难猜，猜透了它就解开了全局。我不知道烟霞指的是什么，但我知道后边的拂尽是擦干净，非假语是说这不是假话。海力，你怎么看呢？"

"海力无所不能，海力无所不知。不管问题多怪多难，海力总是能够找到答案！"调王说："相信海力吧，他会解出答案的。"

而海力正在沉思。他忽然问雷组长和村民："咱们这山里有雾吗？有烟气也算。"

村民们摇摇头。雷组长说："羊角岽山势高，一年四季山风呼呼，周围山峰上根本存不住雾气。要说烟气嘛，那么多的是。村里做饭、取暖都烧柴草，一早一晚家家户户的石屋都冒烟哩。你看看，李老汉还是不经常在石洞里住，就这他的石洞还薰得这么黑哩，简直跟锅底一样！"

海力看了看这石洞，的确四壁乌黑，靠锅灶那面的石壁更是被烟熏得油黑发亮！

雷组长说："李喜华老汉是个精明老汉，知识很渊博，他死了世上就少了一个能人，特别是我们五龙关乡就少了一个能人哩。所以，你们要费费脑筋哩，不费脑筋可弄不懂李喜华老汉的话哩。"他还告诉海力说，现在李老汉躺着的那个石坑上面原来是他的床，直到他咽气时才告我说床下是他的墓，让我们把他葬在石坑里，上面用石板盖住，石洞也用石块砌住。这个石坑是李老汉悄悄凿出来的，谁也不知道哩。

死海螺碟

一个村民突然说:"雷大哥,时间快到了,你快让他们猜吧,猜不出咱就砸石片吧!"说完,他把那块剩余的石片砸碎了。

海力急得满头是汗。雷组长说:"不要急,不要急,就跟老师考学生一样,急也没用。"

只剩5分钟时间就到了,那个刚才砸石片的年轻小伙已经举起斧头当当地敲着石地板,他的意思是甭磨时间了,你们猜不懂啦!

就在这个时候,海力突然指着锅灶上面比较平整的一片石墙壁说:"金盐,金山,用什么东西能把这黑烟灰擦干净?"

雷组长说:"这好办,我们住石屋的人每年春节前都要把烟熏的黑墙擦拭干净哩。"他喊叫一个年轻人去取一把擦油草来,年轻人快快走了,两分钟后他拿来一把柔软的干草。海力问:"这能把烟墙擦净吗?"雷组长点点头。金盐、金山一人拿起一把草就要动手,却被雷组长拦住了。他从碗里往软草上倒了一点水,然后抡起胳膊擦那黑石壁,擦油草很快把那一大片石壁上的黑烟灰擦干净了。简直神了!

大伙儿一看,嘿!擦去烟黑的石洞壁上出现了7个大字。这7个大字是:"泉对悟通是真经。"

雷组长一看石壁上出现了文字,十分高兴。他高声念到:"烟霞拂尽非假语,泉对悟通是真经。唔,烟霞对泉对,拂尽对悟通,非对是,假语对真经,珠联璧合,天衣无缝,是一家两口。伙计们,他们能不能算猜对了?"

村民们都说:"当然猜对了,可是咱们不了解这石壁上的话是啥意思?"

"那就不是咱们的事儿了。"雷组长一身轻松地说:"咱们只负责让他们解开石片的谜语,其余的事儿,由他们去做,这大概也是李喜华老汉的本意呢。"

他慢慢走到石坑前面,对着李喜华的尸体作了3个揖说:"李老汉,这石片上的谜语果然有人能解开!现在,我照您的吩咐,把那块石片交给孩子们带走,您可以睡着啦!"

说完，他让洞里的十几位年轻人一起动手，用早就准备好的大石板将石坑盖住。海力叫金盐把他们刚刚到山坡上采来的鲜野花绑成三束，摆在石板上面，并对着这奇异的石棺又鞠了3个躬。海力从自己的画像本上撕下他上个月给李喜华老人画的像，用4颗石子压在石板中间，还用笔在画像下面写下8个字：尊敬的李喜华老人。

时刻准备着

　　告别李喜华老人的遗体，又告别了石屋村的雷组长和村民，海力他们匆匆往五龙关而来。路上，马兰奇问海力这就是三征五龙关的结果吗，海力说是。调王很不高兴，他埋怨李喜华没把事情交代清楚就死，因为死人留下的谜语很难解，即使解开了也无人能够证实。

　　海力说："从石片和石壁上的两句话来看，它们是一副对联，而且是连环谜语。就是说，如果你猜不透石片上的意思，就无法看到壁上的字，看不到壁上的字，又如何能知道'泉对悟通是真经'呢？李喜华老人已经把一切都告诉咱们了，他告诉咱们哑姑泉亭上的对联就是打开万宝谷藏宝之地的钥匙，至于能不能解开泉亭对联之奥秘，那就看咱们的本事儿了。从这一副对联来看，万宝谷确实藏着重大机密！否则，李喜华老人不会费这么大苦心来经营这件事儿。幸运的是，我们已顺利通过了这一道道关口！"

　　"对呀！还有人没通过考试而被当场收回石片呢！那人是谁呢？不管他是谁，他都不如我们，他都不如海力。事实又一次雄辩地证明，不管多怪多难，海力总能找到答案！"调王此时心情好起来了。

　　当他们乘坐他们来时乘坐的农用汽车驶出中条山口的时候，海力他们5人不约而同地回首眺望中条山。他们在这山峦之中所经历的许多事情，此刻又一幕幕浮现在眼前……

　　准备，紧鼓密锣地准备！星期一就是4月12日了，距4月15日只有3天时间了，而可供他们利用的时间只有两天多了。14日的晚上，他们必须乘车到云城市，在那里，他们必须做好黎明前开始总攻的一切

死海螺碟

工作。

　　每想起这些，海力、杨虹漂和调王、蜡人儿心里都产生一种冲动。他们不知4月15日会出现什么结果，是打开山洞后看到堆积如山的金银财宝呢，还是找不到山洞失望而归呢？杨虹漂努力克制自己不去想这个问题，可是根本克制不住。她当过运动员，心理素质是非常好的，然而不知是怎么回事儿，她越是告诉自己不去想这件事儿，可心里偏偏老是想这件事儿。

　　调王和马兰奇更是魂不守舍，他们坐在课堂上也是心驰神往的。老师喊他们的名字让回答问题，但他们半天才醒悟过来是叫自己，站起来之后也不知所问何题，弄得同学们哄堂大笑。

　　海力发现这些情况后，立即把调王、马兰奇叫到一起，叮咛他们要把握自己，不要顾此失彼，因小失大。耽误了学习，引起了老师的不满可就麻烦了，因为还有一个请假问题没解决呢。4月15日是星期四，上课时间，他们必须找到一个合理可信的理由才能请假脱身。

　　马兰奇心细，他还想到一个气象问题。他对海力说："不知道4月15日是什么天气状况，如果是天阴或下雨的话，那么我们是不是还得等到明年这个时候？"

　　海力说："放心吧。我昨晚已了解了一周之内的天气预报，15日是个好天气：云城市，晴，温度22至8摄氏度，风力4级，风向偏南，真是天助我们！"说完，他和马兰奇都蹦起来了！

　　时间很快推移到了星期三下午。正当海力他们为明天的请假大动脑筋的时候，一个意外的好消息由杨虹漂老师带来了。4月15日全省中学生田径运动会在康华中学运动场举行，除了参加比赛的同学和自愿服务的同学，其他教务人员和学生一律自由活动！

　　杨虹漂满脸布红地说："本来运动会安排我当裁判员，可是我说我有身体方面的原因不能胜任，就这样用假话把我解放啦！"

　　海力又闻到了从她胸前散发出来的一缕体香，真那么迷人！

鬼坐椅上的风

　　一切都进行得十分顺利。昨天晚上他们坐火车来到中国死海瑞莱斯漂浮浴场大酒店与金氏双胞胎会合，今天凌晨3点半整装出发前往万宝大峡谷，3点50分他们已经进入大峡谷谷口。一钩弯月挂在深蓝夜的天幕上，星星稀疏，群山肃立，死海静卧，草木无语，谁也猜不透万宝大峡谷内会不会发生惊天动地的事情。

　　海力显得很自信，明亮的月光洒在他英俊的脸上，每个人都看见他的眼睛在月夜中闪烁。

　　金盐背上的扁背篓显得有些沉重，杨虹漂关切地问他背的什么东西，金盐说他背的是一个天大的秘密，杨虹漂追问是什么秘密。金盐狡猾地微笑了一下说："既然是秘密就不能告诉人，老师也不例外，如果我告诉了你，那还算什么秘密呢？"

　　杨虹漂不高兴地说："好吧，你就背着你的秘密背篓吧，我不打听了。"

　　金盐看到她这样就说："杨老师，我先给你讲个故事，听完这个故事你可能就不再问篓子里的秘密了。"

　　杨虹漂撅着嘴说："讲吧，你有什么好听的故事？"

　　金盐说："我有个表哥在一个公司的办公室工作。今年春节前，他们公司要开个新闻发布会，公司经理要他负责接待记者，还让他给每一位参加会议的人员赠送一个密码文件夹。我表哥办事非常认真，也是个十分喜欢动脑筋的勤快人，接待工作也搞得很好，公司领导人和参会人员都对他十分满意。但是当大家拿到他代表公司赠送的密码文件夹之后都皱起了眉头。大家对我表哥说：'主任，这密码文件夹怎么打开呀？请把箱上的密码告诉我们吧。'你猜我表哥说什么？他说：'对不起，我刚才设置的密码不能够告诉你们。'大家听了就问：'那是为什么呀。'表哥回答：'密码文件夹嘛，告诉了你们密码还叫啥密码文件夹？'"

杨虹漂果然被这故事逗得放声大笑起来。她这一笑,早把刚才的不愉快忘到了脑后,也把篓子里的秘密忘到了脑后。

海力也被逗笑了,他要大家坐下来休息一会再走,因为时间还比较富裕。大家原地找了块石头坐下,清凉的峡谷风吹干了他们脸颊的汗水。海力试了试风向说:"这是南风,天知道鬼坐椅上刮什么风呢?"

当天色微微亮时,海力他们已经来到了万宝大峡谷内的"古罗马竞技场",6个人都长长舒了一口气。调王兴奋地说:"激动人心的时刻就要开始了!"他们一边说,一边直奔鬼坐椅——那罗马竞技场中央的一大堆乱石崖。

突然,马兰奇小声惊叫道:"哎呀,鬼坐椅上有人!"

他的话把所有的人都吓了一跳!杨虹漂手中拎的保温水壶啪地掉在地上,调皮大王则腿一软坐在草窝里了,他战战兢兢地说:"怎么可能有人呢?怕是鬼吧?鬼坐椅嘛……"

海力也看见了鬼坐椅上的人影,他迅速卸下背篼递给金山,要他们在崖下稍等,然后自己刷刷刷登上了鬼坐椅的乱石崖!

鬼坐椅上有两个人,一个长得尖嘴大脸,像猪八戒似的,一个长得虎背熊腰,像沙和尚似的。二人见了海力问:"我们给你的信收到了吧?"

海力一时想不起什么信,就问:"咱们互不相识,我没收到不认识人的信呀。"

尖嘴大脸说:"那咱们就提醒提醒,信箱就在青龙潭石头坑里。怎么样,想起来了吧?"

海力当然想起来了,他们写的是烟盒信。海力还想起了那把压在潜水服下的匕首,还有那天企图偷走摩托车的两个大拳头,还有想置杨虹漂于死地的大树、陷坑、石块,还有死海边的鱼钩陷阱、毒蛇头上的山神腰带……

"想吧,想吧,好好想一想吧。"虎背熊腰冷笑着说:"你想到的那些事儿都是我们干的,还有些没想到的事儿也是我们干的。怎么样,够痛快吧？你不用问我都全告诉你了。"

"这么说，你们也在这儿——"海力故意拉长声音不说出那几个词儿。

"对，对，对！就是等金月钩日，就是等迎风看春哩。听人说，这鬼坐椅上一会儿换一个风向，所以待会儿风还不知道往哪个方向刮呢。哦，大侦探，你能知道待会儿的风向吗？咱们可以打个赌，如果你赢了，我们一会儿找到财宝就分你一成。怎么样？哈哈嘿嘿嗨嗨！"尖嘴大脸满脸奸笑地说。

金月钩日迎风看

海力非常吃惊！看来，这俩人啥也知道，什么金月钩日，什么迎风看春，还有他们还知道自己是大侦探！

调王他们在崖下面等了一会儿，见海力仍旧不下来便着急了，于是一个接一个攀到鬼坐椅上来。海力急忙对他们说："谁让你们上来了？快下去吃点东西吧！"

而虎背熊腰说："既然上来了，就没有必要下去了。你们几个都给我听着，到这石头座上来，一个挨一个坐着！谁如果搞小动作的话，你们看——"说完他手往鬼坐椅上面一指，山崖上有一支双筒猎枪正瞄准着他们。

海力对杨虹漂他们说："照他说的做吧。"话音刚落，虎背熊腰就推了他一把说："你也和他们坐到一起，这样便于我们行动！"

海力说："咱们不能合作探宝吗？为什么要对我们这样呢？"

"合作探宝？是呀是呀，咱们就是合作探宝的呀，你看，现在我们能来到鬼坐椅上，全靠你们给我们引路呢，你们在这方面花了大力气了，剩下的活儿就不必劳驾诸位动手了。因此，待一会打开金玉匣我们举行庆典时你们就在这儿观礼吧！"尖嘴大脸得意地笑着说。

杨虹漂气得脸色发紫，她说："你们是什么人？为什么用枪指着我们？"

"哈哈嘿嘿嗨嗨，杨老师，美女老师，你不知道我们，我们却知道你。多谢你的帮助哩，不然，我们很可能至今仍在这石头山谷里乱撞。那天我们想杀了你，结果没有办到，因为海力把你的衣服穿走了。我想，你俩换衣服的时候一定很动人吧，一个连乳罩都不戴的姑娘，又白又嫩像天女一样……"虎背熊腰一边说一边流着涎水。

"臭流氓！你们躲在山上窥视我们，简直像松鼠一样没胆量！像鼹鼠一样不敢见人！有本事儿的话，请你们把那支枪收走！"杨虹漂骂道。她脸颊上此时是白一块紫一块。

"枪可不能收，你以为我们弱智呀？海力的本事儿谁不知道？哎，杨美女，我交给你一个任务：你把海力捆住吧！"虎背熊腰边说边抽出一根绳子扔给杨虹漂。

杨虹漂说："休想！"

虎背熊腰说："合作为善，合作为王。这么说你是不愿意合作啦？我看我还是先把你这个已经无用的娘儿宰了吧！"说着，他掏出一把自制手枪。

海力用身体挡住杨虹漂说："合作为善，合作为王，他说得不错，就照他说的做吧，他们什么事儿也干得出来呢！"

杨虹漂一边流眼泪一边把海力的手用绳子缚在背后，尖嘴大脸生怕绑得不紧，他自个又亲自绑了一回。

虎背熊腰得意地说："哦，光顾忙活，却把杨美女的问题给忘了。你问我们是谁？我叫圆子，外号歪子；他叫尖子，外号孬子；那个持枪的叫短子，外号甭子。我们还有个头儿在那边哩，他叫鬼子，头脑非常复杂的一个优秀领导者哪，有了他我们才能和你们PK。"

尖嘴大脸也说："是啊，他赶着我们从失败走向胜利。那天我和歪子没听他的话，差点被那猴子挖走4只眼，这不，我们现在是一人一只义眼……"

"孬子，告他们这些干吗？让他们知道咱们是一只眼后好对付咱们？"歪子非常气恼地说。

海力微微点点头说:"哦,我明白啦,歪子和孬子就是那天偷摩托车的两个贼子!狗儿已经教训过你们俩了,你俩为什么还不改弦易辙呢?放下屠刀,回头是岸,请听海力一劝吧!"

"放屁!再说老子不爱听的话就叫你吃枪子!不过,我们头儿今天不让我们杀人,他说一杀人就麻烦,光探宝不犯枪毙罪,所以,我才有这份善举。老老实实在这待着吧,金月就要钩日啦!"歪子喷着唾沫星子嚷道。

此时,峡谷里已被东方的旭日照亮,西半天上一弯金月仍闪闪发光。啊,金月钩日,鬼坐椅上一年一次的金月钩日!

海力他们暂时忘记了他们目前的处境,一齐望着太阳洒在山崖上的光辉和弯弯的月牙儿。他们看不见那红红的太阳,因为他们坐的位置不是观望金月钩日的位置。

那个被孬子和歪子称作鬼子的人上来了。他活像个会行走的木乃伊,但却比木乃伊多两只贼亮的眼。他一言不发地在鬼坐椅的石头缝隙间走来走去寻找着观察点。很快,他咧开镶着金牙的大嘴说:"哼哼哼,就在这儿。啊哈,金月钩日,美丽之至,壮观之至,叹为观止哟!"

鬼子让孬子取来一只测风向仪,他举在手上说:"歪子听着,刚才是西风,现在是东北风,你赶快到东北边的山崖下去,我们马上就找到金玉匣的位置了!"他吩咐甫子把食指扣在枪扳机上,如果海力他们乱动就无情地开枪。

甫子说:"头儿,你不是说今天不杀人吗?我可不想犯死罪!"

鬼子说:"我这也是万不得已而行之的办法!"他大声叫喊着让歪子在山崖下挪动脚步,突然他喊道:"行了,站着别动啦!金玉匣就在你身后边!"说着,他要孬子跟他一起到山崖那边去。

山摇地动一声响

海力他们眼睁睁看着鬼子他们下崖去了,心急如焚却一筹莫展,因为他们头上有一支双管的五连发猎枪。

调王对那位端枪瞄准着他们的甬子说："短子先生，你行个好，让我们站起来看一眼金月钩日全景行不行？我们坐在这个地方只能看到金月，却看不到旭日，一年只一次，错过了还得等到明年呢！"

马兰奇也说："反正宝库你们已经找到了，你们的鬼子头儿已经去取宝了，我们对你们构不成任何威胁，因为我们没有枪呀。所以，你让我们挨个儿过去看一眼吧，就看一眼！"

他俩的话甬子都听见了，但他像雕塑一样没有一丝一毫反应，只是趴在石头上认真地瞄准他们。撼山易，撼甬子难！

金山此时沉不住气了，他嗖一声站起来说："你们凭什么限制我们的行动？我就是要看一看金月钩日！"说着，提起腿朝鬼子刚才站的地方走去。

"别动，劝你们别动！"鬼子这时突然出现在鬼坐椅上。他喊叫甬子下来，叫他把枪也收起来，然后摇着手里的一块电子遥控器说："你们是E时代的学生，应该知道这是什么，这是遥控器。如果你们不老实，你看，我手一点，那么，这鬼坐椅就成了神坐椅啦，你们都会从这里上到天堂去！"

鬼子指着甬子说："他是我们的爆破专家和电子专家，你们也许不知道哩。甬子，告诉他们！"

甬子抽着嘴巴说："你们看仔细了，你们周围的石头上我都安装了塑胶炸药，就连我刚才趴着的地方也安装了200克哩。你们想活命，就要听命令。我说完啦！"

调王抽着鼻翼说："是的，刚才我一上来就闻到一股火药味道，我还以是甬子枪里的味道呢。"

"你的神犬鼻反应也太迟钝了，如果你早点嗅出来火药味来，咱们也不至于在鬼坐椅上坐呢！"马兰奇讥讽地说。

鬼子叫甬子跟他下去爆破，说金玉匣的地点已选好了。甬子不放心海力他们，鬼子说："他们顶多是从这儿逃跑吧，我们炸不死他们还可以用子弹来追他们呀。走吧，就看你的了，爆破专家。"

鬼子走了之后，海力他们一个个从鬼坐椅的石头上站了起来，他们就像看戏似的看着鬼子4个人在山崖那边忙活。鬼子指手画脚地乱喊乱叫，歪子和孬子忙得团团转，只有甪子在精心地安装爆破装置。不一会儿，他们就鼓捣好了。

　　鬼子几个躲到一边去了，甪子放炸药的石崖前"轰"的一声巨响，震得山摇地动，太阳乱抖！

　　山谷里有风，硝烟散得很快。只听鬼子哈哈大笑说："出来了，出来了！金玉匣就在这儿哪！哈哈哈！我们成功啦！"

　　几个带"子"的坏家伙取出啤酒瓶来互相朝身上喷酒庆贺。鬼坐椅此时真的成了海力他们的"观礼台"！

　　海力他们定睛一瞧，啊，果然那石崖上出现4个大字：金玉之匣。这4个字还刻在一个拱形的石门中间，石门上似乎还刻着门环和牛头图案。

　　"金牛银牛，海力，这就是藏宝洞！咳，想不到金银财宝要被这帮坏蛋拿走了！"金盐又气又急地说："海力，咱们就这样眼睁睁看着国宝被他们抢走吗？"

　　"是啊，他们还会把藏宝洞毁坏的！怎么办？"杨虹漂他们齐声说道。

　　海力沉默不语。马兰奇说："咱们为什么不把海力的手解开呢？"说着，就要替海力解绳子。

　　海力说："这绳子对我来说没有一点约束力，所以解开也罢，不解开也罢。我觉得还是不解开的好，因为这样甪子他们放心。反正炸药围着我们呢，最好的办法是待在这儿别动，看看他们能从金玉匣里取出点什么。"

　　海力这么一说，大家都觉得有理，于是一个个闭住嘴巴引颈观望，看鬼子他们如何打开金玉匣的石门。

　　此时鬼子让虎背熊腰的歪子和力大无穷的孬子上前去推那崖上的石门。二人上前哼哈推了半天说："头儿，石门是刻在石头上的一幅图画儿,根本不是真的洞门!"

鬼坐椅上的战斗

鬼子一听说崖上的石门是假的,立即上前扇了歪子和孬子每人一个耳光。他骂道:"饭桶两个!咱们把山崖炸去了1米多厚才见到它,谁肯费这么大力气把假门藏在山石里呢!"他让二人滚开,然后亲自去推那石门,推了几下他又看了看,看了看他再去推。石门如山,石门如铁,那刻在石壁上的门如何推得开?

鬼子气得哇呀乱骂,他指挥甬子在石门前安放炸药。一声爆炸响过之后,石门被炸得不见了,石崖炸掉了一块。原来,那石门后面是坚硬无比的花岗岩,根本就不是藏宝洞!

"开玩笑,开玩笑!我们的祖宗简直是给我们开玩笑!明明是石头山嘛,偏偏要说这是藏宝洞。可是,他们为什么要费尽心机搞这个名堂呢?对了,金元宝一定藏在这里——这叫此地无银三百两,既然他在这儿写了个金玉匣,那么财宝也不会藏得太远。甬子、歪子、孬子,立正听令!你们把这山崖下全给我放上炸药,我要把这座山崖剥了皮,让它露出真面孔!"

鬼子气急败坏地大叫着。他朝鬼坐椅上看了一眼说:"你们别看笑话,炸不出来金元宝我就炸鬼坐椅,咱们一块上天宫!"

"轰!轰!轰!"甬子的炸药又连珠炮似的响了,山崖那边被炸得一塌糊涂。硝烟散尽后鬼子又叫道:"什么也没有!再给我炸!炸!炸——"

于是,那座山崖下又响起爆炸声。鬼子吼道:"再炸,我就不信炸不出来金玉匣!"

而此时甬子哭丧着脸说:"头儿,炸不成了,炸药用完啦!"

鬼子一听就说:"上鬼坐椅去把那里的炸药也拆下来,我要把这座山炸平!"于是甬子和孬子跑到鬼坐椅上去了。他们用绳子把杨虹漂4个人的手脚全捆了,还把海力的脚也捆了,然后拆下崖石上的炸药,拿到那边去炸山。

就在鬼子他们安放的最后几包炸药轰轰爆炸的时候,海力早使个腕力崩断了手上的绳索。他先解开了自己脚上的绳索,然后给金盐和金山松了绑,让他们为调王和马兰奇也解脱了束缚。

鬼子在一片乱石中哇呀乱叫,他绕着被他炸得乱七八糟的石崖看了几遍说:"不可能!绝对不可能!难道,我们的心血就白费了吗?天哪,你不能这样坑害一伙勤劳勇敢的人哪!"

海力他们听了以后都吃吃发笑。正在这时,鬼子突然出现在鬼坐椅上,他手里擎着一支自制手枪,刚才歪子拿的就是它。鬼子冷笑着说:"高兴了吧?我们没有找到金玉匣,而且炸药也用完了。不仅如此,我们还为它投资了好几万元人民币呢。现在亏损大了,我们要破产了!哈哈哈。可是,我们破产了也不能让你们高兴呀!"

鬼子用枪指着杨虹漂说:"找不到财宝找到美女也行。你过来,跟我到下面去玩玩!哦,绳子你们都自个解下来了,这叫违反纪律、严重地违反纪律懂吗?所以你们马上就会受到制裁的。美女,快下去!不然,我先把这4个公的都打死!"

海力用眼睛示意杨虹漂跟她走,杨虹漂明白了他的意思,于是一边骂着流氓一边向鬼子站的地方走过去。当她走到鬼子跟前的时候,突然往下一蹲喊:"哎呀,我的脚崴啦!"

鬼子一怔,他的手上啪地被一块飞石击中,手枪被打落在杨虹漂的面前。杨虹漂见手枪掉在石头上,急忙跪在地上用双手捧起来一扔,手枪被扔到不远处的石块中间去了。鬼子急忙跑过去寻枪,却被石头绊倒,骨碌碌滚到山崖下面去了。

"打得好,海力!"杨虹漂脸颊一阵赤潮翻搅。

而她的话音未落,就听甭子说:"确实打得好,一块小石头就把手枪打掉了。来,举起手,慢慢转过身来,我看你能不能把我手里的猎枪也打掉?"大家寻声望去,只见甭子又趴在他不久前趴过的石头上向海力瞄准,他的食指扣在扳机上。

大峡猴王的豹子军

却说甭子在命令海力举手转身的时候,鬼子头儿却在崖下大喊:"甭子,把他们全杀了!开枪!开枪!把子弹都打完!啊,我疯啦!我疯啦!甭子,快开枪呀混蛋!"

杨虹漂用美丽动人的大眼睛盯着甭子说:"他疯了,你没疯,所以别听他的!你是有主见的人,你肯定不会无缘无故朝我们开枪是吗?"

鬼子此时又在崖下给甭子下达开火的命令,甭子看看杨虹漂,又看看山崖下,浑身打着抖,他不知自己该怎么办!

尖嘴大脸的孬子爬到鬼坐椅上来了。他朝甭子走过去说:"胆小鬼!把枪给我吧。"

甭子说:"这样也太狠毒了吧?他们并没有影响我们探宝呀?"话刚说完,他手里的双管猎枪就被孬子一把抓住了。但甭子却不想把枪给他,于是他俩就在光滑的岩石上争夺起来。孬子力大无穷,几个回合之后,枪就落在他的手中。

"我要报我的一眼之仇!"孬子大吼着:"我还要替鬼子头儿报一腿之仇!"原来,鬼子的腿滚到崖下摔折了。他把枪端到胸前,用嘴吹了吹黑洞洞的枪口。

"妈呀!"就在这千钧一发之际,只听甭子一声惨叫。海力他们抬头一看,啊,是一只野兽跳到了甭子面前,它张着血盆大口,嘴里的一颗颗尖牙像一把把利刀!甭子吓得晕过去了。

孬子正准备对着海力他们开火,却被甭子的惨叫声吓了一跳。他用眼睛的侧光往左边一扫,妈呀,一只花斑土豹子的舌头正舔在自己的脸上,他顿时吓得面如白纸。但他毕竟是有些见识的人,两秒钟后,他猛地一侧身对准豹子就是一枪!可是慌乱之中子弹却打空了。土豹子闪过他的子弹后用双爪轻轻把他扑倒在尖石上,孬子立刻像杀猪一般吼叫起来,他的血喷得有3米多高,他手中的枪也跌下石崖摔成了零件。

这时候,鬼坐椅的石崖下也传来鬼哭狼嚎之声。海力他们跑到崖边上一看，啊，3只体长2米以上的土豹子正在大口大口撕咬着鬼子头儿的尸体。他现在已经不是歪子、孬子和甭子的头儿了，他成了3只豹子的早点。

远处，歪子正没命地向峡谷口方向逃窜，一只年幼的小土豹子正在追着他玩。甭子刚才晕了一下，此时又清醒了，为了不影响那只大土豹子享受孬子的尸体，他悄悄地溜下石崖逃向大峡谷。可爱的小土豹子看见他之后又跑过来追他玩，但刚追了几步就被一只母豹子的叫声制止了，母豹子大概是呼唤它的顽皮的孩子到崖下来就餐。

杨虹漂和海力他们看见这场面都惊呆了！正在这时，崖下面又传来一阵嗷嗷的叫声，这叫声杨虹漂听着很熟悉，她睁眼一看，啊，果然是任狗儿坐在土豹子不远处的石块上喊叫呢！

杨虹漂吓了一跳，她摇着手喊道："狗儿，狗儿！你快上来呀，小心豹子咬你！"

谁知狗儿对着她摆摆手，那意思是不用怕。他还嗷嗷叫着在豹子的身边跑来跑去，指挥豹子吃鬼子头儿的肉呢。

"怪不得老人参说狗儿和峡谷里的豹子都混得挺熟呢，果真是这样啊！"海力惊叹道。

"是啊，这些豹子都是狗儿的朋友，是狗儿把他们请来帮忙的呀！"老人参不知什么时候背着药篓站在了海力他们身后边。

"啊，老人参爷爷！多亏狗儿救了我们，不过，让土豹子吃人也太残忍了。"马兰奇说。

老人参笑着说："没办法啊，别说它们是没有人性的野兽，就是人不是刚才也要杀人吗！"

老人参告诉他们说，他和狗儿知道海力他们4月15日这一天一定要来探宝，于是也早早赶到大峡谷里来了。父子俩快要走到古罗马竞技场边上的时候，却看见鬼坐椅上有人正用枪指着海力他们。父子俩知道又遇到了那天狗儿遇到的坏人，于是急忙隐蔽在附近的山崖上。看到鬼子一伙又炸石头又绑人的，老人参恨得咬牙切齿，他对狗儿说，这伙坏人不除，咱们的大峡谷迟早要毁在他们手里呢。狗儿明白父亲的意思，于是他嗷嗷叫着去找他的"豹子军"了，狗儿能听懂这一群土豹子的语言，土豹子也能听懂狗儿的话。狗儿骑在那只公土豹子身上迅速赶到了鬼坐椅，想不到还真是赶到了节骨眼儿上……

玉字一点在左边

鬼子和孬子眼下已葬身豹腹，大峡谷里明天就会出现一堆由他们变成的新鲜的豹子粪，他们的鬼魂也从此就坐到了鬼坐椅上，因为这尖尖的石头崖本来就不是人坐的地方。

歪子和甭子逃了，他们此时可能已经逃出了大峡谷，融入了城市的人流。而如果他们不放弃作恶的话，迟早有一天还会得到鬼子和孬子的下场，这是社会的法则。

老人参和海力他们一齐下了鬼坐椅。马兰奇建议把这块乱石堆命名为"7557秒石堆"，杨虹漂问为什么叫这个名儿。

"数字化时代，一切尽量用数字化表述。"马兰奇十分得意地说："从早晨6时45分10秒钟上去，现在是8时51分零7秒下来，我们在鬼坐椅上整整'坐'了2小时零5分钟又57秒呀，折合为秒就是7557秒。"

"有纪念意义！"老人参高兴地说。大伙儿听老人参这么一说，也都一致同意了。

金盐问道："他们把石崖炸得一塌糊涂也没找到金玉匣，海力，是不是金玉匣真的不存在？"

海力不说话，示意他们到鬼子头儿爆破的崖下面去。海力要大伙儿在这个山崖的前后左右都仔细看一看，然后让金盐打开背篓，将那块"万宝之钥"取了出来。

那万宝之钥在阳光下闪着青光，把整个古罗马竞技场和"7557秒石堆"都映得青辉一片。老人参一看就说："宝物！这是块宝物！"

杨虹漂他们一齐围上来观看，只见那青光似泉水一样把他们的鞋子都浸泡在里面了。

"这就是万宝之钥，是从哑姑泉的对海听歌处挖出来的，只有它才是开启金玉匣的钥匙！"海力兴奋地告诉大伙儿。

"噢！"杨虹漂吃惊不小，她本来就红扑扑的脸颊此时更加红润了。她问："这是什么时候取到的？我怎么不知道？"

海力笑了笑说："这事儿只有我一人知道，因为我担心大伙儿提前知道了这个秘密后会出麻烦，事实证明我当时的决策是正确的。"接着，他把与马兰奇和调王3人假扮三只眼歌唱队的事儿讲了一遍。

金盐说："多亏鬼子他们没有发现背篓里的宝贝。不然，这也叫他们毁了。"

"现在，我们要用它打开真正的金玉匣了。金盐、金山，你们俩把万宝之钥抬到山崖左边的石壁下面去！"海力非常严肃地命令道。

金氏二兄弟抬着万宝之钥走了。杨虹漂问："为什么抬到左边去？下面的石崖才应该是金玉匣呢，因为咱们在鬼坐椅上清清楚楚看见这儿有个石门呀！"

海力说："当时我在哑姑泉对海听歌处的秘密石洞拿到万宝之钥时，看见它上面闪现的金玉匣的玉字是一点点在左边。当时我不解其意，可是等鬼子他们在这小石崖的下面和右面搞爆破的时候，我才突然明白这玉字一点不是乱点的，它告诉持钥之人要在金玉匣所在的山崖的左边开启洞门。"

此时，他们8人一齐来到左边崖下。海力让金氏二兄弟抬好万宝之钥一步步往石壁下面走，自己则在他们后面用两手护着万宝之钥。当他们走到距石壁5米远的时候，突然，他们3个都感到一股强大的吸力要将万宝之钥吸过去。他们于是使劲儿将万宝之钥抱紧，但是一点儿也没有用。它突然嗡嗡响着喷出耀眼夺目的亮光，唰一声挣脱他们的手臂飞向石壁。只听轰隆隆一阵石破天惊似的巨响，石壁上出现一个石洞，洞口的顶部写着"金玉匣"三个字。

海力他们抱头闭眼趴在地上，直等到前面山崖上乱石落定才一齐冲向洞里!

洞里漆黑一片,海力忙叫金盐拿来海力探照灯,雪白的亮光将金玉匣里照得如同白昼。大伙儿瞪大眼睛仔细搜索,每个人的心跳声都能听见。看过来看过去谁也没看见那期望中的金元宝。洞里除了一些石块沙土之类的东西以外,徒有四面石壁。

"不可能!这不可能!"调王摇着头说。

马兰奇也说:"这么神秘的金玉匣,难道会什么也找不见吗?"

金盐和金山也说:"看看这石洞里是不是还有机关,也许地上还有石坑!"

海力又叫金山取来了开石金斧,让他举起斧头挨着敲击那石壁和石地板,敲了一遍也没发现任何可疑的地方。

海力看着那些石头块和沙土忽然说:"把探照灯提过来!"调王把灯提过来了,海力指着一小堆沙土说:"这是一堆水泥和沙子的混合物!"

马兰奇抓了一把到洞外去看,他说:"就是水泥和沙子!海力,有人进来过,而且不是在古代,是在现代!"

海力提起探照灯检查石洞的顶部,他说:"你们看,这里好像是用水泥砌成的。对,像是有人从洞顶钻了个洞进来,然后又用水泥和石块把它封住了。"

海力让金盐、金山把洞里的石块都扔到外面去。金山刚搬了两块石头就说:"哎呀,这块石头下压着一封信!"

李喜华的信

是的,确实是一封信。几面信纸塞在一个印着日文的信封里,信没封口,信纸露在外面。海力把信拿到洞外面一看,那信封上写着一行字:"呈中国开洞人阅。"

海力抽出信纸轻轻展开,只见上面写满了密密麻麻的汉字,字迹虽潦草,但却能看清楚。信上写道——

尊敬的开洞者：

我不知道你是谁，也不知道你会在什么时候打开这个洞门，但我相信你是中国人，是这石洞的主人，是这石洞10万两金元宝的主人。

我叫李喜华，是朝鲜人。抗日战争爆发前我就在中国东北读书，学的是地矿勘探。日本人发动侵华战争之后，我被迫留在了东北。1942年，日本关东军强行将我编入他们的工程部队，1943年又把我和3名日本工程兵派到华北来，当年年底我们被派到驻云城盐池和中条山的日本侵略军大本营，从事中条山区的地质勘探工作。日本人知道中条山矿藏丰富，因此派了一支探矿队常年在山里作业，我也是这个探矿队的成员。

1945年1月的一天，我们在万宝大峡谷探矿时偶然发现了这个藏宝洞。日本木田大佐知道消息后亲自上报华北日军司令部，并调来两汽车的钻探和测量设备。他亲自指挥工程兵在这个山洞上面钻了一个通道，将10万两金元宝全部掠走。

为了不让中国人知道是他们盗走了这批北宋时期的古宝，木田大佐命令我们和工程兵部队把我们钻下的通道用水泥和沙石封死，并让我们严格保密，谁如果泄密，格杀勿论。

木田大佐把10万两金元宝偷到哪里去了呢？据我所知，他自己留了10枚金元宝，还送给他的上司10枚，其余的全部装在军用弹药箱里运到了中条山另一个秘密山谷里。那里面有一个日本秘密兵工厂，听说这个工厂试验制造了一艘世界上独一无二的水下钻泥采矿艇。

据说这艘水下钻泥采矿艇使用了当时日本军方能够掌握的所有最新科学技术，因此它是十分先进的。它有四五层楼高，扁圆形，外形像一只陀螺。它仿照潜水艇的工作原理在水下作业，底部有5道金刚石钻圈，每层圈都能钻土破石。如果5道钻圈同时工作，那么1小时就能在有水的泥土里下钻20米左右。

日本侵略军之所以要耗费巨资建造这个螺碟形的钻泥采矿设备，完全是出于掠夺云城盐池丰富矿盐资源的罪恶目的。我刚到中条山的时

死海螺碟

候，听说木田大佐派了上千名日军从盐池里往日本军用列车上装硝板。硝板是云城盐湖湖泥中埋藏的固体矿盐，酷似南极的冰块。日本人以为云城盐池的盐和芒硝都是从这冰块似的厚硝板上长出来的，所以就想把硝板运到日本国去，在日本也造一个盐湖，让它世世代代给日本生产食盐和芒硝。可这只能是痴心妄想，听说硝板漂洋过海运到日本之后，他们果然把它铺在池内，然后浇上水，哪知硝板被水溶化，水又渗到地里，一切都消失得无影无踪！

木田大佐不甘心失败，他听说盐池底部的30米黑泥深处全是白花花的盐矿层，简直像冰山一样；他还听说盐池的黑蟒河是盐矿的源泉，因此就给日本政府写了一份秘密报告，建议建造这样一个钻泥采矿设备，他还保证用这艘螺碟每年给日本运回100万吨中国矿盐。

日本政府和侵略军批准了他的建议，木田大佐很快在中条山里搞了座秘密工厂，采矿螺碟很快就建成了。木田大佐将它秘密运往盐池的黑蟒河，并在那里进行采矿试验。他们往采矿螺碟里储备了大量的能源，据说光是柴油就输进去1万多吨。日军用石油车运了整整两个月，这些能源能供采矿螺碟使用两三年之久呢！

可是木田大佐刚把金元宝运到他的秘密工厂，上面就传来了日本侵略军准备无条件投降的消息。木田大佐急了，于是把金元宝全部搬到了黑蟒河，藏在了他的潜水采矿艇上。

宋朝藏宝是属于中国人民的，任何人无权将它夺走。就在我和几个工程兵堵塞这个通道时，听说木田大佐和他的军队已缴械投降了。但是我们仍在这大峡谷里作业，因为我们的小队长说他还没有接到上级的投降命令。

我写这封信留在这里，是想告诉你们，并通过你们转告中国政府：财富属于中国，金元宝在那艘采矿螺碟里，采矿螺碟沉没在黑蟒河。

日本要投降了，我是日本的胁从，我的命运将听候上天来安排，也许我很快会离开人世，可是这封信能代我说话。

信下面的时间是1945年8月25日。

千年铁树开了花

看完了李喜华的信，在场的 8 个人都默然无语。

调王终于打破了长达 8 分钟的寂静。他问道："那死海老滩的扁圆形物体就是李喜华老人所说的采矿螺碟吗？50 多年来，他为什么不把这个秘密报告给政府部门呢？他是怎么留下来成为中国人的？我们去找他，他为什么躲着不见呢？"

"那艘死海螺碟早已沉在黑蟒河底半个多世纪了，可是为什么偶尔还能惊天动地地浮出水面？它哪里来的那么强劲的动力呢？"金盐也问道。

"是呀，那么庞大的一个恐怖家伙，咱们怎么才能把它逮住并且把它打开呢？"杨虹漂也说。

"那死海螺碟上的金元宝还在不在？它什么时候才能再浮出死海？"金山一脸疑虑地问。

"哎，我说，是不是那死海螺碟上还有燃油，上面也还有人活着呢。不然的话，它怎么会突然冒出死海，又突然钻进黑泥里去呢？"萨蜡人儿也发了言。

"是呀，这些问题的答案都是什么呢？"大伙儿一齐望着海力。杨虹漂激动得满脸绯红，她的身上又散发出一缕缕奇妙的体香。

海力此时却默默不语。

杨虹漂他们一起喊道："不管多怪多难，海力总能找到答案！"

海力说："不是我能找到答案，而是我们一定能找到答案，是科学探索和聪明智慧一定能找到答案！"

一直静静聆听他们说话的老人参开口了，他说："孩子们，世上有很多事情是很难弄清楚的。83 岁的人生经历告诉我，只要死海在，只要螺碟在，你们刚才提出的所有问题就都会找到满意的答案！孩子们，你们还年轻哇，你们是初升的太阳，你们完全有时间、有能力解开世上的一切秘密！我相信你们！"

死海螺碟

"我相信你们！我相信你们！"一个陌生而尖细的声音不知从谁的嘴里面发出来。大家互相看了一眼，突然爆炸似的喊道："狗儿会说话了！狗儿会说话了！"

杨虹漂把狗儿抱起来，狗儿在她怀里像个小孩儿似的挣扎着。他说："羞死我了，羞死我了。我今年40岁了，怕让20岁的大姑娘抱哩！"

老人参喜得老泪纵横。他抓住狗儿的手说："叫声爹吧，我这辈子还没听人喊过我爹哩！"

狗儿亲切地叫道："爹，爹，老人参爹爹！"

老人参的眼泪似瀑布一般往下流淌。他解下腰间的铜葫芦说："千年铁树开花，百年枯枝发芽！来，每人喝一口药酒，狗儿你也来上一口吧，大家庆祝这件天大的喜事啊！"

任狗儿等大伙儿饮完了酒之后才说道："杨老师，海力，请给狗儿起个好听的名儿吧。现在狗儿会说话了，不能要这个带动物偏旁的名字了！"

老人参边擦老泪边说："是啊，是啊，我和狗儿都求你们了！"

杨虹漂说："我有个好听的名儿不知行不行？"

大伙儿让她快说。杨虹漂于是说道："任花开，就是铁树开花、哑巴说话的意思，富有纪念意义。"

老人参一听连连说好，可是狗儿不同意，他说好是好，但不像个男子汉使用的名字，让人看了还以为是个女人哩。

海力说："如果是这样的话，我就把杨老师的美意借过来给你起个名儿！"任狗儿叭叭拍起了小手。

海力说："就叫任我开吧，非常雄壮的一个名字，只差一个字就是笑傲江湖的任我行了。"

"好！好！"狗儿和大伙儿一起喊好。他还尖声细气地念道："山任我开，水任我开，死海的螺碟任我开，不是不开，机会没来；机会一来，天也开来地也开！"

一架轮椅送套堂

万宝大峡谷探宝行动在一片欢笑声中结束了。海力他们带着胜利的喜悦和一连串问号往大峡谷口走去，大家又说又笑的，中心话题总离不开任我开任狗儿。

当他们经过第一次大峡谷探险时发现穿山甲的地方时，调王突然站不动了。他抽动着鼻子说："奇怪，怎么有一股野驴的腥味儿？老人参爷爷，这峡谷里有没有野驴？"

任我开听了尖声细气地说："有野猪、野羊，就是没见过野驴。"

马兰奇嘲笑调王说："万宝谷探宝已经大功告成了，你的鼻子反而发挥起作用来了，你没有闻一闻，这峡谷里有没有抹香鲸的气味？"

调王说："我是认真的，一点儿也没开玩笑！是有一股野驴的味道嘛，因为我在动物园闻过野驴，它的气味资料储存在我的脑海里呢！"

大伙儿都朝前走了，调王一人钻到石头后面去探查。突然他跑出来喊："哎呀，这儿有个死人！"

大伙儿呼啦一下跑过来看，只见大石头后面趴着一个人。海力急忙过去把他扶起来，那人满脸是血，嘴唇一动一动不知在说什么。他是个活人。

杨虹漂一看就大叫起来："这不是蒲记者蒲套堂吗？他怎么会在这儿？"她趴在蒲套堂跟前叫了几声，那人睁开眼睛看见了杨虹漂，马上一使劲儿想坐起来，可是他却动不了。海力让调王拿出矿泉水来给他喂了半瓶水，金盐拿出毛巾轻轻擦去他脸上的血污。蒲套堂慢慢地喘开了气，他还没有开口说话，眼泪先流下来。

杨虹漂问："蒲记者，您这是怎么回事啊？快说嘛，还能不能说话？"

蒲套堂说："我能说话，我能说话。可是，我不知道该对您说什么才好，因为我太对不起您啦。我欺骗了您，骗取了您的信任，我应该从山上摔下来，碎尸万段才对哩！"

蒲套堂对杨虹漂说："杨老师，我口口声声对您说，我是为了写好你们的报告文学才要求您提供详细情况的，可是实际上那是在哄骗您。我把您及时提供给我的探宝进展情况全倒卖给了别人，卖给了一个别有用心的团伙，团伙的头子就是李桂，外号叫做鬼子。他请我喝过几次酒，还答应得到金元宝后分给我一成。我利欲熏心昏了头，鬼使神差地替他们到五龙关去找李喜华，那天差点儿撞死在野麦岭下！我胳膊上的伤还没痊愈，就又到羊角峁去找李老汉，谁知他已经病死在石洞里了。村人拿出石片让我猜字，我根本猜不出是什么意思。回来之后鬼子大骂我一顿，说我是饭桶。歪子还告诉我他们前几天曾背着我在万宝谷里暗害过您，但是因为您和海力换了衣服才没有得手。我问为什么要杀害杨虹漂，他说因为您的体香能搭救海力，只有除掉她才能让海力金银花过敏。我骂他们太狠毒，鬼子说狠毒的事还在后头哩。"

蒲套堂继续说道："按说事情发展到这个地步，就应当悬崖勒马了。可是我却没有，因为我还想得到那一成的金元宝哩。我把您告诉我的4月15日鬼坐椅上金月钩日、迎风看春的找宝秘密全告诉了鬼子头儿，他嘿嘿嘿狞笑了一会儿，叫我今天凌晨3点钟到大峡谷里来。我来到这里后被他们骗到这座山崖上面，他们用绳子把我绑在悬崖边上就走了。我好不容易才把绳子磨断，可是没想到刚站起身就碰上两条毒蛇，为躲避蛇咬，我一脚踩空掉下来了。唉，我的腰椎摔断了，站不起来啦。杨老师，海力，你们能饶恕我吗？"说完，他泪如雨下！

听了这一席话，杨虹漂脸颊上布满了冬瓜片似的白色！她举起自己的手，想狠狠扇蒲套堂一个耳光，但是举了半天又慢慢地放下了，她只是咬紧嘴唇哭了。海力拍了拍她的肩膀说："一切都过去了，骗人者自食恶果。"

说完，海力叫金盐、金山过来把蒲套堂抬到了峡谷内比较宽阔平坦的草地上。正在此时，两个穿白大褂的人扛着一副单架跑来了，他们问："伤员在哪儿？"原来，一见到蒲套堂的样子，海力就立即吩咐马兰奇打电话联系 120 急救中心，让他们把救护车开到大峡谷口上来。

蒲套堂被放在单架上抬走了。

杨虹漂问穿白大褂的人说："大夫，您说他伤得严重不严重？"

白大褂回答说："脊柱折了，腰以下部位可能要全部瘫痪，他后半辈子只能当轮椅先生了。"

杨虹漂挥着手对蒲套堂说："蒲记者，过两天我看您去，您的轮椅我买了！"

蒲套堂大声哭喊道："杨老师，我根本不是什么杂志社的记者,我只是一个旅游景点的流动摄影师！"

希望的太阳照死海

2004 年 4 月 18 日，农历甲申年闰二月二十九日，星期日。

这是一个难忘的日子。本书叙述的故事就要在这一天暂时停止。

早晨 6 点半的时候，云城市南风广场已聚集了好多好多的人。他们站在八根雄壮的汉白玉龙柱旁边，引颈观望广场中央的主题雕塑。

本书前面已经说过，这尊主题雕塑是一只羽翎飞扬的火凤凰。它的骨架是特种钢做的，外表是火红的颜色，整个雕塑非常夸张，给人一种蓬蓬勃勃、生机向天的鼓舞与激励。

6 时 45 分整，太阳出来了，万丈光芒投到了南风广场上。此时，一个奇迹出现了——那尊 26 米高度的铁凤凰突然亮起了灿烂的凤眼，那只凤眼放射着太阳般耀眼的金光，广场上的群众欢呼起来。他们感谢太阳公公赐予云城人民这个天下奇观，感谢雕塑师在不经意中为老百姓创造了这个让他们津津乐道的吉祥！

看到火凤凰的"天点凤睛"，人群中有 8 个人比所有在场人的更显得激动。他们是杨虹漂、景阳刚、马兰奇、海力、老人参和金氏双胞胎兄弟,当然,也少不了大峡猴王任我开。昨天下午,杨虹漂4人专门从蓝海市赶来,晚上,他们就同金盐、金山、老人参、任我开相聚在一起。大家聊了大半夜,对这次"古象牙板遗案"的探查过程进行美好的回忆。一个多月的酸甜苦辣和惊心动魄,成为他们人生的宝贵财富,那一幕幕情景回放在脑海时,每个人都激动不已!

欣赏过"天点凤睛"之后,他们就在广场的地下饭庄用早餐。早餐之后,他们先到哑姑泉,然后到万宝大峡谷谷口,最后落脚在死海东南角的芦苇木棚前面。

此时此刻是上午9点。初升的太阳光照死海,死海金波粼粼,美丽和神秘一如从前。

杨虹漂双颊喷红地说:"我多么希望那神秘的死海螺碟很快就能变成我们的游船,让我们驾着它一会儿潜入海底,一会儿飞驰海面!"

金氏双胞胎说:"我们多么希望能够很快把那十万金元宝运到北京中国历史博物馆去办个展览,我们都去当讲解员!"

调皮大王景阳刚说:"我多么希望我从青龙潭里捞起的那条怪鱼尽快引起有关专家重视,并对这种特殊动物采取有力的保护措施!"

马兰奇说:"我多么希望真有一位大作家出现,他很快把咱们的探险经历写成书出版,而且要把我写成一位少年侦探!"

老人参和任我开说:"我父子俩多么希望今天就去认认真真地漂一次死海。别看我们就生长在这海边,可是还没有正儿八经地漂过死海、抹过黑泥哩!"

海力满腔激情地说:"我的希望是:我们所有人的希望都能尽快地圆满实现!走,现在我们就去瑞莱斯漂浮浴场,先实现老人参爷爷和任我开的美好愿望!"

愉快的笑声飘荡在死海之上,中条山的山山岭岭也好奇地伸长脖子探望。

突然,海力感到自己的手表电脑在振动。他按键一瞧,原来是一份电子邮件。他把手表伸到调王眼前,调王激动地念道:"你们送来的青龙潭怪鱼我们已研究出结果，它是一种在世界其他地方均已绝迹的高山赤鲵，具有活化石的价值。蓝海市珍奇水生动物研究所已将此事上报国家部门，国家已决定把中条山青龙潭列为一级动物保护地，这种赤鲵也被批准以发现者的名字命名为阳刚赤鲵。"

"我的希望实现了！"调皮大王蹦起来欢呼。他激动得几乎要窒息。

海力说："喜从天降，祝贺阳刚赤鲵正式命名！不过，还要给你个差事儿，请你代表咱们8个人给台北敬盐皇老先生写一封回信。要在信中表达这个意思：螺碟沉在死海，调查仍在继续，我们一定将调查进行到底！"

春风挟着中条山和死海的气息扑面而来，在海力他们心中荡起一圈圈涟漪。死海水倒映着杨虹漂脸颊上的红云，死海风弥漫着杨虹漂身上的奇妙芳香。

海力他们手挽手在白银海岸昂首阔步，他们放声高唱着一支歌，这支歌的词和曲都是海力刚刚创作的，其歌曰：

> 鲜亮太阳照耀着你，
> 巍峨条山护卫着你，
> 白银堤岸环绕着你，
> 绿色芦苇拥抱着你。
> 呵，中国死海，
> 你悠远，你珍奇，
> 你富饶，你神秘，
> 你博大，你含蓄，
> 你独特，你唯一。
> 人杰地灵是你，
> 物华天宝是你。
> 二十一世纪的中国少年，

向你敬礼再敬礼!
我们将用智慧和勇敢,
揭开你螺碟的秘密……

十万金元宝献国家

——END

2004 年 2 月 13 日

上午 8 时 55 分于六院 11 楼 405 室

第七章

探宝英雄得勋章　　螺碟终到出海时

8年后，天拓一号掠空而过

海力他们唱的这支歌歌词优美，音韵铿锵，它穿云破雾，在浩瀚的死海上空飘荡，深邃的中条山万宝大峡谷激起了回声，蓝天上的鸽群，也随着歌声的旋律欢快飞翔。

前面已经说过，这是2004年的4月18日，一个美好的星期天的上午。

时光似箭，光阴荏苒，转瞬之间，8年倏然而过，日历现在已经翻到了2012年5月10日。

5月10日晚，新华社播发了一条新闻，电文如下：

新华社太原5月10日电　10日15时06分，我国在太原卫星发射中心用长征四号乙运载火箭，成功将遥感卫星十四号送入太空。同时，成功搭载发射了天拓一号卫星。遥感卫星十四号由中国航天科技集团公司所属空间技术研究院负责研制生产，主要用于科学试验、国土资源普查、农作物估产及防灾减灾等领域，将对我国国民经济发展发挥积极作用。

搭载的天拓一号卫星是由国防科技大学研制的一颗微小卫星，主要用于科学试验……

此时，海南岛三亚市一座椰树环绕的办公楼里，海力正在浏览新华

死海螺碟

网上的这条新闻。忽然，他唰地一声从座椅上弹跳而起，脑袋咚地磕在天花板上。他手舞足蹈，仍然使用世界上除他之外没有人能听够懂的"海力保密语言"大声欢呼道："伊拉恩斯沃特奥！"翻译过来的意思就是："这简直太棒啦！"

海力为什么这么高兴呢？让我们偷听一下他打给杨虹漂老师的电话吧，海力说："虹漂老师，卫星，天拓一号，您知道吗？哎呀，我是说，螺碟，死海螺碟！"

此时已经升职为康华中学副校长的杨虹漂已经很长时间没有与海力通过电话了。此时她突然听到海力的声音，而且是极度兴奋激动的声音，她那绯红的脸颊上顿时又飞起一片红云。虽然海力说得没头没脑、语无伦次的，但他要跟她说什么，杨虹漂心里已全然明白。像海力这么沉着冷静、城府高深的人，除非是发生了惊天动地的事情，才会让他得意忘形。

猜到了这些，她急切地问海力："海力，海力，是不是死海螺碟要开始发掘啦？"

海力此时已经镇定下来了。他沉稳地回答道："是的，杨老师。今天下午，天拓一号卫星在太原发射中心升空了，它现在已经准确定点在预定位置。您知道吗？这颗卫星就是国土资源部和国家文物局委托国防科技大学专门为死海螺碟发掘项目研制的，也许它现在已经在高空开始对死海螺碟进行扫描探位了。我们 8 年前探查出来的死海螺碟和千年财宝很快就要重见天日啦！啊，请原谅，刚才我太激动了。"

杨虹漂老师其实比海力还要兴奋。她满脸都是胭脂色的绚丽云彩，她怕让海力听到她，不能自控的喜极而泣的声音，因此半晌都没有吭气。聪明过人的海力岂能不知道杨老师的心思？所以他也半晌没有说话，两人就这样远隔两千多公里，各自对着手机沉默着，沉默着……

他们的沉默是一种无言的巨大享受。就在双方沉默的 3 分钟内，海力的眼前闪现了 8 年来的一个个难忘的场景……他和杨虹漂、景阳刚、马兰奇和金氏兄弟花费一周时间，把他们冒着生命危险探查到的情况撰写成《关于死海螺碟及宋朝宝藏的发现报告》，并上报给国家有关部门；他们还陪同国家派来的专家考察组6次到万宝大峡谷和中国死海实地勘察取证；他们还协同地质学家、考古学家研究制定《死海螺碟的搜寻和发掘可行性方案》，并把它上报给国土资源部和国家文物局列项。8年间，海力他们还数次沿着他们当年的行进路线进行深探细查，争取获得更多的实据和细节，为有朝一日的螺碟发掘工作做准备……

"盼望的东西总觉得来得太迟缓，但是当它一旦来到你面前的时候，却又让人措手不及。"杨虹漂老师终于说话了。

"是啊，是啊，我们终于盼来这一天了！"海力心潮澎湃，却也难以言传。正在此时，杨虹漂老师从手机里听到了海力手表——那其实是一台微型计算机传来的滴滴之声，这声音她太熟悉了！

海力对杨虹漂说："杨老师，心有灵犀啊！萨蜡人儿和调皮大王也发信过来了，他们也问卫星和螺碟的事儿呢。我现在就告诉他们！"

"好吧，我这儿先挂啦……"

探宝立奇功，八英雄受勋

且不说海力怎样与萨蜡人儿马兰奇、调皮大王景阳刚分享那天晚上的幸福和喜悦，只说此事过去11天之后，即2012年5月21日，他们又迎来了一个让人更加幸福和喜悦的时刻。

5月21日上午，太阳公公闪射着明媚的笑脸，死海温风如绸，中条山山花烂漫。海力、杨虹漂、景阳刚、马兰奇、金盐、金山、加上老人参爷爷和狗儿任我开，他们8位"发现者"应邀来到了他们曾经看到的死海吹泡泡的芦苇岸边，出席"中国死海螺碟及国宝发掘启动仪式"。

海力的高中同学周丽华读研毕业后，已应聘到《发现与探索》报社当记者，她被邀请参加这项重大活动的报道。同学们见面，十分亲热和激动。杨虹漂、海力、萨蜡人儿和调王却感到很不好意思，因为当年开始第一次"星期五行动"的时候，他们集体拒绝了周丽华参加行动的请求。当时只考虑到周丽华的体质比较孱弱，不适合大量消耗体力的野外探险活动,而却没有想到这个决定给周丽华带来了许多的眼泪和终生的遗憾。周丽华虽然还没有彻底解开这些心结,但她从来都没有埋怨过谁怪罪过谁。反而对海力他们最终获得的成功非常高兴,她常常用他们的成功来慰藉自己。

附近芦苇地上插满了彩旗,这里用钢管和木板临时搭建了一个大型的舞台,海力他们被请坐在舞台的"探宝功勋"席上。国家有关部门领导,地方党政部门领导和螺碟发掘项目组的专家学者及施工人员300多人出席启动仪式。国家文物局领导宣布"死海螺碟发掘项目正式启动"后,万炮齐鸣,锣鼓动天。这位领导在讲话中高度赞扬了海力他们的探宝活动,说他们以一种无私无畏的务真求实科学探险精神,为发现发掘重要的国家历史宝藏立下了大功奇勋,国土资源部和国家文物局决定联合对他们进行特别嘉奖,奖励海力等8人每人一枚"中国探险功臣"金镶玉奖章及证书,奖励海力奖金5万元,杨虹漂、马兰奇和景阳刚每人奖金各2万元,金盐、金山兄弟每人奖金1万元,老人参和任我开每人奖金3000元。

项目组首席专家郎碧鉴简要介绍了死海螺碟的情况。他说,根据我们的考察和天拓一号卫星应用世界最先进的高空地层探测设备探测到的数据,我们现在已经能够知道,从我们的主席台向西170米、深约65米的盐泥内,就是"死海螺碟"的藏身之处。卫星成像显示,"死海螺碟"是个酷似运动铁饼状的碟形或饼形地下潜藏设备,它直径36米,中心厚度13米,大约制造于上个世纪的1942年至1944年之间,是日本远东侵华司令部实施的顶级绝密项目之一。至于它用什么材料制造、如何制造、在什么地方制造,至今都无人知晓,因为当时没有留下任何文件和图纸,参与制造的知情者据悉已无一人存世。该设备自身具备恒久的动能,既可以隐蔽在盐水之中,还可以钻进死海底部柔软厚实的盐泥层中,因此非常不易被发现。在海力他们发现它的8年前,这个具有抗盐碱腐蚀特性的潜藏设备还能够偶尔浮出水面并发出动力机械的巨大轰响声。然而这不是人控的,而是由于设备长时间得不到有效维护而产生的一种动力系统紊乱现象。据此,我们认为这个设备制造十分先进,目前它的内部动力设备仍可能运转做功。大概是设备上能量源消耗殆尽的原因吧,它最近七八年时间已经沉寂于盐泥层中不再露面了……

郎碧鉴教授讲的这些情况对在场的大部分人来说,简直就是天方夜谭!全场鸦雀无声,大家都在竖耳静听。就连死海螺碟的发现者海力一干人等,也是闻所未闻呀!调皮大王景阳刚此时对着杨虹漂老师做了个鬼脸,悄声说:"妈呀,原来这么酷啊!"

海力努努嘴,示意他主席台上众人瞩目,可不要乱来。调王调皮地笑了一下表示"OK"。

一只黄箱,寄给台湾敬盐皇

此时郎教授已经介绍到了有关死海螺碟的最核心的部分了。他说,据天拓一号卫星探测,死海螺碟的金属腹腔里除了自身的机械设备和容量巨大的能源仓之外,其余的应该都是国家宝藏了。它包括:1.6吨左右的宋代黄金锭,也就是民间所说的金元宝;3吨左右的白银锭和碎银;数十箱中条山名贵药材;数十箱玉石珠宝,还有上百箱中国古代陶器、漆器、瓷器、木器、象牙器和丝织品;还有数十箱字画、石雕、泥塑和壁画作品,还有数十吨中国的稀有树木材质,以及一些不知名的宝贝杂物。这些国宝的总价值高得简直无法用人民币或美元来计算,只有等打开螺碟之后才能够评论这些无价之宝……

"哇,这么厉害!是不是相当于咱们国家一年的GDP呀?"调王又想做鬼脸,海力小声说:"啥是GDP?我不知道呀!"马兰奇见调王讨了个没趣,高兴地笑了。

只听郎教授说道:"潜藏在死海之中的这个螺碟,本来是日本侵略者精心打造的藏宝秘器。其用意,是想把他们疯狂掠夺的中国财宝先行来个平地蒸发、销声匿迹,遮住世人耳目之后,再伺机玩个乾坤大挪移,将中国财宝偷偷运回日本。真可谓绞尽脑汁、神机妙算!但中国有句古话说人算不如天算,天底下的事情往往是不会按照侵略者绘制的路线图发展的。事实也无数次地证明了这一点！当年的日本鬼子谁能料到呢，时隔60多年后，这笔数额惊人的中国国家宝物依然毫发无损，它就要原璧归赵了，让我们热切期待这个激动人心的时刻吧！"

接下来主持人宣布由海力代表"探宝功勋"发言。海力响亮地说："感谢台湾的敬盐皇老先生给我们的信任和重托，不然的话我们不可能在8年前去从事这样一次探险活动；感谢国家部门给我们的光荣奖励，但我们认为我们所做的一切，都是每个中国公民理所应当做的，我们不应该得到这么大的荣誉和奖赏。今后，我们还会以各种不同的方式努力履行我们的国家义务。经过我们集体商议，我现在代表杨虹漂、景阳刚、马兰奇和金盐、金山，把国家给我们的奖金全部捐献给死海螺碟发掘工程指挥部，希望这笔资金能够给这项工程添砖加瓦，助一臂之力！谢谢！"

四周围响起暴风雨般的掌声。这一切，都被巍巍中条山和粼粼死海水永久地刻录和珍藏。周丽华也用自己的心灵和手中的摄像机，给这一切留下了弥足珍贵的备份。第二天，《发现与探索》报就在头版头条刊登了周丽华采写的螺碟报道，《发现与探索》网站也刊播了周丽华采制的音像新闻。短短两个小时内，有关死海螺碟的信息传遍了全世界，太阳系或别的星系倘若真有外星人存在的话，那么他们肯定也获得了这个震惊宇宙的地球消息！

3天之后，一只四四方方、不大不小的明黄色的纸箱被海力送到了三亚市中心邮政大楼。箱子上书写的收件人是"台湾台北市莲藕园敬盐皇老先生"。眉清目秀的邮政小姐彬彬有礼地对海力说："先生，请您打开箱子查验一下邮寄物品好吗？"

海力小心翼翼地打开纸箱盖，只见纸箱里装的，也是一只颜色和形状都与外面的纸箱一模一样的纸箱，只不过比包裹它的纸箱子要小一号。空空的黄纸箱里还有一张小纸条儿，上面只写了寥寥十几个字："古宝已归国，先生请放心。海力。"

邮政小姐从来没见过如此奇怪的邮件。她睁大眼睛望着海力说：

"就寄这些吗?"海力点点头说:"是的。这是老先生8年前寄给我的箱子,也是老人家给我的委托书。哦,现在,我要把这委托书寄还给他,告诉这位百岁老者,我没有辜负他老人家的厚望……"

邮政小姐此时忽然想起来了,眼前这个英俊的年轻人不就是大名鼎鼎的"美探神"海力吗?几天前还在网上看了他和死海螺碟的报道呢!哎呀,怪不得他邮寄的箱子也这么有故事!但是身在工作岗位,这位漂亮而有职业素养的邮政小姐什么话也没说,她只是用发亮的双眸凝视了海力5秒钟,随即便轻轻地为这只纸箱贴邮码、打邮戳。

当天下午,这只明黄色的轻飘飘的纸箱,就随邮包装上民航客机,径直飞过绿色的海峡,飞到台湾去了……

2012.5.17.17时

第七章 探宝英雄得勋章 螺碟终到出海时